夏目漱石と日本美術

伊藤宏見
hiromi ito

国書刊行会

扉絵／伊藤宏見

『猫』執筆当時の漱石

漱石（明治43年４月）

漱石の書

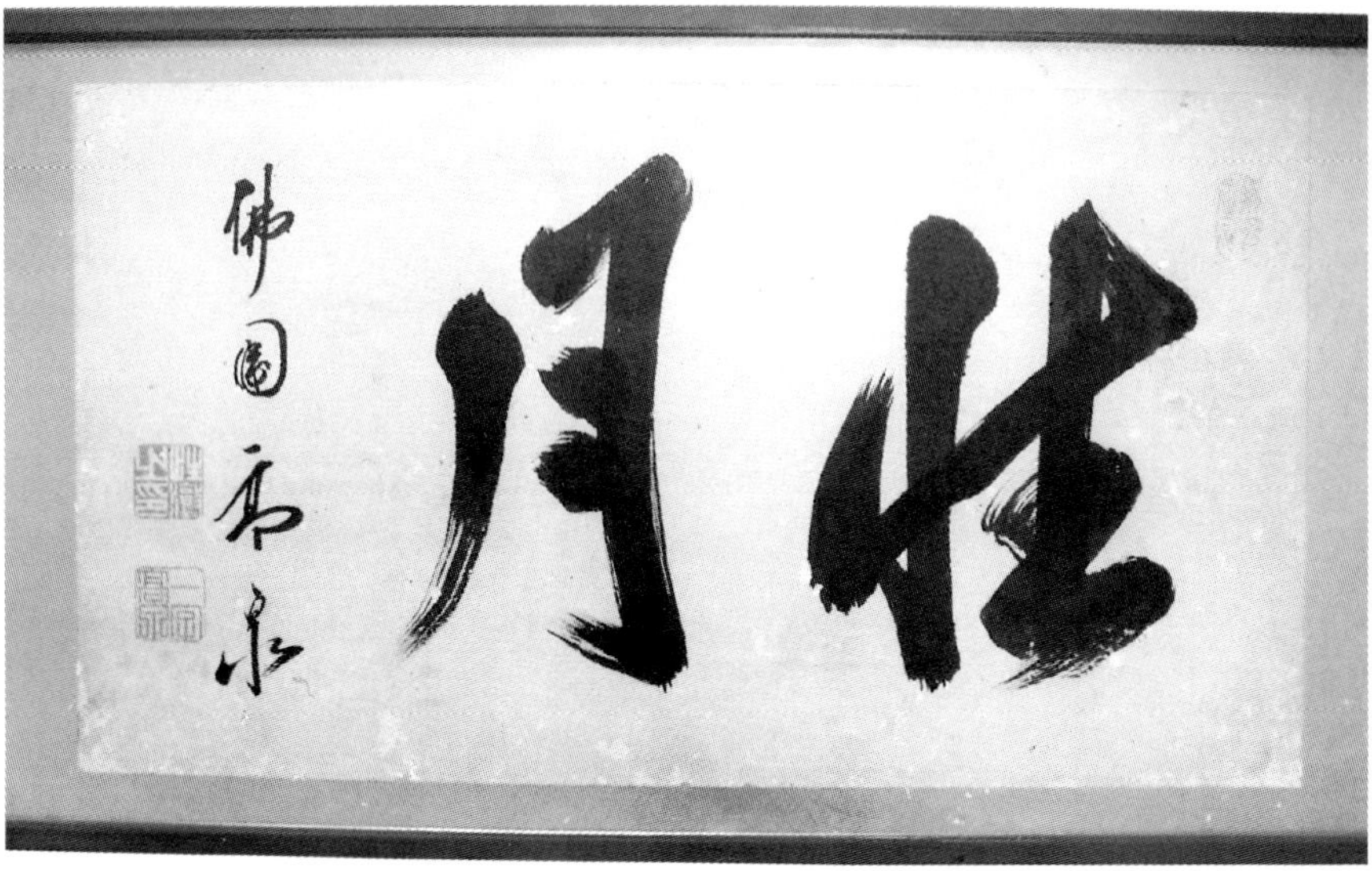

佛國高泉書　扁額（著者蔵）

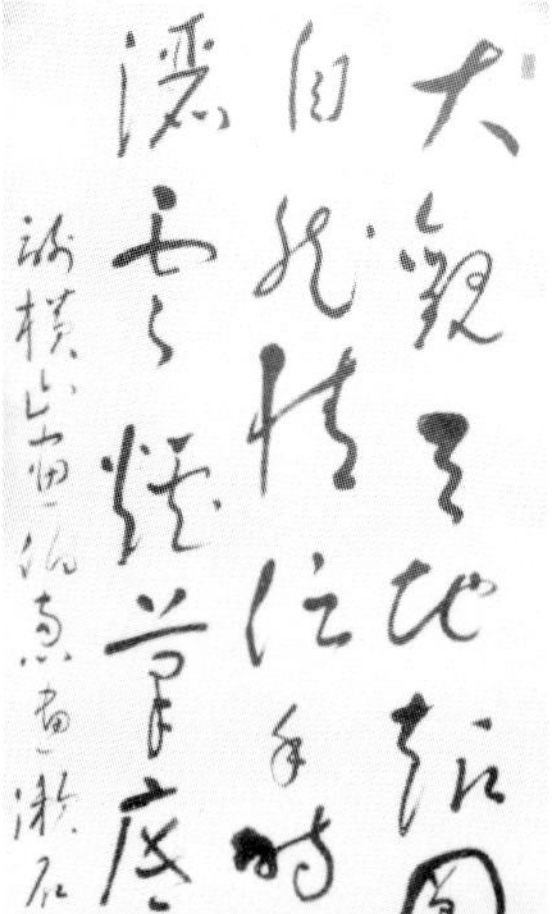

漱石書翰

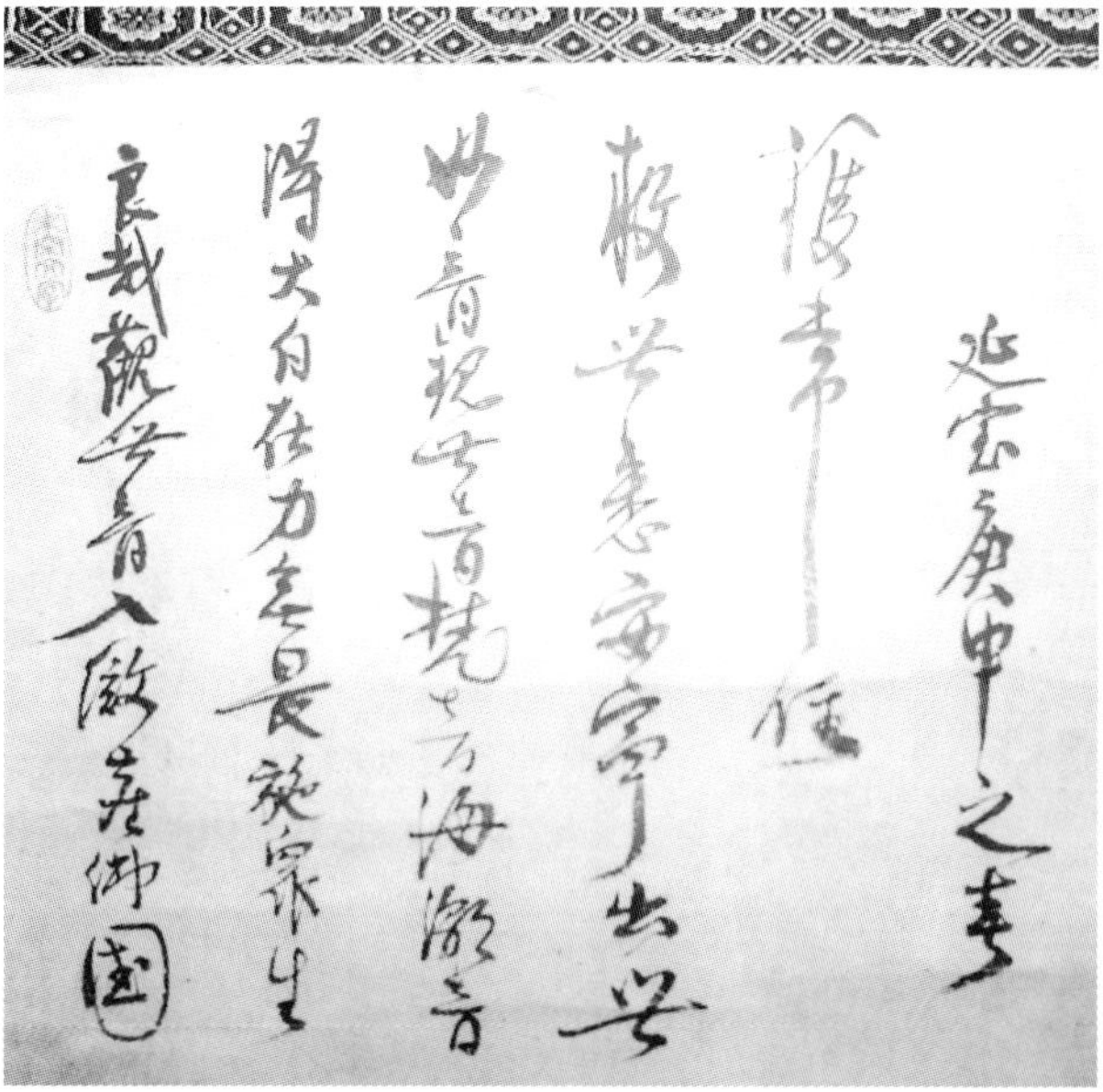

佛國高泉画讃（著者蔵）

夏目漱石と日本美術

夏目漱石と日本美術　目次

序……3

第一章　小説

『吾輩は猫である』の禅文学と古美術……5
『坊つちやん』と古美術……56
『草枕』について……63
『虞美人草』に於ける漱石と古美術……109
『それから』と古美術……159
『門』に於ける日本美術……171

第二章　俳句

漱石の俳句と日本美術……197
漱石の俳句――明治二十二年より大正五年まで……203
漱石俳句と古美術の意味……340

古美術主要項目……343
あとがき……346

序

大阪《おおばん》の漱石全集の第一巻の口絵写真をみると、漱石自身が金文字の大冊の洋書がぎっしり詰って竝んでいる書棚を背にして、大きな座卓の様な机に向って、やや斜に、カイゼル鬚をはやした顔を据えて坐っているさまがみられる。まだ若い漱石だ。

その机の脇机たる小机にも、何やら一杯物がたて混んで置いてある。その中に、何やら焼物らしきもの、それらしき愛玩物などが、ぎっしり置かれており、そして今漱石が坐って執筆中の大机にも、処狭しと資料やら原稿などが、部厚く積み重ねられている、その脇にも、大きな尺余もある花瓶に水仙が、ごっそり投げ入れられており、中には折れ曲がって、花が垂れているものもある。漱石が水仙に関心があったのは、これにても判明するし、やはりその右前方の隙には、焼物らしき鉢、徳利らしいものが、それとなく箱から出されて置かれているのである。これらを熟視すると、漱石の小説に出てくる古美術通を、本人自ら日常的に実践していたことが、およそ見当がつき察せられる。この一葉の写真は、漱石と古美術とのくらし振りの一端を、何よりも如実に物語ってくれる。

漱石没後、鏡子夫人の語るところによれば、漱石は掛軸が好きで、贋物と判っていても、絵が気に入れば平気で買い、また破れたぼろ掛軸でも欲しいとなれば、それを買い、表具師に頼み修理したり、改装もしたという。どうやら漱石は古美術への愛着がその性根に適っていたものと思われる。

漱石の小説を読んでいても、多量の俳句を覗いてみても、その古文化財や古美術、骨董が意外と多くテーマになっているのは、漱石その人本来の趣向を生かしたためであり、一つの驚意にさえ思われる。やはり漱石自身が彩管を把《と》って、自ら南画風の山水画を描いたのも、一つのパラダイスを胸中に描きつついたことを物語るし、同じく全集第二巻の口絵の写真の「不見万里道　但見万里天」の書は、成程、小説『草枕』の中の登場人物に言わせているごとく、黄檗宗の高泉和尚の書の清楚潔白の書風を真似ていることがはっきりと分かる。今後は漱石文学を愉しむと同時に、漱石の資質性向の中に、かかる方面のあることに関心も強まるものと思う。さすれば本著が新たなる漱石研究の一つの課題を呈したことになれば幸甚である。

なお、本書に於ける〈全集〉という表記は、特に註釈のない場合は、岩波書店昭和四十二年刊の物を指す事を付記する。

伊藤　宏見

平成二十三年十二月四日朝、草木庵にて記す

第一章　小　説

『吾輩は猫である』の禅文学と古美術

『猫』と古美術に関しては、意外と、その材料が他の作品に比べて、少ないようである。それもその筈、漱石は、それだけまだあらゆる方面からも円熟していないのである。しかし、後の『虞美人草』や『それから』、『門』などにみられる内容を暗示する、その萌芽は、当然と言ってよい程に見られるのである。そして、その特筆すべき一つの事例を揚げるならば、〈全集〉一巻の五三八頁中、最も漱石の一分身たる苦沙彌先生が、水を得たる魚の如く、自分自身の正体を発揮する場面は、日本堤分署に出頭を命ぜられ、盗難品の下げ渡しに車夫を雇って出掛けたが、大分待たされた隙に求めた、薄汚い徳利を土産に持ち帰り、自慢する所である。その他には古美術骨董品に悦楽を求める場面は、多少めぼしい箇所もあるが、むしろその関心が江戸時代や明治期の実在人物に関する、いわば骨董古美術を生み出す周辺に及んでいることに、注目してみる必要がある。それにしても、漱石の低徊趣味小説の出発点である、この長篇小説『猫』にしては、古美術骨董に因む点はやや稀薄であるといってもいい。

それでは、徐々に頁を追って、多少なりとも古美術や禅思想に関わる点を見てゆこう。

先ず、「猫」が見た主人への愛情をこめた観察の中に、「月給日《げつきふび》に、大《おほ》きな包《つゝ》みを提《さ》げてあはただしく歸《かへ》つて來《き》た」主人が、謡《うたい》や俳句をやめて、水彩画を趣味に始めようとしている処がある。包の中身は、絵具と「ワットマン」という紙《かみ》、毛筆などであったことを「猫」が認めている。

漱石と水彩画との縁は、伝記的にもかなり深いのも周知のことであり、私はこのような新しい外来の美術への関心が、漱石の美術品や骨董趣味につながる大切な要素であると見ている。苦沙彌先生の絵を見た友人から、「どうだ君《きみ》も畫《ゑ》らしい畫をかゝうと思ふならちと寫生《しやせい》をしたら」（全集十一頁）と奨められているから、これはまた、漱石自身が如何様なる美術品への創作の道を考えていたかを物語るものである。その水彩画について〈全集〉の十八頁では、「教師《けうし》といへば吾輩《わがはい》の主人《しゆじん》も近頃《ちかごろ》に至《いた》つては到底水彩畫《たうていすゐさいぐわ》に於《お》いて望《のぞみ》のない事《こと》を悟《さと》つたものと見《み》えて十二月《ぐわつ》一日《じつ》の日記《につき》にこんな事《こと》をかきつけた」とある。漱石にとって、水彩画とは興味の世界の対象ではあったが、当時は諸事情もあって、熱中も出来なかったようである。以上で『猫』の第一部が終り、次に、その「二」に於いて、「吾輩《わがはい》は新年來多少有名《しんねんらいたせうゆうめい》になつたので、猫《ねこ》ながら一寸鼻《ちょっとはな》が高《たか》く感《かん》ぜられるのは難有《ありがた》い」と冒頭に宣べるのは、「ホトトギス」に連載したこの『吾輩は猫である』が、かなり評判を呼んでいたことを意味する。その主人公の「猫」を、ある画家が年始状に絵ハガキにスケッチして送り込んで来たのであったから、「猫」も内心雀踏《こおどり》したのであろう。

元朝早々《ぐわんてうさう〳〵》主人《しゆじん》の許《もと》へ一枚《まい》の繪端書《ゑはがき》が來《き》た。是《これ》は彼《かれ》の交友某畫家《かういうぼうぐわか》からの年始状《ねんしじやう》であるが、上部《じやうぶ》を赤《あか》、下部《かぶ》を深緑《ふかみどり》で塗《ぬ》つて、其《そ》の真中《まんなか》に一の動物《どうぶつ》が蹲踞《うづくま》つて居《ゐ》る所《ところ》をパステルで書《か》いてある。主人《しゆじん》は例《れい》の書斎《しよさい》で此繪《このゑ》を、横《よこ》から見《み》たり、竪《たて》から眺《なが》めたりして、うまい色《いろ》だなといふ。既に一應《いちおう》感服したものだから、もうやめにするかと思《おも》ふと矢張《やは》り横《よこ》から見《み》たり、竪《たて》から見《み》たりして居《ゐ》る。からだを拗《ね》ぢ向《む》けたり、手《て》を延《の》ばして年寄《としより》が三世相《さんぜさう》を見《み》る様《やう》にしたり、又《また》は窓《まど》の方《はう》へむいて鼻《はな》の先迄《さきまで》持《も》つて來《き》たりして見《み》て居《ゐ》る。早《はや》くやめて呉《く》れないと膝《ひざ》が揺《ゆ》れて險呑《けんのん》でたまらない。漸《やうや》くの事《こと》で動揺《どうえう》が餘《あま》り劇《はげ》しくなくなつたと思《おも》つたら、小《ちひ》さな聲《こゑ》で一體何《いつたいなに》をかいたのだらうと云《い》ふ。主人《しゆじん》は繪端書《ゑはがき》の色《いろ》には感服《かんぷく》したが、かいてある動物《どうぶつ》の正體《しやうたい》が分《わか》らぬので、先《さ》つきから苦心《くしん》をしたものと見《み》える。そんな分《わか》らぬ繪端書《ゑはがき》かと思《おも》ひながら、寐《ね》て居《ゐ》た眼《め》を上品《じやうひん》に半《なか》ば開《ひら》いて、落付《おちつ》き拂《はら》つて見《み》ると紛《まぎ》れもない、自分《じぶん》の肖像《せうざう》だ。

（〈全集〉一二三頁）

漱石は、やはり小説を書き始めるだけあって、人々の習俗や身なり、着だれにも関心が強かった。その萌芽はすでにこの『猫』にも濃厚である。〈全集〉二八頁では、日和がよいので、水島寒月に「猫」の主人の苦沙彌先生が散歩に誘い出される場面がある。その時に、主人は、しばらく考え込んでいたが、漸く決心がついたとみえて、「矢張《やは》り黒木綿《くろもめん》の紋付羽織《もんつきばおり》に、兄《あに》の紀念《かたみ》とかいふ二十年來《ねんらい》着古《きふる》した結城紬《ゆふきつむぎ》の綿入《わたいれ》を着《き》たまゝである。いくら結城紬《ゆふきつむぎ》が丈夫《ぢやうぶ》だつて、かう着《き》つゞけてはたまらない。所々《ところどころ》が薄《うす》くなつて日《ひ》に透《す》かして見《み》ると裏《うら》からつぎを當《あ》てた針《はり》の目《め》が見《み》える。主人《しゆじん》の服装《ふくさう》には師走《しはす》も正月《しやうぐわつ》もない。ふだん着《ぎ》も餘《よ》所《そ》ゆきもない」とある。ここでの「黒木綿の紋付」はともかく、「結城紬」が問題である。今日では、地方の織物として特産品となり、無形文化財保持者も出ているが、元は庶民の着る物であった。結城地方（茨城県西部の地）で産する絹織物であるが、結城木綿もある。

二人がやがて外へ出ると「猫」が寒月君が食べ残した蒲鉾を盗み食いする場面もあるが、ここで「猫」は噺家で桃川如燕の速記を載せた、『はなの江戸』（明治十九年六月）にある『今昔百猫伝』に心が把われるのである。桃川如燕とは天保三年から明治三十一年まで生きた人で、本名は杉浦要助といい、初代如燕と名のり、猫を題材にした話が得意で高座に登った人である。漱石は、このことが脳裏にあり、作中の「猫」にひとまず、如燕の語る猫と自分の書く「猫」とをそれとなく対比せしめていたのである。

ところで、漱石が若くして胃病を病んでいたことは確かで、また有名でもあるが、その原因とはやはり、時間を惜しんで、十分に咀嚼し、胃のものがこなれぬ内に、神経を使い、読書などに夢中になった為であったろうか。「猫」の主人への思いやりか、頻りと胃弱と消化不良と胃の痛みを訴えている様子を描いている。〈全集〉三三頁には、次の様な条りがあるが、そこに、実在の人物の安井息軒と坂本龍馬が出てくる。この二人の先覚が、按腹揉《あんぷくもみ》治療にかかったのだから、治ること疑い無しと、すすめられたのである。「皆川流《みながはりう》といふ古流《こりう》な揉《も》み方《かた》で一二度《ど》やらせれば大抵《たいてい》の胃病《ゐびやう》は根治出來《こんぢでき》る。安井息軒《やすゐそくけん》も大變此按摩術《たいへんこのあんまじゆつ》を愛《あい》して居《ゐ》た。坂本龍馬《さかもとりようま》の様《やう》な豪傑《がうけつ》でも時《とき》々は治療《ちれう》をうけたと云《い》ふから、早速上根岸迄出掛《さつそくかみねぎしまででか》けて揉《も》まして見《み》た。所《ところ》が骨《ほね》を揉《も》まなければ癒《なほ》らぬとか、臓腑《ざうふ》の位置《ゐち》を一度顛倒《どてんだう》しなければ根治《こんぢ》がしにくいとかいつて、それは〳〵残酷《ざんこく》な揉《も》み方《かた》をやる」などを読んでみると、自らを些かならず滑稽に扱っているのが、読者にとっても可笑し味を誘う。

息軒は、漱石が愛した儒者、漢文学の大家である。事実、漱石は息軒のものを読んでいる。息軒は、妻子を畜えるにしたがって人々は学問を廃《や》めるが、そんなのは本物の学者ではないと教えている。寛政十一年（一七九九）から、明治九年（一八七六）まで生きた人で、出身は日向飫肥《おび》の人である。松崎慊堂の弟子で、昌平黌の教授となった。坂本龍馬については、人も知る通りであって、天保六年（一八三五）〜慶応三年（一八六七）の勤王家として、凶刃に斃れた人である。土佐藩士で海援隊を組織し、早くから、西洋流のコンパニー（会社）の職業人による生産を創意していた。漱石はこれらの先覚者たちの治療の事実を云い聞かされて、自分も赴いたが、胃の方には、一向にきわだってきき目はなかったのである。しかし漱石は、たしかに物識りであるのは、世間の声に常に耳を傾けていたからである。その他にも漱石は自分と同じ世代の時の人にも強い関心を示していた。

さて、小説『吾輩は猫である』の主人公の「猫」には、猫同志の付合もあって、車屋の黒猫には、敵意を感じるが、二絃琴のお師匠さんの飼猫の雌の三毛猫には、相思の想いを抱いている。この三毛猫は不幸にして死ぬが、女師匠とその女中らは、きっとあの薄汚い「猫」のせいで流行病《はやりやまい》が染《うつ》ったのだろうと、教師の家の悪口をいわれるのを耳にする場面がある。これは、「吾輩」にとってもまことに冤罪であるに相違ないが、何処へ訴えることもできずに悶々としているのは、苦沙彌先生の心境と同類であるに相違ない。

さて、この師匠の教える「二絃琴」とは、二絃を張った琴のことで、わが国には八雲琴があり、これから、東流の二絃琴に別れ、さらには大正琴などがある。これらは直接に美術の世界とは関わりないが、漱石の諸物への関心の強さを物語るものである。例えば、もう一つ例をあげると、〈全集〉三三一頁には、「寶《はう》

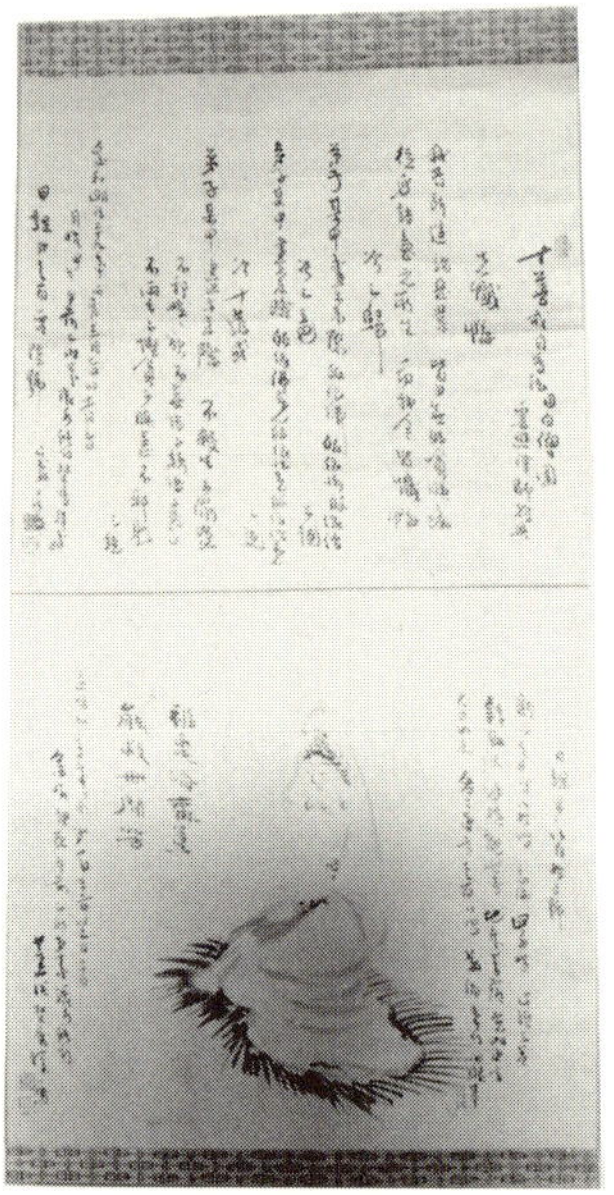

宝丹筆「十善戒」ほか

丹《たん》の角《かど》を曲《まが》ると又《また》一人《ひとり》藝者《げいしや》が來《き》た」という「猫」自身の感想を吐らす箇所がある。さてこの「寶丹」を知っている人は今日ではもう居るまいと思うが、宝丹は当時有名な実在の人物であったのである。宝丹は薬局の本舗の主であるが、また別に非常な信仰家でもあって、漱石がよく述べる雲照律師の信徒でもあり、自己の哲理を図書した掛物などが時折売りに出てもいる。守田宝丹は、池之端仲町に本舗を構え、何代も続いた老舗でもある。当時の守田宝丹は本名を治兵衛といい、明治初年から、薄荷入りの赤黒色の解毒剤を売ったのである。宝丹については他所にも出てくるので、その項を参照されたい。

また、「猫」の慕う三毛猫の飼主の素性を評判する声を聞くと、「天璋院様《てんしやうゐんさま》の御祐筆《ごいうひつ》の妹《いもうと》の御嫁《およめ》に行《い》つた先《さ》きの御《お》つかさんの甥《をひ》の娘《むすめ》なんだつて」と、たいそうな、随分と身分の高いことを述べている。が、その実は、空っぽなのであろう。それにしても、「天璋院」とは薩摩の藩主島津斉彬《なりあきら》の養女で、将軍家定に嫁した篤姫敬子《すみ》（於一《おかつ》）のことである。物知りの漱石は、こういうものまで採り入れているのである。

「猫」は、近隣周囲を結構うろつくが、目に触れる物の中に、今日の都市では滅多に見かけない「建仁寺垣」なるものがある。〈全集〉四三頁には、ここで車屋の黒にばったり出会うのであるが、黒とかかわることを避けて、すごすごと「猫」は去ってゆく。

「建仁寺《けんにんじ》の崩《くづ》れから顔《かほ》を出《だ》すと又車屋《またくるまや》の黒《くろ》が枯菊《かれぎく》の上《うへ》に脊《せ》を山《やま》にして欠伸《あくび》をして居《ゐ》る」とある。「建仁寺」とは、建仁寺垣のことを意味している。京都の禅寺、建仁寺で創始された竹垣で、竹を四つ割りにして竹の表を外にし、上頭部を覆い伏せて竹をおき、四段に横竹にて結んだものである。これが青い内は清々とした風情を客にも与え、住む人の家の誇りでもあった。

宝丹薬台（木製）

さて、苦沙彌先生の臥龍窟と、そこに出入りする若い層の連中の中に、越智東風君やら、水島寒月君などは、正月を機に、朗読会を毎月一回催して、そこには若い女子たちも雑じっているということであるが、俳句を嗜んでいた漱石らしく、『春風馬堤曲』を話頭に登せたり、近松の作を朗読するのかとか、白楽天のもの、『琵琶行』などの題目が上げられている。話題を持ち掛けた越智東風は、「文學美術《ぶんがくびじゅつ》が好《す》きなものですから……」と切り出して、苦沙彌先生を当惑させている所がある。ここで初めて、蕪村（一七一六～一七八三）の名が出てくる。蕪村は姓を谷口といい、夜半亭とか四明、長庚、春星、謝寅とも署名している。俳人であり乍ら、又文人画家として名を馳せ、俳画をも多く残した。『馬堤曲』は『夜半楽』や漢詩、発句などを雑ぜた集で、安永六年に出している。また『蕪村七部集』などがある。

近松については、脚本家、浄瑠璃の作者でもあり、承応二年に生まれ、享保九年に没している。近松門左衛門といい、号を巣林子という。心中物の作者としても有名である。白楽天（七七二〜八四六）については、唐代の詩人であり、平安時代より、我国の文学に最も影響を与えた漢詩人の一人であって、『長恨歌』と『琵琶行』は彼の作品の双璧ともいわれており、『白氏文集』は、平安期の文学者に多く読まれた。

漱石は、家財道具や調度品に関心があり、登場人物の持ち物にも精しく、当時をよく反映せしめているのである。〈全集〉四六頁には、越智東風君の初めて来室した日のこと、「主人《しゆじん》の手《て》あぶりの角《かど》を見《み》ると春慶塗《しゆんけいぬ》りの巻畑葉入《まきたばこい》れと並《なら》んで越智東風君《をちとうふうくん》を紹介致候水島寒月《せうかいいたしそろみづしまかんげつ》という名刺《めいし》があるので」とある。さて、この春慶塗は古美術の範疇に入り、あまねく全国的に知られているものである。ただし近頃は擬似的なものが安く流行している。春慶の名は漆芸、陶芸のいずれにもあるが、応永の頃、奈良の佛師より出たものか。陶芸では鎌倉期の加藤藤四郎の出家後の名ともいわれていて、瀬戸焼の創始者とされている。

佛師椿井舜覚坊春慶が始めた春慶塗は、木肌の美しさを生かすために、透明な塗りがけをしている。応永の頃、おそらくは、舜覚坊の系統の堺の漆芸師春慶がこれを広め、更には堺の春慶が後世になって飛騨高山に移り、江戸の延宝の頃、山打三郎が出羽の熊代で始めたという淡黄色の熊代春慶や、寛永年間に金森宗和が漆器工に命じたといわれる、淡褐色で木理を生かした飛騨春慶がよく知られている。漱石が小説に書く春慶は、そのどちらの系統であったであろうか。

「猫」が、三毛の家にゆき、中の様子を伺うところが、〈全集〉五八頁にあり、三毛は病気のせいか、寝込んで食欲不振の様である。「猫」は退屈しのぎで出掛けるのだが、その前に、こんな条りがある。「夫《それ》から四五日《にち》は別段《べつだん》の事《こと》もなく過《す》ぎ去《さ》つた。白磁《はくじ》の水仙《すゐせん》がだん〳〵凋《しぼ》んで、青軸《あをぢく》の梅《うめ》が瓶《びん》ながら漸々《だん〳〵》開《ひら》きかゝるのを眺《なが》め暮《く》らして許《ばか》り居《ゐ》てもつまらんと思《おも》つて……」とある。白磁とは、中国宋時代から産出がみられ、特に影青《インチン》と呼ばれる青白磁には魅力がいっぱいである。「青軸の梅」とは、軸即ち花の咲く枝も花も青い色を帯びている梅の種類で、珍重がられていたのであろうと思われる。

苦沙彌先生の棲む臥龍窟には、相変らず論客が出入りしており、時に近来の名文についての話題が彼らの口頭にのぼった。

「昔《むか》しある人《ひと》が山陽《さんやう》に、先生近頃名文《せんせいちかごろめいぶん》は御座《ござ》らぬかといつたら、山陽《さんやう》が馬子《まご》の書《か》いた借金《しやくきん》の催促状《さいそくじやう》を示《しめ》して近來《きんらい》の名文《めいぶん》は先《ま》づ是《これ》でせうと云《い》つたといふ話《はなし》があるから、君《きみ》の審美眼《しんびがん》も存外《ぞんぐわい》慥《たしか》かも知《し》れん。どれ讀《よ》んで見給《みたま》へ、僕《ぼく》が批評《ひひやう》してやるから」と迷亭先生《めいていせんせい》は審美眼《しんびがん》の本家《ほんけ》の様《やう》な事《こと》を云《い》ふ。主人《しゆじん》は禪《ぜん》坊主《ばうず》が大燈國師《だいとうこくし》の遺誡《ゆゐかい》を讀《よ》む様《やう》な聲《こゑ》を出《だ》して讀《よ》み始《はじ》める。（〈全集〉六二頁）

大燈国師肖像

この山陽と大燈国師については、別に述べるべきであるが、いずれにしても、詩儒と禅の祖師とは異なるが、古美術の範囲に扱える人物である。大燈国師とは、宗峰妙超のことで、弘安五年（一二八二）から延元二年（建武四年）（一三三五）を生きた人である。初め戒律を学び、のち禅宗に帰した。美術の方面では、京都真珠庵にある「看経榜《かんきんぼう》」や妙心寺の「印可状」又は「関山號」はよく知られている。但し遺戒に当る内容は書されてはいない。或は漱石の思惑の域のことか、遺戒は死に臨んでのことであって、漱石はそれとも『大燈國師語録』または『大燈國師行状』『本朝高僧傳』その他を読んでいたものと思われ、他所でも大燈の逸話を語っている。試みに『語録』には、「師遺戒を示すに、靈門の故事に准じ、骨を方丈に置く、塔に靈光の額を賜ふ」とある。漱石は禅宗の常用経典を読む僧の声を聞いたことがあったのだろう。

それからまた例の朗読会の話題がもち上がり、近松の世話物と『金色夜叉』が問題となっている。『金色夜叉』が朗読の素材に取り上げられたと述べるのには、何か当世風を少し取入れようという漱石の意図とも思われる。作者の尾崎紅葉と漱石とは、同じ年の生まれであるが、紅葉は当時すでに文壇の大御所の風格を示しており、『金色夜叉』は、明治三十年以降、読売新聞に連載されて評判を呼び、明治三十六年には続篇が書かれ、「新小説」に連載された。漱石自身は漸くこの『猫』で、明治三十八年にデビューしたばかりであり、しかも文壇にとっては、アウトサイダー的な俳句誌「ホトトギス」に拠っているにしかすぎなかったのである。

さて、「猫」は三毛猫の死に遭い、猫に戒名を彫った位牌に出遭うのである。それは全集の八十頁のところにある。「猫」は三毛の家をこっそり訪ねて、このことを知り、「つまる所《ところ》表通《おもてどほ》りの教師《けうし》のうちの野《の》良猫《らねこ》が無暗《むやみ》に誘《さそ》ひ出《だ》したからだと、わたしは思《おも》ふよ」「え丶あの畜生《ちきしやう》が三毛《みけ》のかたきで御座《ござ》いますよ」（〈全集〉八一頁）と、お師匠さんと女中との会話が自ずと耳に入る。これでは「猫」も浮ばれない。

「猫」は、お三にいじめられていて、左甚五郎が出て来て、自尊心をいたく傷つけられている吾輩の姿を楼門の柱に刻み、崇《あが》められるチャンスを夢みている。これは漱石の敵愾《てきがい》心でもあり、世間への皮肉でもある。次に「三」に移ろう。

或る日のこと、苦沙彌先生が、かつての天然居士のことを思い出して、へたな文人画を原稿用紙の上に勢いよく描いて語《ご》を添えるところへ、迷亭が入ってくる。迷亭は飄然と勝手口から何の断りもなく、意味もわからぬ言葉を発しながら、主人の前に現れるのである。

ここで漱石と文人画との縁故が始まっていることが判るのである。

天然居士とは、かつての大学時代の友人、曽呂崎のことである。この人は、誰がモデルであったかが問題視されてもいい存在でもある。

漱石は、江戸の作家で、大先輩の馬琴の小説に関心があったとみえて、滝沢馬琴〈曲亭、一七六七〜一八四八〉を意識していた。〈全集〉九四頁に、それとなく馬琴に触れている処がある。これらは、漱石の作家としての幅をすら感じさせる。そして、江戸時代の人々への関心も決して疎かにはしてはおらず、ましてや、洋行帰りの身分にしては、関心が高くあった。〈全集〉一〇〇頁〜一〇一頁には、

「此前《このまへ》の日曜《にちえう》に東風子《とうふうし》が高輪泉岳寺《たかなわせんがくじ》に行《い》つたんださうだ。此寒《このさむ》いのによせばいゝのに――第《だい》一今時泉《いまどきせん》岳寺《がくじ》抔《など》へ參《まゐ》るのはさも東京《とうきやう》を知《し》らない、田舎者《ゐなかもの》の様《やう》ぢやないか」「それは東風《とうふう》の勝手《かつて》さ。君《きみ》がそれを留《と》める權利《けんり》はない」「成程權利《なるほどけんり》は正《まさ》にない。權利《けんり》はどうでもいゝが、あの寺内《じない》に義士遺物保存會《ぎしゐぶつほぞんくわい》と云《い》

宮本二天「布袋見闘鶏図」

ふ見世物《みせもの》があるだらう。君知《きみし》つてるか」「うんにや」「知《し》らない？　だつて泉岳寺《せんがくじ》へ行《い》つた事《こと》はあるだらう」「いゝや」「ない？　こりや驚《おど》ろいた。道理《だうり》で大變東風《たいへんとうふう》を辯護《べんご》すると思《おも》つた。江戸《えど》つ子《こ》が泉岳寺《せんがくじ》を知《し》らないのは情《なさ》けない」「知《し》らなくても教師《けうし》は務《つと》まるからな」と主人《しゆじん》は愈愈《いよ〳〵》天然居士《てんねんこじ》になる。

という、主人の苦沙彌先生と迷亭との押し問答がある。これらは漱石が東都の庶物に関心が強かった証拠でもある。

その展覧会場に東風が入って見物していると、ドイツ人が来て、東風は得意になってドイツ語で話しかけるものだから、彼のドイツ語が通じたとみえて、そのドイツ人が大鷹源吾の所持した蒔絵の印籠を買いたいと交渉を依頼してきたという。「日本人《につぽんじん》は清廉《せいれん》の君子許《くんしばか》りだから到底駄目《たうていだめ》だと云《い》つたんだとさ」と、噂をしている場面がある。大鷹源吾については、人も知る赤穂浪士の一人だが、問題は蒔絵の印籠のことである。伊藤左千夫の文章『唯眞鈔九』（『左千夫歌論抄』岩波文庫、二六〇頁〜二六二頁）にも、ドイツ人が日本の蒔絵や漆器に関心がつよいことを述べているので、あながちこの噂も無視はできない。「大鷹」は

「大高」で、忠臣蔵狂言では「大鷹」の文字を用いている。漱石の「大鷹」も忠臣蔵狂言のせいであろう。源吾は赤穂浪士の一人で俳諧を宝井其角に習い、打入りに備えていた。寛文十二年の生まれで、元禄十六年に切腹にて没した。

さて、教師の苦沙彌先生の家に、こともあろうに例の寒月君のことで、娘の相手に相応しいかどうかを質しに金田家の妻、鼻子が乗り込んでくることがあった。苦沙彌先生は根っから本心で相手にせず、迷亭に到っては更におどけて、途方もない嘘言を弄して相手を烟に捲く様子。この辺も読者を喜ばす処となったのであろうが、古美術に関わるものとしては、その鼻子を得心せしめた迷亭の身なりである。漱石は「迷亭《めいてい》は大島紬《おほしまつむぎ》に古渡更紗《こわたりさらさ》か何《なに》か重《かさ》ねて濟《す》まして居《ゐ》る」（〈全集〉一〇四頁）と描破しているが、漱石は迷亭の身なりによって、如何にも伯父に牧山男爵がいるという人物に見せたかったのである。それで大島紬も古渡更紗が鼻子には利き目がありそうであったから、成程漱石は小説家としての用意を怠りなくしているのである。

古渡とは、中世室町時代に輸入された絵具や文房具、織物のことで、南蛮人のもたらした印度更紗は貴重品で高値なものであることを漱石は知りぬいていたからで、これは一寸《いっすん》幾らで売買取引されて、茶道具の棗の仕覆《しふく》の布地に用い

鉄拐図

たり、表具の材料ともなった。

　迷亭も苦沙彌先生も鼻子の剣幕に遠巻きに付合っていて、「鐵拐仙人《てつかいせんにん》が軍鶏《しやも》の蹴合《けあ》ひを見《み》る様《やう》な顔《かほ》をして平気《へいき》で聞《き》いて居《ゐ》る」（〈全集〉一〇八頁）と描写している（〈全集〉では鉄枴の文字を当てている）。さあ、そこで、この鉄拐仙人であるが、その様な水墨画があったかどうかである。画題では鉄拐ではなく、なまじい漱石は、古典水墨画に精しいが為に勘違いを冒すことになった。軍鶏の競うのを見る図とは、豊干《ぶかん》か布袋《ほてい》であれば作例を示すことができる。鉄拐は瓢箪に駒の図が一般的で、軍鶏を見るのは布袋であって、作品は宮本二天の作にあったようである（「布袋見闘鶏図」・松永記念館蔵。また近くは橋木雅邦の模写「歌山僧遊鶏図」にもあり、やはり布袋である）。鉄拐は隋の仙人で、李氏。名は洪水といい、気を吐くと自分の姿を現じた八大仙人の一人、という。

　漱石は、例の金田氏の女房、綽名《あだな》は鼻子で通っているが、その金力地位で他を圧し、捻じ伏せようという策謀に対して、かねてから嫌悪感を懐く苦沙彌先生との険悪な間柄の絶頂に達する処を描くのである。金田はお抱えの車夫とその女房や女中まで使って、これ聞こえよがしに苦沙彌先生をなじりにかかる。その文句の中に「自分《じぶん》の面《つら》あ今戸焼《いまどやき》の狸《たぬき》見《み》た様《やう》な癖《くせ》に――」（〈全集〉一二〇頁）とある。その「今戸焼」とは、江戸の焼物で、浅草近くの今戸町を称してその焼物の名が起こった。創始は天正年間に遡るとされ、千葉氏の一族が土着して瓦や土器《かわらけ》を造ったのが元で、貞享のころ白井半七が土風呂を造り、二代半七が瓦に釉を塗り楽焼風をなして以来、開窯者が増え、白井家の子孫が引き続き継承して、今戸焼の名をひろめた。寛政年間には中条氏が、土器《かわらけ》や瓶子を焼き、御土器師と呼ばれた。また、嘉永の頃、作根弁次郎という者が土風呂を巧妙につくり、有名となった。明治期になって六世白井半七、二世中条市太郎も業を継ぎ、瓶子神供の土器等を宮中におさめた。工人戸数四十戸に及んだとされている。また今戸焼の一方の系統として、天正十八年徳川氏関東入国に際し、三河からつれてきた陶工、土風呂師天下一宗四郎、土器師松平新左ヱ門および土屋という火鉢師などの子孫が、この地に集まり、さらに貞享の頃には、富田源二、安政年間には、塚本民助らが来て、諸種の土器類を焼いた。今戸焼は、上級な美術品を産み出すというよりは、瓦、土器系のものを多く産し、明治期になって多少鑑賞陶器も産するように時代の要求に応じたものと見える。従って、漱石が言う「今戸焼の狸」というのはありうる訳である。今戸焼は唯江戸の万古焼と共に東京の焼物として関東の市民生活を益した一つの文化遺産であるので注目したい。

　さて、また漱石の文章には意外と佛具に関するものも多く、驚くことがある。それは漱石の俳句にも出遭うので、その項でも述べたが、これは彼が若くして寺に下宿をしたり、鎌倉の円覚寺に参禅したことに依ると推定される。今これから述べる磬《けい》についても、佛教美術品としても、当然古美術骨董の仲間に入る。

　全集一二一頁には、「猫《ねこ》の足《あし》はあれども無《な》きが如《ごと》し、どこを歩《ある》いても不器用《ぶきよう》な音《おと》のした試《ため》しがない。空《そら》を踏《ふ》むが如《ごと》く、雲《くも》を行《ゆ》くが如《ごと》く、水中《すゐちゆう》に磬《けい》を打《う》つが如《ごと》く、洞裏《とうり》に瑟《しつ》を鼓《こ》するが如《ごと》く、醍醐《だいご》の妙味《めうみ》を嘗《な》めて言詮《ごんせん》の外《ほか》に冷暖《れいだん》を自知《じち》するが如《ごと》し」と、禅学の極意のような言語を並べたてて、「猫」にしては最高の知慧を吐いたつもりでいる。ここに出てくる磬についてはすでに他所でもくわしく述べているが、元は中国の古代の楽器の一つで、石の物もある。が、我が国では正倉院御物にもあり、金銅製のものが一般で、儀式法会の進行を知らせたり、大衆（僧）に合図として鳴らすもので、音が一端止まるので、却って法会の音楽ともなる。漱石は参禅の折りに、師家に所悟開陳に呼ばれる順番を知らせるのに、禅家も磬を用いることがあるので知ったのであろう。ここでは音がしないことを譬えていう。

木庵筆

「猫」は自分の尻を「成程天地玄黄《なるほどてんちげんくわう》を三寸裏《ずんり》に収《をさ》める程《ほど》の靈物《れいぶつ》だけあつて」などと大袈裟に言って読者をおやっと思わせるが、これは「千字文」の書出しである。中国六朝時代、梁の武帝へと周興嗣の撰によるもので、初学の書の手本でもあり、我が国では、古来名家はこぞって是を習ってきたのである。ところで、漱石は、「猫」に托していろいろな教養を披露しているのである。

次に、『猫』の「四」〈全集〉一四七頁）に、真鍮の灯明皿が出てくるが、これは主人が偕老同穴を契った夫人の脳天の真中に真丸い禿があることに気付いた時のこと、その形が家伝来の佛壇の燈明皿に似ていることが思い浮んだというのである。真鍮のものは幕末の製品で、骨董的価値は少ない。それよりも、その叙述の文章の方が面白い。

さて、この夫人に禿があることで夫婦喧嘩が起りそうなすんでの所で、臥龍窟を訪れる鈴木藤十郎という人の名刺を女中が持って現れ、中断となったが、その折り、客間の床間についての叙述がある。全集一五〇頁には、「下女《げぢよ》が更紗《さらさ》の座布團《ざぶとん》を床《とこ》の前《まへ》へ直《なほ》して、どうぞ是《これ》へと引下《ひきさ》がつた、跡《あと》で、鈴木君《すずきくん》は一應《いちおう》室内《しつない》を見廻《みま》はす。床《とこ》に掛《か》けた花開萬國春《はなひらくばんこくのはる》とある木菴《もくあん》の贋物《にせもの》や、京製《きやうせい》の安青磁《やすせいじ》に活《い》けた彼岸櫻抔《ひがんさくらなど》を一々《いち〳〵》

順番《じゅんばん》に點検《もくけん》したあとで、……」とある。漱石は、自分の家の床の間の様子を語りたかったのであろう。そこで鈴木藤十郎という金田家のまわし者を登場させたついでに、かく「猫」に述べさせたのである。そして、驚くことは、黄檗僧木庵の書には、偽物が多いことを三十八歳の漱石は能く知っていたことである。更には、今日では絶えかけている彼岸桜を点描し、安物の京焼の青磁というのは、おそらくは、宋・元代の砧青磁《きぬた》がとても入手困難を承知し切った上でのことであろう。青磁でも中国製を模倣して、伊万里で焼かれたものを伊万里青磁といい、紀州藩でも藩窯で焼かれているものがある。清水焼に青磁があるのも当たり前であろう。木庵禅師については、他所でもくわしく述べるが、名を呉性瑫といい、中国泉州晋江の人である。隠元禅師に従って来日し、寛文四年（一六六四）、黄檗宗の二世となる。天和四年（一六八四）に示寂。木庵の書は随所に見られ、黄檗随一といわれるが、贋物が横行していて、大抵あぶない。それにしても、床の間に趣向を持っているところは、やはり後年の漱石そのものをすでに露わしているようである。

漱石は、学生の頃に下宿して自炊生活をしていたことがあった。その頃を、例の出入りの迷亭を始め独仙などに多く語らせていて、その思い出の一つに、寺の墓所の石塔を「毎晩竹刀《まいばんしない》を持《も》つて裏《うら》の卵塔婆《らんたふば》へ出《で》て、石塔《せきたふ》を叩《たた》いてる所《ところ》を坊主《ばうず》に見付《みつか》つて劍突《けんつく》を食《く》つたぢゃないか」と、主人《しゆじん》も負《ま》けぬ気《き》になって迷亭《めいてい》の旧悪を曝くところがある（〈全集〉一六四頁）。ここで注目すべきことは、日本の石造文化財について、初めて文学者漱石が形状の美を述べていることである。この点に於ても、筆者は、漱石の視野と素材は、やはり群を抜いていると思った。今日では歴史資料として墓石が重んぜられている点もあろうが、明治三十

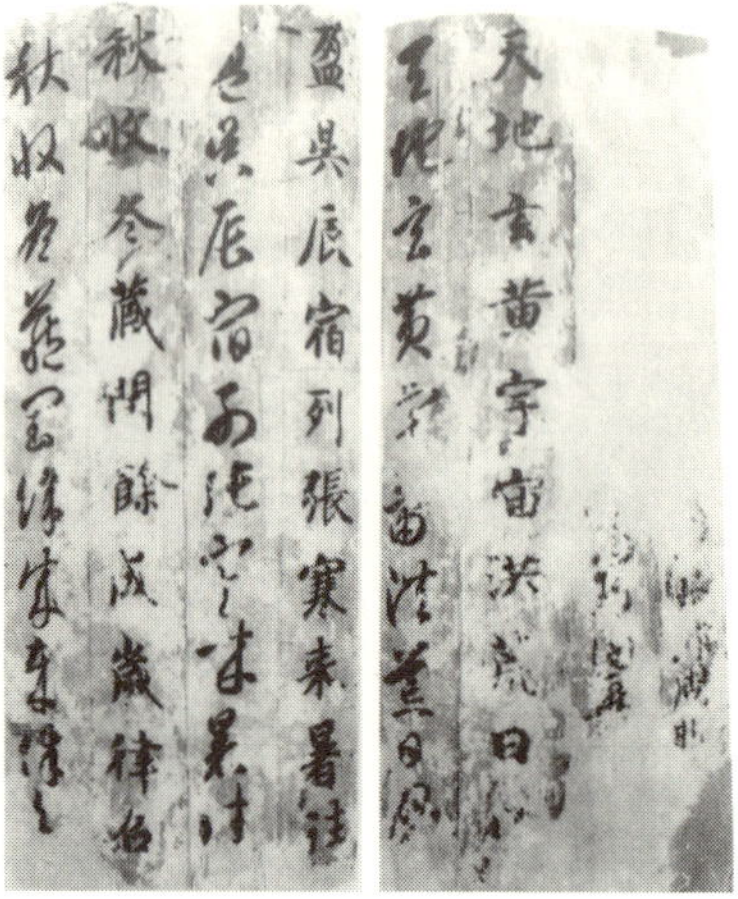

「千字文」伝智永筆

趙子昂行書「千字文」

年代に於ける石造美術の研究は如何であったろうか。勿論これは、佛教考古学と並用して学んでゆかなければならない点もあるが、近代的な意識をもって石塔を美と感じたところは、明治になって漱石が初めてであったろうと思う。

明治時代を経て、奈良の佛教美術への憧憬から、次第に飛鳥や白鳳、天平へと美学が振向けられ、佛教美術、石造美術の部門が展け、歴史研究が興起するのは、史学家以外の、美術家がこれに参与してからのことである。そして、美学と史料的価値の両面から、石造品が探索されるようになった。その草分け的存在が、大村青涯や小野玄妙、そして川端玉章門下の跡部直治《なおはる》、川勝政太郎、服部清道、石田茂作らであったろうか。これらの人々こそが、明治末年より、絵画を捨てて、大和の美術にあこがれ、次第に関東に埋れた板碑や西大寺流の五輪塔、経塚、宝篋印塔、層塔などの作例を発掘していったのである。漱石の目は、これらより早いのは慥かであった。

『猫』に出てくるその文章とは「卵塔婆」とあれど、正しくは無縫塔のことで、江戸期のものである。

一般は僧家のもので、俗信徒は滅多には墓塔としては使用を許されなかった。石塔に彫まれた戒名は「歸《き》泉院殿黄鶴大居士安永《せんゐんでんくわうかくだいこじあんえい》五年辰正月《ねんたつしやうぐわつ》と彫ってあつたの丈《だけ》は未《いま》だに記憶《きおく》して居《ゐ》る」とある（〈全集〉一六四頁）。これによると戒名は、院殿大居士付きであるので、旗本大名の地位にある人物のものである。しかし、大抵は江戸期のひょろ高い宝篋印塔型式のものであろう。小説では漱石は、やはり勘違いをしているのである。無縫塔は卵の形をしているので、後世卵塔婆といわれるようになり、原流は中国にあって、京都の泉涌寺の開山俊芿国師は宋より帰国したがために、宋風を用い、また鎌倉建長寺の蘭渓道隆塔なども、その作例を示し、後世は石工の技倆が衰えて、彫技に張りもない堕落期の江戸のものとなる。『猫』の文章では、「あの石塔《せきたふ》は古雅《こが》に出来《でき》て居《ゐ》たよ。引《ひ》き越《こ》す時《とき》に盗《ぬす》んで行《ゆ》きたかつた位《くらゐ》だ。實《じつ》に美学上《びがくじやう》の原理《げんり》に叶《かな》つて、ゴシック趣味《しゆみ》な石塔《せきたふ》だつた」（〈全集〉一六四～五頁）と、漱石は迷亭に語らせている。「ゴシック趣味」とある処からも、石塔は九輪のついた、江戸期の武張った宝篋印塔であったろう。漱石は文京区の表町七十三番地の法蔵院に下宿していたので、その時の体験が素材となっているのであろうか。

さて、『猫』も「五」のところまで来たが、漱石の分身の苦沙彌先生は、執念こく、書物を三、四冊書斎からもって来ないと眠れないという習慣があると、「猫」は観察している。そのことでは、このあいだは、ウェブスターの大辞典までをかかえ込んで枕下に置く始末であったと言う。「猫」は「思《おも》ふに是《これ》は主《しゆ》人《じん》の病気《びやうき》で贅澤《ぜいたく》な人《ひと》が龍文堂《りゆうぶんだう》に鳴《な》る松風《まつかぜ》の音《おと》を聞《き》かないと寐《ね》つかれない如《ごと》く、主人《しゆじん》も書物《しよもつ》を枕元《まくらもと》に置《お》かないと眠《ねむ》れないのであらう、して見《み》ると主人《しゆじん》に取《と》つては書物《しよもつ》は讀《よ》む者ではない眠《ねむり》を誘《さそ》ふ器械《きかい》である」（〈全集〉一七六～七頁）とあるが、この「龍文堂」の「松風」とは、何かとなると、江戸末期から明治に

（右）無縫塔（卵塔婆）明和十二年
（左）宝篋印塔　寛永十年（西方寺墓地）

かけての京都に鋳物師がいて、初代の父は丹波亀山藩士であったが、明和元年（一七六四）に京に出て茶の湯の釜を鋳たが、二代の安之介に到り、初代龍文堂を襲名して、鉄瓶などと銅器もつくり有名になった。その鉄瓶を漱石が知っていたこと。湯の煮えて、音を発するのを「松風」というのは茶の湯の方面のことばである。

漱石は書道にも強い関心を示し、また自らも相当量の揮毫品を残している筈だが、すでに見て来たように、頼山陽、大燈国師、木庵、坂本龍馬などの名が揚げられ、古典としては千字文、そして今『猫』では弘法大師について語るのである。

〈全集〉一八二頁には、「ラファエルに寸分違《すんぶんたが》はぬ聖母《せいぼ》の像《ざう》を二枚《まい》かけと注文《ちゆうもん》するのは、全然似寄《ぜんぜんによ》らぬマドンナを双幅見《さうふくみ》せろと逼《せま》ると同《おな》じく、ラファエルに取《と》つては迷惑《めいわく》であらう、否同《いなおな》じ物《もの》を二枚《まい》かく方《はう》が却《かへ》つて困難《こんなん》かも知《し》れぬ。弘法大師《こうぼふだいし》に向《むか》つて昨日《きのふ》書《か》いた通《とほ》りの筆法《ひつぱふ》で空海《くうかい》と願《ねが》ひますと云《い》ふ方《はう》が丸《まる》で書體《しよたい》を換《か》へてと注文《ちゆうもん》されるよりも苦《くる》しいかも分《わか》らん」などとある。それは漱石に働く感能が自ずとそうさせたとも言えるが、漱石は書法にも関心が強かったのである。明治の文壇でこれ程に諸方に強い視線をもった作家も少ない。これは、幸田露伴にも言えるが、漱石は文章にも書画にも表現を求めてやまなかったので、それが一方で漱石を支えることとなったのである。

或る晩のこと、「猫」の主人の家の、家族が寝静まった頃に、泥棒陰士が這入り、盗んでいった物の中に、「唐桟《たうざん》の半纏《はんてん》」があった。「唐桟」は今日では実物を見ぬ限り、覚え知っている人は少ない。唐桟は綿織物の一つで、紺色の地に、浅葱や赤の縦縞を交ぜたもの。昔より通人の着るものである。その他、博多帯などの衣類にも漱石はくわしい。やはり小説を書くだけのことはあるのである。

漱石は禅のことにも、達磨《だるま》はもとより、「儒家《じゆか》にも静坐《せいざ》の工夫《くふう》と云《い》ふのがある相《さう》だ」（〈全集〉二〇五頁）と広く東洋文化の禅に眼を光らせてもいる。彼の知識欲の旺盛なることの証拠でもある。『猫』も第「六」になって、今迄より、執筆進行に幾分堅さがとれてきている。例の迷亭が、台所にぬっと這入って来て、風呂場で相の手を入れて、上機嫌で水を飲み、座敷へつかつかと這入ってくる。漱石は、この迷亭の服装身なりに、そのつど注目して、描写に努めている。今回は、「薩摩上布《さつまじやうふ》」というものである。

弘法大師像（足利時代作）

薩摩上布とは、薩摩でとれる細糸の麻の布で、上等なものといわれている。これを漱石は迷亭に着せて登場させているのである。かつての「古渡更沙《こわたりさらさ》」に代って、今回は夏向きの薩摩上布を着せている所も心くばりであろう。即ち作者の漱石自身が着てもいたのであ

雲照律師扁額（相馬御風へ与えたもの）

ろう。漱石はなかなかの洒落者《しやれしや》で、ハイカラ好きでもあったのである。それからまた、この小説『猫』には、まるで明治の東京繁昌記のように、政治家と言わず、実業家、軍人に到るまで実在の人や実名を用いていて登場させている。まるで当時を宣伝しているかのようでもある。すでに大隈重信や岩崎男爵をはじめとして、乃木将軍といった工合で、文学者としては、上田敏こと柳村、正岡子規、高浜虚子、大町桂月なども出てくるが、「僕《ぼく》のも大分《だいぶ》神秘的《しんぴてき》で、故《こ》小泉《こいずみ》八雲先生《やくもせんせい》に話《はな》したら非常《ひじよう》に受《う》けるのだが」云々と当時評判の人物として小泉八雲（〈全集〉一二三〇頁）も採《と》りあげられている。宗教家では、目白僧園の雲照律師がいる。また、律師の墨跡は有名である。当時漱石は千駄木に住んだが、のちの早稲田南町の漱石の家からも目白はなお近い。

漱石は、養家の塩原姓のまま実家（牛込馬場下横町）で十歳から青年期まで過ごす。従って目白台には近い。しかし、『猫』執筆当時は千駄木にいた。

迷亭と主人の奥方との会話の中で、「静岡《しづをか》ぢや慥かにさうだつた」「まさか」と、細君が疑問を投げかけるのは、「君《きみ》も覚《おぼ》えて居《ゐ》るかも知《し》れんが僕等《ぼくら》の五六歳《さい》の時迄《ときまで》は女《をんな》の子《こ》を唐茄子《たうなす》の様《やう》に籠《かご》へ入《い》れて天秤棒《てんびんぼう》で擔《かつ》いで賣《う》つてあるいたもんだ、ねえ君《きみ》」と語る迷亭に、「僕《ぼく》はそんな事《こと》は覚《おぼ》えて居《を》らん」と応える苦沙彌先生との仲に、細君が迷亭を疑っていることばである。迷亭は静岡の伊勢源という呉服屋の前で女の子を売り歩く男に出遭ったと証拠を添えて語る。それから、その伊勢源の様子を語り始める。番頭は甚兵衛といい、帳場ではその隣に初さんという二十四、五の若い衆が坐っていて、「此初《このはつ》さんが又雲照律師《またうんせうりつし》に帰依《きえ》して三七二十一日《にち》の間《あひだ》蕎麦湯丈《そばゆだけ》で通《とお》したと云《い》ふ様《やう》な青《あを》い顔《かほ》をして居《ゐ》る」（〈全集〉二三八頁）があり、漱石は目白僧園の信者に、現実にその様な青い顔をしていた人を見たのであろうと思う。それを意外な処にこうして用いるのも、漱石の小説家としての手腕でもあったのである。雲照律師（一八二七～一九〇九）については、明治の廃佛毀釈の難より立ち上り、慈雲尊者の十善戒をひろめ、東京目白に僧園を開いた。当時朝野に信徒が多かった。詳しくは筆者著の『雲照・興然遺墨集』を参照されたい。

次に、〈全集〉の二四三頁から五頁にかけて、高浜虚子と上田敏が舞台劇中の人物として、あるいでたちで出てくるのである。実名を用いても、本人等から苦情がよせられたという話は、一向に聞いてないのは、漱石の人徳なのか、それとも当の本人からも無視されたものか、クレームをつけられたり、名誉毀損で訴えられもしなかったのである。思えば、明治という時代はおおらかであったのである。

雲照律師肖像

漱石は、俳誌「ホトトギス」を借りて、亦多くの方面からの要望もあって、この『吾輩は猫である』を発表し続けているのであるから、格別に高浜虚子には配慮があったものと見えて、作品の中に実名で虚子を登場させている。水島寒月（実は寺田寅彦がモデルであることは有名であるが）、その彼も一面俳人であり、その寒月に「寒月先生猶澄《かんげつせんせいなほすま》し返《かへ》つて」と、発言の場を与えている。「なに喜劇《きげき》でも悲劇《ひげき》でもないさ。近頃《ちかごろ》は舊劇《きうげき》とか

上田敏（柳村）肖像
（明治44年満38歳）

新劇《しんげき》（暗に、島村抱月、小山内薫、二世市川左団次らの運動のことをいう）とか大部《たいぶ》やかましいから、僕《ぼく》も一《ひと》つ新機軸《しんきぢく》を出《だ》して俳劇《はいげき》と云《い》ふのを作《つく》つてみたのさ」と、思いの丈を披露させると、主人の苦沙彌先生を烟にまき、寄り合っていた東風だの迷亭が、それに口を出す処がある。その内容は、舞台の中央に柳の木を据えて、その枝に一羽の烏《からす》を止まらせて、横向きの女が盥で行水を使っている処に、俳人虚子先生が花道を渡り切って、ハッと柳と行水の白い女の姿を認め、俳味を感じ取って、「行水の女に惚れる烏かな」（〈全集〉二四五頁）の一句を詠じて、これを合図に拍子木をチョン、チョンと打って、幕となる、などの趣向を語ってきかせる。そんな揶揄半分の、茶目っ気たっぷりの漱石が浮かんでくるが、それだけ漱石と虚子とは、親しかったのであろう。

そして、虚子に続いて出てくるのは、上田敏こと柳村であって、上田敏については、漱石も内心競争意識もあったらしく、迷亭の口を借りて、この寒月提案の俳劇を批判するであろう、上田敏を想定して、今少し人情味のある事件が欲しいという東風の意見に対して、「上田敏君《うへだびんくん》の説《せつ》によると俳味《はいみ》とか滑稽《こつけい》とか云《い》ふものは消極的《せうきよくてき》で亡國《ばうこく》の音《いん》ださうだが、敏君丈《びんくんだけ》あつてうまい事《こと》を云《い》つたよ。そんな詰《つま》らない物《もの》をやつて見給《みたま》へ。夫《それ》こそ上田君《うへだくん》から笑《わら》はれる許《ばか》りだ」（〈全集〉二四五頁）などと、意識的に警戒を装いつつ、かつ、その上、上田敏の存在を煙《けむ》たく思い、相手を牽制していたのであろうと思われる。このように生存している人物をどしどし実名で載せられては、その本人たちは些かならずもたまらぬことであったろうが、漱石は一向にお構いなしでやってのけているのである。

また漱石の文章からは、天衣無縫なところが感じられ、自らの名を「送籍《そうせき》」とのべて、「先達《せんだつ》ても私《わたくし》の友人《いうじん》で送籍《そうせき》と云《い》ふ男《をとこ》が一夜といふ短篇《たんぺん》をかきましたが、誰《だれ》が讀《よ》んでも朦朧《もうろう》として取《と》り留《と》めがつかないので」（〈全集〉二四八頁）などと、自分の作品を売り込むことをも、忘れてはいない。『一夜』という作品は明治三十八年の九月号の「中央公論」に載って、また漱石の別の面を顕わしている文章である。このように漱石が人名を自由に登場させる才を発揮しているところもまた一つ彼の見処でもある。

「送籍《そうせき》」は、徒然草七十段などにも親しまれている、阮籍《げんせき》の名をもじったものと思われる。阮籍は三国時代の魏の人で、人に交わらず、清貧を生き、竹林の七賢人の筆頭でもある。老荘を学び、酒、詩、琴にも通じた。「阮籍が青き眼《まなこ》誰も有るべきことなり」と言って、高潔隠士といわれる人物の代表とも古来云われてきている。漱石は、それを自分に向けてもじったのである。それにしても、漱石は物識りである。

「猫」が蝉取りの目的で木登りをして、木登りは亦、運動のためとも称しながら、ごつごつとした松の木に攀じ登る腕自慢を宣べる箇所があるが（〈全集〉二六一頁）、そこにも謡曲の『鉢の木』が裏話として、背景にあって、最明寺時頼のことが思い浮かんでくる。漱石は、このような古典の内容にも注目して、取り入れるべきものを取り入れて、話題を膨らませて増やしていったのである。そしてその様なことは、〈全集〉では、二六五頁に「西行《さいぎやう》に銀製《ぎんせい》の吾輩《わがはい》を進呈《しんてい》するが如《ごと》く」と宣べる箇所があり、これも『吾妻鏡』の文治二年秋八月十五日の夜、源頼朝と対面して夜語りを務めた西行が、翌日別れ際に頼朝より付属された銀の猫を、巷に遊ぶ児らに置き忘れてゆくさまをとりあげているのである。そのような歴史上の事件を識っている漱石とは、従来一般に問題視はされていないが、筆者は大変に関心を抱くのである。

　さて、上田敏のところでは、この『猫』において、敏提唱の「象徴詩」についての言及が認められる。それも、何と皮肉なことに、「猫」を通して、「猫」の感想として述べているところに、漱石の見識の高さを知る。敏のいう象徴詩とは、周知の通り、サンボリスムの詩の運動の成果であり、すでにヨーロッパでは、ボードレールを先駆に、大流行で、その先端に触れんと、敏の訳詩集『海潮音』に始まって、明治、大正、昭和期の日本の新体詩人に大きな影響を齎したのであるが、ここで漱石は、既に敏の業績をどう評価しているかが判る。しかし、それを『猫』の「猫」の口吻を借りて述べるのであって、直接対決を避けている。漱石は、そういった新進のものを一早く話題に取り込むことの名人でもあったのである。それは例の「猫」と烏との対決の場面に於てであるから、これまた奇妙と言えば奇妙と言えるのであって、漱石は、象徴詩に対して、かかる場面をわざと設定したものだろうか。それにしても不思議である。このあたりは万事に心得のある筈の漱石のことである。「猫」は、烏に対してこう語りつつ、「圖太《ずぶと》い奴《やつ》だ。睨《にら》めつけてやつたが一向《いつかう》利《き》かない。脊を丸《まる》くして、少々《せう〳〵》唸《うな》つたが益《ます〳〵》駄目《だめ》だ。俗人《ぞくじん》に靈妙《れいめう》なる象徴《しやうちよう》詩《し》がわからぬ如《ごと》く、吾輩《わがはい》が彼等《かれら》に向《む》かつて示《しめ》す怒《いか》りの記號《きがう》も何等《なんら》の反應《はんおう》を呈出《ていしゆつ》しない」（〈全集〉二六四～二六五頁）と感想を吐らしているが、ここは却って、上田敏への加担を示しているが如きで、「霊妙なる象徴詩」といい、また「記号」ともいっている。果して、この次元において、漱石の象徴詩への理解がどの程度のものであったろうか、記号即ち、シンムボロンとのかかわりを意識にのぼせての問題が想定されよう。漱石は、敏の言うようにはなかなか記号が働くとは限らんぞとばかり、警告しているのである。その他に、漱石の雑食性には、あらゆるものが含まれてをり、「十六むさし」から、背中に彫りもののしてある岩見重太郎から、寛政の三奇人の一人、尊皇派の高山彦九郎に到るまでである。

漱石はまた、自分の棲んでいる周囲にも関心を示し、当時の早稲田界隈のことにも触れている。こうしたことが、即ち、小説『猫』を次第に膨らませていったことが判る。話は前後するが、漱石の棲んだ早稲田周辺からは、目白台の新長谷寺なる目白僧園の鳴らす鐘が聞えたらしく、今日の轟々として、騒然たる交通量の多い時代とは異なり、この雲照律師の率いる目白僧園の鐘の音は、北原白秋も、歌集『桐の花』で「目白僧園の鐘の音」とて、歌に遺している。

歎けとていまはた目白僧園の夕の鐘も鳴りいでにけむ　白秋

『猫』では、次の様な条りがある。

月給《げつきふ》をもらへば必《かなら》ず出勤《しゆつきん》する事《こと》になる。書物《しよもつ》を讀《よ》めば必《かなら》ずえらくなる事《こと》になる。必《かなら》ずさうなつては少《すこ》し困《こま》る人《ひと》が出来《でき》てくる。打《う》てば必《かなら》ずなかなければならんとなると吾輩《わがはい》は迷惑《めいわく》である。目白《めじろ》の時《とき》の鐘《かね》と同一《どういつ》に看做《みな》されては猫《ねこ》と生《う》まれた甲斐《かひ》がない。（〈全集〉二八六頁）

「目白の時の鐘」というのは、界隈では余程に日常化した風物詩であったものと見える。こうしたことさえ漱石は「猫」の口を借りて語るのは、一方では、己の日常生活を、自と地域と絡ませていることとなる。それは、自分が地域と共に後世まで生きること、生かされることを知っていたからである。

漱石は雲照律師のことを多少意識していたが、こちらは宗教家のことである。それからさらに生存者へ鋒先を向けたのは評論家輩へである。そこで、当時言論界をリードしていた、大町桂月を苦沙彌先生を取り囲む連仲の話題に上らせることというよりは、細君との話題にすることを忘れてはいなかったのである。

「桂月《けいげつ》は現今《げんこん》一流《りう》の批評家《ひひやうか》だ。夫《それ》が飲《の》めと云《い》ふのだからいゝに極《きま》つて居《ゐ》るさ」
「馬鹿《ばか》を仰《おつ》しやい。桂月《けいげつ》だつて、梅月《ばいげつ》だつて、苦《くる》しい思《おもひ》をして酒《さけ》を飲《の》めなんて、餘計《よけい》な事《こと》ですわ」
「酒許《さけばか》りぢやない。交際《かうさい》をして、道楽《だうらく》をして、旅行《りよかう》をしろといつた」
「猶《なほ》わるいぢやありませんか。そんな人《ひと》が第《だい》一流《りう》の批評家《ひひやうか》なの。まああきれた。妻子《さいし》のあるものに道楽《だうらく》をすゝめるなんて……」（〈全集〉二八九～二九〇頁）

と、やりとりが続くが、肝心の大町桂月が、よくも黙っていたものである。これも時代と人を取り入れ、時代と共に漱石は生きようとした気構えであったのであろうと思う。

桂月については、〈全集〉三二一頁にも、漱石は触れていて、実を云うと、桂月は、漱石の『猫』を評して、「だから大町桂月《おほまちけいげつ》は主人《しゆじん》をつらまへて未《いま》だ稚気《ちき》を免《まぬ》かれずと云《い》ふて居《ゐ》る」との評言に対して、「猫」

に弁護の反論を語らせているのである。漱石は他からの評言を、作品の「猫」に反駁させているのである。その点、『猫』という小説は、漱石には都合がよく出来ていて、第三者を装う主人公の「猫」に、ものごとの判断、評価を委ねうるという利点がある。しかし、考え直してみれば、これも明治の太平の世の高踏逸民の戯れごと的な応酬でもあって、愉快でもある。そして、さらには、漱石は、社会的な事変をも取り入れようとしている。当時、明治三十八年九月五日の、交番焼打事件にも言及している。

それにしても、漱石の博学振りは、中国の後漢の建安時代に成立し、晋《しん》代に補修されたという医学書『傷寒論《しょうかんろん》』についても「猫」に語らせている。この書物には、主として今日でいうチフス、熱病に関する治療法が書かれている。また、唐代の禅僧六祖慧能についての言及もある。しかも、俗説として知られている浅草観音の本尊が、一寸八分の尊像で、未だかつて、僧俗も誰もが本体を拝したことがないとされていることも承知していて、「蒲鉾《かまぼこ》の種《たね》が山芋《やまいも》である如《ごと》く、観音《くわんおん》の像《ざう》が一寸《すん》八分《ぶ》の朽木《くちき》である如《ごと》く」と、出まかせを能弁に饒舌に喋るのは、やはり、古美術への関心の基礎を十分に養えていることを証明するのは勿論である（〈全集〉三〇三頁）。

『猫』の主人公の「猫」の主人の苦沙彌先生は、例のダムダム弾を時折り、頻繁に打ち込まれ、庭内に拾いにくる中学校の生徒に業《ごう》を煮やしていて、遂にこの落雲館との事件を引き起こすことになるが、その忿を老骨ぶった八木独仙の如き哲学者の前で、打《ぶ》ちまけることとなる。哲学者は言う、何に、西洋流の積極的追及の構えよりも、「昔《むかし》の日本人《にほんじん》のほうが、余程《よほど》に偉《えら》いと思《おも》ふ」と悟される。つまりはそんな者を相手にしなければよいと言うのである。「まあ全體何《ぜんたいなに》がそんなに不平《ふへい》なんだい」の問に対して、「主人《しゆじん》は是《こゝ》に於《おい》て、落雲館《らくうんくわん》事件《じけん》を始《はじ》めとして、今戸焼《いまどやき》の狸《たぬき》から、ぴん助《すけ》、きしやご其《その》ほかあらゆる不平《ふへい》を擧《あ》げて滔々《たう〳〵》と哲学者《てつがくしや》の前《まへ》に述《の》べ立《た》てた」（〈全集〉三三六頁）。ここに出てくる「今戸焼の狸」は、単に語呂合わせの意味でしかないが、今戸焼とは、やはり、古美術の範疇に入るのであろう。「今戸」とは、明治になって浅草の辺りを今戸といい、漱石にとっては正に郷土でもある。一歳にして塩原家の養子となった漱石は、浅草で育てられた。

さて、この落雲館の事件以来、漱石の分身である苦沙彌先生も、西洋と東洋の違いを犇《ひし》と感じ、東洋の知恵を立脚地点として考えることを表現してゆくのである。即ち、そこから漱石の禅文学と古美術への本道と本髄を示すようになるのである。即ち「猫」が認めた主人の「人間研究」が始めて登場することとなるのである。〈全集〉三四七頁では、「あばたを研究《けんきう》して居《ゐ》るのか、鏡《かゞみ》と睨《にら》め競《くら》をして居《ゐ》るのか其邊《そのへん》は少々《せう〳〵》不明《ふめい》である。氣《き》の多《おほ》い主人《しゆじん》の事《こと》だから見《み》て居《ゐ》るうちに色々《いろ〳〵》になると見《み》える。それどころではない。若《も》し善意《ぜんい》を以《もつ》て蒟蒻問答的《こんにやくもんだふてき》に解釋《かいしやく》してやれば主人《しゆじん》は見性《けんしやう》自覺《じかく》の方便《はうべん》として斯様《かやう》に鏡《かがみ》を相手《あひて》に色々《いろ〳〵》な仕草《しぐさ》を演《えん》じて居《ゐ》るのかも知《し》れない。凡《すべ》て人間《にんげん》の研究《けんきう》と云《い》ふものは自己《じこ》を研究《けんきう》するのである」などと「猫」の観察は続くが、ここにも漱石の禅学の教養が滲み出ているように思う。即ち、ここからが、漱石の禅文学の精神と、古美術趣味の地盤が築かれていく模様であるのだ。漱石が、道家の道徳経、儒家の易経、禅家の臨済録という如く、就中《とりわけ》禅の臨済録に関心があったことは諸所に禅語めいたものを用いていることでも判る。漱石は公案めいた理屈を捏《こ》ねるのも得意であったし、彼にはすでに生来の感覚としての、その方面への把え処、勘どころを備え持っていたものと思われる。

古美術の方面としては、静岡にいる迷亭の伯父さんで、白髪ながらチョンマゲは甚だ奇観だが、今だに鉄扇を持している人のことが、苦沙彌先生との間の話題となる。この伯父さんという人は、昔気質の律儀者で、忠義者の古武士の生き残りの典形である。しかし、鉄扇は実際には、あまり古美術の対象にはなりそうもない。苦沙彌先生の宅を挨拶に訪れた老人から、手に取って件の鉄扇とやらを見る「猫」の主人の苦沙彌先生は、その鉄扇の重たさに感心しつつも、その手に取る様を〝京都《きやうと》の黒谷《くろだに》で參詣人《さんけいにん》が蓮生坊《れんしやばう》の太刀《たち》を戴《いたゞ》く様《やう》なかたで、苦沙彌先生《くしやみせんせい》しばらく持《も》つて居《ゐ》たが「成程《なるほど》」と云《い》つた儘老人《まゝろうじん》に返却《へんきやく》した〟（〈全集〉三六一頁）とある。「みんなが之《これ》を鐵扇々々《せつせん〳〵》と云《い》ふが、之《これ》は甲割《かぶとわり》と稱《とな》へて鐵扇《てつせん》とは丸《まる》で別物《べつもの》で……」「へえ、何《なん》にしたもので御座《ござ》いませう」「兜《かぶと》を割《わ》るので、――敵《てき》の目《め》がくらむ所《ところ》を撃《う》ちとつたものでがす。楠正成《くすのきまさしげ》時代《じだい》から用《もち》ゐたやうで……」「伯父《おぢ》さん、そりや正成《まさしげ》の甲割《かぶとわり》ですかね」「いえ、是《これ》は誰《だれ》のかわからん。然《しか》し時代《じだい》は古《ふる》い。建武時代《けんむじだい》の作《さく》かも知《し》れない」と、対話がつづく。（〈全集〉三六一〜三六二頁）

この迷亭の伯父さんは、迷亭を始め若い苦沙彌先生に古武士の修養について、精しく語る。中でも孟子の「求放心《きうはうしん》、邵康節《せうかうせつ》の心要放《しんえうはう》」、「又佛家では中峯和尚《ちゆうほうをしやう》と云ふのが具不退転《ぐふたいてん》」のことなどを例にあげて心得を述べている。漱石は、単にここは、迷亭の伯父に、そう語らせているだけのことで、已はすでに、澤菴禅師の『不動智神妙録』を読んで、その要点を紹介しているに過ぎないのである。それはまた漱石の恐ろしい程の努力の跡とも、才智の発揮とも読みとれる。『不動智神妙録』は、沢庵の禅要でもあり、柳生但馬守宗矩《むねのり》の為にしたためたもので、謂わば剣禅一致の心相を述べたものである。その中に沢庵が引用しているのが、孟子の「求放心」（一旦放たれた心をさらに尋ね求めること）や、邵康節（中国宋代の大儒者）の

「心要放」（心をいつまでもまとっていては身が重くなり動けない。即ち今日でいうノイローゼ気味になるのを弊害とする）であり、中峯和尚の「具不退転」もここに出ている。漱石は四十代にならぬ前から、禅書でも読むべき物はすでにちゃんと読んでいて、それが『猫』を借りて沸騰して出てきたのである。問題なのは、その場面々々に相応しい環境を設定し得ていることである。兜割を持する迷亭の伯父という、古武士の生き残り的な人物に、『不動智神妙録』の要旨を語らせる処は、多少なりとも他の者が云うよりも、利き目があると思ったからなのであろう。東洋人の肉体と精神との一致をものの見事に把えている所に、漱石の智慧があった。このことなどからも、漱石の古美術への参究は彼の本来的なるものであり、自ずとその方面に精神が赴いていったものと思う。決して小説に登場する主人公の云う、軽い気まぐれからではないのであった。

また沢庵は、徳川家光の力によって品川に東海寺の開山となり、茶禅、剣禅の勇者を導くとして多くの墨跡、語録、和歌、紀行の類《たぐい》の著作を遺している。漱石が、沢庵の禅要にも関心を抱いていたことが判ると、いつの間にか、迷亭、寒月、東風、八木独仙等の集る漱石山房を、臥龍窟などと自称するようになっていた。これらの人々は、モデルはあったとしても、総て漱石の分身である。

さて、話が代わって、先日の夜中に泥棒君が這入ったことも知らず、一家中が白河夜船でぐっすり寝ていたが、主人公の「猫」だけが、この泥棒陰士をよく覚えていた。その陰士が、今度は白昼公然と刑事巡査に連れられて、玄関に現われた。その人物の身成りについて、漱石は「唐桟《たうざん》づくめの男」と記述している。唐桟を着るとは、時代の好みか、漱石もわりかし多く作中の処々に用いている着物で、馴染みの言葉である。桟とは、桟によって留めるということで、和製の桟留縞に対して、オランダ人によって舶載されたので「唐」の名があったが、現今では桟留縞のことを云うようになった。細番の諸撚《もろより》の綿糸で、平織にした雅味のある縞織物をいう。「唐桟」といわれると、現今のわれらには、面を喰ってしまって、どう見立てたらよいか判らないが、流石に漱石はその時代の子であって、当時の流行を知っていて、しかもそれが江戸時代からのものと心得ていたのである。そして、「猫」は主人の様子について、次の様なコメントを述べている。

この主人は當世《たうせい》の人間《にんげん》に似合《にあ》はず、無暗《むやみ》に役人《やくにん》や警察《けいさつ》を難有《ありがた》がる癖《くせ》がある。御上《おかみ》の御威光《ごゐくわう》となると非常《ひじやう》に恐《おそろ》しいものと心得《こゝろえ》て居《ゐ》る。尤《もつと》も理論上《りろんじやう》から云《い》ふと、巡査《じゆんさ》なぞは自分達《じぶんたち》が金《かね》を出《だ》して番人《にん》に雇《やと》つて置《お》くのだ位《くらゐ》の事《こと》は心得《こゝろえ》て居《を》るのだが、實際《じつさい》に臨《のぞ》むといやにへえ〳〵する。主人《しゆじん》のおやぢは其昔《そのむかし》場末《ばすゑ》の名主《なぬし》であつたから、上《うへ》の者《もの》にぴよこ〳〵頭《あたま》を下《さ》げて暮《くら》した習慣《しふくわん》が、因果《いんぐわ》となつて斯《か》様《やう》に子《こ》に酬《むく》つたのかも知《し》れない。まことに氣《き》の毒《どく》な至《いた》りである。（〈全集〉三七六頁）

ここで、漱石の実際の伝記的な要素として、その出自をみずから思いがけなく述べることとなった。漱石の生家は土地でも、お玄関様といわれるだけの、地主格で、庄屋名主を務めた家柄であったのである。それは、何と言っても漱石の心の中では、誇りでもあったろう。これがまた家伝の骨董品や、古美術品への幼き頃からの馴染みを生んだものと思われる。

同じく微細ながら、漱石の伝記的要素の事項として、明治二十七年十月から翌年四月まで、小石川の伝通院側の法蔵院に下宿していたことがあり、また明治二十七年十一月一日付の子規宛の書翰には、「隣房に尼數人あり少しも殊勝ならず、女は何時までもうるさき動物なり。」「尼寺に有髪の僧を尋ね来よ」の俳句を添えて送っている。〈全集〉三九六頁には、「主人《しゆじん》が昔《むか》し去《さ》る所《ところ》の御寺《おてら》に下宿《げしゆく》してゐた時《とき》、襖《ふすま》一《ひ》と重《へ》を隔《へだ》て、尼《あま》が五六人居《にんゐ》た。尼抔《あまなど》と云《い》ふものは元來意地《ぐわんらいいぢ》のわるい女《をんな》のうちで尤《もつと》も意地《いぢ》の悪《わる》いものであるが、」とある。これも漱石の伝記研究者にとっては、思い掛けぬ収穫である。

漱石は、小説に江戸趣味とか、その時代からの生活習俗を割合に取り入れていて、これが、骨董趣味の底辺をなしていたものと思われる。例えば、従来から日本人に馴れ親しんできた長火鉢なども、幸田露伴の『五重塔』にも丁寧な長火鉢の描写があるが、今、漱石はそれに劣らぬ程に向こうを張って、こと長火鉢となると、意地の張り合う場所の如く、婦と長火鉢とを取り合わせて描写している。こうなると、露伴がいいか、漱石がいいかでもある。双方とも、江戸趣味の双璧が現れたとも言えよう。いずれも長火鉢にいっぱしの艶を誇る婦を現している。

西洋手拭《せいやうてぬぐひ》を肩《かた》へかけて、茶《ちや》の間《ま》へ出御《しゆつぎよ》になると、超然《てうぜん》として長火鉢《ながひばち》の横《よこ》に座《ざ》を占《し》めた。長火鉢《ながひばち》と云《い》ふと欅《けやき》の如輪木《じよりんもく》か、銅《あか》の總落《そうおと》しで、洗髪《あらひがみ》の姉御《あねご》が立膝《たてひざ》で、長烟管《ながぎせる》を黒柿《くろがき》の縁《ふち》へ叩《たゝ》きつける様《さま》を想《さう》見《けん》する諸君《しよくん》もないとも限《かぎ》らないが、わが苦沙彌先生《くしやみせんせい》の長火鉢《ながひばち》に至《いた》つては決《けつ》して、そんな意氣《いき》なものではない。〈全集〉三九七〜三九八頁）

とある。露伴の文だと、「木理《もくめ》美《うるは》しき槻胴《けやきどう》、縁《ふち》にはわざと赤樫《あかがし》を用《もち》ひたる岩疊作《がんでふづく》りの長火鉢《ながひばち》に對《むか》ひて話《はな》し敵《がたき》もなく唯一人《ただひとり》、少《すこ》しは淋《さび》しさうに坐《すわ》り居《ゐ》る三十前後《ぜんご》の女《をんな》」と、以下描写が長く続くが、実に漱石も露伴の狙いを心得てのことであったろう。面白い江戸趣味の二人である。なお、露伴の文は若い頃のもの、実に肌理こまやかに人情を写し出しており、漱石は先蹤を気にした嫌いがある。

漱石は、また、子規の主唱による新しい写生文に心をかなりくだいていたらしく、屡々この『猫』にも写生文のことを述べ、その独自性を獲得せんと努めていただけあって、大勢の子供の幼い姿の描写に努めている。それは、なかなか生き生きと「猫」の眼を通してとはいえ、よく描き出されている。それだけでも、堂々と漱石の文章の一つの偉観とも言うべきところである。特にその例を上げれば、「とん子《こ》の顔《かほ》は南蠻鐵《なんばんてつ》の刀《かたな》の鍔《つば》の様《やう》な輪廓《りんくわく》を有《いう》して居《ゐ》る。すん子《こ》も妹《いもうと》丈《だけ》に多少《たせう》姉《あね》の面影《おもかげ》を存《そん》して琉球塗《りうきうぬり》の朱盆《しゆぼん》位《ぐらゐ》な資格《しかく》はある」（〈全集〉三九九）とある。さて、その南蛮鉄と、朱盆の琉球塗りについて、二人の風貌に相応しいかどうかは別として、漱石はそういった具体的な品物に余程にくわしいと思わざるを得ぬのである。

南蛮鉄は、室町末期から、西洋流で精錬した鉄をいう。また渡来した鉄のことを言う。日本刀の地金や鍔、兜などに用いられた。ことにこの刀の鍔の形が、子供の顔の輪廓に似ていると形容しているのも、ヒューマーともとれるし、またその子供の天然の無邪鬼さを述べているつもりなのであろう。朱塗りの沖縄製の塗り盆は、これは今日でも見かけることと思う。漆器として、面白い味を持っていると思われるが、肝心なそれに該当する当時の盆はどのようなものであったかである。

油壺

漱石は江戸庶民の信仰などにも関心があり、今日、本郷にある蒟蒻閻魔《こんにやくえんま》にも言及しているのは面白い。漱石は決して自分一人に超然と思いを集中していたのではなく、人々の動きとくらしに関心を常に赴せていたのである。

漱石が『猫』の作中で、一番生き生きと臥龍窟の苦沙彌先生を描き得ている所は、何処かといえば、丁度留守中に遊びに来ていた姪の雪江さんには、少々気の毒ではあるが、先日の泥棒陰士の盗んでいった、盗難品を、吉原土手近くの日本堤分署に出頭を命ぜられて、受取りにゆき、約束の時刻より、かなり待たされ、退屈凌ぎに、ぶらぶらと界隈を歩いているうちに、ふとした骨董店に見付けた油壺を、得意気に長火鉢のほとりの畳に抛《ほう》り出す場面である。そして、その時の姪の雪江さんや細君との会話のやりとりが、また振っている。これほど人間味をさらけだした場面は、かつて、迷亭、寒月、東風、三平、金田の鼻子ことおかみさん、独仙との間にはみられない。

その場面を原文のまま、少し引用するが、元来は油壺とは、かつての日本髪用の油を入れるもので、木《もく》蠟《ろう》と菜種油を練り上げてつくったものを入れる壺のことであるらしい。小説の中の文句から推量して、兎に角そのような物であろうと思う。壺の形状からも推量することが出来る。しかし、実際は、漱石が何処ぞで、かつて得て手にしたものがあったに相違ないので、そこで小説の題材になっている訳であるから、事実、品物は存していた筈である。苦沙彌先生は、警察署で非道く待たされた腹癒《はらいせ》もあってか、その壺とやらを、帰宅早々、畳へ抛り出したのである。しかし、それは、よき物見つけたという手柄ごころもあって、雪江を相手に心の解放を行ったのである。

しかし、よく考えてみると、今日ではなおさらに、古美術、骨董品を購入する場合、傍目八目、その品定めにはいずれにしても、賛否両論はあるもので、その評価は区々たるものであるに相違ない。苦沙彌先生の日頃の鬱陶しい日々の中にも、中休みとしての久しぶりの心の解放感と、発散を得たのは、この鬢付《びんつけ》油《あぶら》の古い壺のお蔭であったのである。このことこそ、これほどに古美術の功徳に過ぎたるはない。そして、場面としては、薄汚《うすきたな》い古壺を、若い娘と自分との間に置くといった、取り合わせの面白さである。

所《ところ》へ車《くるま》の音《おと》ががら〱と門前《もんぜん》に留《とま》つたと思《おも》つたら、忽《たちま》ち威勢《ゐせい》のいゝ御歸《おかへ》りと云《い》ふ聲《こゑ》がした。主人《しゆじん》は日本堤分署《にほんづゝみぶんしよ》から戻《もど》つたと見《み》える。車夫《しやふ》が差出《さしだ》す大《おほ》きな風呂敷包《ふろしきづゝみ》を下女《げぢよ》に受《う》け取《と》らして、主人《しゆじん》は悠然《いうぜん》と茶《ちや》の間《ま》へ這入《はい》つて来《く》る。「やあ、來《き》たね」と雪江《ゆきえ》さんに挨拶《あいさつ》しながら、例《れい》の有名《いうめい》なる長火鉢《ながひばち》の傍《そば》へ、ぽかりと手《て》に携《たづさ》へた徳利樣《とつくりやう》のものを抛《はふ》り出《だ》した。徳利樣《とつくりやう》と云《い》ふのは純然《じゆんぜん》たる徳利《とつくり》では無論《むろん》ない、と云《い》つて花活《はないけ》とも思《おも》はれない、只一種異樣《たゞいつしゆいやう》の陶器《たうき》であるから、已《やむ》を得《え》ず暫《しば》らくかやうに申《まを》したのである。

「妙《めう》な徳利《とつくり》ね、そんなものを警察《けいさつ》から貰《もら》つて入《い》らしつたの」と雪江《ゆきえ》さんが、倒《たふ》れた奴《やつ》を起《お》こしながら叔父《をぢ》さんに聞《き》いて見《み》る。叔父《をぢ》さんは、雪江《ゆきえ》さんの顔《かほ》を見《み》ながら、「どうだ、いゝ恰好《かつかう》だらう」と自慢《じまん》する。

「い、恰好《かつかう》なの？　それが？　あんまりよかあないわ。油壺《あぶらつぼ》なんか何《なん》で持《も》つて入《い》らつしつたの？」

「油壺《あぶらつぼ》なものか。そんな趣味《しゆみ》のない事《こと》を云《い》ふから困《こま》る」

「ぢや、なあに？」

「花活《はないけ》さ」

「花活《はないけ》にしちや、口《くち》が小《ち》いさ過《す》ぎて、いやに胴《どう》が張《は》つてるわ」

「そこが面白《おもしろ》いんだ。御前《おまへ》も無風流《ぶふうりう》だな。丸《まる》で叔母《をば》さんと擇《えら》ぶ所《ところ》なしだ。困《こま》つたものだな」と獨《ひと》りで油壺《あぶらつぼ》を取《と》り上《あ》げて、障子《しやうじ》の方《はう》へ向《む》けて眺《なが》めて居《ゐ》る。

「どうせ無風流《ぶふうりう》ですわ。油壺《あぶらつぼ》を警察《けいさつ》から貰《もら》つてくる様《やう》な真似《まね》は出来《でき》ないわ。ねえ叔母《をば》さん」叔母《をば》さんは夫《そ》れ所《どころ》ではない、風呂敷包《ふろしきづゝみ》を解《と》いて皿眼《さらまなこ》になつて、盗難品《たうなんひん》を検《しら》べて居《ゐ》る。「おや驚《おど》ろいた。泥棒《どろぼう》も進歩《しんぽ》したのね。みんな、解《と》いて洗《あら》ひ張《ばり》をしてあるわ。ねえちよいと、あなた」

「誰《だれ》が警察《けいさつ》から油壺《あぶらつぼ》を貰《もら》つてくるものか。待《ま》つてるのが退屈《たいくつ》だから、あすこいらを散歩《さんぽ》してゐるうちに掘《ほ》り出《だ》して來《き》たんだ。御前《おまへ》なんぞには分《わか》るまいが夫《それ》でも珍品《ちんぴん》だよ」

「珍品過《ちんぴんす》ぎるわ。一體《いつたい》叔父《をぢ》さんはどこを散歩《さんぽ》したの」

「どこつて日本堤界隈《にほんづゝみかいわい》さ。吉原《よしはら》へも這入《はい》つて見《み》た。中々盛《なかなかさかん》な所《ところ》だ。あの鐵《てつ》の門《もん》を觀《み》た事《こと》があるかい。ないだらう」

「だれが見《み》るもんですか。吉原《よしはら》なんて賤業婦《せんげふふ》の居《ゐ》る所《ところ》へ行《い》く因縁《いんえん》がありませんわ。叔父《をぢ》さんは教師《けうし》の身《み》で、よくまあ、あんな所《ところ》へ行《ゆ》かれたものねえ。本當《ほんたう》に驚《おどろ》いてしまふわ。ねえ叔母《をば》さん、叔母《をば》さん」

「えゝ、さうね。どうも品數《しなかず》が足《た》りない様《やう》だ事《こと》。是《これ》でみんな戻《もど》つたんでせうか」

「戻《もど》らんのは山《やま》の芋《いも》ばかりさ。元來《ぐわんらい》九時《じ》に出頭《しゆつとう》しろと云《い》ひながら十一時迄《じまで》待《ま》たせる法《はふ》があるものか、是《これ》だから日本《にほん》の警察《けいさつ》はいかん」

「日本《にほん》の警察《けいさつ》がいけないつて、吉原《よしはら》を散歩《さんぽ》しちや猶《なほ》いけないわ。そんな事《こと》が知《し》れると免職《めんしよく》になつてよ。ねえ叔母《をば》さん」

「えゝ、なるでせう。あなた、私《わたくし》の帯《おび》の片側《かたかは》がないんです。何《なん》だか足《た》りないと思《おも》つたら」

「帯《おび》の片側位《かたかはぐらゐ》あきらめるさ。こつちは三時間《さんじかん》も待《ま》たされて、大切《たいせつ》の時間《じかん》を半日潰《はんにちつぶ》してしまつた」と日本服《にほんふく》に着代《きか》へて平気《へいき》に火鉢《ひばち》へもたれて油壺《あぶらつぼ》を眺《なが》めて居《ゐ》る。細君《さいくん》も仕方《しかた》がないと諦《あきら》めて、戻《もど》つた品《しな》を其儘戸棚《そのままとだな》へ仕舞込《しまひこ》んで座《ざ》に歸《かへ》る。

「叔母《をば》さん、此油壺《このあぶらつぼ》が珍品《ちんぴん》ですとさ。きたないぢやありませんか」

「それを吉原《よしはら》で買《か》つて入《い》らしたの？　まあ」

「何《なに》がまあだ。分《わか》りもしない癖《くせ》に」

「それでもそんな壺《つぼ》なら吉原《よしはら》へ行《ゆ》かなくつても、どこにだつて有《あ》るぢやありませんか」


（〈全集〉四二一～四二三頁）

油壺の話題で、一家中に一波瀾が起こりそうになったが、それは妙な来客によって、ひと先ずは収拾が付いた。しかしその客の生徒たるや成績不良もさることながら、古井武右衛門の毬栗《いがぐり》君であった。仲間にそそのかされて、さる女生徒に艶書を送った廉で、学校から退学の咎めがあったなら、両親に申し訳が立たぬということで、とり越し苦労の心配りをして、頼みにきたのであった。その艶書の相手たるや、金田の娘であったので、これまた苦沙彌先生の驚きの種子とならざるを得なかった。武右衛門君のおやじさんは、大変にやかましい人で、おまけに今の細君は継母ときているので、公にされたら、彼の立場が益々苦しくなるという、相談ごとで訪ねてきたのであった。〈全集〉四二八頁では、「薩摩《さつま》絣《がすり》か、久留米《くるめ》がすりか又《また》伊予《いよ》絣《がすり》か分《わか》らないが、ともかくも絣《かすり》と名《な》づけられたる袷《あはせ》を袖短《そでみじ》かに着《き》こなして、下《した》には襯衣《シャツ》も襦袢《じゆばん》もない様《やう》だ」とある。この様に衣服に注意をそそぐのは、作者としては、登場人物に生彩を与えるためには必要欠くべからざる技法なのであろう。薩摩絣等は、古美術品として歩けるかはともあれ、旧いものであれば、立派に時代を隔てた現存品として、そのデザインの変遷を示し、往古の雅趣を残していようものでもあろう。漱石は、割合に衣服のこと、ことに、産地の衣布《ぬの》のことに関心が深く、この方面にもある程度造詣があった。

　さて、この古井武右衛門君の艶書話を聞いていた、細君と雪江さんは、どうであったかというと、「茶《ちや》の間《ま》では細君《さいくん》がくす〳〵笑《わら》ひながら、京焼《きやうやき》の安茶碗《やすちやわん》に番茶《ばんちや》を浪《なみ》〳〵と注《つ》いで、アンチモニーの茶托《ちやたく》の上《うえ》へ載《のせ》て」（〈全集〉四四四頁）とあって、その細君は、遠慮しがちな雪江さんに、持って出るようにとけしかける。「京焼」の安茶碗や「アンチモニーの茶托」とは、上等なものでないことは決まっている。小説家としての漱石は、相手の客次第で、接待を考えて描いているのである。京焼は主に京都で焼かれた陶磁器を言うが、あるいはそれを模したものも出廻っていよう。また「アンチモニーの茶托」とは、元素のアンチモンを用いたもので、色は銀白色なるが故に、多く合金に用いられ、金属としてはやわらかく、形取り易いので、古美術界では、懸佛などのイミティションを作るのに用いられて、よくだまされる例が多い。つまりは安い物という代名詞でもある。漱石はこういう点も万事心得ているものと考えると、余程の物識りであったのである。

さて、小説『猫』も段々と終末に近づいてきて、金田嬢と、意外やこの臥龍窟出入りの人物某君との結婚式が決まり、若い東風君や寒月君もその式に呼ばれて、出席する手筈が整った。作者の漱石は、これで当初よりの金田との確執の結末を付けようとしたのである。式の当日、どうしたわけか、東風の新体詩に楽符をつけて、寒月君がヴィオリンを奏でるという趣向まで飛び出した。金田の鼻子嫌いの苦沙彌先生は、流石に出席を拒んだのは当然のようであるが、作者の漱石の分身である苦沙彌先生が、あれほど内心に軽蔑し、嫌った金田氏には存外寛大であるのを読み取ると、そうか、世の中とはそうして結着を付けるものかと感心せざるをえないのである。案外漱石も清濁を併せ飲んで、やるではないかと思うのである。

さて、その時の話題としては、寒月とヴィオリンとの因縁話が始まるのであるが、そのヴィオリンを手に入れる苦心譚と、それを抱いて寝たことについて、蕪村の句の「行く春や重たき琵琶の抱き心」と比べている処は、俳句好きの漱石のモチーフとしても、もってゆきそうな処でもある。そして、漱石はことの外に、俳人蕪村が好きであったから、到るところに芭蕉より蕪村を援用しているのである。漱石は自ら絵筆を把って丹青《たんじょう》を弄んだ人物であるだけに、ああいった情趣の横溢した、やわらかな抒情性にあこがれていたのである。

越智東風君が新体詩人であれば、毎日実験室で、球磨きをしている寒月君（モデルは物理学者で、随筆家の寺田寅彦といわれている）は、俳句を嗜む人物である。そこで、正岡子規との関連性を、ここで漱石はまた一つ残しておこうとしたのである。

ヴィオリンなどと、ハイカラな楽器を持つだけでも、当時熊本のあらくれバンカラな男子生徒仲間にみつかろうものならば半殺しに会うこと必定とて、寒月先生、入手した後の下宿での隠し場所に窮して、祖母が餞別にくれた葛籠《つづら》に隠して、暫く周囲の様子を見たというエピソードを物語る。しかし、ヴィオリンを仕舞ったはよいが、今度は出す段になってまた苦心の要《い》ることであった。そこで、その話に感じ入ったか、苦沙彌先生は、一句捻り出して、「秋淋しつづらにかくすヴィオリン」はどうだと、一同に披露に及ぶのである。すると、「先生今日《せんせいけふ》は大分俳句《だいぶはいく》が出來《でき》ますね」（〈全集〉四八五頁）と声がかかる。そこで、苦沙彌先生、正岡子規との因縁を顧みて、

「今日《けふ》に限《かぎ》つた事《こと》ぢやない。いつでも腹《はら》の中《なか》で出來《でき》てるのさ。僕《ぼく》の俳句《はいく》に於《お》ける造詣《ざうけい》と云《い》つたら、故子規子《こしきし》も舌《した》を捲《ま》いて驚《おど》ろいた位《くらゐ》のものさ」

「先生《せんせい》、子規《しき》さんとは御《お》つき合《あひ》でしたか」と正直《しやうぢき》な東風君《とうふうくん》は真率《しんそつ》な質問《しつもん》をかける。

「なにつき合《あ》はなくつても始終《しじゆう》無線電信《むせんでんしん》で肝膽《かんたん》相《あひ》照《て》らして居《ゐ》たもんだ」と無茶苦茶《むちやくちや》を云《い》ふので、東《とう》風先生《ふうせんせい》あきれて黙《だま》つて仕舞《しま》つた。寒月君《かんげつくん》は笑《わら》ひながら又進行《またしんかう》する。（〈全集〉四八六頁）

とある。漱石は、自らの小説に、自らの伝記を設定し、投影して世に遺すことを忘れてはいなかった。これも漱石の巧みな仕業の一つである。しかし、文面では、子規との交際をむしろ否定するかのように、わざと述べているのも、どういったつもりなのであろうか。漱石と子規とは、非常に双方共に肝胆相照らした仲であることは、当時の「ホトトギス」を中心とした読者層であれば、十分に周知の事実であった筈であり乍ら、一つ避けて、一歩下った所が、心憎いのである。

しかも、子規も蕪村も古葛籠《ふるつづら》も、古美術の範疇に入らぬこととてはない。

この『猫』には、古美術としては、いくつかの古陶器の例がみられるが、掛軸、古銅器その他の分野のものは滅多にないのは、その方面には、漱石が年の若さの為に、手が及ばなかったものと見える。古陶器では、またここに「朱泥」の言葉が「鈴木の藤さん」の話題のついでに出てくるのである。

小石川のある寺に下宿していた折りに、鈴木の藤さんが、ビールに味醂を入れて飲むのが好きで、彼の留守に、苦沙彌先生、よせばよいのに、それを盗み飲んでしまったのである。藤さんは帰って見ると、ビールの量が足りなく、減っているのに気づき、「朱泥」のように顔を真赤にしている苦沙彌先生を発見したのである。「大将《たいしやう》隅《すみ》の方《はう》に朱泥《しゆでい》を練《ね》りかためた人形《にんぎやう》の様《やう》にかたくなつて居《ゐ》らあね……」(〈全集〉四八七頁)とある処である。「朱泥」は、中国産の暗朱色の硬い陶器のことであって、江蘇省蘇常道宜興県が原産。日本でもその技法を伝えて、三重、岡山、愛知にもある。朱塗(泥)は、酸化鉄を多く含んだ粘土で、表面が可溶性があって、光沢を放つ点が特色である。従って外観は美麗となる。朱泥に対して、紫泥、白泥等がある。わが国では、備前伊部、常滑、美濃温故焼、佐渡無名異焼等が産出されている。いずれも釉薬を用いていない。常滑では、明治十一年、中国人金士恒を招いて宜興の技法を伝える。そして杉江寿門などが、良いものをつくった。轆轤仕上げをしない点なども、苦沙彌先生の泥酔を表現するのに、その陶器の造形が相応しいものかと思われる。漱石の頃、杉江の作品が東京にも出廻ったものかと思われるが、それにしても漱石は博学である。

臥龍窟の書斎では、相変らず、迷亭、寒月、東風、独仙、苦沙彌などが談論風発、絶えることを知らずであったが、到頭、話題が骨董屋の店びらきを例にとって、眼前の習慣に迷わされて、根本の原理を忘れ勝ちなわれらの日常に警鐘を鳴らす為の説明が起きあがった。一体小説家の内で漱石ほど、骨董を意識した人物も珍らしい。

「成程《なるほど》難有《ありがた》い御説教《おせつけう》だ。眼前《がんぜん》の習慣《しふくわん》に迷《まよ》はされの御話《おはな》しを僕《ぼく》も一《ひと》つやらうか。此間《こあひだ》ある雑誌《ざつし》をよんだら、かう云《い》ふ詐欺師《さぎし》の小説《せうせつ》があつた。僕《ぼく》がまあこゝで書畫骨董店《しよぐわこつとうてん》を開《ひら》くとする。で店頭《てんとう》に大家《たいか》の幅《ふく》や、名人《めいじん》の道具類《だうぐるゐ》を並《なら》べて置《お》く。無論贋物《むろんにせもの》ぢやない、正直正銘《しやうぢきしやうめい》、うそいつはりのない上等品許《じやうとうひんばか》り並《なら》べて置《お》く。

上等品《じやうとうひん》だからみんな高價《かうか》に極《きま》つてる。そこへ物數奇《ものずき》な御客《おきやく》さんが來《き》て、此元信《このもとのぶ》の幅《ふく》はいくらだねと聞《き》く。六百圓《ゑん》なら六百圓《ゑん》と僕《ぼく》が云《い》ふと、其客《そのきやく》が欲《ほ》しい事《こと》はほしいが、六百圓《ゑん》では手元《てもと》に持《も》ち合《あは》せがないから、残念《ざんねん》だがまあ見合《みあは》せやう」

「さう云《い》ふと極《きま》つてるかい」と主人《しゆじん》は相變《あいかは》らず芝居氣《しばゐき》のない事《こと》を云《い》ふ。迷亭君《めいていくん》はぬからぬ顔《かほ》で、

「まあさ、小説《せうせつ》だよ。云《い》ふとして置《お》くんだ。そこで僕《ぼく》がなに代《だい》は構《かま》ひませんから、御氣《おき》に入《い》つたら持《も》つて入《い》らつしやいと云《い》ふ。客《きやく》はさうも行《ゆ》かないからと躊躇《ちうちよ》する。それぢや月賦《げつぷ》でいたゞきませう、月賦《げつぷ》も細《ほそ》く、長《なが》く、どうせ是《これ》から御贔屓《ごひいき》になるんですから——いえ、ちつとも御遠慮《ごゑんりよ》には及《およ》びません。どうです月《つき》に十圓位《ゑんぐらゐ》ぢや。何《なん》なら月《つき》に五圓《ゑん》でも構《かま》ひませんと僕《ぼく》が極《ごく》きさくに云《い》ふんだ。夫《それ》から僕《ぼく》と客《きやく》の間《あひだ》に二三の問答《もんだふ》があつて、とゞ僕《ぼく》が狩野法眼元信《かのうほふげんもとのぶ》の幅《ふく》を六百圓但《ゑんたゞ》し月賦《げつぷ》十圓拂込《ゑんはらひこみ》の事《こと》で賣渡《うりわた》す」

「タイムスの百科全書《ひやくくわぜんしよ》見《み》た様《やう》ですね」

「タイムスは確かだが、僕《ぼく》のは頗《すこぶ》る不慥《ふたしか》だよ。是《これ》からが愈《いよ〳〵》巧妙《かうめう》なる詐僞《さぎ》にとりかゝるのだぜ。よく聞《き》き給《たま》へ月《つき》十圓宛《ゑんづゝ》で六百圓《ゑん》なら何年《なんねん》で皆濟《かいさい》になると思《おも》ふ、寒月君《かんげつくん》」

「無論《むろん》五年《ねん》でせう」

「無論《むろん》五年《ねん》。で五年《ねん》の歳月《さいげつ》は長《なが》いと思《おも》ふか短《みじ》かいと思《おも》ふか、獨仙君《どくせんくん》」

「一念萬年《いちねんばんねん》、萬年一念《ばんねんいちねん》。短《みじ》かくもあり、短《みじ》かくもなしだ」

「何《なん》だそりや道歌《だうか》か、常識《じやうしき》のない道歌《だうか》だね。そこで五年《ねん》の間《あひだ》毎月《まいつき》十圓宛拂《ゑんづゝはら》ふのだから、つまり先《せん》方《ぽう》では六十回拂《くわいはら》へばいゝのだ。然《しか》しそこが習慣《しふくわん》の恐《おそ》ろしい所《ところ》で、六十回《くわい》も同《おな》じ事《こと》を毎月繰《まいつきく》り返《かへ》して居《ゐ》ると、六十一回《くわい》にも矢張《やは》り十圓拂《ゑんはら》ふ氣《き》になる。六十二回《くわい》にも十圓拂《ゑんはら》ふ氣《き》になる。六十二回《くわい》、六十三回《くわい》、回《くわい》を重《かさ》ねるに従《したが》つてどうしても期日《きじつ》がくれば十圓拂《ゑんはら》はなくては氣《き》が濟《す》まない様《やう》になる。

人間《にんげん》は利口《りこう》の様《やう》だが、習慣《しふくわん》に迷《まよ》つて、根本《こんぽん》を忘《わす》れると云《い》ふ大弱點《だいじやくてん》がある。其弱點《そのじやくてん》に乗《じやう》じて僕《ぼく》が何度《なんど》でも十圓宛毎月得《ゑんづゝまいつきとく》をするのさ」

「ハヽヽ、まさか、夫程忘《それほどわす》れつぽくもならないでせう」と寒月君《かんげつくん》が笑《わら》ふと、主人《しゆじん》は聊《いさゝ》か真面目《まじめ》で、

「いやさう云《い》ふ事《こと》は全《まつた》くあるよ。僕《ぼく》は大學《だいがく》の貸費《たいひ》を毎月々々《まいつき〳〵》勘定《かんぢやう》せずに返《かへ》して、仕舞《しまひ》に向《むかふ》から斷《こと》はられた事《こと》がある」と自分《じぶん》の耻《はぢ》を人間一般《にんげんいつぱん》の耻《はぢ》の様《やう》に公言《こうげん》した。

「そら、さう云《い》ふ人《ひと》が現《げん》にこゝに居《ゐ》るから慥かなものだ。だから僕《ぼく》の先刻《さつき》述《の》べた文明《ぶんめい》の未來記《みらいき》を聞《き》いて冗談《じようだん》だ抔《など》と笑《わら》ふものは、六十回《くわい》でいゝ月賦《げつぷ》を生涯《しやうがい》拂《はら》つて正當《せいたう》だと考《かんが》へる連中《れんぢゆう》だ。ことに寒月君《かんげつくん》や、東風君《とうふうくん》の様《やう》な經驗《けいけん》の乏《とぼ》しい青年諸君《せいねんしよくん》は、よく僕等《ぼくら》の云《い》ふ事《こと》を聞《き》いてだまされない様《やう》にしなくつちやいけない」

「かしこまりました。月賦《げつぷ》は必《かなら》ず六十回限《くわいかぎ》りの事《こと》に致《いた》します」

「いや冗談《じようだん》の様《やう》だが、實際參考《じつさいさんかう》になる話《はなし》ですよ、寒月君《かんげつくん》」と獨仙君《どくせんくん》は寒月君《かんげつくん》に向《むか》ひだした。

（〈全集〉五一三〜五一五頁）

『猫』に於いては、数少ない日本画の幅の話題であるが、殊に、古法眼元信については、漱石の関心の深い古典画家の一人で、俳句その他にも屢々出てくる元信（一四五六〜一五五九）は、狩野派の元祖といわれ、父は正信。室町末期の代表的な画家（他項参照）。しかし、ここでは、漱石が如何に日本の古美術骨董の商売にも通じていることかである。よい品を客は気に入り、求めようとするが、しかし、それなり

に、店の主の方も値段を掲げることとなれば、是非とも手に入れたい品は、客の懐具合からして無理となる所を、客の努力を唆るかのように持ち掛け、仕向けるのが商売の道である。客はまた、折角出会った品物を何とか手に入れようと、店の主人と物別れとなるより、商談成立の為の努力をせざるを得ぬと思うようになる。そう仕向けるのがまた商売人の骨《こつ》というものである。そして、一人でも、店の顧客を増やしてゆくのが商人の腕である筈である。この会話にみる内容は、江戸時代以来の商法でもあり、明治三十八年代を超えて、立派に二十一世紀の今日にも通用するものである。実際、漱石にもこうした体験を通して手に入れた品物もあったのかもしれない。それとも、迷亭のモデルから実際の骨董の売買の場面を聞いていたものとも思われる。漱石は古美術が好きであり、またそれを取り扱う古美術商の実際にも関心を寄せていたのである。それは後の小説『門』などにも見られるところである。

「梅花幽禽図」狩野元信筆

さて、この『猫』における禅文学と古美術に関しては、最後になってしまったが、例によっての通り、八木独仙や迷亭には、新しい東洋人としての日本人の対西洋文明に関しての見きわめ所というか、将来の日本人としての辿るべき道を指針しているような点が感じられる。それは当時としても、極めて新しい時代の見据え方であって、国民への大きな示唆となりえていたと思うのである。このように新しい時代への対処としての禅学を説いた作家は少ないし、漱石が禅学を取り入れたことによって、後に大拙居士を生み、英国人H・ブライス氏、西田幾多郎を出し、柳宗悦、柳田國男を生み、寺田寅彦を育てたのである。気になることは、この小説『猫』の中で、漱石は、迷亭の「未来記」なるものに、彼一流の文明批評、社会時評を当てている点である。漱石は明治三十八年（一九〇五）の頃から、日本の現状を見透していて、正にその「未来記」たる予言を迷亭の口を通して語りかけ、残しているのである。試みに〈全集〉五一七頁の一部と他を引用して、この篇についての、禅文学と古美術の文を畢らせよう。

——僕《ぼく》の未來記《みらいき》はそんな當座間《たうざま》に合《あは》せの小問題《せうもんだい》ぢやない。人間全體《にんげんぜんたい》の運命《うんめい》に關《くわん》する社會的現象《しやくわいてきげんしやう》だからね。つら〳〵目下文明《もくかぶんめい》の傾向《けいかう》を達觀《たつくわん》して、遠《とほ》き將來《しやうらい》の趨勢《すうせい》を卜《ぼく》すると結婚《けつこん》が不可能《ふかのう》の事《こと》になる。驚《おど》ろくなかれ、結婚《けつこん》の不可能《ふかのう》。譯《わけ》はかうさ。前申《ぜんまを》す通《とほ》り今《いま》の世《よ》は個性中心《こせいちゆうしん》の世《よ》である。一家《いつか》を主人《しゆじん》が代表《だいへう》し、一郡《いちぐん》を代官《だいくわん》が代表《だいへう》し、一國《いつこく》を領主《りやうしゆ》が代表《だいへう》した時分《じぶん》には、代表者以外《だいへうしやいぐわい》の人間《にんげん》には人《じん》格《かく》は丸《まる》でなかった。あつても認《みと》められなかつた。其《そ》れががらりと變《かは》ると、あらゆる生存者《せいぞんしや》が悉《ことごと》く個《こ》性《せい》を主張《しゆちやう》し出《だ》して、だれを見《み》ても君《きみ》は君《きみ》、僕《ぼく》は僕《ぼく》だよと云《い》はぬ許《ばか》りの風《ふう》をする樣《やう》になる。ふたりの人《ひと》が途中《とちゆう》で逢《あ》へばうぬが人間《にんげん》なら、おれも人間《にんげん》だぞと心《こゝろ》の中《うち》で喧嘩《けんくわ》を買《か》ひながら行《ゆ》き違《ちが》ふ。それ丈《だけ》個人《こじん》が強《つよ》くなつた。個人《こじん》が平等《びやうどう》に強《つよ》くなつたから、個人《こじん》が平等《びやうどう》に弱《よわ》くなつた譯《わけ》になる。人《ひと》がおのれを害《がい》する事《こと》が出來《でき》にくゝなつた點《てん》に於《おい》て、慥かに自分《じぶん》は強《つよ》くなつたのだが、滅多《めつた》に人《ひと》の身《み》の上《うへ》に手出《てだ》しがならなくなつた點《てん》に於《おい》ては、明《あきら》かに昔《むかし》より弱《よわ》くなつたんだらう。強《つよ》くなるのは嬉《うれ》しいが、弱《よわ》くなるのは誰《だれ》も難有《ありがた》くないから、人《ひと》から一毫《いちがう》も犯《をか》されまいと、強《つよ》い點《てん》をあく迄固守《までこしゆ》すると同時《どうじ》に、せめて半毛《はんまう》でも人《ひと》を侵《をか》してやらうと、弱《よわ》い所《ところ》は無理《むり》にも擴《ひろ》げたくなる。かうなると人《ひと》と人《ひと》の間《あひだ》に空間《くうかん》がなくなつて、生《い》きてるのが窮屈《きゆうくつ》になる。出來《でき》る丈自分《だけじぶん》を張《は》りつめて、はち切《き》れる許《ばか》りにふくれ返《かへ》つて苦《くる》しがつて生存《せいそん》して居《ゐ》る。苦《くる》しいから色々《いろ〳〵》の方法《はうはふ》で個人《こじん》と個人《こじん》との間《あひだ》に餘裕《よゆう》を求《もと》める。かくの如《ごと》く人間《にんげん》が自業自得《じごふじとく》で苦《くる》しんで、其苦《そのくる》し紛《まぎ》れに案出《あんしゆつ》した第《だい》一の方案《はうあん》は親子別居《おやこべつきよ》の制《せい》さ。日本《にほん》でも山《やま》の中《なか》へ這入《はい》つて見給《みたま》へ。一家一門《いつけいちもん》悉《ことごと》く一軒《いつけん》のうちにごろ〳〵して居《ゐ》る。主張《しゆちやう》すべき個性《こせい》もなく、あつても主張《しゆちやう》しないから、あれで濟《す》むのだが文明《ぶんめい》の民《たみ》はたとひ親子《おやこ》の間《あひだ》でも御互《おたがひ》に我儘《わがまゝ》を張《は》れる丈《だけ》張《は》らなければ損《そん》になるから勢《いきほ》ひ兩者《りやうしや》の安全《あんぜん》を保持《ほぢ》する爲《た》めには別居《べつきよ》しなければならない。歐洲《おうしう》は文《ぶん》明《めい》が進《すゝ》んでゐるから日本《にほん》より早《はや》く此制度《このせいど》が行《おこな》はれて居《ゐ》る。たま〳〵親子同居《おやこどうきよ》するものがあつても、息子《むすこ》がおやぢから利息《りそく》のつく金《かね》を借《か》りたり、他人《たにん》の様《やう》に下宿料《げしゆくれう》を拂《はら》つたりする。親《おや》が息子《むすこ》の個性《こせい》を認《みと》めて之《これ》に尊敬《そんけい》を拂《はら》へばこそ、こんな美風《びふう》が成立《せいりつ》するのだ。此風《このふう》は早晩《そうばん》日本《にほん》へも是非輸入《ぜひゆにふ》しなければならん。親類《しんるゐ》はとくに離《はな》れ、親子《おやこ》は今日《こんにち》に離《はな》れて、やつと我慢《がまん》してゐる様《やう》なものの個性《こせい》の發展《はつてん》と、發《はつ》展《てん》につれて此《これ》に對《たい》する尊敬《そんけい》の念《ねん》は無制限《むせいげん》にのびて行《ゆ》くから、まだ離《はな》れなくては樂《らく》が出來《でき》ない。然《しか》し親《おや》子兄弟《こきやうだい》の離《はな》れたる今日《こんにち》、もう離《はな》れるものはない譯《わけ》だから、最後《さいご》の方案《はうあん》として夫婦《ふうふ》が分《わか》れる事《こと》になる。今《いま》の人《ひと》の考《かんがへ》では一所《いつしよ》に居《ゐ》るから夫婦《ふうふ》だと思《おも》つてる。夫《それ》が大《おほ》きな了見違《れうけんちが》ひさ。一所《いつしよ》に居《ゐ》る爲《た》めには一《いつ》所《しよ》に居《ゐ》るに充分《じゆうぶん》なる丈個性《だけこせい》が合《あ》はなければならないだらう。昔《むかし》しなら文句《もんく》はないさ、異體同心《いたいどうしん》とか

云《い》つて、目《め》には夫婦《ふうふ》二人《ふたり》に見《み》えるが、内實《ないじつ》は一人前《いちにんまへ》なんだからね。（〈全集〉五一七～九頁）

漱石が考えた日本人の未来図の情況は、存外に新しい見方をしており、今日を正しく見据えていると思う。まさか、漱石は日本が西欧のデモクラシーを採り入れて、民主政治に踏切り、さらに年を重ねて、腐敗堕落した機械文明の情況を見通していたとも考えられないが、漱石には鋭い点がある。

『猫』の主人公の「猫」は、臥龍窟出入りのほぼ全員に、総括的なコメントを付して、現況とその各の将来性を予見しつつ、この巻を畢らせようとよい気分に酔っていると、「自分《じぶん》では是程《これほど》の見識家《けんしきか》はまたとあるまいと思ふて居たが、先達《せんだつ》てカーテル、ムルと云ふ見《み》ず知《し》らずの同族《どうぞく》が、突然《とつぜん》大《だい》氣燄《きえん》を揚《あ》げたので、一寸《ちよつと》吃驚《びつくり》した」（〈全集〉五三四頁）と、報告している。それは、明治三十九年五月号の「新小説」に載った藤代素人の『猫文士怪焔録』が作者漱石の耳に入ったからで、そこには漱石の『猫』に苦言を呈しつつ、一八二〇年から一八二二年に発行したドイツのホフマンの『牡猫ムルの人生観』の主人公が、やはり猫であり、百年も前の先輩に何の礼儀もないと、横槍を入れてきたことであった。漱石はこのことに気付いて、引用の通り、びっくり仰天はしたものの、なあんだ、百年も前に死んでいる猫ではないかと、安心もし、また評家たちの間でも、ホフマンの描く猫と、漱石の「猫」とでは、多少の性格とその意味合いも異なり、漱石の『猫』の独自性《オリジナリティ》には問題はないと評定を下している。

猫は多々良三平らが顔を赤くしてビールを飲んでいる様子を垣間みて、客の帰った後に、自分も生涯生きている内に経験すべきはしておくべきとばかり、台所に下げて残っていた三つのコップの苦いビールに舌を入れ、思案しつつも一杯のビールを飲んでしまった。それから二杯目へとつづく。「猫」の脳裏には、諸々の妄想が浮かび、次第に陶然となりつつ、眠気を催してきて、意識も朦朧と、前後不覚となり、天水桶に使われていた水甕に自ら落ちてしまう。それにしても、この辺の漱石の描写力と行文の妙なることは絶讃されるべきものである。

猫の最期《さいご》は結局のところ、諦念に達するところで終わる。この「猫」の最期を滑稽の笑いとみるかは別であるが、ある種の悲劇の相をもってみるべきものかである。もう生きようと爪立てをせず、踠《もが》くこともせず、甕の縁へ這い上ることをあきらめて、なるがままの随順に安楽世界を求めて、息絶えることを感謝して死ねることの大往生となっていったのである。「猫」は「次第《しだい》に楽《らく》になってくる。苦《くる》しいのだか難有《ありがた》いのだか見當《けんたう》がつかない」と吐らして、頻りと弥陀の名号を殊勝に称えて死ぬのである。しかし、これはあくまでも小説『猫』の主人公の「猫」のことである。モデルとなった漱石の飼猫ではない。この『吾輩は猫である』は大局的に言って、明治時代に書かれた佛教文学であるとも言えるものと思う。

『坊つちやん』と古美術

『坊つちやん』については、ストーリーも周く人々に知られているので、今更述べる必要もない。親譲りで、無鉄砲の一人の快男児が物理学校を卒業したてに、四国の松山中学校へ、数学の教師として赴任することから始まるこの小説は、『猫』に次ぐ漱石の小説である。そして、この『坊つちやん』のファンは、後を断たずに現在に至っている。主人公の世間見ずの、潔癖主義の江戸っ子育ちが、どのように、小さな教師社会に順応し、反発の生活を送るかが、テーマでもあるが、主人公の『坊つちやん』の性格づけは、勿論幾分かは作者たる漱石と一致すると一般は見ている。

「坊つちやん」先生は、父と死別して、兄とはそりが合わず、独立、離別の折り、六百円を遺産の分け前としてもらうが、これを物理学校の三年間の学費に当て、兄は「道具屋を呼んで来て、先祖代々の瓦落多《がらくた》を二束三文《にそくさんもん》に賣つた」と行文にあるが、ここでも、古美術、骨董が家財としての財産であったことが物語られている。それは古美術品が昔も今も変わらない扱いを受けていることをも証明しているのである。これは後の小説『門』についても言えることである。

さて、松山では、初出勤の坊ちゃんの帰りを待ち受けていた、宿の山代屋は、俄に待遇を変じて、彼は二階の十五畳の部屋に通されるが、そこには床間があったと言う。この小説では、この宿の山代屋から、数学教師の主任、山嵐につれられて行った下宿屋が、「骨董を商賣にするいか銀といふ男で」とある。一日の教場が終って、下宿に帰るなり、いか銀は、坊ちゃん先生に風流のたしなみ、即ち、骨董の道を教えようと言う。

いか銀は骨董が好きで、初めは内々で売買をしながら、それが昂じて、遂に商売をするようになったという。実は、今日でも古美術が好きで、蒐集に走ってしまった人が、いつの間にか商売の道に転向するのも多いのであるから、いか銀も、あながちにも責められるわけもない。漱石は、この方面の実際を裏ではよく承知していたのである。いか銀は印材を見せて十個で三円では、どうかと言う。「華山」とか何とか云う男の花鳥の掛物、華山の二人についても説明をする。実は華山は崋山であるべきで、『坊っちゃん』の原文では、「華山」となっている（〈全集〉二巻、二六五頁）。江戸時代の華（崋）山には渡辺崋山と横山華山がいる。漱石は、松山時代に或いは、このいか銀の如き道具屋のモデルに出遭っていて、そこで、したたか、古美術への道を授ったのかもしれない。いか銀は自分で床間に華山の幅を掛けて悦に入り、「どうですあなたなら十五圓にしておきます。御買なさいと催促する」。この辺りの推め方も口吻も、今日の商売人と一寸も変りはないのである。そして、さらには、いか銀に硯の講釈をさせている。作者の漱石とすれば、さぞやほくそ笑んだことであろう。

「端渓には上層中層下層とあって、今時のものはみんな上層ですが、是は慥《たしか》に中層です。此眼《このがん》を御覧なさい。眼《がん》が三つあるのは珍らしい。溌墨の具合も至極宜しい、試して御覧なさいと……おれの前へ大きな硯を突きつける」などとあって、坊っちゃん先生は、いか銀の骨董攻めに会っている様子が窺えるのである。

それから、坊っちゃんは、団子と住田の温泉で女中が天目でお茶を持ってくるのに目を瞠っている。これは恐らく天目茶碗のことではなくて、天目台つきで茶を入れて運んできたのであろうと思われる。坊っちゃんは遊郭の入口にある団子屋に入って、団子を食べ、生徒に、みつけられ、天麩羅屋で、てんぷらを食べて、たちまち生徒の評判となる。初めての宿直の夜はバッタを蚊帳の中に入れ込まれた事件があり、さらには坊っちゃん先生は、二階の寄宿生の足踏みの誘発を受けて、いさかいを起したりしたが、坊ちゃん先生は、江戸っ子の意地を見せようとして、「旗本の生まれで、元は清和源氏の、多田の満仲の後裔」と許り意気まく。そこが一本気の世間知らずの坊っちゃん先生なのである。

或る日の日曜日のこと、「君釣りに行きませんかと赤シャツがおれに聞いた」とある通り、野だと三人で船頭を庸って、櫓をこがせ、海に出る。赤シャツが「あの松を見給へ、幹が真直で、上が傘の様に開いてターナーの画にありそうだね」という。「あの岩の上に、どうです、ラフハエルのマドンナを置いちゃ、い、画が出來ますぜと野だが云ふと、……」とある。ここでラフハエルはともあれ、「ターナー」が気になるが、ターナーとは英国十九世紀の風景画家として知られる人で、Joseph M.W. Turner（1775～1851）のことである。これについての、漱石の審美眼をさぐることは、またの機会としよう。漱石は南画めいた風景や山水画の実作者でもあって、これとの影響関係をも無視すべきではない。

また、『草枕』の登場人物の画工などとも、併せて考えるべきであろうと思う。それにしても、明治時代の読者には、ターナー、マドンナ、ラファエロなどの西洋の人々の名は、さぞやハイカラな印象を与えたことであったろう。

さて、この小説『坊つちゃん』で最大の山場とも言うべき、古賀先生こと、うらなり君の送別会が花晨《かしん》亭《てい》で開かれる場面がある。ここで作者の漱石は、古美術、骨董に触れている。それはこの小説の雰囲気作りの見処でもある。

二人が着いた頃には、人数ももう大概揃《そろ》って、五十畳の広間に二つ三つ人間の塊《かた》まりが出来て居る。五十畳丈に床は素敵に大きい。おれが山城屋で占領した十五畳敷の床とは比較にならない。尺を取って見たら二間あった。右の方に、赤い模様のある瀬戸物《せともの》の瓶《かめ》を据《す》えて、其中に松の大きな枝が挿《さ》してある。松の枝を挿して何にする気か知らないが、何ヶ月立っても散る気遣《きづかい》がないから、銭《ぜに》が懸《かか》らなくって、よかろう。あの瀬戸物はどこで出来るんだと博物の教師に聞いたら、あれは瀬戸物じゃありません、伊万里《いまり》ですと云った。伊万里だって瀬戸物じゃないかと、云ったら、博物はえへヽッと笑って居た。あとで聞いて見たら、瀬戸で出来る焼物だから、瀬戸と云うのだそうだ。おれは江戸っ子だから、陶器の事を瀬戸物というのかと思って居た。床の真中に大きな懸物があって、おれの顔位いな大きさな字が二十八字かいてある。どうも下手なものだ。あんまり下味《まず》いから、漢学の先生に、なぜあんなまずいものを麗々と懸けて置くんですと尋ねた所、先生があれは海屋《かいおく》と云って有名な書家のかいた物だと教えてくれた。海屋だか何だか、おれは今だに下手だと思って居る。

やがて書記の川村がどうか御着席をと云うから、柱があって靠《よ》りかヽるのに都合のいヽ所へ坐った。海屋の懸物の前に狸《たぬき》が羽織、袴で着席すると、左に赤シャツが同じく羽織袴で陣取った。右の方は今日の主人公だと云うのでうらなり先生、是も日本服で控えて居る。おれは洋服だから、かしこまるのが窮屈だったから、すぐ胡座《あぐら》をかいた。隣りの体操教師は黒ずぼんで、ちゃんとかしこまって居る。体操の教師丈にいやに修業が積んで居る。やがて御膳《おぜん》が出る。徳利が並ぶ。幹事が立って、一言開会の辞を述べる。夫から狸が立つ、赤シャツが起《た》つ。悉《ことごと》く送別の辞を述べたが、三人共申し合せた様にうらなり君の、良教師で、好人物な事を吹聴《ふいちょう》して、今回去られるのは洵《まこと》に残念である、学校としてのみならず、個人として大に惜しむ所であるが、御一身上の御都合で、切に転任を御希望になったのだから致し方がないと云う意味を述べた。こんな嘘をついて送別会を開いて、それでちっとも恥かしいとも思って居ない。ことに赤シャツに至って三人のうちで一番うらなり君をほめた。此良友を失うのは実に自分に取って大なる不幸であると迄云った。しかも其いい方がいかにも、尤《もっと》もらしくって、例のやさしい声を一層やさしくして、述べ立てるのだから、始めて聞いたものは、誰でも屹度《きっと》だまされるに極ってる。マドンナも大方此手で引掛けたんだろう。赤シャツが送別の辞を述べ立てゝいる最中、向側に坐って居た山嵐がおれの顔を見て一寸稲光をさした。おれは返電として、人指し指でべっかんこうをして見せた。

ここでは、原文の引用が少し長くなったが、読む人は、かつて自分が読んだころの、あの『坊っちゃん』の雰囲気を想い出して、何か懐かしさを、覚えることであろう。

さて、ここに、幾つか、古美術に関する初歩的な、教養が罩められていることが判るであろう。花晨亭は、元家老の屋敷が料亭に変わっただけあって、その格式を想わせる風格が文章から偲ぶことが出来るのである。五十畳の大広間の床は、二間であることに「尺を取って見たら」とあるから、若い者に似合わず油断のならぬ坊っちゃん先生である。また「瀬戸物《せともの》の瓶《かめ》を据《す》ゑて其中に松の大きな枝が挿《さ》してある」と気付く点などもそうである。そしてまた「あの瀬戸物はどこで出来るんだと博物の教師に聞いたら」とある。そこで始めて、瀬戸焼と伊万里焼との相違を知ることとなる。一般では、焼物はすべて瀬戸物だ位に心得ている人が大半であろう。瀬戸物とは、焼物の代名詞だと心得ている人が多い。そして坊っちゃん先生は「床の真中に大きな懸物があって、おれの顔位いな大きさな字が二十八字かいてある」と気付く。「二十八字」とは、七言絶句であろう。坊っちゃん先生は、そこまで気付いていているのである。ただ、坊っちゃんの鑑賞力をわざと鈍らせているとは、漱石の心にくいところでもある。「なぜあんなまずいものを麗々と懸けて置くんですと尋ねた所」といい、意外や、これが彼《か》の貫名海屋の書であることを教わっている。海屋（一七七八～一八六三）について言えば、詩書、画に秀でて、幕末の三筆の一人。号は海仙、六十歳より海叟、七十歳以降は菘翁、字を君茂。子善。通称泰次郎という。代々阿波徳島藩の弓術師範。気痾の為、京都に出、狩野派に学び、長崎にゆき日高鉄翁に南画を習う。京都にて静堂塾を開いて子弟を養った。文久三年（一八六三）に八十六歳にて死去する。そこで松山に海屋菘翁の大幅があっても不思議はない。

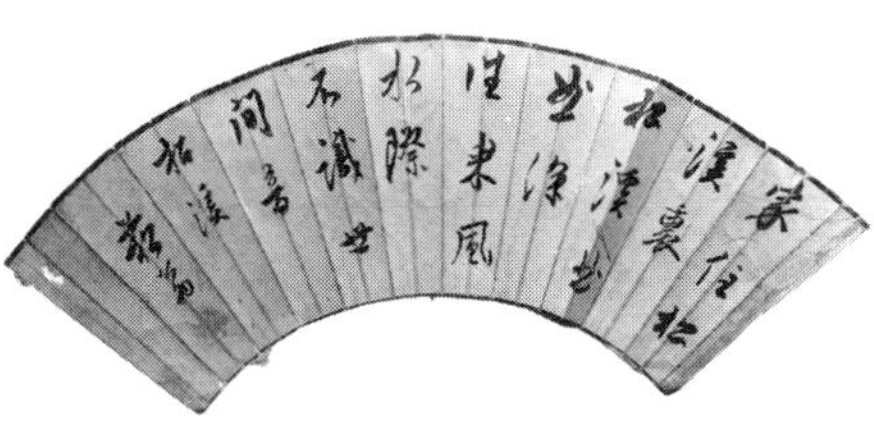

菘翁海屋書扇面

瀬戸焼、伊万里焼についてはそれぞれ異なった歴史を持つ。伊万里は佐賀県西部の地。有田焼が主力であるが、有田の泉山から産出する上等の白堊で焼かれた磁器。初期伊万里、古伊万里など、多種多様である。伊万里港より積み出された量産品が各地に出廻って、輸出もされている。瀬戸焼についても略述しておく。古来、瀬戸物というと、陶磁器の総称のように言われているが、本質は違う。愛知県瀬戸市及びその付近で焼かれる陶器を主にいう。平安時代からの日本六古窯の一つとされ、鎌倉時代から、加藤藤四郎が宋に入り、陶法を学び、陶器の祖といわれる。わが国の独特な釉薬を発明し、室町、江戸と続く、各種の作品が産出されている。

以上で大体『坊つちやん』と古美術との関連を述べてみた。漱石の小説は豊富な教養を示している。

『草枕』について

（一）

『草枕』は、明治三十九年七月二十六日に起筆されたと推定される。そして八月九日に漱石は脱稿していると思われる。そして又さらには、その間の八月三日に、漱石は春陽堂の社長本多嘯月の来訪を受け、執筆進行の催促をされているのである。

この『草枕』は、同年の九月一日発行日の「新小説」に発表されたが、『猫』の評判の余波を受けてか、実際は八月二十七日に出て、その翌々日の二十九日には、すでに売切れとなったのである。

この小説の舞台となった所とは、かつて漱石が熊本にいる頃、明治三十年の暮から、明治三十一年正月にかけて、肥後の小天温泉に滞在したことがあったが、その折りの光景を土台にして主に書かれたと考えられる。しかし、実際の小説の舞台となった季節の点から言えば、早春から春爛漫の頃を中心に描写されているので、他の経験を雑じえて書かれたものと考えられる。

この『草枕』を書く頃は、『猫』や『坊つちやん』の評判の余勢をかって、漱石はさらに、一境地を思い立ち、「破天荒」の小説を書こうという内心に、意気込みがあったことが知られる。漱石は自身で新しい未曾有の小説の出現とまで言い放ち、この作で彼の足跡を文学界に印したかったのであろうと思う。

しかし、それはともあれ、今日に筆者が『草枕』を読んでみて、正直に客観視してみると、必ずしも、総てに漱石の意気込みに賛同という訳にはゆかない面もある。

小説の主人公の語り口調を借りて、漱石は、非人情をモットーとしていると説くが、これは何も漱石に依らずとも、すでに過去世に於て成立しているはずの論であって、新しい漱石の主張とは言い切れない点がある。主人公が王維や陶淵明の世界にあこがれても、そこに人間の真実、本然が見出しうれば、それでよいことであって、それは丁度、『草枕』の終局にみる、御那美《おなみ》さんの旧い亭主と偶然に見合す汽車の窓での一瞬の場面に、今迄不足に感じていた彼女の顔の表情に、満たされた女の本然が見えたこと、それが絵であり、詩であると結論づけている漱石が、そこに禅那《ぜんな》がひらめく世界としてクローズアップしたつもりでいるのはよいと思う。しかし、これは何も漱石に限ったことではなく、従来からの「豁然大悟」の世界ではなかったろうか。このことは、画工も、詩人も、俳人も、禅匠も、またいずれの世界の人においても、皆同じであって、人情に絆《ほだ》されず、感情の渦中から離れる、その為の修業と暗に主人公も述べているのである。ひっかかるのは、わざわざ「非人情の世界」という、ことさらな言葉であるが、漱石の身辺には、あまりにも人情に翻弄され易い情況が多すぎたのであって、その為に真正を見失うことが多いことと、のちの『道草』にも見る通り、人との因縁をさっぱりと断ち切ることの重要性を痛感していたことは事実であっても、妙に依怙地《いこじ》になって、作中の主人公が身構えたところは、小説としての脚色であったか、さらにはポーズであったのであろうか。

（二）

『草枕』は一人の画工の、山路を辿る点景から描き出されている小説である。画工は、孤独ながらも一つの意志を持ち、岩根に躓いては、絵具箱や画架、絵筆などを落し散らばしたりしたが、自然の眺望を求めて、散策し、山の中を歩きつづける。

しかし、西洋から学んだ筈の非人情の思いが、実は何時の間にか、東洋の無我や虚無の思いとに重なって、コンデンスしているのに気づき、画工は、これこそは我が新しき発見とばかり、東洋への回帰と復帰を思い立つ。そして、中国の詩人の桃源郷への思いに、ひたすらひれ伏している。それ程にまで、漱石には、人生不可解の念に駆られていた頃のことであったのだろう。そこで絵画と詩は人生を豊かにするものとして、これに携らぬ人物を凡俗人と見做し、画工は一境地を抜き出ようと意図したのである。しかしこの主張は、まだ幾分かは小乗的な一枚悟りの点も見られるが、一つの信念に基づき、画工を通して長い漱石の囁きが聞かれる。

それと言うのも、漱石の本性たる東洋人としての、西洋からの桎梏から逃れようとしたことによるものであった。画工は強いて、己の主張の立場としての対西洋という、東洋人一般の詩境を専ら称讃する立場を採り、王維や陶潜の自然との一体化と人情を挟まぬ清明さを強調しつつ、半ば陶酔するかのように、独擅上となり、長広舌を弄し始める。

漱石は、凡人たちの日常性から離れた、非人情の孤高の生活態度を唱え、喜怒哀楽を遠避けたのである。

漱石は、これを或る所では、俳句的小説を目ざすとも言っているが、それは、当時漱石が、子規没後の余波を受けて、虚子らを相手に俳句熱が最高潮に達した時期にあったからであった。漱石の俳句に対する意識がそこ迄に高められていることは、一つの見処でもあるが、それは前作の『猫』に見る迷亭や八木独仙、その奥で二人を傍観傾聴して、容易に本音も吐かずに、本性を顕わさない苦沙彌先生、その他、東風や寒月君の思いをさらに敷衍する形で、漱石は、この『草枕』において、今度はたった一人の単独行の画工某を押し立てて、『猫』以来の「非人情の世界」を押し進めようとしたに相違ない。謂ば漱石のこころの系譜、そのこころの展開、彼の禅観の延長線上にあるのがこの『草枕』の主人公の画工の趣意であり、さらには、その行先への変身、分身を述べるとすれば、『虞美人草』の甲野さんの人と為《な》りであった。そして漱石自身の心のテーマとしては、やはり人生不可解というレッテルを剥《はが》すことが出来ず、厭世的、遁避的感情は、消えてはいなかったのである。それを作中の人物として代弁していたのが甲野さんであり、またそのなれの果てが『門』の宗助であった。

画工の心は、その背後には「兎角《とかく》に人《ひと》の世《よ》は住《す》みにくい」、だから何とかして、そこから脱れたい。そこで画工は別天地を求めて旅をする。その旅の発見が『草枕』なのである。当時の漱石の精神状態を反映してか、この小説では、相変らず漱石の精神状態はもやもやと錯乱していたことが判るのである。

（三）

もともと、漱石の心を代弁する主人公の画工は、非人情を体験せんと旅に出る。そこで、旅の山中での風景の中には、馬子の引く馬の鈴を聞きつつ、「空山一路」などと、長閑な山村の春の風景を味わうこととなる。しかしこうしたことは、元々漱石には漢詩や南画の世界からくる教養であった。俗塵を払い、高士の弧高の精神を養う世界に、遊ぶことにあこがれを抱いていた漱石には、願わしいことであったのである。漱石の時代は、まだ、日本には、大陸の文人趣味（多くは、中国の士大夫の教養としての六藝を志す理想の世界）が生きていたのである。

山水画にしても、江稼圃以来の文人画として、その絶大なる日本への普及に、マンネリ化を自ら齎したが、漱石は、それらを「捏著山水《つくねいも》」として蔑視、酷評はしつつも、山水画に見るパラダイスに棲む高士たちの姿を貴んでいるのである。

さて漱石は、ここで敢えて、西洋の風景画家のターナーなどとの比較も心では考えていたのであろう。そして、坪内逍遙の唱えるリアリズム小説の、世帯人情を写す小説《ノベル》への反撃を秘に用意していたのである。その点では、この『草枕』とは、一種の江戸っ子のもつ理想主義を揚げたものであった。しかし、近日では、大陸との行き来も自由となり、実際の中国人の生活には、古典的な山水画の世界は見られぬことからも、次第に人気を失い、感覚的にも、写実性の濃い西洋近代の絵画の影響に押されて、日本人の文人趣味が旗色を失って、全く下火となった。日本の地方の田舎屋でも、床間には必ずあった筈の山水画は魅力を失い、価値を見出せなくなってしまったのである。

『草枕』は、やはり、漱石の心境の深まりを一段とあらわしていると思われる。それは漱石の逡巡の底が覗かれるようでもあるからである。『草枕』ではそれだけ心の支度と用意がなされていて、それに伴う鬱積すら溜っていて、どうでも発動を余儀なくされていたのである。

そして漱石のはなやぎは、明治三十年代流行の、文壇の浪漫的傾向から醒めんとして、『虞美人草』のざわめきを通り越し、『それから』の行きづまりを経て、『門』に到って、漸く現実直視と人間の限界を語る心境へと進展してゆくのである。従って『草枕』は、まだまだ漱石の理想主義と浪漫的ムードがかなり入り雑っている点が指摘されるものである。これと比べて、幸田露伴の『五重塔』はのっそり十兵衛を描き、社会の因襲を排除し、人間の意地と理想を貫く人物としてみると、『草枕』の画工と軌を一にするようにも受けとれるのである。

(四)

さて、画工一人の入る湯壺の湯気の濛々とした中に、一人の裸体の美人が断りもなく侵入してしまった。それを漱石は、ヨーロッパの近代裸体画像に見たてて、塵埃にまみれることのない天然の美だと言い、神代の虹霓の中に美人が姿を露わにしたものとして、くどくどと解釈していて、明治時代の知識人の律儀さというか、窮屈さをむきだしにしている。例えば露伴の『風流佛』や『一口劍』と『虞美人草』の文章とを比較してみるのも面白い。明治人同志に、一脈通ずるものがありそうであるが、これらは、泉鏡花の『高野聖』にも通う点も考えられる。

画工は湯宿の出戻りの、年盛りのお嬢さんと呼ばれる那美さんという、不幸な女と出会う。画工は初め、夜目、遠目にこの噂の女を夜中の庭に見かけるが、またのちに、直接に対話を以って接するが、実は画工の暫く寝泊りする部屋は、かつてこの御那美さんの使用する部屋であったのである。二人はどろどろするでもなく、主人公の画工はなにせ非人情を主義主張に掲げているからでもあるが、一方の御那美さんの方も、一通りの者ではなくて、禅寺の和尚の言う機鋒と折り紙をつけられた婆子焼庵の娘か、霊照女のような仙女だけに、波瀾を含んだものにもならず、画工はあくまで非人情をモットーとして、漱石の分身を守っている。

画工は絵画や詩の本体を考えて主張してはいるが、このあたりの文章は、少しもまとまってはいない。それは作者の漱石自体が、もったいをつけていて、明快ではないからである。漱石の考える主人公の用いる理屈づけや行文の条は、有耶無耶なもので、まるで漱石の寝言か、戯言《ざれごと》ともいえようものだ。しかし、斯の如く、戯言、寝言が平気で言えるのは、流石に漱石であって、却って今日からみれば、羨ましい限りである。これらは駄洒落に等しいし、総てに無用の論議を繰り返しているに過ぎない。ここには、体験が無く、実行による心と物との融合は微塵も見られない。処女作の『猫』にも、自らの毒素が口吻に見られ、『坊っちゃん』にも、漱石の異常性が見られる。漱石は自らの毒素を吐き出さんが為に、小説という機能を用いて自浄していったものと考えられまいか。漱石は『猫』や『草枕』を書き終わり、自らの毒素を吐き切ってから、小説、『門』に到達し、遂に『ガラス戸の中』の如き文章や心境小説を書き始めたのである。

それにしても、『草枕』において画工の説く芸術論などは、屁理屈で、野暮ったく、どうしようもなく殻《から》に籠ったもので、それは皆、自らの毒素を掃除する為に書く、実に解毒の為のものであったといいたい。

（五）

『草枕』に於けるさらに幾つかの重要な点をあげるとすれば、漱石の知識は、文明人間の持つ皮相な面を批判し、その文明への彼の警告をも読みとることが出来るのであり、文明人の欠点を許すわけにはゆかぬことである。こうしたことは、西洋を学んだ者が、東洋に回帰する一つのケースでもあり、漱石は、後の鈴木大拙居士や、哲学者の西田幾多郎などの先駆者的存在でもある。漱石が禅を含め、広く日本の宗教に関心のあったことは周知の通り、その作品を通して知ることが出来るが、宗教的境地を通して、東洋の美の普遍性とその優位性を主張することが基本をなしているのである。

『草枕』は、夢幻の世界が半ば以上に折り込まれている小説だが、それも春の夜の夢まぼろしの美を追求しようとしたものであった。それがまた、妙に現世的な世相を帯びることで釣り合を漸く保っていると覚ぼしいのである。

漱石の美への陶酔は、女性美であったり、桜花の山路であったり、峠の茶屋の人情ばなしであったり、婆や馬子であったり、月夜の桜朶のそよぎや竹の笹の露を払う揺れであったりであった。これらは自然界と人事の織りなす牧歌的な世界とも言えるが、非人情を標榜する日常性から離れた漱石のあこがれのテーマでもあった。しかし、何故に、この小説が出征兵士の模様を叙事することで畢らせたかは、山川草木に抱かれる人間模様の哀しみと、時の移りを、川くだりの様子から、淡くつきることのない哀感を湛えることで、一層引き立たせているのだと思う。

湯宿の老主人の甥の久一《ひさいち》君の、満州への出征を見送る船上よりの旅の景色に酔いつつも、終着の停車場に近づく頃は、愛しむ者同志の別れが迫ってきたのであった。そして、この一篇の夢幻の中の経験を写したとも言える小説が終わりに近づくのである。この小説は、今迄はずん胴のように見えたが、ここで巾着の緒《ひも》が、きゅっときつく締めくくられたように現実感が湧いて出てきて、どうやら漱石の言う未曾有の小説には必ずしも成らなかったが、一篇の長編の抒情詩を読ませるが如く畢っていると同時に、漱石は主人公の画工某に、これまで追い求めあぐねていた一つの光明を齎したのであった。それと言うのも、例の御那美さんが、別れた亭主と私《ひそか》に二人して連絡を取り合っており、その現場を画工がおさえてしまったことと、停車場での、発車の窓に、従兄弟の久一さんの見送りをしていた矢先に、御那美さんは、偶然にも、先日の路銀を手渡して別れた旧亭主の顔と自分の顔とが鉢合わせになったことであった。その時の御那美さんの表情に、御那美さんの本然が表れたところで、この小説『草枕』は終っている。即ち『草枕』で唱える非人情の説はここで、成就したこととなる。

女が、幾ら女をやめて女達磨になったからといって、男にはなりきれない。所詮は女であって、どうあっても不自然で、男から見れば尚さらに偽装しているにしか過ぎないばかりか、一層悲しい女のさがをみとめさせるにしか過ぎない。何処となく拵えたものにしか見えはしない御那美さんの表情に、女をやめて機鋒鋭い男勝りの禅機を発揮したからとて、何処までも通用し切れるものではない。御那美さんは、そのカモフラージュで憂き身をやつしていたのであるが、ふとした瞬間に女の本然を露わすことで、人生を取り戻していたのである。女は男に愛されることで生きるものなのである。男を愛することで女なのであ

芭蕉像（木彫）慶芳作（花押）

芭蕉肖像
（蕉門小川破笠画を抱山が写す）

る。

（六）

『草枕』の古美術。『草枕』に出てくる日本の古美術の作者とはどの様であろうかが気になる。

〈全集〉第二巻の三九三頁には、西洋の詩は人事が多く詠われているが、東洋の詩は陶淵明のものが出てくる。

採菊東籬下、菊を採《と》る東籬の下《もと》、
悠然見南山、悠然として南山を見る。

この詩については、「只《ただ》それぎりの裏《うち》に暑苦《あつくる》しい世の中を丸《まる》で忘《わす》れた光景《くわうけい》が出《で》てくる」と述べているので、固《もと》よりこの小説のモチーフとしての一線が語られている訳である。そして、それに連なる古美術の世界も、自ずと出世間を予想されるものとならざるを得ない。

漱石はまた能にも関心が強くて、『草枕』にも、「よし全《まった》く人情《にんじやう》を離《はな》れる事《こと》が出來《でき》んでも、責《せ》めて御能拝見《おのうはいけん》の時位《ときぐらゐ》は淡《あは》い心持《こころも》ちにはなれさうなものだ」（〈全集〉第二巻、三九五頁）とあって、『七騎落《しちきおち》』と『墨田川《すみだかは》』があげられている。それから、俳聖芭蕉の『奥の細道』にある通り、

芭蕉《ばせを》と云《い》ふ男《をとこ》は枕元《まくらもと》へ馬《うま》が尿《いばり》するのをさへ雅《が》な事《こと》と見立《みた》てゝ發句《ほつく》にした。余《よ》も是《これ》から逢《あ》ふ人物《じんぶつ》を——百姓《ひやくしやう》も、町人《ちやうにん》も、村役場《むらやくば》の書記《しよき》も、爺《ぢい》さんも婆《ばあ》さんも——悉《ことごと》く大自然《だいしぜん》の點景《てんけい》として描《ゑが》き出《だ》されたものと假定《かてい》して取《とり》こなして見様《みやう》。尤《もつと》も畫中《ぐわちゆう》の人物《じんぶつ》と違《ちが》つて、彼等《かれら》はおのがじゝ勝手《かつて》な真似《まね》をするだらう。然《しか》し普通《ふつう》の小説家《せうせつか》の様《やう》に其勝手《そのかつて》な真似《まね》の根本《こんぽん》を探《さ》ぐつて、心理作用《しんりさよう》に立《た》ち入《い》つたり、人事葛藤《じんじかつとう》の詮議立《せんぎだ》てをしては俗《ぞく》になる。動《うご》いても構《かま》はない。畫中《ぐわちゆう》の人間《にんげん》が動《うご》くと見《み》れば差《さ》し支《つかへ》ない。畫中《ぐわちゆう》の人物《じんぶつ》はどう動《うご》いても平面以外《へいめんいぐわい》に出《で》られるものでない。平面以外《へいめんいぐわい》に飛《と》び出《だ》して、立方的《りつぱうてき》に働《はたら》くと思《おも》へばこそ、此方《こつち》と衝突《しようとつ》したり、利害《りがい》の交渉《かうせふ》が起《おこ》つたりして面倒《めんだう》になる。面倒《めんだう》になればなる程《ほど》美的《びてき》に見《み》て居《ゐ》る譯《わけ》に行《い》かなくなる。是《これ》から逢《あ》ふ人間《にんげん》には超然《てうぜん》と遠《とほ》き上《うへ》から見物《けんぶつ》する氣《き》で、人情《にんじやう》の電《でん》氣《き》が無暗《むやみ》に双方《さうはう》で起《おこ》らない様《やう》にする。さうすれば相手《あひて》がいくら働《はたら》いても、こちらの懐《ふところ》には容易《ようい》に飛《と》び込《こ》めない譯《わけ》だから、つまりは畫《ゑ》の前《まへ》へ立《た》つて、畫中《ぐわちゆう》の人物《じんぶつ》が畫面《ぐわめん》の中《うち》をあちらこちらと騒《さわ》ぎ廻《まは》るのを見《み》るのと同《おな》じ譯《わけ》になる。間三尺《あひださんじやく》も隔《へだ》てゝ居《を》れば落《お》ち付《つ》いて見《み》られる。あぶな氣《げ》なしに見《み》られる。言《ことば》を換《か》へて云《い》へば、利害《りがい》に氣《き》を奪《うば》はれないから、全力《ぜんりよく》を擧《あ》げて彼等《かれら》の動作《どうさ》を藝術《げいじゆつ》の方面《はうめん》から觀察《くわんさつ》する事《こと》が出來《でき》る。餘念《よねん》もなく美《び》か美《び》でないかと鑒識《かんしき》する事《こと》が出來《でき》る。

（〈全集〉第二巻、三九五〜三九六頁）

などと、芭蕉の「馬の尿《しと》」の句のことを宣べつつ、ひとくさり、画工の青臭い芸術論が続く。さて、芭蕉翁については、今回はすでに周知のことで省略する。この人も短冊、簡単な俳画、俳文を手がけ、古美術の範疇に入る人である。

小説では、画工が道に迷い、俄雨に降られて、峠の茶屋に雨宿りしながら、休憩する場面がある。その時、婆さんの「刳《く》り抜《ぬ》き盆《ぼん》の上《うへ》に茶碗《ちやわん》をのせて出《だ》す。茶《ちや》の色《いろ》の黒《くろ》く焦《こ》げて居《ゐ》る底《そこ》に、一筆《ひとふで》がきの梅《うめ》の花《はな》が三輪無雑作《さんりんむざふさ》に焼《や》き付《つ》けられて居《ゐ》る」（同四〇〇頁）などは、やはり漱石の視線が把えた一つの見処であって、その方面の関心の濃さを示しているのである。

ここでは、いずれの地方の産の焼物とも、漱石はコメントをのこしてはいないが、画工が見たという様な一筆描きで、梅花を三輪描いたさまが茶碗の底に浮び出た様子を、何処かで見覚えていたのであろう。庶物への関心の度合が漱石は通常人と異なっているのである。

さて主人公の画工は、今一つ茶屋の婆さんに教わった景色の中に、「天狗巌《てんぐいは》」があり、これを婆さんと見比べて、一つの発想を得るのである。それと言うのも、よく日本画の画題にある高砂の媼と、「山姥」のことであった。「山姥」というのは、謡曲『山姥』を暗示しているのであろう。

余《よ》はまづ天狗巌《てんぐいは》を眺《なが》めて、次《つぎ》に婆《ばあ》さんを眺《なが》めて、三度目《どめ》には半々《はんはん》に兩方《りやうはう》を見比《みくら》べた。畫家《ぐわか》として余《よ》が頭《あたま》のなかに存在《そんざい》する婆《ばあ》さんの顔《かほ》は高砂《たかさご》の媼《ばゞ》と、蘆雪《ろせつ》のかいた山姥《やまうば》のみである。蘆雪《ろせつ》の圖《づ》を見たとき、理想《りさう》の婆《ばあ》さんは物凄《ものすご》いものだと感《かん》じた。紅葉《もみぢ》のなか丶、寒《さむ》い月《つき》の下《した》に置《お》くべきものと考《かんが》へた。

（〈全集〉四〇二頁）

蘆雪は寛政十一年（一七九九）に没し、享年四十五歳であったが、彼の描いた「山姥」の図を漱石は何処かで見て覚えていたのであろう。謡曲『山姥』では、昔、京都に、山姥という女将が年老いて、罪ほろぼしに信濃の国の善光寺に参詣をせんと、独り杖を突いて旅に出る。やがて道も険しい深山幽谷にさしかかり、渓の奥処《ど》より、本然法性本地の山姥が出てきて、現世の山姥と月夜声《つきよこえ》をききつつ、共に舞い競うさまを描きだしたというストーリーである。これは大乗佛教の極致を顕わすものとして、「仮名《けみよう》を壊《え》せずして、実相を演《の》ぶる」の境地と理解されているものである。一夜舞い終わって、独り醒めると、元の我が身一つの山姥が遺り、悟る、というあら筋である。蘆雪がこれを描いたとはありうることであって、蘆雪は、姓を長沢といい、名を魚、字を主計といった。裾山人または千州魚者とも号した。山城国稲葉候に仕え、のちに広島藩の浅野侯に仕える。円山応挙の十哲の一人といわれ、軽妙奇抜とその画風がうたわれている名手である。漱石は、文章で「蘆雪《ろせつ》の圖《づ》を見《み》たとき、理想《りさう》の婆《ばあ》さんは物凄《ものすご》いものだと感《かん》じた。紅葉《もみぢ》のなか丶、寒《さむ》い月《つき》の下《した》に置《お》くべきものと考《かんが》へた」（筆者注・この蘆雪作は厳島神社に所蔵されているものと思う）とあるのは、やはり、謡曲『山姥』からの着想だと思わざるをえない。漱石の能及び謡曲好きが偲ばれる。該当の蘆雪作の絵の異様な形相は著しく仙気を帯びて、かつ異界の霊魂の如くである。

箱根精進池ほとりにある曽我兄弟の墓と
伝えられている五輪塔三基（鎌倉時代）

馬鈴の一例（江戸時代）鉄製

次に峠での体験は、スケッチブックに鶏を写生するところから、馬の鈴の音が気になりだす場面である。そこで画工は一句をひねり出す。

春風や惟然が耳に馬の鈴

惟然とは、人も知る芭蕉の門人で、芭蕉没後、木魚を叩いて諸国を巡り、芭蕉の句を風流念佛として唱えて歩いたという人物。今日の岐阜県関市の生まれ。宝永八年（一七一一）に没している。姓は広瀬氏であった。馬の耳に念佛の譬えに、漱石は一場の山村の春の景を点出し、描写してみたのである。惟然はまた中国の水墨画の作者とも考えられる。

『草枕』のこの山村の峠の茶屋の風景は、春爛漫の中に、今日のわれらにも一種の郷愁を誘う場面であるのに相違ない。漱石はかつて山姥の面をつけた能を宝生の別会能で見ている。文章では、画工に、漱石のその時の気持ちを「成程老女《なるほどらうぢょ》にもこんな優《やさ》しい表《へう》情《じやう》があり得《う》るものかと驚《おど》ろいた。あの面《めん》は定《さだ》めて名人《めいじん》の刻《きざ》んだものだろう。惜《を》しい事《こと》に作者《さくしや》の名《な》は聞《き》き落《おと》したが、老人《らうじん》もかうあらはせば、豊《ゆた》かに、穏《おだ》やかに、あたゝかに見《み》える」（同四〇二頁）。などと、少しとぼけ気味ながら、画工に吐らさせ、言わせている。それにしても、漱石の文章は、華やかである。彼は続けて、「金屏《きんびやう》にも、春風《はるかぜ》にも、あるは櫻《さくら》にもあしらつて差《さ》し支《つかへ》ない道具《だうぐ》である」（同頁）と述べている。「金屏」とは金の屏風のことである。

全国津々浦々には、土地に因んだ古譚や伝説が必ずあるものである。『草枕』もその意味で、伝承や口碑、奇聞、異聞を求める旅でもあった。旅先で、何の奇譚やもの珍しい風物詩に出遭わぬくらい不幸なことはない。主人公の画工は、土地に伝わる悲劇の若い女性の供養となる五輪塔の話を聞くことになる。画工は茶店の婆さんから、一度に二人の男性から愛されて、その選択に迷い、湖に身を投げて死んだ、長良《ながら》の乙女の墓のあることを知らされる。この悲話とは、実は万葉集巻八にある。これは漱石の万葉集への関心を物語るもので、日置《へき》長枝《ながえ》娘子《をとめ》の歌からヒントを得ていると見られる。また文中の「さゝだ男」についても万葉集巻九の「見《み》菟原《うなひ》処女《をとめ》墓歌一首幷短歌」（菟原処女の墓を見る歌一首短歌幷せたり）に負うているとされている。（本節末注記参照）

先にも述べたが、五輪塔が明治文学に採り上げられるのは、大変に珍しいことであって、五輪塔は平安から鎌倉時代に、密教が地方へ伝播するに従って普及し、殊に西大寺叡尊の率いる律宗の人たちの指導に与り、各地に名

性観尼鎌倉時代五輪塔
（元徳二年在銘・金泥文字）

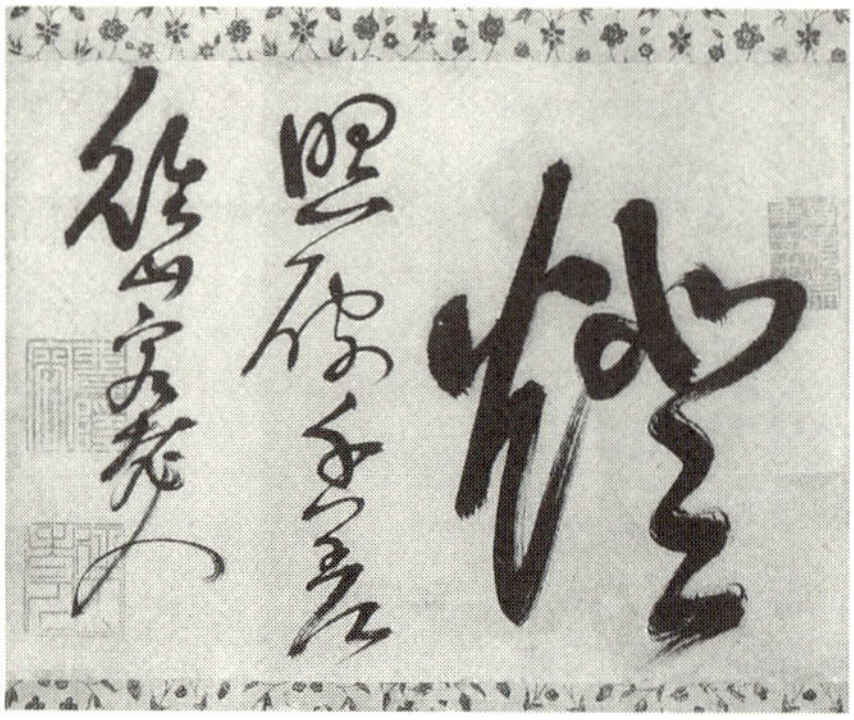
費隠書

品が残っている。これらのことは佛教美術史の上からも注目されている。漱石には、長良の乙女の物語りは、土地の伝承から得られたものか、それとも、彼が万葉以来、類似の古譚を古典から取材して、この小説に結びつけたものかであるが、この長良の乙女の譚があってこそ、後に出てくる御那美さんとの出遭いが生きてくるし、神秘的な内容を漂わせてくれるのである。

旅の画工はその晩、山間にある部落の那古井という土地の名家の湯宿に宿泊することになった。そして、古美術への関心は、その泊った部屋の装飾品から始まるのである。「偶然眼《ぐうぜんめ》を開《あ》けて見《み》ると欄間《らんま》に、朱塗《しゆぬ》りの縁《ふち》をとつた額《がく》がか丶つてゐる。文字《もじ》は寐《ね》ながらも竹影拂階塵不動《ちくえいかいをはらつてちりうごかず》と明《あき》らかに讀《よ》まれる。大徹《だいてつ》といふ落款《らくくわん》も慥かに見《み》える」〈全集〉第二巻、四一二頁）とある。画工と言えども、旅装を解いた処が九州であって、しかも一人旅の東京の客とあれば、旅のつれづれを藉《いや》すなぐさめに、ふと見た額、そこに『菜根譚』の詩句に出遭うのも、彼が文字に無関心でない証拠でもある。落款に「大徹」とあったとあるので、小生は、当初黄檗の大徹かと思ったら、後に出てくる菩提寺の、観海寺の住持の物であった。しかし、次にぞろり出てくる黄檗宗の巨匠たちの名を見ると、漱石の、その方面への関心が並々ならぬものであることが知られる。如何に四十歳にもならぬ漱石が、書道に関心が深かったかが判るのである。小説『草枕』の主人公が、画工であるということで、芸術万般に亘っていることは当然として、少しも遠慮はいらぬものと心得てか、漱石は思い切り、その方面の造詣を主人公に語らせるのである。それは次の引用からも、十分に察せられることと思われるのである。「余《よ》は書《しょ》に於《お》ては皆無鑒識《かいむかんしき》のない男《をとこ》だが」と、前置きをして、とぼけつつ、「平生《へいぜい》から、黄檗《わうばく》の高泉和尚《かうせんをしやう》の筆《ひつ》致《ち》を愛《あい》して居《ゐ》る。隠元《いんげん》も即非《そくひ》も木庵《もくあん》も夫々《それ〴〵》に面白味《おもしろみ》はあるが、高泉《かうせん》の字《じ》が一番蒼勁《いちばんさうけい》でしかも雅馴《がじゅん》である。今此《いまこの》七字《じ》を見《み》ると、筆《ふで》のあたりから手《て》の運《はこ》び具合《ぐあひ》、どうしても高泉《かうせん》としか思《おも》はれない。しかし現《げん》に大徹《だいてつ》とあるからには別人《べつじん》だらう。ことによると黄檗《わうばく》に大徹《だいてつ》といふ坊主《ばうず》が居《ゐ》たかも知《し》れぬ。それにしては紙《かみ》の色《いろ》が非常《ひじやう》に新《あたら》しい」（同四一二頁）と続く。それにしても黄檗の書に関心を持つというのは、漱石の一つの見識であって、どうして斯くなったかはまた別に一考を要すると思うが、漱石がそこまで広く視野を持ち、関心を拡げていることには敬服すべき点があろう。また漱石が、その黄檗の僧の中でも就中、高泉を師と仰いでいる点なども、一つに得心のゆくところであって、漱石の書体と高泉の書を較べて見るがいい。高泉の書は黄檗の中でも、すっきりとした明快な線を示しており、暢びやかであること、線に肥痩がないこと、この点漱石の気性に似通っていて、漱石はぽってり型ではない、細い神経が行届いている書が好みのようだ。黄檗宗は、密雲—費隠—隠元と次第して、密雲あたりから、日本に影響をのこし、日本での初祖となった隠元は三十二世であった。隠元

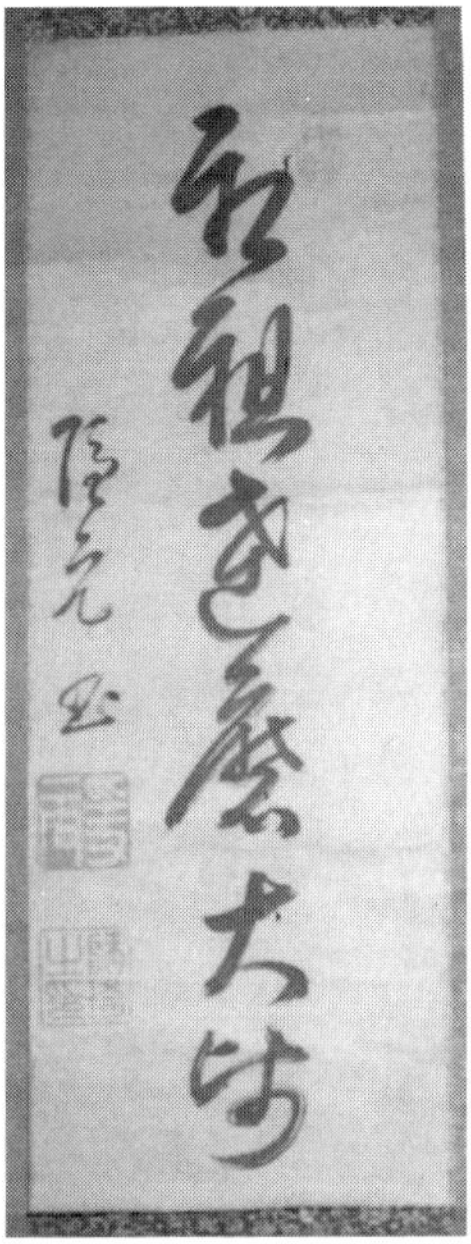
隠元禅師書

（一五九二〜一六七三）は、俗姓を林氏といい、諱《いみな》は隆琦、隠元は字《あざな》である。福州福清の人で、崇禎十年（一六三七）、黄檗山万福寺の住持となる。わが国の承応三年（一六五四）、長崎に来り、寛文三年（一六六三）、京都の宇治に寺を建てていたが、黄檗山万福寺と名称を得て、日本黄檗宗の開祖となった。後水尾帝より大光普照国師の号を賜わったが、後継に木庵、即非がおり、「隠木即」を黄檗の三筆というのがならわしとなっている。漱石はこの三筆を避けて、高泉の書を特に尊んでいるのは、一つの見識であって、彼の好みの書体とぴったり合致するところからであろう。

高泉性潡《しょうとん》（一六三三〜一六九五）は、俗姓は林、名は性潡、字は高泉、曇華道人と称した。隠元の膝下で修行して、隠元が宇治に移るにつき、寛文元年（一六六一）招かれて長崎に渡来し、万福寺に入った。わが国の皇族に帰依する者多く、後水尾帝に厚遇され、元禄五年万福寺第五世を継ぐ。詩学能文で、黄檗中興の祖と仰がれ、書画にも巧みであったという。

また当時のわが国の佛教界の人々とも交流があり、

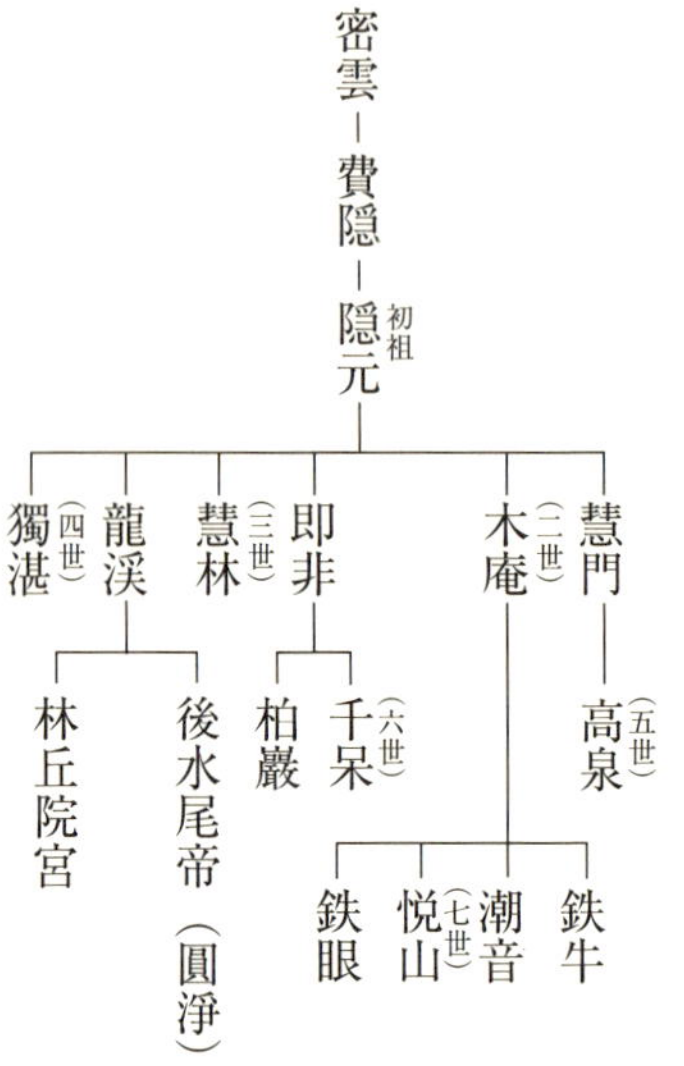

高泉書「一花開五葉」

筆者も高泉和尚の書幅を何点か所持している。高潔な書風が印象的である。実際に高泉の作品を所持している者にとっては、漱石ならずも高泉はなつかしい。試みに黄檗の略系図を掲げておく。

しかし、漱石も小説で言っているように、木庵、即非の書跡については、偽物が横行しているのである。

次いで、小説では、宋の大慧禅師の逸話が出てくる。大慧は、名は宋杲、俗姓は奚《けい》氏である。宣州寧国県の産。隆興元年（一一六三）示寂。行年七十五。「牀に上りて半惺半覚の時に及んでは、已に主宰と作ること得ず」とある。漱石はこんなことまで、禅籍を独習して、感ずるところがあったから、小説に自然と持ち出してきたのであろう。

もとより漱石には、佛書を踏まえて芸術家についても一家言を弄し、それにやや付焼刃的なところもあって、多弁に論じて、説得につとめているが、どうもやはり、佛書を盛んに承け売りしているのみで、今少し自身の体得からのものでないと駄目らしい。

それにしても、能《よ》く佛書の勘どころをつかまえ出して、自身の発想の援用として役立ているところは、他の当時の小説家には見られないものである。漱石は、そもそも芸術家の存在について、こう述べる。

　して見《み》ると四角《しかく》な世界《せかい》から常識《じょうしき》と名《な》のつく、一角《いつかく》を磨滅《まめつ》して、三角《さんかく》のうちに住《す》むのを藝術家《げいじゅつか》と呼《よ》んでもよかろう。

この故《ゆゑ》に天然《てんねん》にあれ、人事《じんじ》にあれ、衆俗《しゅうぞく》の辟易《へきえき》して近《ちか》づき難《がた》しとなす所《ところ》に於《おい》て、藝術家《げいじゆつか》は無數《むすう》の琳琅《りんらう》を見《み》、無上《むじやう》の寶璐《はうろ》を知《し》る。俗《ぞく》に之《これ》を名《なづ》けて美化《びくわ》と云《い》ふ。其實《そのじつ》は美化《びくわ》でも何《なん》でもない。燦爛《さんらん》たる彩光《さいくわう》は、炳乎《へいこ》として昔《むかし》から現象世界《げんしやうせかい》に實在《じつざい》して居《ゐ》る。只一翳眼《たゞいちえいめ》に在《あ》つて空花亂墜《くうげらんつゐ》するが故《ゆゑ》に、俗累《ぞくるゐ》の覊絏牢《きせつらう》として絶《た》ち難《がた》きが故《ゆゑ》に、榮辱得喪《えいじよくとくさう》のわれに逼《せま》る事《こと》、念々切《ねん〳〵せつ》なるが故《ゆゑ》に、ターナーが汽《き》車《しや》を寫《うつ》す迄《まで》は汽車《きしや》の美《び》を解《かい》せず、應擧《おうきよ》が幽靈《いうれい》を描《ゑが》く迄《まで》は幽靈《いうれい》の美《び》を知《し》らずに打《う》ち過《す》ぎるのである。

（〈全集〉第二巻、四一六頁）

芸術家が創意をもって、衆俗よりいち早く新しい分野に臨み、美を見出すことは、四角から、一角とれた別の世界から見る目によって養われていることをのべ、空華眼に翳《えい》すとは、佛語でいう、盲点に把われている、未だ琳琅を拾うことの出来ぬ衆俗の眼の習いのことを言うのである。実際には眼に何かが詰って幻影に把われることである。弘法大師は『秘蔵寶鑰』に「空華眼を眩し」といい、また『心経秘鍵』では、「翳眼の衆生は盲ひて見えず」と宣べている。

そこで、漱石は、その先例として、英国の風景画家ターナーをとりだし、蒸気を吐く機関車の無粋な動力をも美と見出し、またある近代画家は、筆者に言わせれば、工場の煙突の煙を描いて美となし、また江戸時代の写生派の円山応挙が幽霊を描いて、これを美の極地とした例証を宣べる。ターナー、応挙については、周知の通りであり、他項にすでに紹介済みであるのでここでは省略しておく。

さてこの『草枕』執筆の頃の漱石は、創作意欲の最も盛んに募ってきて、上げ潮の状態であったし、また子規没後、高浜虚子らと共に、漱石の俳句熱が旺盛な時代でもあった。時代はまさに、子規の主唱した新派傾向の写生俳句が澎湃として世間を促すごとくであった。

この潮時《しおどき》にあって、一方では漱石は、また俳句作者としても重きをなし、注目されてもおり、子規に培われた新傾向の精神を汲みながらも、また例によって独自な思惑もあって、それなりの新分野を開拓していった。そこで、漱石の俳句への持論が自ずと『草枕』や後の『虞美人草』などに読みとれるのも、私の興味とするところである。この小説『草枕』において、漱石は言う。

余《よ》が今見《いまみ》た影法師《かげぼふし》も、只《たゞ》それ限《ぎ》りの現象《げんしやう》とすれば、誰《だ》れが見《み》ても、誰《だれ》に聞《き》かしても饒《ゆたか》に詩趣《ししゆ》を帯《お》びて居《ゐ》る。——孤村《こそん》の温泉《をんせん》、——春宵《しゆんせう》の花影《くわえい》、——月前《げつぜん》の低誦《ていしよう》、——朧夜《おぼろよ》の姿《すがた》——どれも是《これ》も藝術家《げいじゆつか》の好題目《かうだいもく》である。此好題目《このかうだいもく》が眼前《がんぜん》にありながら、余《よ》は入《い》らざる詮義立《せんぎだ》てをして、餘計《よけい》な探《さ》ぐりを投《な》げ込《こ》んで居《ゐ》る。折角《せつかく》の雅境《がきやう》に理窟《りくつ》の筋《すぢ》が立《た》つて、願《ねが》つてもない風流《ふうりう》を、氣味《きみ》の悪《わ》るさが踏《ふ》み付《つ》けにして仕舞《しま》つた。

〈〈全集〉同上頁〉

ここの始めにある文句、「余《よ》が今見《いまみ》た影法師《かげぼふし》も」とは、外ならぬ志保田の御嬢様こと、那古井の嬢の出戻りの、かつて馬子の引く馬の背に乗って桜の花のもと嫁入りを済した、その本人の姿であって、漱石は「不思議《ふしぎ》な事《こと》には衣装《いしやう》も髪《かみ》も馬《うま》も櫻《さくら》もはつきりと目《め》に映《えい》じたが、花嫁《はなよめ》の顔《かほ》だけは、どうしても思《おも》ひつけなかつた。しばらくあの顔《かほ》か、この顔《かほ》か、と思案《しあん》して居《ゐ》るうちに、ミレーのかいた、オフエリアの面影《おもかげ》が忽然《こつぜん》と出《で》て來《き》て、高島田《たかしまだ》の下《した》へすぽりとはまつた。是《これ》は駄目《だめ》だと、折角《せつかく》の圖面《づめん》を早速取《さつそくと》り崩《くづ》す。衣装《いしやう》も髪《かみ》も馬《うま》も櫻《さくら》も一瞬間《いつしゆんかん》に心《こゝろ》の道具立《だうぐだて》から奇麗《きれい》に立《た》ち退《の》いたが、オフエリヤの合掌《がつしやう》して水《みづ》の上《うへ》を流《なが》れて行《ゆ》く姿丈《すがただけ》は、朦朧《もうろう》と胸《むね》の底《そこ》に残《のこ》つて、棕梠箒《しゅろぼうき》で烟《けむり》を拂《はら》ふ様《やう》に、さつぱりしなかった」（〈全集〉四〇六頁）とあって、シェイクスピアの悲劇『ハムレット』に出てくる皇子ハムレットの許嫁《いいなずけ》のオフェリヤの画像と志保田の嬢様とを結びつけることをわざときざっぽく思い、漱石はそのとば口に立ち止って、弁解しているのである。実は漱石自身にとっては、何とかミレー描くところのオフェリヤの溺死の画像に言及してみたかったための計らいでもあったのである。しかし、そのことよりも、当時の漱石の俳句への本心が如何様なものであったかを示すよき資料として、しらずしらずのうちに、彼が吐露している箇所を、次に引用してみよう。英文学を専攻しつつも、沙翁への関心はともあれ、どのように俳句が、これらの文学形態と並列していたか、自ずと漱石の心の中を覗き見するようなところでもある。

漱石には、自己の鬱懐する想いを宣べる表現方法として、子規子に仕込まれた新傾向の俳句があった。その若き頃の漱石の俳句が、青春の心より身に染み込んでいたことは、次の引用からも頷かれるのであるが、漱石はその十七字を如何に心頼みにしていたかが判るのである。

漱石が自己の表現方法としての俳句への執着は、この文によっても明白であるが、「其方便《そのはうべん》は色《いろ》〳〵あるが一番手近《いちばんてぢか》なのは何《なん》でも蚊《か》でも手當《てあた》り次第《しだい》十七字《じ》にまとめて見《み》るのが一番《いちばん》いゝ」と述べる所でもある。今日の世界詩壇の潮流にみるハイクポエムの旺盛を鑑みるとすれば、その「手つ取りばやさ」の蔭には、何か別の真理が隠されているのかもしれない。従来の欧米の詩歌とは、欧米自体に於てすら、その詩の支持層の生活環境も異なってきていて、それへの自覚によって、詩人たちの鋭い感覚からは、もはや従来通りでは、詩は存在しなくなり、寧ろその表現のシンセリティーが問われる時代となりつつあり、個人の日常生活の真実なる感想が主体になるといった、正に詩歌の世界での革命が起こってしまっていたのである。そこで俳句の庶民性、個人性、日常性が浮上しつつあったのである。それには漱石自身も未だ気付かずにいたのであったが、欧米の詩歌には、非人情がないとつぶやくことで、漱石は新たなる認識を持ち始めていたのであろう。この文中では、実際の漱石の俳句における姿勢が窺われて、彼の俳句への原初形態を示しているとおぼしいのである。従って当時の漱石における俳句の出発地点とは、このような状態であったものと自白しているようなものであり、幾分かは、小説の中の文章としての興味本位の表現に逸脱している面も窺われるのである。そこで、漱石は言う。

こんな事《こと》なら、非人情《ひにんじやう》も標榜《へうばう》する價値《かち》がない。もう少《すこ》し修行《しゆぎやう》をしなければ詩人《しじん》とも畫家《ぐわか》とも人《ひと》に向《むか》つて吹聴《ふいちやう》する資格《しかく》はつかぬ。昔《むか》し以太利亞《イタリア》の畫家《ぐわか》サルヴトル、ロザは泥棒《どろぼう》が研究《けんきう》して見《み》たい一心《いつしん》から、おのれの危險《きけん》を賭《かけ》にして、山賊《さんぞく》の群《むれ》に這入《はい》り込《こ》んだと聞《き》いた事《こと》がある。飄然《へうぜん》と畫帖《ぐわでふ》を懐《ふところ》にして家《いへ》を出《い》でたからには、余《よ》にも其位《そのくらゐ》の覺悟《かくご》がなくては耻《は》づかしい事《こと》だ。

こんな時《とき》にどうすれば詩的《してき》な立脚地《りつきやくち》に歸《かへ》れるかと云《い》へば、おのれの感《かん》じ、其物《そのもの》を、おのが前《まへ》に据《す》ゑつけて、其感《そのかん》じから一歩《ぽ》退《しりぞ》いて有體《ありてい》に落《お》ち付《つ》いて、他人《たにん》らしく之《これ》を檢査《けんさ》する餘地《よち》さへ作《つく》ればいゝのである。詩人《しじん》とは自分《じぶん》の屍骸《しがい》を、自分《じぶん》で解剖《かいぼう》して、其病状《そのびやうじやう》を天下《てんか》に發表《はつぺう》する義務《ぎむ》を有《いう》して居《ゐ》る。其方便《そのほうべん》は色々《いろ〳〵》あるが一番手近《いちばんてぢか》なのは何《なん》でも蚊《か》でも手當《てあた》り次第《しだい》十七字《じ》にまとめて見《み》るのが一番《いちばん》いゝ。十七字《じ》は詩形《しけい》として尤《もつと》も輕便《けいべん》であるから、顔《かほ》を洗《あら》ふ時《とき》にも、廁《かはや》に上《のぼ》つた時《とき》にも、電車《でんしや》に乗《の》つた時《とき》にも、容易《ようい》に出來《でき》る。十七字《じ》が容易《ようい》に出來《でき》ると云《い》ふ意味《いみ》は安直《あんちよく》に詩人《しじん》になれると云《い》ふ意味《いみ》であつて、詩人《しじん》になると云《い》ふのは一種《いつしゆ》の悟《さと》りであるから輕便《けいべん》だと云《い》つて侮蔑《ぶべつ》する必要《ひつえう》はない。輕便《けいべん》であればある程功徳《ほどくどく》になるから反《かへ》つて尊重《そんちよう》すべきものと思《おも》ふ。まあ一寸腹《ちよつとはら》が立《た》つと假定《かてい》する。腹《はら》が立《た》つた所《ところ》をすぐ十七字にする。十七字《じ》にするときは自分《じぶん》の腹立《はらだ》ちが既《すで》に他人《たにん》に變《へん》じて居《ゐ》る。腹《はら》を立《た》つたり、俳句《はいく》を作《つく》つたり、さう一人《ひとり》が同時《どうじ》に働《はたら》けるものではない。一寸涙《ちよつとなみだ》をこぼす。此涙《このなみだ》を十七字《じ》にする。するや否《いな》やうれしくなる。涙《なみだ》を十七字《じ》に纏《まと》めた時《とき》には、苦《くる》しみの涙《なみだ》は自分《じぶん》から遊離《いうり》して、おれは泣《な》く事《こと》の出來《でき》る男《をとこ》だと云《い》ふ嬉《うれ》しさ丈《だけ》の自分《じぶん》になる。

（〈全集〉四一七頁）

（七）

漱石は、「余《よ》が今見《いまみ》た影法師《かげぼうし》も」と言い、これが志保田の出戻りの仙女、御那美さんの幻影として、主人公の心につき纏わしめているが、画工の泊まった寝屋の外庭に、女のまぼろしを見たり、また本人の気配を感じたりして、読者を引きつけようとしている。「只《たゞ》それ限《ぎ》りの現象《げんしやう》とすれば、誰《だ》れが見《み》ても、誰《だれ》に聞《き》かしても饒《ゆたか》に詩趣《ししゆ》を帯《お》びて居《ゐ》る。——孤村《こそん》の温泉《をんせん》、——春宵《しゆんせう》の花影《くわえい》、月前《げつぜん》の低誦《ていしよう》、——朧夜《おぼろよ》の姿《すがた》——どれも是《これ》も藝術家《げいじゆつか》の好題目《かうだいもく》である」（四一六頁）と作者の漱石はおもわせ振りの自己陶酔に耽っている。しかし、これらは次の漱石の俳句からして、大分蕪村的な、ローマン的なる気分でもあった。六句の中から、三句を拾うと、

春の星を落して夜半のかざしかな
春の夜の雲に濡らすや洗ひ髪
海棠の精が出てくる月夜かな

このような程度のもので、当時の漱石のローマン性が窺われるのであるが、また漱石は、

思ひ切つて更け行く春の獨りかな

と主人公の画工に拈り出さしめている。これは、漱石の逡巡の美でもあろうか。それを申し訳するように、漱石は主人公の画工に、「運慶《うんけい》の仁王《にわう》も、北斎《ほくさい》の漫畫《まんぐわ》も全《まった》く此動《このどう》の一字《じ》で失敗《しっぱい》して居《ゐ》る。動《どう》か静《せい》か。是《これ》がわれ等畫工《らぐわこう》の運命《うんめい》を支配《しはい》する大問題《だいもんだい》である。古來美人《こらいびじん》の形容《けいよう》も大抵《たいてい》此《この》二大範疇《にだいはんちゆ》のいづれにか打《う》ち込《こ》む事《こと》が出來《でき》べき筈《はず》だ」（〈全集〉四二一〜四二二頁）と、青臭い持論を吹聴しているが、日清・日露の戦後の悲惨を経ながらも、こうした所が明治時代の青春性であったのであろう。

ここに出てくる運慶はのちの『夢十夜』にも出てくるし、北斎に到っては、漱石の十分に承知の範囲の人であった筈である。運慶は佛師康慶の子。豪壮な気風の作柄で有名である。平安時代の優雅の型を破り、写実性を重んじ、東大寺の南大門の金剛力士（仁王）像を始め、東寺、神護寺、法勝寺の造像に関わり、貞応二年（一二二三）に没した。兄弟弟子に快慶がいる。後に漱石が『夢十夜』で言うところの仁王像と

も関連してくるのである。

北斎については、本名は中島時太郎。別号を雷斗、春朗、東周、百琳宗理、郡馬亭、卍老人、画狂人などといい、凡そ二十ほどの別号を持つ。江戸本所に生まれ、下総葛飾郡に属していたので葛飾と称した。父は幕府御用達の鏡師といわれ、家は富裕であったが、両親ともどもに死に別れ、十一歳で貸本屋の丁稚小僧となり、版木屋に奉公したのが縁でか、十九歳のとき、勝川春章の門に入り、春朗と名告《の》ったが、師風に馴染まずに、破門となり、天明七年（一七八七）、二十八歳にして、光琳派の俵屋宗理の下で、宗理を次ぎ、二世菱川宗理となった。土佐派の住吉広行、狩野融川、司馬江漢にもつき、北斎派一流の画風を樹立したが、寛政十一年、四十一歳のとき、北齋、狂画人として多くの画業をなしとげた。奇行も多く、生涯九十一度も転居をしていることでも有名である。版画家としては「富嶽三十六景」「千絵の海」がある。嘉永二年九月二十七日に歿している。行年九十歳というから、当時としては長寿者としても名をはせた。北斎の没年は、漱石が生まれた慶応三年とは、十九年程の隔りしかなく、当時は江戸界隈の狭い範囲では、北斎の噂も現実に生きていたものと思われる。

（八）

さて、画工の一夜泊した部屋というのは、実は出戻りの嬢、御那美さんのかつての住む部屋であって、画工が念の為押入れの襖をあけると、なまめかしい友禅の扱帯《しごき》が半分棚にたれており、それが用箪笥に迄かかっていて、「扱帯《しごき》の上部《じょうぶ》はなまめかしい衣裳《いしやう》の間《あひだ》にかくれて先《さき》は見《み》えない」とある。また「片側《かたがは》には書物《しよもつ》が少々詰《せう〱つ》めてある」とあって、そこに禅籍の白隠禅師著の『遠良天釜《をらてがま》』や、伊勢物語の一巻が並んでいるのを発見する。

問題なのは、漱石が、すでに白隠の『遠羅天釜』を知っていたことである。白隠は、江戸時代の臨済禅の中興の祖と仰がれる禅の名匠で、名を長沢慧鶴といい、書画ともに優れて、別号を鶴林ともいった。駿河国原宿本町の長沢家に三男として生まれ、幼名を岩次郎、十五歳で、同地の松蔭寺で得度。沼津の大聖寺、美濃の瑞雲寺、伊予松山の正宗寺、福山の正寿寺を遍歴して、宝永四年（一七〇七）二十三歳のときに、松蔭寺に帰山し、享保二年（一七一七）に、京都花園の妙心寺に首座となり、白隠と号した。余技としては、飄逸なる書画を多く遺し、後世にも大きな影響を及ぼした。明和五年（一七六八）に示寂。行年八十四歳であった。著作の『遠羅天釜』は平易に、やさしく禅師のこころを説いたものとして有名であるが、しかし、それにしても漱石がこれを手にしたことがあったとしたならば、その方面への関心の深さに驚くのである。しかも、観海寺の大徹和尚の折紙つきの女性《によしよう》達磨としての御那美さんの愛読書の一つとして、ここに登場せしめているのも興味深い。

（九）

漱石は、諸のもつ色彩の放つ陰翳に対する感応にも、また鋭敏であった。彼の好んで関心を抱いた水彩画家のターナーについても、その施彩の妙にうたれる程であったから、作品の諸所にターナーが出てくる。しかし、ターナーの色彩感覚と日本人の従来持っていた眼を楽しませる色彩とでは、自ずと異なっていることに気付いてもいた。

『草枕』では、一夜を明かした画工が朝の食膳にみる料理について、

「御嫌《おきら》ひか」と下女《げぢよ》が聞《き》く。

「い丶や、今《いま》に食《く》ふ」と云《い》つたが實際《じつさい》食《く》ふのは惜《を》しい氣《き》がした。ターナーが或《あ》る晩餐《ばんさん》の席《せき》で、皿《さら》に盛《も》るサラドを見詰《みつ》めながら、涼《すゞ》しい色《いろ》だ、是《これ》がわしの用《もち》ゐる色《いろ》だと傍《かたはら》の人《ひと》に話《はな》したと云《い》ふ逸事《いつじ》をある書物《しよもつ》で讀《よ》んだ事《こと》があるが、此海老《このえび》と蕨《わらび》の色《いろ》を一寸《ちよつと》ターナーに見《み》せてやりたい。

(〈全集〉四二六～七頁)

とあるが、食膳に登った「早蕨《さわらび》の中《なか》に、紅白《こうはく》に染《そ》め抜《ぬ》かれた、海老《えび》を沈《しづ》ませてある」料理と、今日、日本人の食卓にも普及してしまった野菜サラダの色とでは、月とすっぽんの文化の相違を物語るものである。

そして、われらがここで解説するよりも、漱石の方でちゃんと心得ていて、次の様に述べるのである。

一體西洋《いつたいせいやう》の食物《しよくもつ》で色《いろ》のい丶ものは一《ひと》つもない。あればサラドと赤大根《あかだいこん》位《ぐらゐ》なものだ。……畫家《ぐわか》から見《み》ると頗《すこぶ》る發達《はつたつ》せん料理《れうり》である。そこへ行《い》くと日本《にほん》の献立《こんだて》は、吸物《すひもの》でも、口取《くちとり》でも、刺身《さしみ》でも物《もの》奇麗《ぎれい》に出來《でき》る。會席膳《くわいせきぜん》を前《まへ》に置《お》いて、一箸《ひとはし》も着《つ》けずに、眺《なが》めた儘《まま》歸《かへ》つても、目《め》の保養《ほやう》から云《い》へば、御茶屋《おちやや》へ上《あ》がつた甲斐《かひ》は充分《じゆうぶん》ある。

(〈全集〉四二七頁)

と、漱石は言い放っている。これは丁度、背抜きのホステスと、京の舞子の差程のものでもあろうか。

画工が食べおわると、下働きの小女が膳を下げる。その拍子に入口の襖が開くと、中庭の前栽が見え、向いの二階の欄干に、銀杏返しの女が頬杖をついているのが見える。それはまるで楊柳観音の様に下を見つめていたと述べる。さて、この楊柳観音とは、よく宋元の作品を模した日本の水墨画に描かれるテーマであり、東洋人の崇高なる禅定と美の極致のような世界である。それは、宿のお嬢さんと呼ばれる御那美さんの容姿でもあったが、漱石は、中国風の絵画に、よく見る亜字欄に寂然と倚る絶世の美女の容姿容態を空想しつつ、読者へは、この御那美さんの行状に関心をもたせるように画工の行動を描いてみせている。

御那美さんと画工とは、いろいろとその後も、思わせ振りな出遭いを描いて、若い生《うぶ》な画工（とは言っても或は漱石自身の仮托的な人物であろう）が、彼女に淡い想いを懐くのも、漱石は、わざわざジョージ・メレデスの『美女バナヴァーの物語』の恋愛詩を引いて、明らかに彼の懸想振りをカモフラージュしているのである。そこが、作者の言わんとする非人情の実践なのである。

さて、その御那美さんには、漱石が小説を書くに当って、モデルがあったとされているが、そのことはどうでもよくて、その那美さんが、突然青磁の鉢を御盆に載せて現れたことから、次第に骨董談義に移るのである。漱石が青磁好きであることは、以前からも判断がつくが、ここでは、退屈しのぎにと、寝床にいる画工にお茶を入れに現われた御那美さんは、練《ねり》羊羹を茶菓子に持参する。

そこで画工が「青磁《せいじ》の皿《さら》に盛《も》られた青《あを》い煉羊羹《ねりやうかん》は、青磁《せいじ》のなかゝら今《いま》生まれた様《やう》につや〳〵して、思《おも》は

雪舟「達磨図」

ず手《て》を出《だ》して撫《な》でゝ見《み》たくなる。西洋《せいやう》の菓子《くわし》で、これ程《ほど》快感《くわいかん》を與《あた》へるものは一つもない」（〈全集〉四三二頁）とあるように、画工に斯く言わしめている漱石は、余程に青磁が好きであったのである。「此青磁《このせいじ》の形《かたち》は大變《たいへん》いゝ。色《いろ》も美事《みごと》だ。殆《ほと》んど羊羹《やうかん》に對《たい》して遜色《そんしよく》がない」と感嘆久しくして、眺めている。女の方はふふんと、鼻先で笑うだけで、青磁にまるで関心がないらしく、そう漱石は仕立てている。

漱石の分身の画工は、青磁の器だか皿をとりあげて裏の底をしきりに物色している。そこで、どうも「支那《しな》らしい」と吐らしていると、「そんなものが、御好《おす》きなら、見《み》せませうか」と来る。そうだ、そう来なくては面白味はない。そこで、漱石は骨董談義のお膳立てを十分に拵えたのである。御那美さんはやむをえず云う。「父《ちゝ》が骨董《こつとう》が大好《だいす》きですから、大分色々《だいぶいろ〳〵》なものがあります。父《ちゝ》にさう云《い》つて、いつか御茶《おちや》でも上《あ》げませう」と、到頭女に云わしめるのである。

画工の泊った志保田家の宿の主は、かつて東京で暮らしていた。その時分に、近所にいたという髪結床屋に這入った画工は、そこで、これまでのあらましの噂をまた耳にした。御那美の父親は、去年つれあいを亡くして、今では、道具ばかり弄《いじ》っていて、何でも素晴らしいものが沢山にあって、売ったりしたならば金目のものだから余程の額になるそうだと聞く。

漱石は、画工にいろいろと、芸術、殊に美術、いや殊に画工の専門とする絵画の由って来たる、また生まれる契機につき頻りと論じさせている。いちいちの論は尤もにもとれるが、この場合の画工の説法にあまり耳を傾けてみても仕方がない。但し、ここに引合いに出す、「文與可の竹」、「雲谷門下の山水」、「大雅堂の景色」、「蕪村の人物」の具体的な例を考えてみるにしくはないけれども、さらにこの画工の意見に従えば、「惜《を》しい事《こと》に雪舟《せつしう》、蕪村《ぶそん》等の力《つと》めて描出《べうしゆつ》した一種《いつしゆ》の氣韻《きゐん》は、あまりに單純《たんじゆん》で且《か》つあまりに變化《へんか》に乏《とぼ》しい」（全集第二巻・四五七頁）と判断を下しているところである。が、これは即ち、そのまま漱石のわが国の古典絵画への批評眼であったのであろうとも思える。泰西の画家はこれらの大家には比ぶるべくもない程筆力に乏しいといいながら、理屈が先走って、主人公の画工は何も製作を果しえぬ弁解を述べているに過ぎないようにもどかしいが、ここで画工に未曾有の傑作が生まれてしまうことでは、却ってこの小説の意図からは大きく逸脱してしまうのであろう。

文中の「文與可」とは、中国の宋時代の画家で、山水画、及び竹をよく描いているといわれる。与可は笑々先生、石室先生ともいい、錦江道人とも称した。また、雲谷は我国の室町水墨の大家の一人で、天文十六年（一五四七）から近世初頭の元和四年（一六一八）に活躍した。雪舟様《よう》の後継者の一人である。山口県の雲谷庵の三世となり、次男の等益の系統が盛んである。長男等屋は、武将福島正則に仕える。試みに、雲谷派の略家系図を上に掲げると、

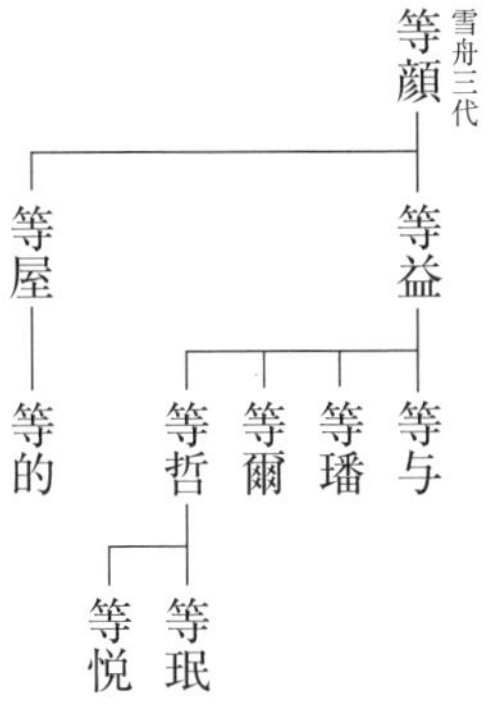

良寛像

となり、江戸時代には狩野派に吸収されつつも、雲谷派は幕末明治まで命脈を保っている。大雅、蕪村については他項でも精しく述べておいたので省略する。問題なのは、漱石の日本美術への関心の度合の深さであり、その知識の広汎さでもある。そして、芸術家、ことにここでは、画家にインスピレーションが湧き、突如として傑作に取りかかる動因について求めあぐねているさまを述べ、さらにそれはまるで、「生《い》き別《わか》れをした吾子《わがこ》を尋《たづ》ね當《あ》てる爲《た》め、六十餘州《よしう》を回國《くわいこく》して、寐《ね》ても寤《さ》めても、忘《わす》れる間《ま》がなかつたある日《ひ》、十字街頭《じふうじがいとう》に不圖邂逅《ふとかいこう》して、稲妻《いなづま》の遮《さへ》ぎるひまもなきうちに、あつ、此所《ここ》に居《ゐ》た、と思《おも》ふ様《やう》にかゝなければならない。それが六《む》づかしい」（〈全集〉四五八頁）とある。ここに出てくる「十字街頭」の文字は、良寛の詩にあって、この頃漱石はすでに良寛詩に親しんでいたものか。

良寛には、十字街頭の初句を用いた漢詩が幾つもあって、やはり放浪の精神が漲ぎっている。有名なその一つを掲げるとすれば、

十字街頭乞食了　十字街頭食を乞ひ了りて、

八幡宮邊方徘徊　八幡宮の邊方に徘徊す。
兒童相見共相語　兒童相見て共に相語り、
去年癡僧今又来　去年の癡僧《ちそう》今又来る。

があり、大変に興味深い一首であるが、漱石と良寛とここに共通するものがすでにあることを知り、勢い『草枕』の読み方も深くならざるをえない。

（十）

御那美さんの父の茶の席への招待をうけた画工は、相客の観海寺の大徹さんと、その外の俗人一人は二十四、五歳の男で、この人たるや、近々満洲へと出征兵士となる人で、船で川下りをして、停車場まで画工も一族の幾人かと共に見送りにゆく事になるのである。しかし、この茶の席というのは、どうも抹茶の席というより、煎茶を振舞われたようである。そこに敷いてあった「花毯」が、画工の目を射て、持前の東西の文明評論を行う素材にもなっている。

小説の文章では、「老人《らうじん》は首肯《うなづき》ながら、朱泥《しゆでい》の急須《きふす》から、緑《みどり》を含《ふく》む琥珀色《こはくいろ》の玉液《ぎよくえき》を、二三滴《てき》づゝ、茶碗《ちやわん》の底《そこ》へしたゝらす」（〈全集〉四七三頁）とあって、明らかに、ここでは玉露を飲む煎茶の席である。そこで、老人が用いる「朱泥《しゆでい》の急須《きふす》」というものに注目しなければならない。既に述べたが、朱泥とは、朱粘土製の炻火質の焼物をいう。無釉薬の急須などが、よく朱泥といわれるものである。その原材料は極めて可熔性に富み、表面が光沢を呈し、奇麗である。色は一般に赤色であるが、黒赭色または、帯紫褐色であるものなどがある。産出地としては、尾張常滑、備前伊部焼、伊勢の万古焼、美濃温故焼、佐渡無名異焼と多いが、常滑では明治十一年、中国人金士恒を招いて宜興の技法を伝習して、杉江寿門という人はよいものを作っている。これらのことは『陶器大辞典』（加藤唐九郎編）にもあるが、漱石はその朱泥のことを十分に承知していたのであろう。和尚は、画工に、絵は南宗派かと問うが、画工は和尚に自分は西洋画だと説明しても判るまいと考えている。和尚は鏡が池で若い男が写生をしているところを見て、「奇麗に描けている」といったことがあり、あれが西洋画か、という。

　南宗派とは、これは、唐代の絵画をものした詩人である王維を祖とするといわれる山水画の流派のことで、我が国には、宋元明の時代に亘って多く名品が舶載され、珍重されてきたが、江戸時代の頃は、各流派も盛んで、文人画のジャンルとして名品を生んできた。和尚が注ぐ茶はわずかに三、四滴に過ぎないけれども、茶碗は大きく、「生壁色《なまかべいろ》の地《ぢ》へ、焦《こ》げた丹《たん》と、薄《うす》い黄《き》で、繪《ゑ》だか、模様《もやう》だか、鬼《おに》の面《めん》の模様《もやう》になりか丶つた所《ところ》か、一寸見當《ちょつとけんたう》の付《つ》かないものが、べたに描いてある」（同四七五頁）とあって、「杢兵衛《もくべゑ》です」と老人《らうじん》は簡単《かんたん》に説明した」（同頁）とある。画工は面白いと感心しているが、老人は杢兵衛には偽物《にせもの》が多いと付加える。このように、この小説の到るところに、古美術骨董の種子が蒔かれていて、作者の漱石の斯道への関心が、如何に小説の中の話題を豊かにしているかが判る。そして、主人公の画工は煎茶の玉露のことを「重《おも》い露《つゆ》を、舌《した》の先《さき》へ一《ひと》しづく宛《づゝ》落《おと》して味《あぢは》つて見《み》るのは閑人適意《かんじんてきい》の韻事《ゐんじ》である」（同頁）と感想をもらしている。

さて、青木杢兵衛（一般には木米と書く）については、明和四年（一七六七）に京都に生まれて、先祖は美濃の国に始まるという。父は故あって京都祇園新地縄手町に移り住み、「木屋」と称した茶屋を営む。

木米は高芙蓉につき篆刻、書画を学び、当時、高名な木村蒹葭堂《けんかどう》を大坂に訪ね、清人の朱笠亭の『陶悦』を読み、初めて陶芸を生涯の事とすることを覚えたという。木米三十歳のときである。陶法の師は奥田穎川《はいせん》であった。享和の頃、紀州侯の招きで和歌山へゆき、文化三年（一八〇六）に加賀金沢卯辰山にも出向いた。その作柄は各種多様であって、とても言いつくせるものではないが、木米の作で急須が一番多いとされている。漱石はそのことも承知していたのであろう。一体何処から、その様な知識を得て、その実物すらをも見ていたのであろうか。木米はまた近世の南画の大家でもある。

また、文中の「生壁色《なまかべいろ》」については、これも通人か玄人の言葉であって、壁の塗りたての生乾きのさまは色艶も、とろりとしている処から出来た言葉ともいう。漱石はこうした通人の言葉を実際に生かしているのである。

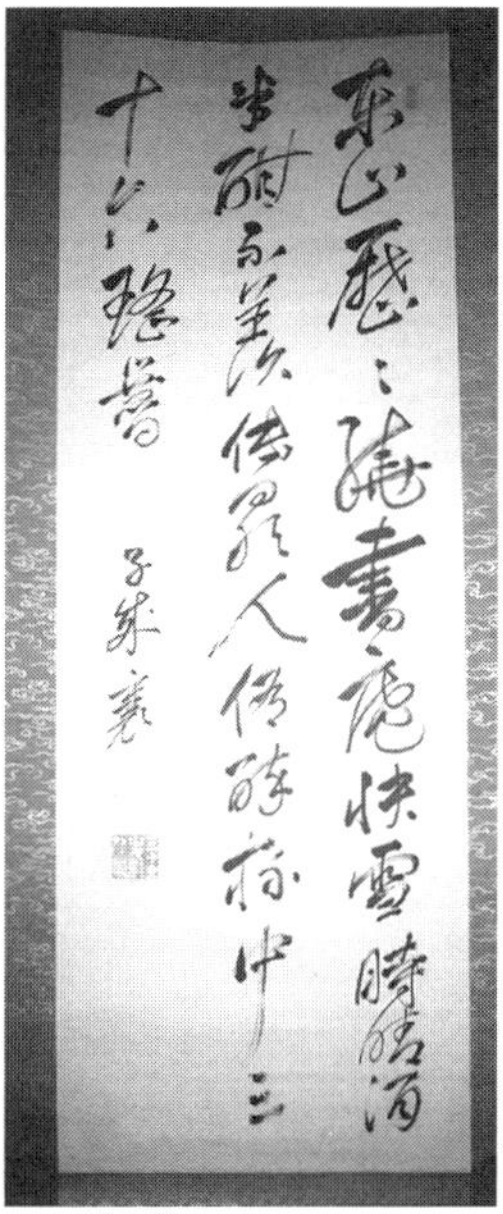

頼山陽　七絶

さて、この煎茶の席では、席主の老人が、紫檀の書架から、紋緞子《もんどんす》の古い袋を持ちだして、中の硯をとり出したのである。これも、この老人の老人たる所作の自慢気であるところを描きつつ、それが一つのこの小説『草枕』の景色をなしているのである。

荻生徂徠茂卿書

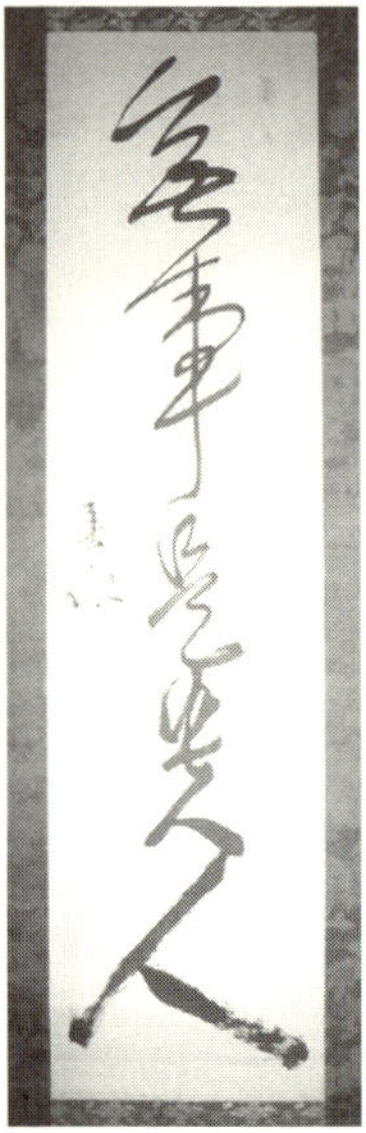

頼春水一行書

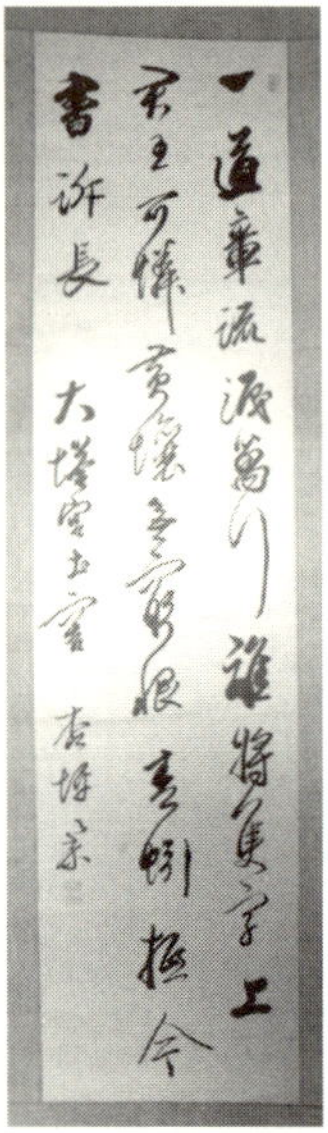

頼杏坪詩書

そこで、老人は、観海寺の和尚と語り合うことになる。和尚は今は一切を放下着の身であるから、格別に骨董趣味は無さそうである。小説では、老人は、その硯はかつて頼山陽の遺愛の逸品として、未だ見てはいないという和尚に示そうとする場面となる。老人は「春水《しゅんすゐ》の替《か》へ蓋《ぶた》がついて……」と、持ちかける。「替へ蓋」などの言葉は余程の風流教養の人士でなければ用いない。こうした所も、漱石は何処かで実体験を経た筈だと、おぼしいのである。それにしても四十歳そこそこの漱石にしては、少し出来過ぎている。春水（一七四六〜一八一六）とは、頼山陽の父のことで、筆者も頼家のものを重んじている関係から、何本か書幅を所持している。また頼杏坪（一七五六〜一八三四）は春水の弟で、同じく広島藩士で儒員であった。従って山陽にとっては、叔父に当る。山陽については、人も

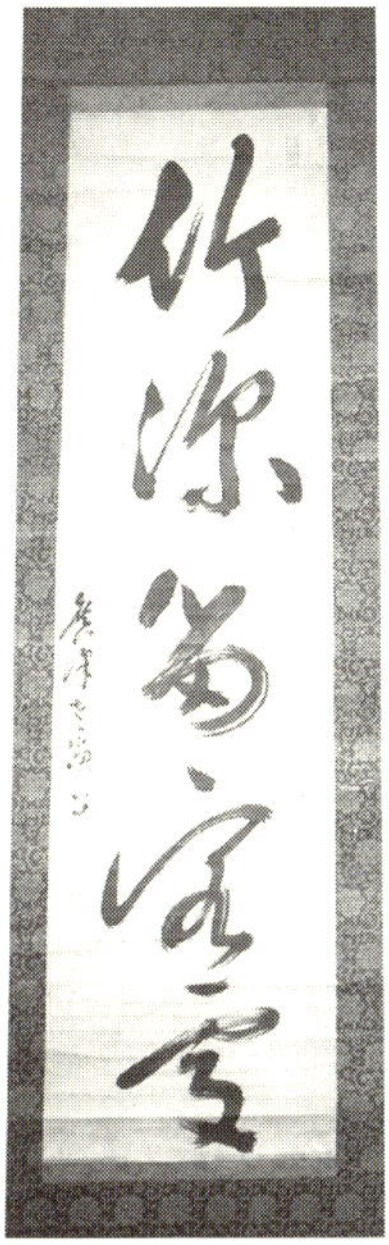

廣澤筆「一行書」

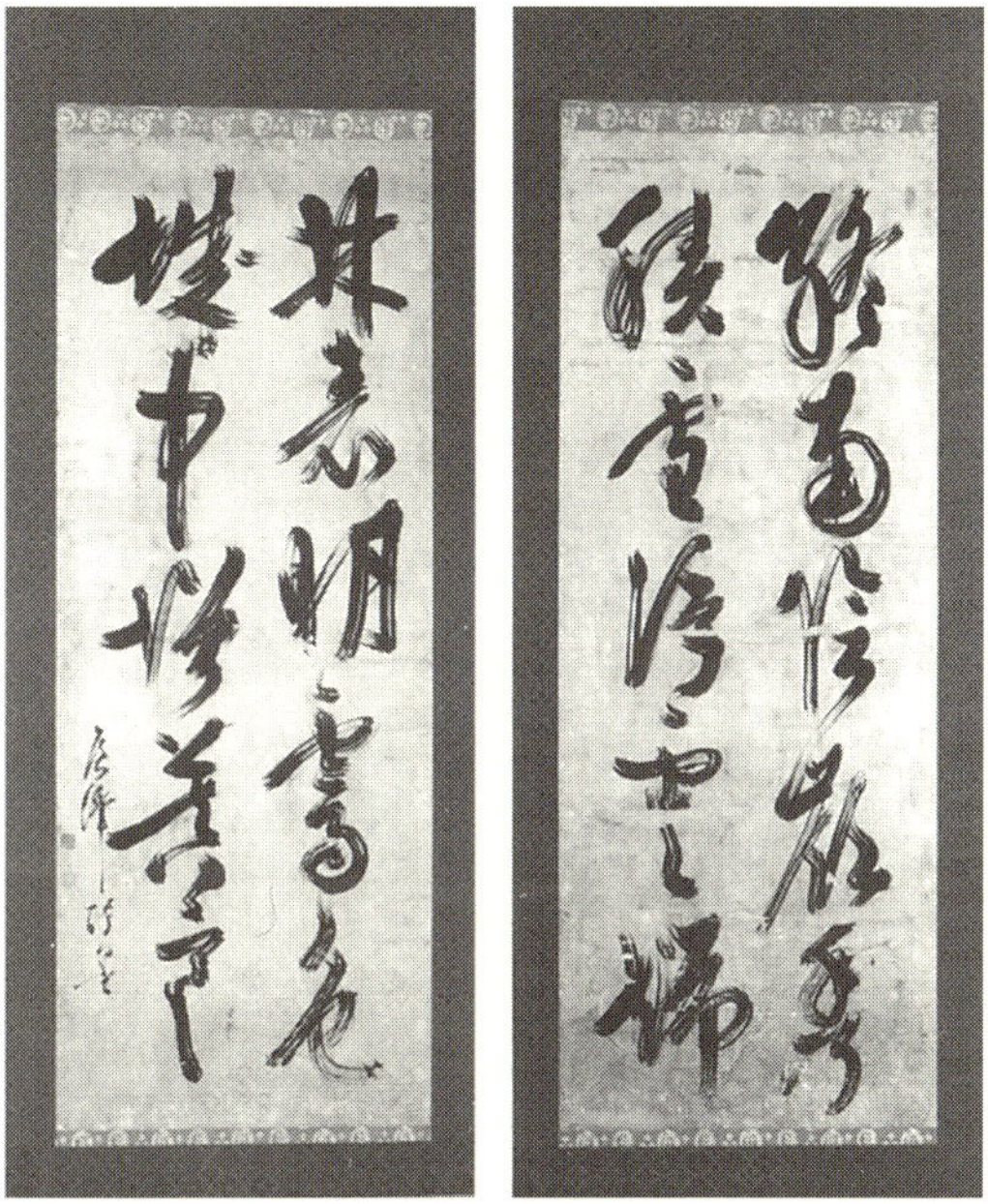

廣澤筆対幅

よく知る通り、詩吟では「鞭声粛々夜河を渡る」で有名な詩人であるが、書、詩、文、または江稼圃流の山水画を得意としていたが、その才気の横溢のために、俗気をいやがる人もいる。名は襄といい、字を子成、別号三十六峰外史、通称久太郎といった。十八歳のとき叔父杏坪につき江戸に出府し、儒学を尾藤二洲に学び、のちに菅茶山に入門したが、仲たがいとなり、京都に移り棲み、天保三年（一八三二）九月二十三日に没した。行年五十三歳。著作に『日本外史』がある。山陽のものや、その三男の三樹三郎のものは、戦時中愛国心高揚に利用されて、偽物が増加したが、目下は市価も低下しつつあるとは言え、やはり尊重すべきものである。今日では、また評価が高まりつつその気運にある。書は、父春水、叔父杏坪に比べて、明らかに抜きん出て、本格的な唐様書道である。漱石は頼家についてもかなり精しく思われるが、しかし当時はそれが、一般の常識でもあったのであろう。その一系の子孫である頼支峰は、東京帝国大学の教授でもあったので、漱石と何処かで繋がっていたものかとも思われる。

さて、この小説『草枕』に用意した主人公の画工への、この場面の設定において、漱石は、勢い硯の談義に移り、さらには山陽、春水、杏坪らの書を論評するに及び、床間の平板の鏡板がどの様に拭き込まれているかとか、「錆氣《さびけ》を吹《ふ》いた古銅瓶《こどうへい》」への活花《いけばな》のさまや徂徠《そらい》の掛軸の表装の様子まで、凡そ骨董道、古美術鑑賞の堂奥を語る場面を配慮しているのである。そしてそのシーンでの漱石の蔭に隠れた存在は、その人物たちの会話の中に一切が罩められているものと思われる。和尚と老人と、画工と老人の甥の若者久一と、各年代層を揃えて、人数の極少数ではあるが、充実した内容をこの場面に盛り込んでいる。そして江戸っ子の漱石は、いつしか、荻生徂徠の人物、書へと談義を運ばせてゆくのである。そして、その秤《はかり》の目盛に細井廣澤をもち出すことを忘れてはいない。更には書談義はいつしか、件の大徹和尚自身の書風の源泉を尋ねることとなり、和尚は黄檗高泉を少し稽古しただけと自白させられてゆく。徂徠については、別号を赤城翁といい、字《あざな》を茂卿《もこう》。名は双松。通称を惣右衛門といった。父は方庵といい、将軍綱吉の侍医であった。徂徠は綱吉に親任厚い柳沢吉保に仕えて、学問政治に亘っての顧問格でもあったが、吉保の失脚により、在野に下り、私塾を開き、服部南郭や太宰春台、安藤東野などの学者が門下から輩出した。専ら復古学を唱え、『弁道』『論語徴』『徂徠集』などの著作がある。茂卿落款の書は、大変に人気を博したが、偽物も多く出廻っている。享保十三年に没し、行年六十三歳であった。ここで、『草枕』の文を引用すると、大変に面白いので、併せて漱石の描く硯や骨董趣味の内容と人物と、その為人《ひととなり》を味わうべきである。


「硯《すゞり》よ」

「へえ、どんな硯《すゞり》かい」

「山陽《さんやう》の愛蔵《あいざう》したと云《い》ふ……」

「いゝえ、そりや未《ま》だ見《み》ん」

「春水《しゆんすゐ》の替《か》へ蓋《ぶた》がついて……」

「そりや、未《ま》だのやうだ。どれ〳〵」

老人《らうじん》は大事《だいじ》さうに緞子《どんす》の袋《ふくろ》の口《くち》を解《と》くと、小豆色《あづきいろ》の四角《しかく》な石《いし》が、ちらりと角《かど》を見《み》せる。

「いゝ色合《いろあひ》ぢやなう。端渓《けい》かい」

「端渓《けい》で鴝鵒眼《くよくがん》が九《こゝの》つある」

「九《こゝの》つ?」と和尚大《をしやうおほい》に感《かん》じた様子《やうす》である。

「是《これ》が春水《しゆんすゐ》の替《か》へ蓋《ぶた》」と老人《らうじん》は綸子《りんず》で張《は》つた薄《うす》い蓋《ふた》を見《み》せる。上《うへ》に春水《しゆんすゐ》の字《じ》で七言絶句《しちごんぜつく》が書《か》いてある。

「成程《なるほど》。春水《しゆんすゐ》はようかく。ようかくが、書《しよ》は杏坪《きやうへい》の方《はう》が上手《じやうず》ぢやて」

「矢張《やは》り杏坪《きやうへい》の方《はう》がいゝかな」

「山陽《さんやう》が一番《いちばん》まづい様《やう》だ。どうも才子肌《さいしはだ》で俗氣《ぞくき》があつて、一向面白《いつかうおもしろ》うない」

「ハヽヽ。和尚《をしやう》さんは、山陽《さんやう》が嫌《きら》ひだから、今日《きよふ》は山陽《さんやう》の幅《ふく》を懸《か》け替《か》へて置《お》いた」

「ほんに」と和尚《をしよう》さんは後《うし》ろを振《ふ》り向《む》く。床《とこ》は平床《ひらどこ》を鏡《かゞみ》の様《やう》にふき込《こ》んで、鏽氣《さびけ》を吹《ふ》いた古銅瓶《こどうへい》には、木蘭《もくらん》を二尺《しやく》の高《たか》さに、活《い》けてある。軸《ぢく》は底光《そこびか》りのある古錦襴《こきんらん》に、装禎《さうてい》の工夫《くふう》を籠《こ》めた物徂徠《ぶつそらい》の大幅《だいふく》である。絹地《きぬぢ》ではないが、多少《たせう》の時代《じだい》がついて居《ゐ》るから、字《じ》の巧拙《かうせつ》に論《ろん》なく、紙《かみ》の色《いろ》が周圍《しうゐ》のきれ地《ぢ》とよく調和《てうわ》して見《み》える。あの錦襴《きんらん》も織《お》りたては、あれ程《ほど》のゆかしさも無《な》かつたらうに、彩色《さいしき》が褪《あ》せて、金糸《きんし》が沈《しづ》んで、華《は》麗《で》な所《ところ》が減《め》り込《こ》んで、渋《しぶ》い所《ところ》がせり出《だ》して、あんないゝ調子《てうし》になつたのだと思《おも》ふ。焦茶《こげちや》の砂壁《すなかべ》に、白《しろ》い象牙《ざうげ》の軸《ぢく》が際立《きはだ》つて、兩方《りやうはう》に突張《つつぱ》つて居《ゐ》る、手前《てまへ》に例《れい》の木蘭《もくらん》がふわりと浮《う》き出《だ》されて居《ゐ》る外《ほか》は、床全體《とこぜんたい》の趣《おもむき》は落《お》ち付《つ》き過《す》ぎて寧《むし》ろ陰氣《いんき》である。

「徂徠《そらい》かな」と和尚《をしやう》が、首《くび》を向《む》けた儘云《まゝい》ふ。

「徂徠《そらい》もあまり、御好《おす》きでないかも知《し》れんが、山陽《さんやう》よりは善《よ》からうと思《おも》ふて」

「それは徂徠《そらい》の方《ほう》が遙《はる》かにいゝ。享保頃《きやうほごろ》の学者《がくしや》の字《じ》はまづくても、何處《どこ》ぞに品《ひん》がある」

「廣澤《くわうたく》をして日本《にほん》の能書《のうしよ》ならしめば、われは則《すなは》ち漢人《かんじん》の拙《せつ》なるものと云《い》ふたのは、徂徠《そらい》だつたかな、和尚《をしやう》さん」

「わしは知《し》らん。さう威張《ゐば》る程《ほど》の字《じ》でもないて、ワハヽヽヽ」

「時《とき》に和尚《をしやう》さんは、誰《だれ》を習《なら》はれたのかな」

「わしか。禪坊主《ぜんばうず》は本《ほん》も讀《よ》まず、手習《てならひ》もせんから、なう」

「しかし、誰《だれ》ぞ習《なら》はれたらう」
「若《わか》い時《とき》に、高泉《かうせん》の字《じ》を、少《すこ》し稽古《けいこ》した事《こと》がある。それぎりぢや。それでも人《ひと》に頼《たの》まれゝばいつでも、書《か》きます。ワハヽヽヽ。時《とき》に其端溪《そのたんけい》を一《ひと》つ御見《おみ》せ」と和尚《をしやう》が催促する。

（〈全集〉四八〇頁）

廣澤とは、江戸の唐様書道の大家。名を知愼、通称を次郎大夫という。もと掛川の人で、父の跡をついで医を学び、江戸に出て、馬喰町で医師をつとめた。諸芸を学ぶが、北島雪山に書を学び、元禄元年（一六八八）三十一歳で、柳沢吉保の儒員となる。十年後官を辞して書道家となり、玉川（今日の世田谷区等々力）に隠遁の地を卜したが、そのことはならずじまいとなった。著述をのこし、書作も各種に多い。墓は一族と共に等々力の満願寺にある。享保二十年没、七十八歳。江戸唐様書道の元祖ともいわれる。廣澤の書は筆者の好む所でもあり詠歌をも残し、菊叢、玉川、今日庵、奇勝堂ともいった。

漱石はオフエリアの入水《じゅすい》の果て、水に浮く姿を描いたミレーの絵が余りに脳裏にあったものと見えて、頻りと御那美さんと「鏡の池」の水と椿の水に散った様子とを一緒にして、一方では御那美さんの美をうたい残そうとする。このことも、この『草枕』のモチーフの一つになりえてはいるが、必ずしも成功しているとは言い難い。それは極めて断片的な、着想を恣意に語ったものにし

高泉書弘法大師『秘蔵寶鑰』偈

か過ぎないからである。そして、御那美さんの入水《じゅすい》の美しい幻の映像の、さらにその蔭には、村人が供養する五輪塔の地下にいる、かつての身投して入水《しゅすい》の後に死した、悲劇の女主人公の伝説が控えているのであった。「私《わたくし》が身《み》を投《な》げて浮《う》いて居《ゐ》る所《ところ》を――苦《くる》しんで浮《う》いてる所《ところ》ぢやないんです――やすく〳〵と往生《わうじやう》して浮《う》いて居《ゐ》る所《ところ》を――奇麗《きれい》な畫《ゑ》にかいて下《くだ》さい」（〈全集〉四九五頁）などと、主人公の画工に、頼む御那美さんとの会話を聞く読者を、作者の漱石は想定してもいる。

　煎茶の席で、観海寺の住持と知り合った画工は、春の月夜に寺を訪うこととなった。そこで観海寺の本堂の廂に端《はし》から端《はし》まで「行儀《ぎょうぎ》よく並《なら》んで踊《をど》つて居《ゐ》る」さぼてん（覇王樹）を見たのである。しかし、初めて見る朧夜のこととて、それが異様に見えたのであろう。「感《かん》じから云《い》ふと岩佐又兵衛《いはさまたべゑ》のかいた、鬼《おに》の念佛《ねんぶつ》が、念佛《ねんぶつ》をやめて、踊《をど》りを踊《をど》つてゐる姿《すがた》である」（〈全集〉五一〇頁）とある。さて、またここでは岩佐又兵衛がついて出てくるのである。「鬼の念佛」とは、よく大津絵などで見かけるテーマで、近世の江戸時代の初め、近江の国大津、追分、三井寺辺りで売り出され、流行し始めた庶民の造る絵画で、大抵は道中のみやげ物であった。テーマは藤娘、瓢箪絵、「布団の下に敷くと、子供の疳《かん》の虫《むし》が収まるといわれる鬼の念佛」などが有名であったが、戦乱の世が治まり、庶民が信仰と娯楽をとりもどしていった当時の風俗をも感じさせる。岩佐又兵衛もこの頃登場してくる画人である。彼は江戸へも下って風俗画を始め、浮世絵の元祖の如くにいわれている。武将荒木村重の子として生まれ、岩佐家の養子となり、福井藩主、松平忠直、忠昌の御用絵師となり、のち幕府に招かれて、江戸に下る。狩野、土佐の両派をも学び、近世初期を飾る名匠として、その名をうたわれている。漱石は又兵衛が大津絵をものしたかどうかは判然と言わぬためにも、「岩佐又兵衛《いはさまたべゑ》のかいた、鬼《おに》の念佛《ねんぶつ》が、念佛《ねんぶつ》をやめて」と空想をしているのである。

画工は月夜のおぼろげな景色をもいたく愛でつつも、宋代の詩人で学者の、晁《ちよう》補之《ほし》（大観四年、一一一〇没）の文章を引いて、「窓間《さうかん》の竹數《たけすう》十竿《かん》、相摩戞《あひまかつ》して聲切々《こゑせつ〳〵》已《や》まず。竹間《ちくかん》の梅棕森然《はいそうしんぜん》として鬼魅《きび》の離立笑髯《りりつせうひん》の状《じやう》の如《ごと》し」云々と、吟じつつ、四方の奇趣に富んだ光景を述べている。また、画工は春日の散策ついでに、御那美さんと歩く。「――あの蜜柑山《みかんやま》に立派《りつぱ》な白壁《しらかべ》の家《うち》がありますね。ありや、いゝ地位《ちゐ》にあるが、誰《だれ》の家《うち》なんですか」と画工は尋ねる。御那美さんは「あれが兄《あに》の家《いへ》です。歸《かへ》り路《みち》に一寸《ちよつと》寄つて、行《ゆ》きませう」（〈全集〉五三五頁）と答える。そこで二人はやがて高台にある家の屋敷内に入る。女が及び腰になって障子をからりと明けると、「内《うち》は空《むな》しき十畳《でふ》敷《じき》に、狩野派《かのうは》の双幅《そうふく》が空《むな》しく春《はる》の床《とこ》を飾《かざ》つて居《ゐ》る」（〈全集〉五三七頁）と、さり気ない田舎の旧家の様子をのんびりと描写する際にも、漱石は床の掛軸を点描しておくことを忘れない。先日の老人の煎茶の席に招かれていた、この度満州へ出征すると決まった久一さんの家でもあり、御那美さんは、いわくのある短刀を餞別の代わりに渡すようにと先日、父なる老人にいわれて来ていたのであった。御那美さんが「久一さん」と、名を呼んでも一向に返事がない。が、やがて納屋《なや》の方で、漸く返事が聞かれた。

それから、日を改めて、久一さんを見送りに、川船を用いて、吉田の停車場迄ゆく一行の中に、御那美さんも画工も仲間となっていたが、長閑な川船から見る田舎の風景の描写もよろしく、停車場で、発車の窓から久一さんを見送る御那美さんの面前に、突如と現れた、離縁されたもとの亭主と再会する一瞬の場面に、先日山の中で忍び会い、御那美さんが金を渡していた野武士のような人物の顔があった。この人物も内地を去って、同じく汽車で満州へ向うことを小説は暗示しているのである。しかしその一瞬、御那美さんの表情に変化があったことは云うまでもないのである。作者の漱石は、〝其茫然《そのばうぜん》のうちには不思議《ふしぎ》にも今迄《いままで》かつて見た事のない「憐《あは》れ」が一面《いちめん》に浮《う》いてゐる〟と述べ、「それだ！　それだ！　それが出《で》れば畫《ゑ》になりますよ」と余《よ》は那美《なみ》さんの肩《かた》を叩《たた》きながら小聲《こごゑ》に云《い》つた。余《よ》が胸中《きようちゆう》の畫面《ぐわめん》は此咄嗟《このとつさ》の際《さい》に成就《じやうじゆ》したのである」（〈全集〉五四七頁）と述べる。

ここで、この小説は終わっている。それにしても顧れば、いかにこの小説が日本美術史、古美術品にかくもかかわっているとは、驚くべきことであり、漱石のこの方面の知識の豊富なることは他の作家に比べて抜群である。

註記（1）

漱石は、旧訓の万葉集を用いたとも考えられるが、「日置長枝娘子《へきのながえをとめ》の歌一首」とは、万葉集巻八の一五六四の、

秋づけば尾花が上に置く露の消ぬべくも吾《あ》は念《おも》ほゆるかも

である。しかし、「秋づけば……」は、『草枕』の春暖の季節とは異なる。それに状況が出てきていない。

『草枕』の「さゝだ男」については、佐々木信綱の「万葉集」巻九（岩波文庫本）（一八〇一）にあって、詞書も異なっている。「葦屋《あしのや》の處女《をとめ》の墓を過ぐる時、作れる歌一首幷に短歌」とあって、次に長歌と反歌二首を参考に掲げておく。ただし、「さゝだ」は「小竹田壮士《しのだをとこ》」となっている。そして歌われている「菟原處女《うなひをとめ》」が『草枕』のモデルの悲劇の墓の主となっている。即ち五輪塔に祠られている女人である。

また、「万葉集」の一八〇九の長歌と反歌では、「血沼壮士《ちぬをとこ》」と「菟原壮士《うなひをとこ》」の両者のすさまじい競争がテーマ

に詠われていて、作者は「高橋連蟲麻呂の歌集の中に出づ」と書かれている。しかし、かかる伝説は万葉にも他に多くあり、やや脚色めいて詠われている。なお、漱石全集第二巻の註の作者は、双方をとりちがえて註を施しているようだ。葦屋は、神戸の葦屋という。また「菟原」は葦屋の地名。「小竹田壮士」は大阪府泉南部の地の男。

　葦屋の處女の墓を過ぐる時、作れる歌一首幷に短歌

一八〇一　古《いにしへ》の　益荒壮士《ますらをのこ》の　相競《あひきほ》ひ　妻問《つまどひ》しけむ　葦屋《あしのや》の　菟原處女《うなひをとめ》の　奥津城《おくつき》を　吾が立ち見れば　永き世の　語《かたり》にしつつ　後の人の　偲《しぬび》にせむと　玉桙《ほこ》の　道の邊《べ》近く　磐構《いはかま》へ　作れる冢《つか》を　天雲《あまぐも》の　退部《そきへ》の限《かぎり》　この道を　行く人毎《ごと》に　行き寄りて　い立ち嘆《なげ》かひ　或《ある》人は　啼《ね》にも哭《な》きつつ　語り繼《つ》ぎ　偲《しぬ》び繼ぎ來《こ》し　處女《をとめ》らが　奥津城《おくつき》どころ　吾さへに　見れば悲しも　古《いにしへ》思へば

　反歌

一八〇二　いにしへの小竹田壮士《しぬだをとこ》の妻問《つまど》ひし菟原處女《うなひをとめ》の奥津城《おくつき》ぞこれ

一八〇三　語りつぐ故《から》にも幾許《ここだ》戀しきを直目《ただめ》に見けむ　古　壮士《いにしへをとこ》

「さ、だ」が「小竹田壮士」（第九巻・一八〇一～三）からのヒントであれば、漱石はこの方の古譚を『草枕』に用いたらしく、「菟原處女《うなひをとめ》の墓を見る歌一首幷に短歌」（万・第九巻・一八〇九）の方は、むしろ参考の為のものとしてとるべきで、〈全集〉第二巻の註の作者はとりちがえている。

　菟原處女《うなひをとめ》の墓を見る歌一首幷に短歌

一八〇九　葦屋《あしのや》の　菟原處女《うなひをとめ》の　八年兒《やとせご》の　片生《かたおひ》の時ゆ　振分髪《をばなり》に　髪たくまでに　竝《なら》び居《を》る　家にも見えず　虚木綿《うつゆふ》の　隠《こも》りて坐《ま》せば　見てしかと　悒憤《いぶせ》む時の　垣ほなす　人の誂《と》ふ時　血沼壮士《ちぬをとこ》　菟原壮士《うなひをとこ》の

盧屋焼《ふせやた》き　進《すす》し競《きほ》ひ　相結婚《あひよば》ひしける時は　焼大刀《やきだち》の　柄押撚《たがみおしね》り　白檀弓《しらまゆみ》　靫《ゆぎ》取り負《お》ひて　水に入り火にも入らむと　立ち向ひ　競《きほ》ひし時に　吾妹子が　母に語らく　倭丈手纏《しづたまき》　賤《いや》しき吾が故《ゆゑ》　丈夫《ますらを》の　争ふ見れば　生《い》けりとも　逢ふべくあれや　ししくしろ　黄泉《よみ》に待たむと　隠沼《こもりぬ》の　下延《したば》へ置きて　うち嘆き　妹が去《い》ぬれば　血沼壮士《ちぬをとこ》　その夜夢《いめ》に見　取り續《つづ》き　追ひ行きければ　後《おく》れたる　菟原壮士《うなひをとこ》い　天《あめ》仰ぎ叫《さけ》びおらび　地《つち》に伏《ふ》し　牙喫《きか》み詰《たけ》びて　如己男《もこを》に　負《ま》けてはあらじと　懸佩《かきはき》の　小劍《をだち》取《と》り佩《は》き　冬薯蕷葛《ところづら》　尋《と》め行きければ　親族共《やからども》　い行き集《つど》ひ　永き代に　標《しるし》にせむと　遠き代に　語り繼がむと　處女墓《をとめづか》　中に造り置き　壮士墓《をとこづか》　此方彼方《こなたかなた》に　造り置ける　故縁《ゆゑよし》聞きて　知らねども　新喪《にひも》の如《ごと》も　哭《ね》泣きつるかも

反歌

葦屋《あしのや》の菟原處女《うなひをとめ》の奥津城を往き來《ゆく》と見れば哭《ね》のみし泣かゆ
墓《つか》の上《うへ》の木《こ》の枝《え》靡けり聞きし如血沼壮士《ごとちぬをとこ》にし依りにけらしも

註記（2）
漱石の友人菅虎雄（当時五校の教授、ドイツ文学者、漱石を五校に招いた）の紹介により、小天温泉に漱石が訪れて、土地の名家前田家に泊したのは、明治三十年から三十一年の交で、その後も一度同地を訪れている。舞台の一つとなった「鏡池」は旧前田案山子氏邸内にあり、現在は、田尻氏邸にそのまま残る。御那美さんのモデルは案山子の息女である。また宿の老人は謂わずと知れた案山子本人である。

『虞美人草』に於ける漱石と古美術

（一）

『虞美人草』は、漱石が謂わば初めて職業小説家として新聞に連載し、発表した作品である。漱石は東京帝国大学と第一高等学校の教職を辞して、明治四十年四月より自由の身となり、朝日新聞社との契約通り、小説を書くこととなった。漱石はこれを自ら新聞社への「身売り」と称している。漱石は、とは言いながらも執筆には相当な気負いを以って臨み、自分の小説が悪評判になりはしまいかと、それによって、また従来の大学教師の生活よりさらにきびしい境遇に立たされるのではないかとの緊張感もあって、相当に読者を酔わせる文体を試みようとしたのである。その気負いで却って派出ばでしい、上っ調子な文章を書くことになってしまったのである。これは、ある人々によっては、漱石が自ら語る、俳句的な濃度を試みた文体とも受け取られているようである。その点では、既に評判の高い尾崎紅葉の『金色夜叉』なども派手ばでしい文体であるが、それをも凌駕しようという漱石の気負いが現れたとも言えよう。漱石のこの気負いの文体は、気障《きざ》っぽく見え、上っ調子の文体は、シェイクスピアのクレオパトラの描写などから直接出ているとも考えられうるが、漱石にしてみれば、自らの才気の発揚の場とばかりに、入念に骨折ったものなのであった。そして、漱石が気負えば気負う程、文体はますます気障っぽさを深めていったといえよう。

（二）

漱石は退職に先だって、三月二十八日から四月十二日迄、京都に旅して、『虞美人草』の構想を練ったらしく、比叡山に登り、保津川を下り、嵯峨の天龍寺辺りを見物している。その時のスケッチが、この小説の登場人物の甲野さん、宗近君の旅行となって現れ、町家《まちや》に棲む孤堂先生の一人娘、小夜子の琴の音の描写となって現れるのである。

漱石は、この小説を書くに当って、予《あらかじ》め、東京のみのテーマと人物では物足りなく、作家として小説の領域と奥行きを拡げるべく、丁度、ディケンズの『二都物語』のように、舞台を京都と東京に設定したのである。小説には、それだけ漱石の用意周到さが窺われる訳であるが、それを裏がえせば、やはり漱石は作家としての新たなる出発を心懸けていたということになる。そして、実際に漱石が旧い京都に魅力を感じていたとなれば、ここにも彼は、伝統文化という雰囲気の中での、古美術、古文化財への憧憬を物語ることとなるのであった。

山道を辿り、比叡山を目ざす二人の男は、一人は二十七歳、一方は二十八歳。宗近《むねちか》君は学士でありながら、外交官を目指し、すでに三回も落第しており、すぐにも外交官の称号を欲している。が、目下は用途不明の人物と目されている。一方の甲野さんは、父が国際人としての外交官であって、その悴として生まれ、父の後添えの義母と、その娘即ち、腹違いの自称クレオパトラと名告《の》る妹との三人暮らしをしながら、父の遺産をめぐり、義母は自分の娘に婿養子を迎えて、後取りに据えようと強欲振りを発揮して、英文学の天才、シェイクスピアに通暁している若い小野さんを候補にと考えている。このような腹黒い挙動に、秘かに不満を持つ甲野さんは、未だ定職を持たぬまま、何やら不明確な哲学めいた、禅語雑りの漢詩や、新来の西洋の学問めいた発語を繰り返して、ややハムレット型の天才肌の士である。

小野さんは、かつて、京都で孤堂先生に養育された秀才で、目下は大学で英語、英文学の講師をしており、博士論文を心がけている最中。その小野さんは、甲野さんの妹、クレオパトラの家庭教師でもある。ところが、京都の孤堂先生の一人娘小夜子は、小野さんにとっては、半ば許嫁でもあるが、小野さんは、いつの間にかクレオパトラと相思の仲となり、孤堂先生の上京にも、表面的なつき合いだけとなってしまっている。その破局を救うのが、四度目の外交官試験に合格した宗近君の緊急処置によってであった。それで、小野は元の鞘に納まり、小夜子と結婚し、甲野は宗近の妹糸子と結ばれることとなる。が、一人周囲から見離され、愛を失ってしまったクレオパトラは、尾形光琳の流れをくむ酒井抱一の描く虞美人草の逆さ屛風の下に、香烟の匂いと共に没してゆくのである。漱石作の小説『虞美人草』は、このような筋書きであるが、発表された当時は、なかなかの評判であり、その当時、某商店（今日でいうデパート）は、漱石の『虞美人草』に因むとして、ハンカチを売りに出した程の人気を集めていた。

（二）

漱石は、この小説の主人公、自称クレオパトラ、甲野さんの腹違いの妹、「紫の女」藤尾を新しい時代を魁る女として描きたかったのであろうが、その彼女の専横な振舞いが、明治時代の徳義に悖《もと》ることとして、その自らの死去を以って生存を消し去っているが、漱石は、それをさながら王朝風な絢爛優美な、抱一の描く六曲一双の屏風絵からよみとったドラマとして創造し、『虞美人草』は、実のこと、絵画の醸しだしたドラマであったのではなかろうかと私は思慮するのである。古美術品から漱石が読み取ったドラマから、この小説が生まれたのである。そこで、「紫の女」即ち藤尾は、古美術のもつ魔力に殉死したとも思えるのである。

虚栄の女といわれる藤尾を、クレオパトラと比較し、これに譬えるのも、固より作者漱石の虚構《いたずら》にしか過ぎないが、プトレマイオス朝廷の女王クレオパトラと藤尾を比べるのは、あまりにも唐突というより、寧ろ滑稽にすぎないが、クレオパトラは、敵将シーザーを誑《たら》し込み、しかも彼女は、シーザーを追って、ローマに居を構え、アントニウスが勝利すれば、アントニウスの妃となり、アントニウスが死ぬと、自らの命を絶つという気性の女である。藤尾は、乏しい生まれの小野さんを支配できると思い込み、何よりも、小野さんの新しい西洋の香気溢れる詩や文学の知識を領有したかったのであろう。漱石は藤尾をクレオパトラだといっておきながら、明治の新しい女、クレオパトラ藤尾を創り出し、虚栄と高慢を美しい虞美人草の花の台《うてな》に沈めてしまったのである。それ故にか、虞美人草は、漱石にとっても、光琳にとっても、抱一にとっても、或る女の魂であったのかもしれないのである。甲野さんと宗近の二人が京都への美の巡礼を果したのは、この抱一のこころの師、光琳の屏風絵への回帰でもあったのである。そして、この小説は、一双の屏風絵との出遭いから、漱石に腹案されていたのである。

（四）

小野さんは、恩師であり、養育の父代わりの井上孤堂先生に、小夜子のことについて白紙にもどすことを告げる為に、同じ門下生の法科出身の浅井君を代理に頼むことにした。さて、その浅井君が孤堂先生の京都から引越した東京での住居を訪ねてみると、孤堂先生は病身であって、床に伏せており、浅井君の口上に、却って先生は浅井君を怒り、襖の蔭で話の内容を聞いていた小夜子は、すすり泣いていた。この話を洩れ聞いた宗近君は、老人同士の慰めにもと、自分の父親を孤堂先生の枕下に訪ねさせるのであった。また宗近君は、小野さんと藤尾が大森で密会することを聞きつけ、小野さんを説得して、その不徳義を覚らせて、小夜子との約束を新にとりきめさせる。そして自分の妹の糸子を甲野さんの伴侶とすることを、甲野さんにも得心させた。大森行きを中断した小野さんと、小夜子と、甲野欽吾と糸子とが、それぞれ同伴して甲野家に集結し、互に継母の前と藤尾の前で、公言し、発表することとなった。小野さんは、従来の不徳義を悔い、「真面目」の世界に戻り、小夜子を永遠の伴侶とすることを盟い、やがて、雨中車を飛ばして帰還した藤尾は、いたく小野さんのすっぽかしを恨み、すでに小野さんと小夜子の縁談が正式となったことを知るや、その怒りのやり場を失う。

（五）

さて、この小説に、古美術品が、実際にどの様に現れているかであるが、初めに、甲野さんと宗近君が、

菊池容齋筆「絹本着色十六羅漢図」（対幅）

比叡山を目ざす山中の道において、「宗近《むねちか》君《くん》は米澤絣《よねざはがすり》の羽織《はおり》を脱《ぬ》いで、袖疊《そでだゝ》みにして一寸《ちよつと》肩《かた》の上《うへ》へ乗《の》せたが」（〈全集〉一五頁）とある。この「米澤絣」とは「目暗縞《めくらじま》」の名称で呼ばれているものである。これによって、漱石の頃までは、江戸、東京に米沢産の絣が出廻っていたことが判る。一般には米沢織といわれ、紬織も産して、琉球紬に似ているところから、米沢琉球紬と異称されている。米沢付近から産出する絹織物を総称する米沢織は、藩主上杉鷹山公が越後小千谷より織師を招き、奨励したものである。糸織、綾織、節織、紋織、袴地、帯地などがあるが、漱石のいう絣はない。漱石は何か勘違いをしたと見える。絣は木綿織物であって、上等好みの漱石には眼にとまらぬ品物であれば、ましてや、宗近君が羽織をたたんで見せるとは考えにくい。

この小説『虞美人草』を読んでみると、化政度の江戸の爛熟振りが、明治の漱石に再燃したるがの如くで、クレオパトラと自称する藤尾の描写に、漱石は、「女《をんな》はまだ何《なん》にも言《い》はぬ。床《とこ》に懸《か》けた容齋《ようさい》の、小松《こまつ》に交《まじ》る稚子髷《ちごまげ》の、太刀持《たちもち》こそ、昔《むか》しから長閑《のどか》である」（〈全集〉二五頁）とあり、文章は更に続くが、漱石はこんな気障っぽい文章で読者を納得させようとしているのである。これでは、文はきらびやかではあるが、容齋の絵は一般に、淡彩、淡雅なものが多い。そこで漱石の気心こそ、何とも理解に苦しむばかりである。が、しかし、今ここで取り上げるのは、有職故実画家の菊池容齋についてである。

菊池容齋は、武保が本名である。別号は雲水。無尽庵と称し、通称は量平。容齋派といわれる派祖で、南朝の菊池氏の忠臣武時より十九世の孫、菊池武長の頃江戸に出て、与力の地位で幕臣となって、武保を養子とした。武保は幼少の頃より画を好み、高田円乗の門人となり、主として狩野派を修得した。のちに諸派を折衷して独自の画風を樹立した。明治天皇より、「日本画士」の称号を賜ったのも、尊皇の志の厚かったことにも依る。明治十一年に没し、著作には『前賢故実』、『容齋詩集』、『容齋歌集』などがある。門下生には明治近代画壇を左右する傑出した人材を多く送り出している。即ち松本楓湖、渡辺省亭、尾形月耕などである。容齋は享年九十一歳でこの世を去った。漱石は、容齋のことをよく知っており、容齋の尊皇的な傾向の絵についても承知していて、その評判を自らの小説の中に採り入れることを忘れなかったのである。そこで遇々見た掛軸を、クレオパトラたる藤尾の描写に釣り合う様に用いたものと思うが、作者の漱石の絵画を写す文字は自ずと華麗とならざるを得なかったのである。

容齋は、探幽、文晁の影響下にあるが、大和絵の古土佐絵をも学び、故実画を能くした。

従って、「小松に交《まじ》る稚子髷《ちごまげ》の、太刀持《たちもち》こそ」といい、「狩衣《かりぎぬ》に、鹿毛《かげ》なる駒《こま》の主人《あるじ》は、事《こと》なきに慣《な》れし殿上人《てんじやうびと》の常《つね》か」（同）と、長閑な景色に眼をそそぐ小野さんの視線の喜びを描いている。藤尾は、小野さんを引き留めて、帰宅したばかりの母親の呼ぶ声に坐を立って行った後、小野さんは、独り平床にある古薩摩の香炉に眼がゆく。このあたりの条りも、小野さんは漱石の趣味の代弁をしているのである。そして、時には漱石の傀儡の役を務める人物と化してもいるのである。小野さんと対い会う藤尾の様子は、漱石は気障っぽく、「敷《し》き棄《す》てた八反《はったん》の坐布團《ざぶとん》に、主《ぬし》を待《ま》つ間《ま》の温氣《ぬくもり》は、輕《かる》く拂《はら》ふ春風《はるかぜ》に、ひつそり閑《かん》と吹《ふ》かれてゐる」（〈全集〉三八頁）と描写している。春の風が藤尾の坐っていた八反の坐布団のぬくみを軽く払ってゆくと、小野さんは感じて見ている。

ここに出てくる古薩摩とは、九州の薩摩藩で焼かれた江戸時代初期のもの。未だ朝鮮半島の生の味わいの残るもので、人々からも珍重がられた。「八反」とは、「八端織」のこと。経緯に綾糸の色の黄味を帯びた褐色の縞模様の絹布で、これも、つい最近迄、日常に用いられてきたものである。主に布団などに用いられている。漱石は他にも織物に関心を示していて、「平絎の細帯」を、甲野さんが締めている場面を描写している。明治時代の作家は、尾崎紅葉にしても、泉鏡花などにしても、作中の登場人物に、如何なる衣裳を着せるかを重要視して、呉服屋に通って、研鑽したものである。漱石は少しのちの、ウイリアム・モリスの影響を受けた日本民芸運動の先駆者、柳宗悦の先どりをしているのである。

さて、京都を旅行している甲野さんと宗近君が泊った京都の旅館の扁額について、漱石は黙ってはいられなかった。その文字は、「僝《せん》雨《う》僽風《しうふう》」「雨に僝《うれ》ひて風に僽《うれ》ふ」という文句であって、その書き方に難ぐせをつけつつも、襖絵については、金地に豪華さはあっても貼りに皺が寄っていることとかに、気にくわぬと言っては、自分らの気分をまぎらわし、筍の三本が描かれているのについては、「筍《たけのこ》を三本《ぼん》、景氣《けいき》に描《か》いたのは、どう云《い》ふ了見《れうけん》だろう。なあ甲野《かふの》さん、これは謎《なぞ》だぜ」（〈全集〉四五頁）などと、宗近君も甲野さんに持ち掛けるのである。ここでも、古美術が小説の進行においてある程度、重心を担っているのである。

二人は、京都の春の景色にすっかり感嘆し、時季こそも春気の発動し、陰陽相会うを誇って、万物が萌え出ずる気分に浸っている。甲野さんは、これに乗じて、漢詩を作り、古美術に精しい宗近君は、宿の隣りの琴の音にうっとりしている。実はこの琴の音は、小野さんの恩師井上孤堂先生の在京都の住にあって、娘小夜子の弾くところの音であったのである。

孤堂先生は、一人娘を連れて、自分の育てた小野さんがいる東京へ、二十年振りに引越してゆく、そのすんでのところであった。

（六）

漱石は、孤児の小野さんを、京都で養育してくれた孤堂先生にとっては、「水底の藻」と称している。しかし、次第に、この「水底の藻」が水面に浮かび上って、京都市中をめぐり歩き、知恩院の勅額を見て、小野さんは高いものだと悟るようにもなる。しかしこれも、漱石自身が京都に旅して、知恩院の勅額を見て思ったに過ぎないのであろう。漱石は、その時の実感を、小野さんに託したのである。小野少年に勅額の異字体が判る訳もなかろう。これも、作中の人物に古美術への関心を持たせるのが、漱石自身の趣味宣伝ともとれるし、作中の人物に見るように古美術を語れば、これまた漱石の分身でありうる訳だから、漱

呉春筆「寿老人」

石の傀儡を務めることでもある。

漱石はまた作中の文で、次の如く言う。「絢爛《けんらん》の域《ゐき》を越《こ》えて平淡《へいたん》に入《い》るは自然《しぜん》の順序《じゆんじよ》である。我等《われら》は昔《むか》し赤《あか》ん坊《ばう》と呼《よ》ばれて赤《あか》いべゝを着せられた。大抵《たいてい》のものは繪畫《にしきゑ》のなかに生《お》ひ立《た》つて、四條派《しでようは》の淡彩《たんさい》から、雲谷流《うんこくりう》の墨畫《すみゑ》に老《お》いて、遂《つい》に棺桶《くわんをけ》の果敢《はか》なきに親《した》しむ」（〈全集〉六六頁）とある。これは一通りの理屈ではあって、殊に取るに足る古美術への理解ではないし、内容的に極めて表面的で、極めて浅薄なものであるにしても、小説において、わざわざこの様な芸術論を吐き掛けるのは、少々奇異でもあるが、それ程迄に、漱石の古美術への執心が感じられるのである。画に見る、円山四条派のあの新進の生命力、そのナイーブさは、単に「平淡」と片づけられては困るのであるし、また雪舟の後継者の一人と目されている雲谷等顔の作風を「棺桶《くわんをけ》の果敢《はか》なきに親《した》しむ」と言い切るのは合点がゆかないが、もっともこれは作中の人物のレベルでの言であるので、漱石自身はとてもそんなことを思ってはいない筈であるし、一般世間の低俗の見地からの意見を代弁しているにしか過ぎぬのであろう。

雲谷派の水墨画は格調の高いものであり、墨のもつ五彩は、充実して、漲る生命の溌剌さがあり、きびしく張りつめた空間と画面構成を見ると、驚くべき精神性が感じられるのであるから、到底、漱石ともあろう作者が吐くべき言葉ではない。水墨画という単なる印象で十把一からげに片づけられては困るのである。また、四条派は、蕪村の高弟、松村呉春より起こり、明治、大正、昭和期の画壇にまでその系統が生きつづけており、今日の画壇にあっては、未だに重きをなしている。一方、円山派は、円山応挙に始まり、やはり明治画壇以来、今日までの画壇の主流を占めているのである。呉春は、京都の四条に棲んだので、この派の名称となった。四条派からは、松村景文、岡本豊彦、小田海遷らが輩出しており、更には、この流れを汲む者に、塩川文麟、鈴木松年、竹内栖鳳、上村松園、川合玉堂、都路華香がいる。景文の系統からは、横山清輝、跡見玉枝（花蹊、跡見学園の創始者）などを挙げることが出来る。

雲谷派については、室町期から安土桃山時代に、等顔が活躍し、海北友松《かいほう》、長谷川等伯らと技を競った。等顔は雪舟三代を名告《の》り、等益、等与、等璠の系統と等宅、等爾と続く系統に分れ、幕末明治までに及ぶ画家の系統である。等顔に次いで作風のよい者は等益であって、等宅、等的、等璠などは注目すべき作家である。その後はほとんど狩野派に吸収されたようになってしまっている。

（七）

甲野さんと、宗近君の二人は、京都の天龍寺の門前で、土産物屋の抹茶茶碗をひやかし、甲野さんは袖を強く宗近君に引かれた突端に、手に持った茶碗を落して壊すことになる。その原因というのは、例の彼らの泊まった宿の隣屋の琴の音の主が、宗近君の目に留まったからであった。甲野さんは茶碗を惜しむより、悪口をいっている。これも作者の漱石の逆本心なのである。「全體茶人《ぜんたいちやじん》の持《も》つてる道具程氣《だうぐほどき》に食《く》はな

新橋駅付近（明治三十年前後）
東京第一の勧工場（今日の百貨店）

（上）浜離宮　（下）新橋駅

いものはない。みんな、ひねくれてゐる。天下《てんか》の茶器《ちやき》をあつめて悉《こと〴〵》く敲《たゝ》き壊《こは》してやりたい氣《き》がする。何《なん》なら序《ついで》だからもう一《ひと》つ二《ふた》つ茶碗《ちやわん》を壊《こは》して行《ゆ》かうぢゃないか」（〈全集〉八七〜八八頁）と乱暴な言を吐く。これも古美術をよく知っている漱石の逆の反面を表現したのであろう。甲野さんと宗近君の二人は、東京へ帰る列車の中でも、孤堂先生と小夜子に出遭い、遂に新橋駅まで出迎えに来ていた小野さんの姿を認めるのであった。

（八）

作者の漱石は、宗近君の実直な妹、糸子と、クレオパトラを自身に気負いなぞらえる藤尾との対比を顕わす場面を設けている。例によってそれは男の側から見た女同志の対決の場でもあり、これをむしろ冷笑するかのように、漱石は描いているのである。

「藤尾《ふぢを》と糸子《いとこ》は六疊《でふ》の座敷《ざしき》で五指《ごし》（糸子）と針《はり》の先《さき》（藤尾）との戰爭《せんさう》をしてゐる。凡《すべ》ての會話《くわいわ》は戰爭《せんさう》である。女《おんな》の會話《くわいわ》は尤《もつと》も戰爭《せんさう》である」（〈全集〉九五頁）と皮肉を罩めた言い方をしている。

漱石はところどころで、シェイクスピアの戯曲の戯れごとの文体を真似て、秘かにほくそ笑《え》んでいたのではないかと思い当たる節がある。それは漱石特有の、少々いたずらぽく、大人気ない処とも思われるが、なにせ、これは明治という実験的な時代の反映でもあったろうかとも思われる。そういった、シェイクスピアをまねるような新知識の貴ばれる時代でもあった。

藤尾には、紫色をエピセットに用いてゆこうとした考えからか、漱石が女を華麗に飾り立てるのは、却って汚してしまうことになり、藤尾は寧ろ、それに相当すべき人物と当初より漱石は考えていたならば問題はないが、この小説の場合、藤尾は紫色の権化の如く美しく見られねば、シーザーを狂わせ、アントニイを引きつけた女に比べる意味は無くなってしまうのである。

漱石は、小野さんや藤尾やその実母らの心理をおよそ次の如く、暗喩を用いて説明しようとしている。これもシェイクスピアに通うところかと思う。

追《お》ひ懸《か》けて來《く》る過去《くわこ》を逃《の》がれるゝは雲紫《くもむらさき》に立ち騰《のぼ》る袖香爐《そでかうろ》の烟《けぶ》る影《かげ》に、縹緲《へうべう》の楽《たの》しみを是《これ》ぞと見《み》極《きは》むるひまもなく、貪《むさ》ぼると云《い》ふ名《な》さへ附《つ》け難《がた》き、眼《め》と眼《め》のひたと行《ゆ》き逢《あ》ひたる一拶《いつさつ》に、結《むす》ばぬ夢《ゆめ》は醒《さ》めて、逆《さか》しまに、われは過去《くわこ》に向《むか》つて投《な》げ返《かへ》される。草間蛇《さうかんだ》あり、容易《ようい》に青《せい》を踏《ふ》む事《こと》を許《ゆる》さずとある。

（〈全集〉一〇三～一〇四頁）

漱石は、この様な暗喩を含んだ行文に、読者が次第に馴れてくれれば、そのまどろこさも満たされるものと許りに思ったのであろう。ここに出てくる「袖香爐」とは、謂ば今日の「匂い袋」の如く、人々が袖の中に香を焚きしめた名残りである。簡単な、小さい香炉を実際に袖に仕込んだものらしい。今後はその遺品を見つけるのも楽しみの一つである。

（九）

『虞美人草』の「七」を読むと、かつて、この京都の地で生まれたとおぼしい平家物語の出だしの「祇園精舎の鐘の声」の法談、教説を聴聞するかの如くで、あるいはその延長を今日に聞くが如くに思える。漱石は、平家物語のその現代版を書いているが如くにも思えるのは不思議である。

漱石は、

古《ふる》き寺《てら》、古《ふる》き社《やしろ》、神《かみ》の森《もり》、佛《ほとけ》の丘《をか》を掩《おほ》ふて、いそぐ事《こと》を解《げ》せぬ京《きやう》の日は漸《やうや》く暮れた。倦怠《けた》るい夕べである。（〈全集〉一一〇頁）

と、述べている。これは、薄田泣菫の『望郷の歌』の「わが故郷《ふるさと》は、日の光蟬《ひかりせみ》の小河《をがは》にうはぬるみ」で始まる詩の冒頭に相応する部分でもあった。『望郷の歌』は明治三十九年七月に刊行された詩集『白羊宮』

に含まれる。そしてまた、漱石上人の説法が始まりそうなので、先ずはそれを聴こうではないか。

> 一人《にん》の一生《いつしやう》には百の世界《せかい》がある。ある時《とき》は土《つち》の世界《せかい》に入《い》り、ある時《とき》は風《かぜ》の世界《せかい》に動《うご》く。またある時《とき》は血《ち》の世界《せかい》に腥《なまぐさ》き雨《あめ》を浴《あ》びる。一人《にん》の世界《せかい》を方寸《はうすん》に纏《まと》めたる團子《だんし》と、他《た》の清濁《せいだく》を混《こん》じたる團子《だんし》と、層々《そう》相連《あひつら》なつて千人《にん》に千個《こ》の實世界《じつせかい》を活現《かつげん》する。個々《こゝ》の世界《せかい》は個々《こゝ》の中心《ちゆうしん》を因果《いんぐわ》の交叉點《かうさてん》に据ゑて分相應《ぶんさうおう》の圓周《ゑんしう》を右《みぎ》に劃《くわく》し左《ひだり》に劃《くわく》す。（〈全集〉同頁）

これらは、禅の中に取り入れられた、佛教のもつ数の観念でもあり、殊に華厳経の内容でもある。果してこれらの漱石上人の教説が、読者に素直に浸透したかどうかは判らない。甲野さんらの心理的情況をかく語る説法が、小説の中味に必要であったかどうかは問われる所でもある。しかし、裏を返せば、悩める漱石が観念の世界に縋ろうとする心理の発露でもあったのである。この『虞美人草』という小説は、当時勃興の耽美主義の顕われでもあって、この傾向は単に漱石一人の問題とすることには賛成すべきではない。

（十）

この小説「八」では、甲野さんの家の長火鉢が描かれている。継母の坐る長火鉢の鉄瓶に湯が沸き、宗近の妹の糸子との会話がとり交わされている。そこで漱石は「宇治《うぢ》の茶《ちや》と、薩摩《さつま》の急須《きふす》と、佐倉《さくら》の切《き》り炭《ずみ》を描《ゑが》くは瞬時《しゆんじ》の閑《かん》を偸《ぬす》んで、一彈指頭《いちだんしとう》に脱離《だつり》の安慰《あんゐ》を讀者《どくしや》に與《あた》ふるの方便《はうべん》である」（〈全集〉一二九～一三〇頁）と述べている。相変らず以って廻った表現になってはいるが、言わんとする所は判る。

ここでは、「宇治《うぢ》の茶《ちゃ》」はまだしも、「薩摩《さつま》の急須《きふす》」とある。薩摩焼は大変に伝統のある焼物で、一般には鹿児島県で焼かれているものを言うが、その方面を詳しく調べると大変に厄介である。しかし、この場合は「急須」とあるから、その範囲に止《とど》めておく。

薩摩焼は文禄、慶長の役で、出陣した島津義弘が連れ帰った八十人余の男女の陶工家族が築いた大隈国帖佐の宇都窯（帖佐焼）が始まりで、これに次いで朴平意によって串木野に窯が築かれ、串木野焼が創められた。のちに、これが、廃《すた》れて、苗代川焼が起り、これも又廃れて、加治木焼が興り、一六一四年、朴平意により、白土が発見されて、苗代川焼が、即ち白薩摩焼が創められた。そして金海（星山仲次）の子の金和が田原友助らと共に堅野焼を始めた。慶安の頃から有村碗右衛門により、京都御室窯の日本風の絵付を学び、薩摩錦手が始まり、山元焼が興った。以上のように、徳川幕府時代の終りまで辿ってゆくと、一口に薩摩焼といっても大変に複雑な歴史をもっていることが判る。

注目すべきは、また従来の帰化の子孫たちを笠野原の地に移して、笠野原焼をつくらせたが、ここに、木村探元（一六七九～一七六七）とのかかわりが起った。探元は名を守広といい、別号は三暁庵、郁々子、また黄瑞居士、浄徳堂、清山古人といったが、主に探元斎と雅号を呼んだ。探元はもともと薩摩の人で、江戸に出て、狩野探幽の子、探信守政の門に入り、のちに帰郷して薩摩藩のおかかえ絵師となった。

探元は、近衛家熙の知遇を得て、享保十九年（一七三四）には法橋の位に叙せられ、翌二十年には、大貳の称号を許された。和歌、詩文にも長じ、『白鷺洲』『三暁庵随筆』などの著がある。また啜茶翁、梅花隠叟の号を用いたこともある。雪舟—探幽の漢画の水墨画の復興を心がけ、江戸後期のその衰退を歎いた人物である。この探元が薩摩焼にかかわったとすると、彼の高度な美意識が大いに影響を及ぼさぬ筈はないと思う。そこで、今後は探元と薩摩焼との関わりを見直さなければならない。探元の水墨画として有名なものは、「富嶽図」がある。探元にかかわる堅野焼は延亨の頃おとろえてしまった。

そして、薩摩焼で特筆しなければならないものは、文政十二年（一八二九）、重久元阿弥が仁阿弥道八より陶法を学び、弘化の頃、苗代川に錦手の指導役となったことである。安政の頃には、苗代川に南京焼の模倣が起こり、明治になって、青木宗兵衛が手轆轤を田之浦窯に来て教えたりしたため、薩摩の窯業は盛んとなった。薩摩焼には中国系や朝鮮半島のものの模造品も多いが、白薩摩と黒薩摩の区別があり、白薩摩は島津家用のものであり、不合格品が出廻ったのである。以降、茶陶の各種が焼かれ、薩摩焼はわが国の重要な輸出産業でもあった。堅野焼の中期以降には、薩摩錦手は濃厚な彩色と濃密な画柄、図柄で装飾性の濃い作品を産み出し、ヨーロッパ人の注目を浴び、慶応三年、漱石が生まれた年には、パリの国際博覧会に出品され、朴正官作の錦手の花鳥図瓶が評価を受けた。しかし、いつの間にか大量生産が行われ、粗悪な品が出廻るようになり、甚だしきは、白地や素焼を基にして、東京の業者が東京で、絵付けをして輸出するというような事態が起こり、東京での製品も薩摩焼と称して海外に輸出する始末となり、田之浦陶器会社は明治八年に倒産した。漱石が見たとおぼしい薩摩焼とは、苗代川焼、田之浦焼、長太郎焼のいずれかであろうと思う。なお詳しくは、前田幾千代氏の『薩摩焼総鑑』などを参照すべきかと思う。

そこで、改めて、〈全集〉の七一二頁の注一二九を見ると、「薩摩焼のきびしょ」とあり、「素地は象牙色で、美しいひびがあり、きれいな上絵がほどこしてある」とある。が、果してこれが該当するものかどうかである。そして、該当品で現存するものがあるかどうかである。研究の余地を残す。

続いて、「佐倉の切り炭」は、古美術品ではないが、注の作者の言う通り、旧佐倉藩領内で焼かれた炭である。東京でも比較的良質のものと考えられていた。茨城、栃木産のものもひっくるめて佐倉炭と称していた。

さて、小説では、この少し前（〈全集〉一二九頁）に、母と藤尾の会話があって、兄の噂を藤尾は、次の様に語る。「兄《にい》さんの料簡《れうけん》はとても分《わか》りませんわ。然《しか》し糸子《いとこ》さんは兄《にい》さんの所《ところ》へ來《き》たがつてるんですよ」「母《はゝ》は鳴《な》る鐵瓶《てつびん》を卸《おろ》して、炭取《すみとり》を取《と》り上《あ》げた。隙間《すきま》なく澁《しぶ》の洩《も》れた劈痕焼《ひゞやき》に、二筋《ふたすぢ》三筋《みすぢ》藍《あゐ》を流《なが》す波《なみ》を描《えが》いて、真白《ましろ》な櫻《さくら》を氣儘《きまゝ》に散《ち》らした、薩摩《さつま》の急須《きふす》の中《なか》には、緑《みど》りを細《ほそ》く綯《よ》り込《こ》んだ宇治《うぢ》の葉《は》が、午《ひる》の湯《ゆ》に腐《ふ》やけた儘《まゝ》、ひた〳〵に重《かさ》なり合《あ》ふて冷《ひ》えてゐる」とあり、就中、薩摩焼の急須の形容は、特に注目すべき所である。

「劈痕焼《ひゞやき》」については、よくも漱石はそんなことまで知っていたものかと驚くが、やはり、焼物に関しても素人でないことが判る。「ひびやき」とは「罅《ひび》焼」のことで「罅釉」と関係している。殊に粟田焼や薩摩焼では、その特徴となっている。上薬（釉）に出来た微少な亀裂をいい、一般にはこれを貫入《かんにゅう》といっているが、釉の面に微妙な美意識を齎すもので、膨張率の異なる釉を素地に施して、白磁器といわず着色陶器にも焼成後に出来るものなのである。

「劈痕焼《ひゞやき》」とは、漱石の造語であろうか、それとも当時、そう言われていたものか。急須の出来上りに、貫入（乳）があって、そこに永年の使用から、茶渋が滲《し》み込み、自ずと雅致を生じていること。そして急須の絵模様は、一筆、二筆にさらりと藍色を刷毛描きで、波模様を図柄として、そこに桜花の花片を浮かせていると述べている代物《しろもの》であって、今日にあってわれらが想像してみても、随分と愉しい絵付の急須である。こんなのがあれば、誰でも欲しくなるものである。漱石は、と言うより甲野の継母は贅沢趣味の人であったのだった。そして、とりも直さず、それは甲野の家の格式を暗に伝えているのであった。もしそんな急須でもあったならば、一寸見つけてみたくなるではないか。それにしても漱石の描写は一通りのものとは思われない。漱石を理解するには、こうした事実も重要であろうと思う。

藤尾の父は、かつて、恩賜の金時計を宗近君にやるといっていた。これは暗に、吾が娘を宗近にやることを意味していた。しかし、藤尾はこれを小野さんに持たせたかった。藤尾は、このことを母親へと相談を持ちかける。「鎖《くさり》の先《さき》に燃《も》える柘榴石《ガーネット》は、蒔繪《まきゑ》の蘆雁《ろがん》を高《たか》く置《お》いた手文庫《てぶんこ》の底《そこ》から、怪《あや》しき光《ひか》りを放《はな》つて藤尾《ふじを》を招《まね》く」（〈全集〉一三三頁）と漱石は、描写している。ここにも漱石の好きな文筥《ふばこ》が出てくる。即ちここでは「手文庫」のことである。手文庫の装飾は蒔絵を施してあり、上等な工芸品である。「蒔繪《まきゑ》の蘆雁《ろがん》を高《たか》く置《お》いた手文庫《てぶんこ》の底《そこ》から」とある表現からは、これは文庫の位置を言うのではなくて、高蒔絵を言うのであろうと思われる。蒔絵の金漆が厚盛にしたものであったのであろう。そこでまた、漱石の趣向が判るのである。

父の遺品の金時計の「鎖《くさり》の先《さき》に燃《も》える柘榴石《ガーネット》は」にしても、派手ばでしい叙述を好んだ漱石は、シェイクスピア劇の登場人物の口吻を真似ているのであろう。全集の一三三頁には、今度は宗近君の家の様子を寸描しているところがある。「唐草《からくさ》を一面《いちめん》に高《たか》く敲《たた》き出《だ》した白銅《はくどう》の油壺《あぶらつぼ》が晴《はれ》がましくも宵《よひ》に曇《くも》らぬ色《いろ》を誇《ほこ》る。燈火《ともしび》の照《て》らす限《かぎ》りは顔毎《かほごと》に賑《にぎ》やかである」〈全集〉同頁）などは相変らず、派手と気障《きざ》を誇る文章であるが、ここに「白銅」とあるのは、銅とニッケルの合金のことで、「白銅の材質」で石油ランプ用の油壺が唐草模様を敲き出しているといい、相当によい品と見せかけている。漱石はこの職人細工の技について「晴《はれ》がましくも宵《よひ》に曇《くも》らぬ色《いろ》を誇《ほこ》る」と言い放って、白銅の持つ性質が如何に周囲に物を言っているかを述べている。そこが漱石の目の付け所である。宗近君の父親は、つい最近、甲野さんと息子とが見物してきた比叡山のことなどを歴史的な知識で説明して聞かせる。驚くことに、その若手の二人は、まるで今日の大学生にも共通するかの如き無知識を物語る内容である。

さて、孤堂先生の留守中に訪れた小野さんの小夜子に対する予期せぬ気の無さに、父としての孤堂先生は病に伏してしまう。その父を慰めんとして、娘の小夜子は、自らの行末を案じながらも、床の間の琴を取り出し弾いている。そこでも漱石は床飾りなどを気にかけるのである。「徒《いたづら》に餘《あま》る黒壁《くろかべ》の」〈全集〉一五八頁）とは、明治の末頃の、黒い砂で床間を黒く仕上げる左官の流行の仕事である。昭和初期頃まで地方でも盛んに塗られていたが、糊が弱って砂が落ちるので、次第に流行らなくなった。戦後は繊維壁、京壁を関東地方でも塗るようになった。

床間の軸については、「軸《じく》は空《むな》しく落《お》ちて」とあり、懸け軸を掛けるとき、軸先の付いた軸を落すようになるので、斯く表現したものかと思う。ここは懸け軸が単に掛かっている、という意味である。懸け軸が落ちてしまったという風にとるのは宜しくない。琴の「欝金《うこん》の蔽《おひ》」とは、琴を包む裂のことで、「欝金《うこん》の蔽《おひ》が春《はる》を隠《かく》さず明《あき》らかである」（以上〈全集〉一五八頁）と漱石は暗示して小夜子に同情的である。

（十一）

小説の「十」では、宗近の家に、「謎《なぞ》の女《をんな》は宗近家《むねちかけ》へ乗《の》り込《こ》んで來《く》る」といった場面がある。「謎《なぞ》の女《をんな》」とは、甲野さんの継母、即ち藤尾の実母で、父の後妻である。「宗近《むねちか》の阿爺《おやじ》」さんとは、「唐木《からき》の机《つくゑ》に唐刻《たうこく》の法帖《ほふでふ》を乗《の》せて、厚《あつ》い坐布團《ざぶとん》の上《うへ》に、信濃《しなの》の國《くに》に立《た》つ烟《けむり》、立つ烟《けむり》と、大《おほ》きな腹《はら》の中《なか》から鉢《はち》の木《き》を謡《うた》つて居《ゐ》る。（〈全集〉一六〇～一六一頁）とあり、「宗近君《むねちかくん》の阿爺《おやじ》さん」は、これで見ると、漢学者で書道家で、謡をかねている趣味人である。世俗の欲からは遠ざかった存在でもある。
「唐木《からき》の机《つくゑ》」とは、中国から伝わってきた、紫檀、黒檀、はては鉄刀木《たがやさん》といった類の材質の机をいう。英語でいえばマホガニーの類である。一級の素材の家具調度品である。「唐刻《たうこく》の法帖《ほふでふ》」とは、中国の名蹟を石板や木版に彫った拓本刷の法帖、即ち習字のお手本を言う。これらもよい品であれば高価な値となる。宗近の「阿爺《おやじ》さん」は、謡曲、『鉢の木』を好んで謡っていたと見える。

宗近の家の障子の外には、「信楽《しがらき》の松《まつ》の盆栽《ぼんさい》」がある。一間の襖絵は、唐紙の白地に、「秦漢瓦鐺《しんかんぐわたう》の譜《ふ》を散《ち》らしに張《は》つて、引手《ひきて》には波《なみ》に千鳥《ちどり》が飛《と》んでゐる。つゞく三尺《じやく》の假《かり》の床《とこ》は、軸《ぢく》を嫌《きら》つて、籠花活《かごはないけ》に軽《かる》い一輪《りん》をざつくばらんに投《な》げ込《こ》んだ」（〈全集〉一七一頁）とある。「秦漢瓦鐺《しんかんぐわたう》の譜《ふ》」云々とは、秦漢時代の建物の軒の鐙《あぶみ》瓦の模様の拓本を貼り交ぜにしてあったと理解する。これはまた珍しい趣味である。いずれも宗近君の阿爺さんの人物を物語っているが、これに引きかえ、謎の女とは、何となく『猫』に出てくる金田の内儀を想わせる。

漱石には、蔵書の中に天保九年の『秦漢瓦鐺図』なるものがあったと註の作者は述べている。「唐刻」では、どの辺の年代のものかは判然としない。信楽の植木鉢も、どの程度のものかも判らない。「籠花活《かごはないけ》」に到っては、竹編のものに、おとしを入れたものか、それとも銅製のものか判らない。

小説では、甲野欽吾、宗近一《はじめ》、妹の糸子、藤尾の四人が揃って、当時催された池之端の博覧会場に出掛ける場面がある。四人が見た博覧会々場の建物の夜の幻想に、次の如き条りがある。

藍《あゐ》を含《ふく》む黒塗《くろぬり》に、金《きん》を惜《をし》まぬ高蒔繪《たかまきゑ》は堂《だう》を描《ゑが》き、樓《ろう》を描《ゑが》き、廻廊《くわいらう》を描《ゑが》き、曲欄《きよくらん》を描《ゑが》き、圓塔方柱《ゑんたふはうちゆう》の數《かず》々を描《ゑが》き盡《つく》して……〈全集〉一八九頁)

これは外国館の夜の様子であるが、漱石の美的感覚をよく言い尽している。雄大な夜空に浮かぶイルミネーションに描き出される幻想の模型と、藍色を含んだ漆黒の中の、まるで高蒔絵の如く造型を変幻自在に顕わしている世界を述べた所である。漱石は南画の風景として、高蒔絵の世界に魅了されていたのである。

（十二）

漱石は、俳句作者でありながら、俳句全般について悪口を言う。例えば友人で日頃尊んでいる子規についても、この作中では、「明治《めいぢ》になつては子規《しき》と云《い》ふ男《をとこ》が脊髄病《せきずゐびやう》を煩《わづら》つて糸瓜《へちま》の水を取《と》つた。貧《ひん》に誇《ほこ》る風流《ふうりう》は今日《こんにち》に至《いた》つても盡《つ》きぬ。只小野《ただをの》さんは是《これ》を卑《いや》しとする」（〈全集〉二〇一頁）とあって、子規とはまるで縁のない、関わりのない自分のように装っている漱石は、しゃあしゃあたるものである。しかし、漱石はここで、子規を宣伝の為に用いたのかもしれない。

漱石は、小野さんの下宿の押入れが芭蕉布の襖で仕切られていることを述べる。芭蕉布は高価なもので、夏には涼しく、丈夫な上に、珍しかった。芭蕉の葉の繊維品は沖縄地方の特産品であった。しかし、当時すでに彼地から、運輸取引されていたことを証明してくれる。小野さんが、藤尾に会いに出掛けようとする処へ、小夜子が訪ねてくることがあった。小野は、小夜子に「埋木《うもれぎ》の茶托《ちやたく》」で茶を出す。そうして「京焼《きやうやき》の染付茶碗《そめつけちやわん》」に茶を汲んだのである。「埋木」は仙台の特産で、地中に埋れた木の芯で細工したもので、堅く光沢のあるもの。「京焼《きやうやき》の染付《そめつけ》」とは、ただ想像してみるのみだが、美麗なものであろう。さしずめ、京土産の清水焼か、粟田焼のことであろうが、おそらくは清水坂で売られているものであろう。幕末から慶応にかけて、コバルトがヨーロッパから輸入されて、藍の色が濃くなった。

博覧会の夜、小野さんは、井上孤堂先生と小夜子と三人でいる所を、例の四人に見られているので、藤尾との五六日振りの対面に話をどうそらすかで、小野さんの心境は複雑であった。そこを漱石は、「磬《けい》を打《う》つて入室相見《にふしつしやうけん》の時《とき》、足音《あしおと》を聞《き》いた丈《だけ》で、公案《こうあん》の工夫《くふう》が出来《でき》たか、出来《でき》ないか、手《て》に取《と》る様《やう》にわかるものぢやと云つた和尚《をしやう》がある」（〈全集〉二三一～二三二頁）と述べる。漱石は巧いところを把まえたものである。「公案」云々とあれば、嘗て漱石が鎌倉へ参禅した時の実体験で出会ったことが土台になっている。

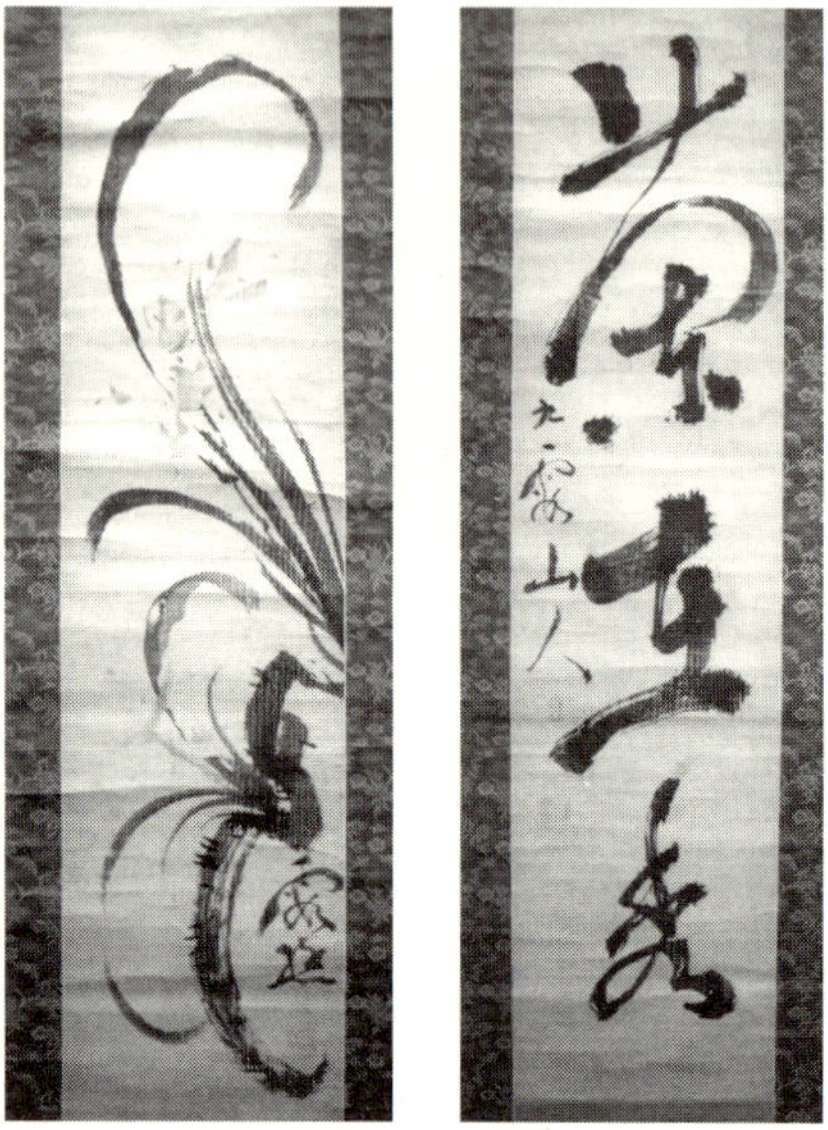

大雅堂筆蘭の図と書の双幅

今度は、その時見聞きした磬のことであるが、磬とは、今は佛教美術に属し、中国古代の楽器から始まって、古代佛教に伝承している。このことは本書の俳句の項その他に精しいので省略する。

（十三）

この小説の「十三」では、道で出会った小野さんと別れた甲野さんは、糸子のいる宗近家を訪ねる。この家には、漱石独擅場の玄関の描写がある。「……玄關《げんくわん》の廂《ひさし》に、浮彫《うきぼり》の波《なみ》が見《み》える。障子《しやうじ》は明《あ》け放《はな》つた儘《まゝ》である。吞氣《のんき》な白襖《しろぶすま》に舞楽《ぶがく》の面《めん》程《ほど》な草體《さうたい》を、大雅堂流《たいがだうりう》の筆勢《ひつせい》で、無残《むざん》に書《か》き散《ち》らして、座敷《ざしき》との仕切《しきり》とする」（〈全集〉二三九頁）とある。

この場面の描写は、勿論古美術が役割を果している。甲野さんを出迎えたのは糸子自身であった。女中のお清もいなかった。招じられた座敷の床の間には、「長押《なげし》作《づく》りに重《おも》い釘隠《くぎかくし》を打《う》つて、動《うご》かぬ春《はる》の床《とこ》には、常信《つねのぶ》の雲龍《うんりゆう》の圖《ず》を奥深《おくふか》く掛《か》けてある。薄黒《うすぐろ》く墨《すみ》を流《なが》した絹《きぬ》の色《いろ》を、角《かく》に取《と》り巻《ま》く紋緞子《もんどんす》の藍《あゐ》に、寂《さ》びたる時代《じだい》は、象牙《ざうげ》の軸《ぢく》さへも落《お》ち付《つ》いてゐる。唐獅子《からじし》を青磁《せいじ》に鑄《い》る、口許《くちばかり》なる香爐《かうろ》を、どつかと据《す》ゑた尺餘《しやくよ》の卓《たく》は、木理《はだ》に光澤《つや》ある膏《あぶら》を吹《ふ》いて、茶《ちや》を紫《むらさき》に、紫《むらさき》を黒《くろ》に渡《わた》る、胡麻《ごま》濃《こま》やかな紫檀《したん》である」

〈〈全集〉二四一～二四二頁〉と、漱石は宗近君の祖父からの家の伝統美とくらし振りを述べる。これはある意味では、漱石の理想の日本家屋の世界であったのである。

「大雅堂流」の大雅堂については、俳句の章で精しく述べるが、大雅堂の書は特筆すべき風格をもち、追随者も多くあったことであろう。実際に当の漱石もその一人であったろうか。池野大雅（一七二三～一七七六）は、通称池大雅といい、別号を霞樵、九霞山樵、三岳道人、公敏、無名士ともいった。京都北山の深泥池村に生まれ、父は嘉左衛門といい、農家であった。父を亡くした大雅は、母と共に十五歳にして、京の二条桶口にて、扇屋を営んだ。嘉左衛門を襲名して夢屋といった。二十四歳の時に、祇園の茶屋の玉瀾と結婚。画は祇園南海、柳里恭、土佐光芳に学び、中国の南宗派を研究した。大雅の画は、逸人、高士を描き、後の世に、フェノロサによって悪い冗談の画風と称されたが、その脱俗の気風は蕪村と共に尚ばれている。書道は、若くして清光院慧徴、桑原為渓について学んだといわれる。黄檗宗の盛んな京都にあって、渡来文化を好み、万福寺の杲堂元昶《ごうどう》の膝下にもあった。『近古禅林叢談』によれば、臨済にもかかわりがあったとしている。即ち白隠に参じ、白隠の禅画を称讃するといい、遂翁とも道契を結んでいる。『叢談』には、遂翁は「細事に拘らず言行多くは縄墨の外に逸出す」といい、「碁と画とを好み優遊自得す」とある。遂翁は白隠門下の双璧といわれ、一方に東嶺がいた。

（十四）

宗近家の勝手口の内玄関から這入った甲野さんは、蕪村の句の「重《おも》たき琵琶《びは》の抱《だ》き心地《こゝち》といふ永《なが》い晝《ひる》が」（〈全集〉二四〇頁）の長閑さを味わっている。そして「動《うご》かぬ春《はる》の床《とこ》には」、常信の雲龍の図が掛かっているのを認める。常信とは、狩野常信（一六三六～一七一三）のこと。元禄のころ、幕府将軍家の絵師として京都から招かれた狩野探幽守信、尚信、安信（永眞）の三兄弟は、そのまま江戸狩野の祖となり、その後、安信が本家を嗣ぎ、長兄探幽の流れを鍛冶橋狩野といい、短命であった尚信（自適齋）の系統を木挽町狩野といった。安信の系統を中橋狩野という。自適齋尚信の後を継ぎ、衰退しかけた江戸狩野を中興したのが養朴常信であり、奥絵師浜町狩野の随川岑信の祖父でもあった。常信は養朴と称し、寛耕齋、古川叟、寒雲子、朴齋とも号した。尚信の子で、右近といい、五歳にして父と死別し、画技を伯父の探幽守信に学んだ。狩野派再興の名手で、宝永八年中務卿法印に叙せられ、正徳三年（一七一三）に没した。行年七十八歳であった。古美術商の間では、探幽尚信が無ければ、常信を買うべしと言うのが通り相場である。従って偽物も多く出廻っているが、淡彩、墨画が多い。しかし、大作の彩色画も残している。「瀟湘八景園」（銀閣寺蔵）などが代表作である。漱石が常信の「雲龍図」を見たのは、当然ありうることであって、幕末明治にかけては、大名旗本からの質流れが多くあったものと思われる。明治の近代日本画の再興に功のあった狩野芳崖と橋本雅邦が、この系統から出ている。また漱石が、「寂《さ》びたる時代《じだい》は、象牙《ざうげ》の軸《ぢく》さへも落《お》ち付《つ》いてゐる」と述べるのも、この道の達人のいうことで、牙軸《げじく》は古くなるにつれて、時代色の黄色味や飴色を帯びてくる。また漱石が床飾りにも言及しているのは注目に値する。「唐獅子《からじし》の青磁《せいじ》の香爐《かうろ》」のことである。ただし「青磁《せいじ》に鑄《い》る」としている。この「青磁《せいじ》に鑄《い》る」とは、一体どういうことか。筆者には初めての言葉である。陶工の型に嵌める作業を言うのであろうか。「口許《くちばかり》なる香爐《かうろ》」とあるのは、獅子の口から香烟が出る様になっているものだから、造形がおのずとそう見え、表記をしたと心得ていいのだろう。それから、卓については、「どつかと据《す》ゑた尺餘《しやくよ》の卓《たく》は」とあり、それは「木理《はだ》に光澤《つや》ある膏《あぶら》を吹《ふ》いて、茶《ちや》を紫《むらさき》に、紫《むらさき》を黒《くろ》に渡《わた》る」とある。（二四二頁）。これなども、観察の濃やかさと同時に、黒檀への美的感取力を物語っている。漱石は常信の雲龍の軸の表装、牙軸に至るまでを十分に鑑賞し尽している点、やはり、彼と古美術との関係の密なることを益々瞭然とさせている。

この小説の「十四」では、小野は孤堂先生の東京への転居に、紙屑籠と紫檀のランプの台を買って持ち歩いている所がある。やはり、ここでも、紫檀《マホガニー》は漱石の西洋の貴族趣味を映し出しているのである。そして、漱石は、孤堂先生の住む和室の床間についても語ることを忘れてはいない。「床《とこ》は一間《けん》を申譯《まをしわけ》の爲《ため》に濃《こ》い藍《あゐ》の砂壁《すなかべ》に塗《ぬ》り立《た》てた奥《おく》には、先生《せんせい》が秘蔵《ひざう》の義董《ぎとう》の幅《ふく》が掛《か》かつて居《ゐ》た。唐代《たうだい》の衣冠《いくわん》に蹣跚《まんさん》の履《くつ》を危《あや》うく踏《ふ》んで、だらしなく腕《うで》に巻《ま》きつけた長《なが》い袖《そで》を、童子《どうじ》の肩《かた》に凭《もた》した酔態《すゐたい》は、此家《このいへ》の淋《さび》しさに似《に》ず、春王《はるわう》の四月《ぐわつ》に叶《かな》ふ楽天家《らくてんか》である」（〈全集〉二七五〜二七六頁）とある。漱石は画題と、その作者と、さらには淋しい孤堂先生の住居とを併せて叙述して、画が孤堂先生の生活振りとは、ちぐはぐであるとしている。「義董《ぎとう》の幅《ふく》」の義董とは、安永九年（一七八〇）の生まれ。本名を柴田嘉太郎といい、別号を琴渚、琴海とも言う。備前の人で、のちに京都に出て、松村呉春の門に入り、文政二年（一八一九）の没。行年四十歳であった。義董の作品は伝存が極めて少ないが、よくまあ、漱石が絵の作者を把えたものであると感心するのみである。そして床の壁の色も面白い。義董は、松村呉春—柴田義董—前川五嶺—森川曽文と続く系統であるが、幕末明治の頃にはまだ作品が流布していたものと思う。画題の「衣冠《いくわん》に蹣跚《まんさん》の履《くつ》」云々の条《くだ》りであるが、これは李白あたりを想像してみるのだが、応挙が霞の大乗寺に残した謹厳な郭子儀の白衣束帯の立像図とを考え合せても面白いのではないかと考える。

さて、この小説の「十六」では、宗近君の父さんの生活振りを描いていて、父さんが「鬼更紗《おにざらさ》の座布團《ざぶとん》の上《うへ》に坐《すわ》つてゐる」〈全集〉三二二頁）とあり、さらには「黒八丈《くろはちぢやう》の襦袢《じゆばん》」、「忌部焼《いんべやき》の布袋《ほてい》の置物《おきもの》」とある。「鬼更紗《おにさらさ》」とは、節の多い太い綿の糸で織ったもので、そういう呼称がある。「黒八丈《くろはちぢやう》」は、黄八丈が女物であるのに対して、男物の襦袢の襟に用いる。織目を高くして、黒無地の厚い絹地のことを言う。「忌部焼の布袋」とは、「伊部焼」のことであろう。大まかに言って、備前焼のことである。備前市の伊部で産したもので、「尹部焼」又は「印部焼」ともかかれている。窖窯は熊山にあったが、後に伊部に移った。室町時代に盛んとなり、自然釉から始まり、現在では各種の釉薬を用いている。茶器に始まり、酒器、擂鉢、偶像、動物類の置物などを産している。現在の技術は昔のものに及ばない。古くから種壺、種浸壺、などに用いられていたものが、茶の水指などに転用されている。漱石の描く布袋の置物は江戸期のものかもしれない。

漱石は続けて、この「布袋《ほてい》の前《まへ》に異様《いやう》の烟草盆《たばこぼん》を置《お》く。呉祥瑞《ごしよんずゐ》の銘《めい》のある染付《そめつけ》には山《やま》がある、柳《やなぎ》がある、人物《じんぶつ》がゐる。人物《じんぶつ》と山《やま》と同《おな》じ位《くらゐ》な大《おほ》きさに描《ゑが》かれて居《ゐ》る間《あひだ》を、一筋《ひとすぢ》の金泥《きんでい》が蜿蜒《ゑんえん》と縁迄《ふちまで》這上《はひあが》る。形《かたち》は甕《かめ》の如《ごと》く、鉢《はち》が開《ひら》いて、開《ひら》いた頂《いたゞき》が、がつくりと縮《ちゞ》まると、丸《まる》い縁《ふち》になる。向《むか》ひ合《あは》せの耳《みゝ》を潜《くゞ》る蔓《つる》には、ぎりぎりと澁《しぶ》を帯《お》びた籐《とう》を巻《ま》き付《つ》けて手提《てさげ》の便《べん》を計《はか》る。宗近《むねちか》の父《おとつ》さんは昨日《きのふ》何處《どこ》の古道具屋《ふるだうぐや》から か、繼《つぎ》のある此烟草盆《このたばこぼん》を掘《ほり》り出《だ》して來《き》て、今朝《けさ》から祥瑞《しよんずゐ》だ、祥瑞《しよんずゐ》だと騒《さわ》いだ結果《けつくわ》、灰《はひ》を入《い》れ、火《ひ》を入《い》れ、しきりに烟草《たばこ》を吸《す》つて居《ゐ》る。」（〈全集〉三二二頁）と述べる。骨董道楽には、自分が掘り出してきた物には誰か然るべき賛同者が欲しくなるものである。もちろん漱石は骨董道楽の醍醐味を知っていたのである。されば、悴の宗近君が、その相手となる。


「……弱《よわ》るな。――やあ、とう〳〵烟草盆《たばこぼん》へ火《ひ》を入《い》れましたね。成程《なるほど》」

「どうだ祥瑞《しよんずゐ》は」

「何《なん》だか酒甕《さかがめ》の様《やう》ですね」

「なに烟草盆《たばこぼん》さ。御前達《おまへたち》が何《なん》だ蚊《か》だつて笑《わら》ふが、斯《か》うやつて灰《はひ》を入《い》れて見《み》ると矢《や》つ張《ぱ》り烟草盆《たばこぼん》らしいだろう」

老人は蔓《つる》を持つて、ぐつと祥瑞《しよんずゐ》を宙《ちう》に釣るし上《あ》げた。

「どうだ」

「えゝ。好《い》いですね」

「好《い》いだろう。祥瑞《しよんずゐ》は贋《にせ》の多《おほ》いもんで容易《ようい》には買《か》へない」

「全體幾何《ぜんたいいくら》なんですか」

「若干《いくら》だか當《あ》てゝ御覧《ごらん》」

「見當《けんたう》が着《つ》きませんね。滅多《めつた》な事《こと》を云《い》ふと又此間《またこのあひだ》の松見《まつみ》た様《やう》に頭《あたま》ごなしに叱《しか》られるからな」

「壹圓《いちゑん》八十銭《せん》だ。安《やす》いもんだらう」

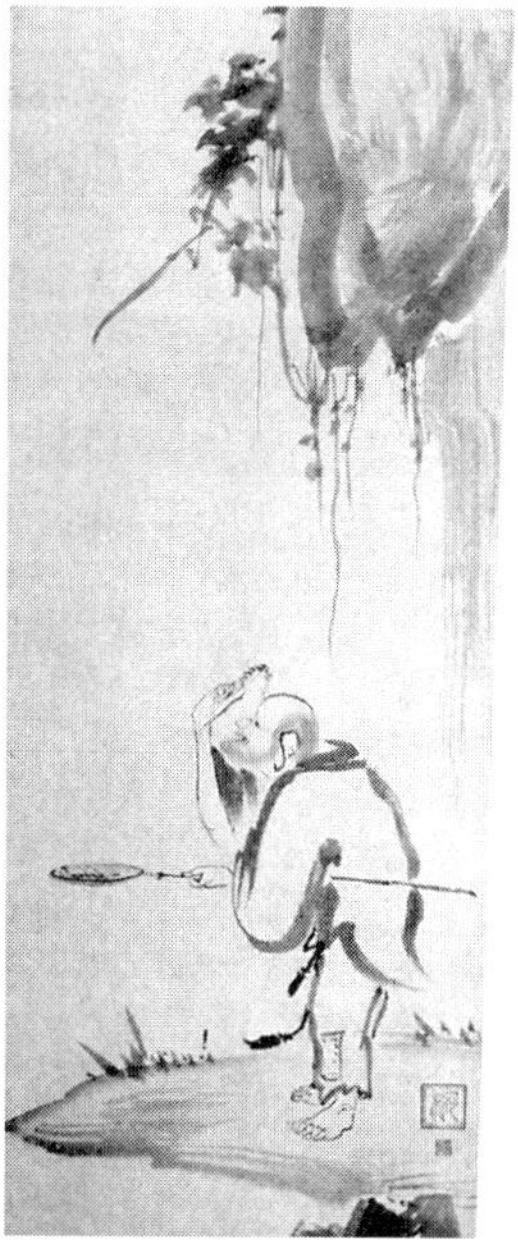
蜆子和尚

「安《やす》いですかね」
「全《まつた》く堀出《ほりだし》だ」
「へえ、――おや椽側《えんがは》にも亦新《またあた》らしい植木《うゑき》が出来《でき》ましたね」
「さつき萬兩《まんりやう》と植《う》ゑ替《か》へた。夫《それ》は薩《さつ》摩《ま》の鉢《はち》で古《ふる》いものだ」〈全集〉三二三～三二四頁）

これらの会話を味ってみると、堀出し物を自慢する老人と、それを半ば揶揄するように、合槌を打つ悴《せがれ》とは、きわめて平穏なる世界である。

さて、肝心の話題の取っ手のついた「祥瑞《しよんずゐ》の鉢」の「祥瑞」とはそもそもいかなる焼物かである。薩摩焼については、先にも触れたので、ここでは省略する。

祥瑞は、祥瑞手と呼ばれる焼物で、一番焼物としてもむずかしいもので、精美で日本人好みに焼かれており、一般には染付磁器のことをいうが、祥瑞赤絵も存している。器の底裏に、「五良大甫」「呉祥瑞造」の二行の文字句がかかれているものを言う。室町からか、桃山時代からか、いつから始ったものか不明で、祥瑞が中国人で、五良大甫は日本人とも、諸説があって、紛伝しているが、中国の景徳鎮で、明の末頃に日本的な意匠を基にして作り出されたものと思われる。日本人好みのもととは、その始まりは、小堀遠州が注文したる故ともいわれ、主に茶器が多く造られて渡来してきている。井筒型、沓《くつ》型、胴〆《どうじめ》、州浜《すはま》などの形から、茶入、香炉、香合、水指、蓋置、火入など、日本流の茶道の品々が多い。これらは桃山期から江戸時代を通して、如何に日本茶道が盛んであったかを物語っている。

漱石の文章中にある文句と併せてみて、「呉祥瑞《ごしよんずゐ》」の文字と絵柄が染付であること、山水、柳、人物が描かれていること、「一筋《ひとすぢ》の金泥《きんでい》が蜿蜒《ゑんえん》と縁迄這上《ふちまではひあが》る」とは、「繼《つ》ぎのある此烟草盆《このたばこぼん》」と書かれているように、古物なるが故に、「罅《ひび》」が這入っていたので、金泥で継ぎ合せて埋めたところを述べているのである。

海北友松画「蜆子和尚図」

「形《かたち》は甕《かめ》の如《ごと》く、鉢《はち》が開《ひら》いて」とあり、胴がちぢまり、「丸《まる》い縁《ふち》になる」といい、「向《むか》ひ合《あは》せの耳《みゝ》を潜《くゞ》る蔓《つる》には」とあって、丁度今日に見る土壜《どびん》の籐を巻きつけたつるがついていて、持ち歩きに便利になっているものを、老人は烟草盆だと喜んでいるのである。これらは時代を表す一つの風俗として見ても面白いが、半ば漱石の自画像ではなかったろうか。以上は付随的な、床間の飾りのお道具類に言及したまでであるが、それでは、愈々、本尊の掛け物とは一体どんな物であるかが叙述される。しかし、それについても、また漱石は変わった滅多に見られない高度な作品を示している。「茶《ちや》がかつた平床《ひらどこ》には、釣竿《つりざを》を擔《かつ》いだ蜆子和尚《けんすをしやう》を一筆《ひとふで》に描《か》いた軸《ぢく》を閑静《かんせい》に掛《か》けて、前《まへ》に青銅《せいどう》の古瓶《こへい》を据《す》ゑる」（〈全集〉三二五頁）と述べている。

「蜆子和尚《けんすをしやう》」は唐代の禅の名徳で、蜆や海老をとって食して、出世を好まず、灰頭土面の一生涯を送った人で、よくわが国の室町水墨にも描かれている。漱石の見た蜆子和尚は釣竿になっているが、普通は玉網である。例えば東京国立博物館蔵の可翁筆のものが有名である。「青銅《せいどう》の古瓶《こへい》」とは、これまた渋い漱石好みである。古渡りのものか、和製のよいものかで、京都の古刹などに比すべき程の床の間の好みである。古銅器の味わいは知識人の幽情を湧かせる一つの賜物であると言っていい。小説では、その古銅とそれに挿した花についても言及している。

鶴程《つるほど》に長《なが》い頸《くび》の中《なか》から、すいと出《で》る二莖《ふたくき》に、十字《じふじ》と四方《しはう》に圍《かこ》ふ葉《は》を境《さかひ》に、數珠《じゆず》に貫《ぬ》く露《つゆ》の珠《たま》が二穂《ふたほ》宛偶《づぐう》を作《つく》つて咲《さ》いてゐる。
「大變細《たいへんほそ》い花《はな》ですね。――見《み》た事《こと》がない。何《なん》と云《い》ふんですか」
「是《これ》が例《れい》の二人《ふたり》静《しづか》だ」（同頁）

「平床《ひらどこ》」（段のない床間、框がなく鏡の板のみの簡素な床間のこと）の、鶴首の姿の古銅の花瓶には、二人静が挿してあった。かくして、漱石は一種の侘道の誇りともいうべき風情を叙しているのである。

小生は、この『虞美人草』を読んだ折、いきなり、比叡へと山道を辿る宗近君の着ている「狐《きつね》の袖《ちやん》無《〱》」の描写に出遭い、大変に羨ましく思った。というのも、その頃は、いまだ太平洋戦争後の復興期のこと故に、着る物も、食べものも乏しかったのである。両親も大勢の子供に手が廻りかねて、万事にゆき届くことはなかったのである。いつも寒さとひもじさに凍えていたのである。まだ温暖化のすすまぬこのころのその冬の寒さときたら、堪えられないものであった。宗近君の「狐《きつね》の袖無《ちやん〳〵》」を読んだ少年は、一生で一度でもいいから、そんな暖かいものを着てみたかったし、そんな身分とは、どんなに恵まれているものかと思った。「狐《きつね》の袖無《ちやん〳〵》」は宗近君の妹の糸子の縫い物であった。

『虞美人草』の「十七」は、小野さんと浅井とのとりひきの場面である。青麦の茂る春暖の畑の中を汽車のレールが走っているのが見える。二人は牧歌的な郊外の風景を見おろして、橋の欄干に寄りかかって相談ごとを語り合っている。

小野さんはハイカラな烟草を浅井さんにも与えて、二人して呑む。浅井さんは、小野さんに借金を申し出る。小野さんは、これに応ずる代りに、浅井さんに、代役を頼まれてくれるようにと申し入れる。小野さんは、同じ門人である浅井さんに、井上孤堂先生の思惑通りに小夜子との結婚は、無理であることを代弁してもらうこととした。

ある日のこと、甲野家に、小野さん、藤尾、宗近君の面々が居合わすこととなった。宗近君は、甲野さんを陰気な洋風の書斎から庭の芝生に連れ出したところ、庭には、小野さんと、藤尾が二人づれで、池を隔てていた。甲野さんは、すぐに部屋に戻り、出入口のフランス風の窓を閉める。そして藤尾をあきらめるように、宗近君に言って聞かせる。

宗近君は、それを承知し、代わって今度は、甲野欽吾に、糸子を貰ってくれるようにと乞願する。糸子の兄の宗近君は、糸子は、甲野さんの唯一の理解者であるとしてもちかける。ここで「十七」は終わるのである。代って「十八」では、浅井さんが、小野さんの用事を擁えて孤堂先生を訪ねてきた。孤堂先生は病気がちの身で、先ず応接したのは小夜子であった。頃はすでに初夏の頃であった。そして孤堂先生と浅井さんの二人の対話となる。「小夜子《さよこ》は婆《ばあ》さんから菓子《くわし》の袋《ふくろ》を受取《うけと》つた。底《そこ》を立《た》てゝ出雲焼《いづもやき》の皿《さら》に移《うつ》すと、真中《まんなか》にある青《あを》い鳳凰《ほうわう》の模様《もやう》が和製《わせい》のビスケットで隠《かく》れた」（〈全集〉三七九頁）とある。ここにある「出雲焼」とは、島根県出雲市から産出したものとして、漱石は作品に記録しているのだが、その表面の真中が鳳凰の図柄であったことがこれで立証されるのである。この陶磁器は楽山焼、布志名焼などを総称したものか。出雲というより、これらは同国の松江藩内のものである。楽山焼は、慶安の頃に遡り、茶陶を主としているので、むしろ該当するものは、外の布志名焼であろうか。これも出雲というより松江である。窯主は船木氏である。ここへは、先年平成の始め頃小生も行ったことがある。それは、バーナード・リーチ氏と松江との関係を調べにいったことによるのである。玉造温泉の近くというこの土地は、宍道湖《しんじこ》畔にある。布志名焼または若山《じやくざん》焼とものちにいう。天保の頃より、製陶が進化し、盛んとなり、明治十年工商会社が興り、島根陶器製造会社（若山会社）が出来上り、一時瓦解したが、船木健右衛門らによって、若山製陶社が起り、海外に、輸出するまでになった。これは、明治二十年来のことである。製陶社にも、玉造村の石を材料にしたり、工夫がなされた。これを漱石は、「出雲焼」として、当時東京にも出廻っていて、図柄が鳳凰であったことを示している。

　小夜子は、孤堂先生に語る浅井さんの言葉から、小野さんの目下結婚の意志のないことを知り、襖の蔭で漏れ聞いて、泣きはらした眼をしてすごしていたが、父の孤堂先生の心中を思《おも》んばかって、じっと堪えていた。しかし、浅井に代弁を頼んだ小野さんの心底と、その事実関係を質しに、宗近君は小野さんの下宿を訪ねる。この頃、宗近君は、美事《みごと》外交官試験に合格して、自らも、意気が揚り、各所を奔走して、提案することが多くなっていた。

その頃のこと、宗近君の家から三挺の駕籠が、いや、人力車が走った。一台は宗近君の乗る人力車で、小野さんの下宿へ。小野さんは、今日、藤尾と示し合せて、二人して大森へゆく約束をしているのである。宗近君は、つかつかと畳へ上り、小野さんの昼飯の終わるか終わらぬ内に現れる。そして人生の一大局面の「真面目」を説法する。孤堂先生への慰問と見舞には、宗近君のお父さんが駆けつける。

小野さんは、宗近の説諭にこれまでの行動を後悔して、小夜子との縒《よ》りを戻すべく努力することを約束して、浅井さんに言わせたことを後悔しつつ、すべてを告白する。

宗近君の提案は、次の如くで、小夜子に小野さんの下宿へ来てもらい、宗近君の前で、小野さんが小夜子と永遠の盟いをすることを誓約させること。甲野家へゆき、小野さんは藤尾の前で小夜子を妻として紹介する手だてを述べる。

小野はいささかためらいつつも、却って大難が去ったごとくに、宗近君の「真面目」とは即ち実行のことと思うに到る。

「最前宗近家《さいぜんむねちかけ》の門《もん》を出《で》た第二《だい》の車《くるま》は既《すで》に孤堂先生《こどうせんせい》の僑居《けうきよ》に在《あ》つて、應分《おうぶん》の使命《しめい》をつくしつゝある。

孤堂先生《こだうせんせい》は熱《ねつ》が出《で》て寐《ね》た。秘蔵《ひざう》の義董《ぎとう》の幅《ふく》に背《そむ》いて横《よこた》へた額際《ひたひぎは》を、小夜子《さよこ》が氷嚢《ひようなう》で冷《ひや》してゐる。蹲踞《うづくま》る枕元《まくらもと》に、泣《な》き腫《は》らした眼《め》を赤《あか》くして……」（〈全集〉四〇二〜四〇三頁）

と叙述が続くが、宗近の阿父《おとつ》さんは、肥えて磊落なタイプである。「血《ち》が退《ひ》いて肉《にく》が落《お》ちた孤堂先生《こだうせんせい》の顔《かほ》に比《くら》べると威風堂《ゐふうだう》々たるものである」（〈全集〉四〇三頁）と、病床を見舞う宗近君の阿父《おとつ》さんは、老人同志の誼からか、年の甲からかは知らぬが、諦めムードの孤堂先生親娘に頻りと、小野さんとの間柄を旧に復するとりなしをしている。

第三の車は、糸子を乗せたまま、甲野の門前に着く。甲野さんは書斎をかたづけている。甲野さんは、一尺余りも積んだ書き反故を暖炉にくべる。これらは、当初より作者の漱石が用意したプロットであろうと思うが、孤堂先生も、宗近君の父さんも、世代の役目を今終わらんとしている。この小説の思わぬ展開は、一つの読者への読ませ処でもある。それにしても、この小説は、登場人物の心理や、性格の細部、行動の理由などはあまり緻密ではなく、到って大まかである点が欠点でもあるが、世間によくありふれた一事としての若者中心の恋愛小説とも言えないこともない。要するに、この『虞美人草』は嫁取り、聟取りのどたばた悲喜劇であると言えよう。そして今日から見れば、あるいは着古した上着のように人々からは見捨てられるべきストーリーの内容であるかもしれない。が、しかし、明治という新しい近代都市生活の誕生には、ひと度は通り過ぎなければならない過渡期的な局面をあらわしていると思われるのである。それは、近代意識の裏にも、未だに小野さんのごとき性格が温存していること。小野さんの性格は曖昧ではあっても、他人を頼り、一番安全で確かな道を選ぶ男。その為には、個性を犠牲にしてまでも、という結果を招いているが、この人をハムレット形という人もあろうかと思う。しかし、むしろ小野さんよりも、甲野さんにハムレット形を想定しうるのではないかとも思われる。この若者のグループの中で、一番己を貫いた者は、意外と藤尾であって、彼女の如き女性は、未だ明治では生きられない性格破綻者扱いされるのであったのだ。この点も漱石は十分に納得のゆく如く性格を描き得たかであるが、藤尾は今日の目から見ても、さして際立った性格の人物ともおもわれぬし、ハイカラで好き勝手で、人一倍も勝気で、高慢で、一つことへの執念を持ち、独占欲の強い女である。これを漱石は、よく、ジェーン・オースチンの『虚栄《バニティ》の市《フェア》』を持ち出して説明しているが、説得力はいま一つ不足しているように思う。何よりも、大切な生活意識は暗黙の裏にある「女は男に頼り生きてゆくもの」ということで、決定づけられている。漱石の時代では、今日のような時代や世の中が到来するとは思われていなかったわけであるし、彼はその当世流の道徳観念に把われていたと思われる。

　小野さんは、日本の新しい近代の源流、即ち西洋の個人主義または個の独立を学んでいながら、あっさりと、斯様なものには一切関わりもなく、宗近君の外交手腕、というより道徳宣布に降伏してしまっているが、小野さんが小夜子の何に愛を感じたかについても極めて漠然としている。が、総てのことに於いて円満を感じ取ろうとしてのことと思う。しかしまた、小野さんにとって孤堂先生への背信は致命傷と感じたのであろうと思う。その結果として、藤尾の犠牲は止むを得なかったのである。甚だ悲しいけれども、これを天の報いとしたことが、漱石の明治人一般の読者への配慮であったのであろう。これらはまた、この小説の通俗性を表している点でもあり、そのことは、やはりぬぐい去れないところでもある。

小夜子や糸子は良妻賢母型の女であって、家庭を守りぬく女と予想されるし、宗近君のやや豹変ぶりな説得力発揮に、この小説の落ちがつき、甲野さんもこれに従い、存外常識派で、常道を歩むことを是とする側の人物となって終わっている。彼等はもっと異常な底力のある人物として描かれてはいない。漱石は甲野さんに、頻りと自ら愛好していた禅語などを語らせるが、これは単なる「文学禅」で、趣味の域にとどまるものであった。小野さんに至っては、極めて小心の人物である。彼の如く小心で、当り前で、しかも、安穏の道しか選ぶことの出来ないタイプの人間でしか過ぎないとしたら、全く智慧骨骼の弱い人物しか描けなかった漱石に期待する読者は、不幸であったのだ。その点、露伴の描く凄味のある人物とは異なる。漱石がここで、ある種の人物像をもっと克明に、得心のゆく限りに未曾有の性格を創造し得たならば、明治文学ももっと国民に裨益し得たであろうと思う。漱石にとって『虞美人草』は、何分にも初めての新聞小説であるがために、気負が勝ち過ぎたのは事実であったが、しかし、そのことは十分に意識にのぼせていたにも拘わらず、遂に日頃の知識の披露が先んじてしまったものと思われる。それを救うてだてとして、漱石は一般よりも高い境地を示す人物を表現しようとして、古美術品を持ち出し、これに頼ったとも言えようか。『虞美人草』に登場する古美術品とは存外そうした面において役立っており、今日の文学にも系譜する、ある種の教養文化主義の要素を残しているように思う。

この小説『虞美人草』では、特に凄味のある人物は描かれておらず、藤尾の結末を見ても尻切れトンボのようでもあるし、藤尾にも、オフェリアの如く、死に到る迄のせめてもの独白があってもよかった。一体誰が主人公なのかも判らないうちに、小説は終末を迎えてしまっている。そう言えば、小野さんにしても甲野さんにしても、皆尻切れトンボであり、一つの徹底した意志と行動は、むしろ宗近君の判断力に認められるにしか過ぎないが、しかし、それによって藤尾のクレオパトラと同じく宿命的な死を招くこととなる。それにしても、小野さんのようなひ弱な人物しか描けなかったのは漱石にしても残念であった。

この『虞美人草』は、漱石の最高峰の傑作とは言い難い。内容が豊富のようでいて、乏しすぎる。大変に飾り立てた文章や演出が漱石の別な一面の才気を示しはしているものの、全般に亘って騒々し過ぎるし、作者漱石の教養の範囲の広さによって、読者を引きつけた点はあったとしても、通俗小説の内容を越えてはいない。一番理解に苦しむ人物としての甲野さんの性格描写も、書き留めていた日記類や漢詩雑りの禅語めいた手記なども、究極には、これを暖炉にくべて、無に帰せしめ、糸子との結婚に臨む覚悟を示しているものと思われる。即ち甲野さんは、糸子との結婚によって、従来の一人の非凡な人格を平凡な人生に風化させてしまい、世間との同調に生きる道を選ぶことを意味していて、後に問題を残すことをしそうもない人間に帰する点では、これを甲野さんの「新生」だとしての意味づけさえも漱石はしていないのである。また小野さんのような性格しか描けなかった漱石の頭では、一度は通過しなければならない人生の青春期に結末をつけたのだと言えるかもしれないが、若者たちは、

東京帝国大学（赤門）
（明治二十年から三十年頃）

甲野、宗近、小野、浅井に到るまで、皆帝国大学卒業の学士であることで、彼らの辿る恋愛と、その混乱をテーマに選んでいるところに、漱石の魅力が読者に生じていたのだと思われる。

そして彼らは皆先端の学問を修めた学士でありながらも、やはり年齢的には若輩で、少し甘ちゃんのインテリ君子であることは否めない。これからが、彼らの能力が試される、その一歩手前の青春期の動揺を、漱石流のタッチの文章で、大仰に描かれたものとの印象が濃い。

また、新しい時代と旧い時代の趣向とが、すり代わる時代でもあったように、漱石の教養がそれを大きく拡大して物語らせている。その面で、古美術品への関心は、旧時代の良さ、おちつきを説くがごとくで、新しい時代のどんな主義主張よりも説得力を持つ官能の世界の魅力に、漱石はとり憑かれていると言ってよい。

漱石は、この作中で、露伴の如き理想的人物を登場させてはいない。ひたすら人々を風俗の中の、世帯人情の風景で把えようとする傾向がこの『虞美人草』の中では認められる。例えば糸子や小夜子は特に理想を持ち、理想実現の為に甲野さんや小野さんを選んでいるのではなく、ただのなりゆきにより、生活破綻を起しそうもない通俗的な将来性を約束するのに、得心できる婚姻を考えているのである。しからば、いずれに於ても、彼らの相思相愛が不可避であるような、各々の心理を克明に描くことも遂にみられないままの小説であるこの『虞美人草』は、漱石の小説への習作の域を脱出し得ぬものと考えるのである。登場人物たちは、ただ暗黙の納得において成立っているにしか過ぎず、例えば甲野さんが糸子を素直に受け入れるのも、精しい愛の描写が具体的にある訳ではない。特に糸子の美を賛える訳ではない。総ては斯様なものに、必要もなく、当時の日本人の常識としてはそれらは不必要なるものとして、暗黙の裏に処理されて、存外それが当時の社会としては正統であるかのように進行してしまったのが、この小説『虞美人草』である。漱石は、近代小説家の中にあって、未だ正統的な恋愛小説を書くに到っていなかったのであるにも拘らず、その心は徳義、道義、信義、正義と良心の方面に次第に傾いてしまったのである。されば最後の小説の『明暗』はどうかと言えば、これも、余りにもしがらみが多すぎると言った嫌いがある。漱石によって近代に目覚めた正統的な恋愛小説が生まれ得なかったことは、明治文学にとっても、国民にとっても不幸であった。

（十五）

第一台目の車は、糸子を乗せて、甲野欽吾を迎えに来る。欽吾は、かねてから敬う父の肖像画を台に上り、壁からはずしに掛かった。所謂「謎の女」という継母は、これに狼狽して引き止めるが、欽吾は宗近君の説得に、糸子の家に移るのであろうか。継母は世間体《てい》を考えて、この急激な欽吾の家出を頼りに引き留める。

雨は激しく降っている。糸子は欽吾の心の内を推察して、甲野欽吾の継母とはげしく応酬するうちに、小野さんを連れて宗近君は小夜子を伴い、欽吾の出発を促して、欽吾は継母と対峙する。小野さんは、今日は大森へゆく藤尾との約束であったが、都合でゆかれぬこととなった。藤尾は先程出掛けたとのことで、その出先で待ちぼうけを喰らったが、間もなく引き返し、帰ってくることとなろう。宗近は、この二人の事情を打ち明けた。甲野さんの継母は、藤尾に用件があるかと言う。宗近は、あるという。小野の約束不履行に、一人待ちぼうけを喰らわされて怒り心頭に発した藤尾を、漱石は、こう述べる。

此時《このとき》一輛《りやう》の車《くるま》はクレオパトラの怒《いかり》を乘《の》せて韋駄天《ゐだてん》の如《ごと》く新橋《しんばし》から駆《か》けて來《く》る。(〈全集〉四一八頁)

『虞美人草』の内容が稀薄であることは先にも述べた通りだが、『虞美人草』には通俗性を狙った一面があり、その通俗性で小説が生きているにしか過ぎず、ここに明治の戯作者とでも言える漱石の風貌を覗かせている。あるいは漱石は、『虞美人草』より、約十年も前に出た尾崎紅葉の『金色夜叉』を意識していたのかもしれない。

宗近君は、藤尾の帰りを今や遅しとばかりに待ちかまえる。宗近君はその時を数える。しかし、その宗近君に「何《なん》とも應《こた》へるものがない」と述べ、一方雨中に藤尾の乗る車は、「車《くるま》は千筋《ちすぢ》の雨《あめ》を、黒《くろ》い幌《ほろ》に彈《はじ》いて一散《いつさん》に飛《と》んで來《く》る。クレオパトラの怒《いかり》は布團《ふとん》の上《うへ》で踊《をど》り上《あが》る」(〈全集〉四一八頁)とあり、遂に藤尾が玄関に着く。

濃《こ》い紫《むらさき》の絹紐《リボン》に、怒《いかり》をあつめて、幌《ほろ》を潜《くぐ》るときに颯《さつ》とふるはしたクレオパトラは、突然《とつぜん》と玄關《げんくわん》に飛《と》び上《あ》がつた。(〈全集〉四一九頁)

宗近君が、二十五分と言い切らない内に、

怒《いかり》の権化《ごんげ》は、辱《はづか》しめられたる女王《ぢよわう》の如《ごと》く、書斎《しよさい》の眞中《まんなか》に突《つ》つ立《た》つた。六人《にん》の目《め》は悉《こと〴〵》く紫《むらさき》の絹紐《リボン》にあつまる。〈〈全集〉同頁〉

やがて、小野さんが、藤尾の詰問に答える間もなく、宗近君は小柄な小夜子を前に押し出して、藤尾に、小夜子を、小野さんの妻君だと紹介したのであった。その時の藤尾の表情を、「藤尾《ふぢを》の表情《へうじやう》は忽然《こつぜん》として憎悪《ぞうを》となつた。憎悪《ぞうを》は次第《しだい》に嫉妬《しつと》となつた。嫉妬《しつと》の最《もつと》も深《ふか》く刻《きざ》み込《こ》まれた時《とき》、ぴたりと化石《くわせき》した」〈〈全集〉四二〇頁〉と、漱石は叙述している。藤尾の扱いには、少し滑稽にも見えるが、これでは、藤尾の高慢さを咎めるよりも、藤尾を揶揄しているごとくでもある。藤尾とて、元々は腹違いとは言え、血肉を分けた甲野さんの妹であるに違いない。藤尾の性格が生来高慢であるにしてもである。藤尾は、この小説の中にのみ主人公であるにしても、漱石の取り扱いには異様さが見られる。

しかし、そのことを今更ながら言っても始まらない。これは「謎の女」と述べ立てられている継母の性質を受けついでいるのだとしても、問題は解決はしない。作者の漱石自体が、この点については不問に付しているからである。万事万端、八方がハッピーエンドにならずに、自業自得として藤尾を葬ることは、甲野家はもとより、宗近家も、小野さんも不幸であるに相違ない。漱石は、藤尾はクレオパトラであるから、そうなっても仕方がないと、諦めるべきとしているのであろうか。

この小説の「十九」は、失恋のあまり、藤尾は北枕で、朝起きずに寝ているところから始まる。そして何の予想もない読者をアッと驚かせるところから起筆されている。これがこの『虞美人草』という小説の思わぬ急展開だといえよう。藤尾は何らかの原因で、自殺して果てたのである。藤尾の北枕のもとには二枚折の銀の屏風が立ててあった。勿論それは逆さ屏風である。漱石は藤尾の死を予告するように、それでも、その前触れの文を初めに揚げる。「春《はる》に誇《ほこ》るものは悉《ことごと》く亡《ほろ》ぶ。我《が》の女《をんな》は虚栄《きよえい》の毒《どく》を仰《あふ》いで斃《たふ》れた。花《はな》に相手《あひて》を失《うしな》つた風《かぜ》は、徒《いたづ》らに亡《な》き人《ひと》の部屋《へや》に薫《かを》り初《そ》める」（〈全集〉四二二頁）とあって、漱石は読者に藤尾が「毒を仰いで」死んだものとして、例の暗喩を用いて知らせている。問題なのは肝心の死に到るまでの藤尾自身の心理を独白の形にでも聞かせればと思うのであるが、漱石はそうした克明な人物の心理描写は避けて通ってしまったと思われる。漱石は、シェイクスピアを手本としながらも、そこを小説の山場とはせずに、藤尾の死に手向けるに虞美人草の花の絵を以てしたのであった。ヒナゲシの花を描いた屏風は、銀地であり、匈奴に囚われたあの悲劇の生涯を送った虞氏の女の美しい、はかない恋物語に果てた野に咲く花を、しかも、逆さ屏風として贈るところは、何と皮肉なことかと思う。これは、作者漱石のとんでも無い悪戯《いたずら》だと思われる。しかし、この長篇小説に、もし抱一描くところの罌粟《けし》の花の屏風がなかったとしたら、この大団円を上手に飾ることは出来なかったであろうと思う。漱石はこの罌粟の花のあまりにも美しさにぞっこん惚れて、この花の為に、その花の精に感じて小説の女主人公を感得し、それの美に相応しい短い生涯とその終焉を描き出そうとしたのである。そして、その出来、不出来は二の次とさえ思ったような節を残している。従って、小野の様な真綿の如き男を添えることで、現実離れを演じてみせたのであろう。小説『虞美人草』は、そうした意図を作者の漱石に感ずることが出来る不思議な小説であり、或はリアリズムの近代小説に化けた架空の衣裳を着た、古美術品を語る空想小説のなれの果てであって欲しいのである。

藤尾の終焉の枕下《まくらもと》には、

逆《さか》に立《た》てたのは二枚折《にまいをり》の銀屏《ぎんびやう》である。一面《いちめん》に冴《さ》へ《ママ》返《かへ》る月《つき》の色《いろ》の方《はう》六尺《しやく》のなかに、會釋《ゑしやく》もなく緑《ろく》青《しやう》を使《つか》つて、柔婉《なよやか》なる莖《くき》を亂《みだ》るる許《ばかり》に描《かい》た。不規則《ふきそく》にぎざ〳〵を畳《たゝ》む鋸《のこぎり》葉《ば》を描《か》いた。緑青《ろくしやう》の盡《つ》きる莖《くき》の頭《あたま》には、薄《うす》い瓣《はなびら》を掌程《てのひらほど》の大《おほき》さに描《かいママ》た。莖《くき》を彈《はじ》けば、ひら〳〵と落《お》つる許《ばかり》に輕《かる》く描《かいママ》た。吉野紙《よしのかみ》を縮《ちゞ》まして幾重《いくへ》の襞《ひだ》を、絞《しぼ》りに畳《たゝ》み込《こ》んだ様《やう》に描《か》いた。色《いろ》は赤《あか》に描《か》いた。紫《むらさき》に描《か》いた。凡《すべ》てが銀《しろかね》の中《なか》から生《は》へ《ママ》る。銀《しろかね》の中《なか》に咲《さ》く。落《お》つるも銀《しろかね》の中《なか》と思《おも》はせる程《ほど》に描《か》いた。――花《はな》は虞美人《ぐびじん》草《さう》である。落款《らくくわん》は抱一《はういつ》である。（〈全集〉四二三頁）

とある。漱石のこの描写で、銀屏風の大きさも判るし、罌粟《けし》の花の様子もすっかり判る。漱石はこの罌粟《けし》の花の描写を、まるで、絵の作者、抱一になりすまして述べている。魂が絵に乗りうつったのである。漱石はこの抱一作という罌粟の花のために、この小説を書いたようにも思えるのである。そして、どちらの男の手に渡るか決めかねた運命の金時計は、「濃《こまやか》に刻《きざ》んだ七子《なゝこ》は無惨《むざん》に潰《つぶ》れて仕舞《しま》つた」（同頁）と述べている。金鎖は、五分ごとに曲がって折れていて、「柘榴珠《ざくろだま》が、へしやげた蓋《ふた》の眼《まなこ》の如《ごと》く乗《の》つてゐる」

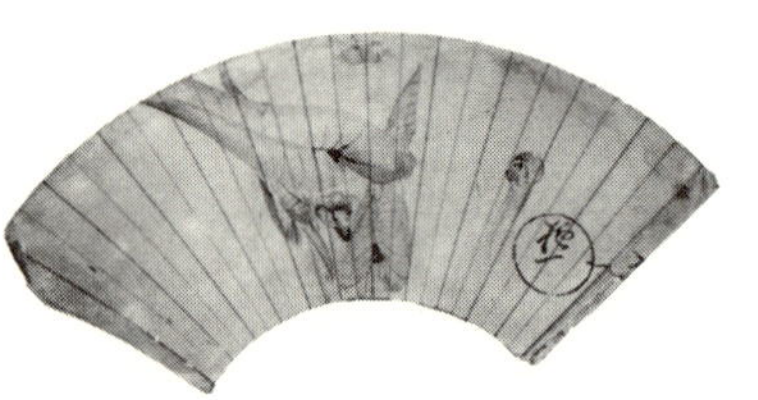

抱一画　扇面（沢瀉図）

〈全集〉同頁）と、漱石は皮肉にもその結末をリアルにのべている。

　漱石はなお、藤尾の死の床の周囲や、床間の調度品に言及しているのは、如何にも藤尾の死を現実のものとして把えようと訴えているのであろう。「屏風《びやうぶ》の陰《かげ》に用《もち》ひ《ママ》慣《な》れた寄木《よせき》の小机《こづくゑ》を置《お》く」（〈全集〉同頁）とは、これを焼香台に用いる為とおぼしい。次に「高岡塗《たかをかぬり》の蒔繪《まきゑ》の硯筥《すゞりばこ》は書物《しよもつ》と共《とも》に違棚《ちがひだな》に移《うつ》した」（〈全集〉同頁）とある。これは弔問の人の為の片づけである。漱石は、灯明皿の白い「瓦器《かはらけ》」にも触れ、灯心《とうすみ》（油を吸い上げて灯る芯）についても「三寸《ずん》を尾《を》にひく先《さき》は、油《あぶら》さへ含《ふく》まず白《しろ》くすらりと延《の》びてゐる」（〈全集〉四二四頁）と、まことしやかに死者への儀式の設《しつら》えを述べる。香炉も白磁の香炉である。美術品としては、例の違い棚に置かれた高岡塗の硯筥のことに触れ、「沈《しづ》んだ小豆色《あづきいろ》に古木《こぼく》の幹《みき》を青《あを》く盛《も》り上《あ》げて、寒紅梅《かんこうばい》の數點《すうてん》を螺鈿《らでん》擬《まがひ》に練《ね》り出《だ》した。裏《うら》は黒地《くろぢ》に鶯《うぐひす》が一羽《は》飛《と》んでゐる。並《なら》ぶ蘆雁《ろがん》の高蒔繪《たかまきゑ》の中《なか》には昨日迄《きのふまで》、深《ふか》き光《ひかり》を暗《くら》き底《そこ》に放《はな》つ柘榴珠《ざくろだま》が収《をさ》めてあつた」（〈全集〉同頁）と、丁寧に叙述している。藤尾は例の金時計を壊して死んでいったのである。

　抱一については、すでに他所で精しく述べたのでここでは省略する。小生は、不幸にして、抱一の罌粟《けし》の図は未だ目したことはないが、罌粟《けし》の茎につく鋸の歯状の葉は慥に、光琳の「百花譜図」の如き一連の作品で見て知っている。それ故に、抱一が、これを描いたとて不思議はない。抱一は光琳に私淑してもいる。あの華やかな絢爛たる施彩色《せさいしき》と、半ば写実を主体としつつ、装飾性の豪華さに、漱石は感歎しつつ、藤尾という西洋心酔の明治のハイカラ女のクレオパトラを埋めるのに、罌粟は相応しいと考えたのであろう。藤尾の彩《いろ》は紫であったし、花片を散らして描かれた抱一の銀屏風には、やはり紫色があった。漱石は、これに相応しい女を創造することを思いたって、自らその女の象徴たる「紫」の色を散らしたのである。それ故にドラマのすべては、この銀の屏風の中に吸い込まれていったのである。

さて、室内の違い棚に置かれていた高岡塗とは、今日の富山県高岡市で産する高岡塗で、漆器のことである。高蒔絵は、模様を高く塗り、立体性を見せるための技術で、とのこや漆を盛り上げて、そこに金の蒔絵を施すとされている。かなり高度な技法を要する為に、高価なものである。漱石はさらに、「綴織《つづれをり》」とか、「繻珍《しゆちん》（珍）」などの織地にも詳しく、最後の項にも出てくる。繻珍《しゆちん》とはオランダ語である。これは帯地などに用いる。「綴織」tapestry のことと思うが、やはり南蛮貿易時代から輸入され、一部の豪商や大名家などに珍重されて、その織方が伝わったものと思う。所謂つづれ織、つづれ錦のことで、一般には、手ざわりのよい麻や絹で、縦糸《たていと》に手織で金銀の糸を織り込んで、絵模様をあらわしたものと考える。西洋では壁掛けや室内装飾に用いられた。「繻珍（珍）」の方は、satin weave から来ていて、やはり西洋から伝えられたものと思う。ポルトガル語で setim、オランダ語の satijn から始まったと思われる。これはなめらかな光沢のある繻子を指すようである。このように、日本の在来の衣服にも外来のものが這入っているということで、これらは当初随分ハイカラな異国情緒のものとして、珍重されて、民間に伝承したものと思う。漱石は思わぬところで、明治のころの上流の生活、風俗をも伝えることとなった。しかし、これらの品々は、つい最近まで呉服商の商うところのものであって、極めて馴染みのある品物でもある。

さて、この『虞美人草』という小説は、たとえ、藤尾が悪女であってもよいのではなかったかとさえ思われる。どうしても小野さんの愛を欲しくて得たいという藤尾の心理の克明な描写や告白も無いままに漱石がこの小説を終わらせているところが、著しく近代性を欠く処理として不満が残る。後に漱石は、藤尾の死に因んでか、「悲劇《ひげき》は喜劇《きげき》より偉大《ゐだい》である」〈全集〉四二八頁）としているが、Great literature is tragic. を基にして考えていたようである。しかし、よく考えて見れば、一点の江戸琳派の抱一の描く銀屏風の罌粟の花片から、発想を得て漱石が一篇の長篇小説を書くことは、奇しき因縁とも思われる。ことに、日本文学史上未曾有の女、クレオパトラの権化を描こうと思い立ったのは、抱一の力は固よりだが、やはり漱石の非凡なる感能を疑わせるものではない。筆者は、漱石自体がエピキュリアンであったのだとさえ思うし、このような古美術の理解なくしては、漱石文学の大部分を知るわけにはゆくまいと思う。

小宮豊隆は、この『虞美人草』は、漱石の処女作であるとまで言っている。この言葉は、暗に小宮が漱石を庇う意味を含んでいると思う。漱石は大学教師を明治四十年三月末で打ち切り、朝日新聞社に入社して、小説執筆の生活に這入った。その初めての作品が、この『虞美人草』であった。この時、『虞美人草』は、六月二十三日から、十月二十五日に亘って東西の「朝日」に連載されたのであった。前にも触れたが、漱石は初めての新聞小説執筆とあって、綿密、かつ周到な準備に怠りなかったものとみえ、同年の三月二十八日から、四月十二日までも、古都京都に過し、題材に合う景勝地を探索して、作品に臨んでいることは明らかである。が、そうした意識が勝てば勝つ程、種々執筆に惑いも多かったと見え、かなり小説の進行に難渋を味わったものと思われる。取り扱う人物らの世界観も未熟で、人物描写も不完全で、要領を得ない点などは、当然指摘されても仕方のないものであった。小宮は、漱石が緊張していたが為のこととして、彼の才気そのものを否定はせずに、その緊張のための故に、処女作の臭を余計に強く残したと述べているのである。

また、小宮は、この漱石の『虞美人草』の文章を、「瑰麗無比の文章」と述べているが、どうも総体から言って、行文に不必要なところが多い。文章の瑰麗たるべきところと、その不必要なところとを漱石は心得るべきであったかと思う。瑰麗よりも何よりも、文章は真実であるべきであることは、当の漱石は百も承知している筈であった。またこの作品には、俳句の要素と、その俳句的な表現をも取り入れているとおぼしい。そうした特殊な要素を取り入れることで多くの読者に満足を与えようとした意図がみられる。

小宮は云う、「俳句を繋《つな》げて行くやうな文章で全體を貫ぬかうと企てたといふ事自身が、既に是が厳格な意味でリアリズムの作品でない事を、暗示する」と。「俳句を繋げたから」とて、リアリズムでないとは限らない。ただ漱石のこの『虞美人草』の発想の根蔕《こんてい》には、「行く春や重たき琵琶の抱きごころ」の蕪村の句（全集二四〇頁参照）のムードが漲っており、そうした美的心境を背景にした青春殉情物語を描こうとした漱石の野心によるものと思うし、漱石自身の美意識が蕪村、抱一に傾斜していたからであると思う。

春に咲く罌粟は、夏に散る。即ち春の終わりを告げるものであった。また小宮は言う、「漱石は批評家的な方面と詩的な方面と、二つの方面を持っていた」と。然りである。然るが故に、さらに漱石は現実意識に衝突して、この小説を複雑なものにし、藤尾、その母、小野さん、甲野さん、宗近君、浅井さんをそれぞれ登場させることで、事柄の解決へと向かわしめるのだが、漱石の批評家としての眼が、逆にまた執筆に難渋をきわめさせたのである。固より漱石は詩的ムードのみで、小説を進めることが許されるとは思ってはいなかったのである。

なお付加えるならば、この原作には、多少の古典的仮名使いに誤りがみとめられる。例えば、「用ひ」「參ひる」「冴へる」などである。

『それから』と古美術

『それから』は明治四十二年（一九〇九）の六月二十七日から、十月十四日まで、百十四回に亘り東西の朝日新聞に連載されたものである。

小宮豊隆の解題によれば、漱石はこの小説を書き上げるのに、七十六日を要したと述べている。しかし、この小説は一読しても判る通り、思うようには捗らず、何となく、ストーリーにも血流が悪い印象を受けるのである。漱石は、この小説を書くのにも大分もたついたようである。またテーマがテーマだけに、その虚構性がつよく、代助という帝大出の文科志望の若者の存在が極めて曖昧で、現実味の乏しい人物を仕立ててゆかねばならなかった漱石は、今日から見ても、高踏遊民か、エピキュリアンといった、これまでになかった人物を造像していくことで、小説の結末の急激なる展開を強く読者に印象付けようと計ったのであった。『それから』の代助は、青春期の学生を扱った『三四郎』の脈を引くとも言われているが、私は『虞美人草』の小野さんと一脈を通じているとも思う。小野も代助も、明治期の男子たる決断力への胆力に薄い男が、人の世の鉄則により、愈々蹶然たる決断を迫られる点が似ているのである。代助の後日譚ともいうべき『門』では、一組の中年の夫婦が、エピキュリアンともならず、浮世の片隅にひたすら隠れて息をころしつつ、市井の生活者として生きぬけようとする姿に変わっている。主人公の宗助とその妻お米の世界が、過去からの煩悩をのがれることを願って生きようとしているのである。

学校教師であった漱石は、倫理道徳の観念も強かった筈だが、この小説では、学生時代の友人の妹をめぐって、平岡に三千代への愛を委ねたるが故に、のちに苦境の三千代を平岡からとり戻すという道義破りを実行せざるをえない代助という自負の強い人物を創造したが、その彼は、実業家肌の親爺や嫂の奨める花嫁候補をうわの空で断って、他人妻の三千代を愛し、二人は結ばれることになる。漱石は余程当時の倫理観から離脱した新しい時代の青年像を描こうとして、苦心したものと見える。そこで、漱石は当時の一般の読者を得心させるべく、自らの苦しい筆の運びを恃まねばならなかった。しかし、漱石は、それに焦れば焦せる程、運筆がそらぞらしいものになるだけであった。漱石は自信がもてなくなり、幾度かの書き直しをしたのであった。

小宮豊隆は漱石の文句を引用しながら、「天の掟には叶ふが、然し人の掟には背く、特殊な恋愛を、まともに取り扱はうとしたからである」と述べている。しかし、その言葉自体が、私には意味をなさぬように思うのである。天は人より、高い処にあるものとすれば、広く高い処では寧ろ「掟に叶ふ」と考えられているのであろうか。されど、現実に人間が作っている社会では、その掟が通用しないものとして扱われる、と言うのであろうか。代助の行状は天にては許されても、人間界では許されない、とはいえ、代助の行状は現実社会にのみあって起こり得て、しかも現実社会にのみ批判、否定されているのであるから、ここに「天」を持ち出すのは言い逃れであろう。純粋な愛に目覚めて新たなる決断と実行のみが、天の許すところと考えるべきだが、現実的にはやはり、否定、批判を浴びるのみであったのである。若しそれ、当時の人々に代助の行為の是非を問うて見たらばである。

代助は、現実には、父親、兄、嫂を始め、平岡、その他の社会からは疎んぜられ、自らエピキュリアンを決めこんでいた彼が、社会的な制裁を受けることで、一人前の独り立ちを約束させられる運命にあったのである。

この小説では、漱石と古美術の世界から見ると、勿論、彼が創造した登場人物にもその投影があって、それなりの人物的な色彩を余分に帯びるように思える。古美術品、骨董が人物の内容を豊かにしていることが判る。漱石の古美術、骨董趣味は、谷崎のような一般性と異っていて、はるかにもっと個人的な、生

博物館（上野）内国勧業博覧会の創設された跡地

活的なものに深く根ざしていて、執心、愛玩の傾向がある。漱石にはかなり蒐集癖もあって、実績がどうであったかは知らないが、私が津田青楓氏から直接に聞いた話だと、漱石は、越後の高田在住の森麟造へ宛てた手紙では、良寛の出物《でもの》の吉報を受けて喜び、雀躍たる思いを返事に綴って、その執心ぶりを示したということだが、その実、伊予国の真言僧明月一幅のみを手に入れたこと、のみであった。

漱石の場合のエピキュリアン振りは、知的な面を多く持ち、谷崎の場合では魔性的、本能的であると言えるだろう。

エピキュリアンである代助が、どの様に西洋の美術品や日本の古美術品に関わったかについては、詩人のダンヌンチオが自分の部屋の中を青と赤に分って装飾していることに、刺激が強すぎると毛嫌いして

いると、「出來得るならば、自分の頭丈でも可《い》いから、緑のなかに漂はして安らかに眠りたい位である」（文庫五八頁）と言わせている。また「いつかの展覧會に青木と云ふ人が海の底にたつてゐる脊の高い女を畫いた。代助は多くの出品のうちで、あれ丈が好い氣持に出來てゐるとおもつた。つまり、自分のもあゝ云ふ沈んだ落ち付いた情調に居りたかつたからである」（文庫五十八頁）とあって、これによると漱石は登場人物に自分の趣味趣向を語らせて澄しこんでいるのである。「青木」とは、青木繁のことである。かつて漱石は英国のターナーに傾いていたことがあり、そこで、漱石は今日で言う、いわゆる「癒《いや》し系」の内容のものを好んでいたのではないかと思われる。

　青木繁については、人も知るように、当時洋画壇の寵児で、明治期のローマン的気分の画風を示し、明治四十年「わだつみのいろこの宮」を東京府勧業博覧会に出品。漱石はこれを出掛けて見ているのである。

　代助は、三千代と平岡が福岡より東京へ引越してきた様子を見に出掛ける前に、封書を二、三本認めて、その一つは、「朝鮮の統監府に居る友人宛で、先達て送つて呉れた高麗焼の禮状である」（文庫六一頁）と述べている。無論漱石は高麗焼が如何なるものかを十分に承知しているのである。朝鮮半島は当時日本の統治下であったから、高麗焼の新旧の品も自由に手に入ったのであろう。今一人の宛名はフランスにいる姉婿宛で、「タナグラの安いのを見付けて呉れといふ依頼である」（文庫同頁）とある。

　タナグラ（Tanagra）は、古代ギリシャのボイオティア地方にあった都市のことで、出土した素焼のタナグラ人形はヘレニズム時代に作られたもので、古代ギリシャ美術研究の対象となっている。若き有閑知識人の代助は、そんなものにまで興味の対象を拡げていた。主人公の代助は未だ親がかりでいながら、そんなものを求めていたのであった。あるいは、安い物をと言いつつイミテイションでは満足していなかったのかもしれない。タナグラは、当時、該地でも人気の品物であった。また高麗焼は朝鮮半島の李朝以前の焼物を言い、日本人に大いに愛好され、高麗青磁や絵高麗《えごうらい》は上品な上に、高水準の焼物であった。

小説の主人公の代助のような人物を、のらくら者として片づけるのは簡単ではあるが、一切の生活への労役を脱《の》がれて一戸を構え、そこへ書生の門野と飯炊きお三どんの婆やまで雇い入れ、常住させていたのである。代助のことを当時周辺の人々は、新しい知識人なるが故に、エピキュリアンとしての自称を許してはいたが、その美意識の高さは、それなりの見識からも養われてもいた。父親の健在である本家では、上流家庭の西洋式教養をも併せ採り入れた生活振りであった。時折、代助が青山の実家を訪れると、西洋間があって、ピアノを弾く嫂梅子と姪の縫子との相手をすることがある。

それから三十分程の間、母子して交る〴〵樂器の前に坐つては、一つ所を復習してゐたが、やがて梅子が、

「もう廢《よ》しませう。彼方へ行つて、御飯でも食《たべ》ませう。叔父さんもいらつしやい」と云ひながら立つた。部屋のなかはもう薄暗くなつてゐた。代助は先刻《さつき》から、ピアノの音を聞いて、嫂や姪の白い手の動く様子を見て、さうして時々は例の欄間の畫を眺めて、三千代の事も、金を借りる事も殆んど忘れてゐた。部屋を出る時、振り返つたら、紺青《こんじやう》の波が摧《くだ》けて、白く吹き返す所丈が、暗い中に判然《はつきり》見えた。代助は此大濤の上に黄金色の雲の峰を一面に描かした。さうして、其雲の峰をよく見ると、

眞裸《まはだか》な女性《によしやう》の巨人が、髪を亂し、身を躍らして、一團となつて、暴《あ》れ狂つてゐる様に、旨く輪廓を取らした。代助はヴルキイルを雲に見立てた積《つもり》で此圖を注文したのである。彼は此雲の峰だか、又巨大な女性《によしやう》だか、殆んど見分けの付かない、偉《ゐ》な塊を腦中に髣髴して、ひそかに嬉しがつてゐた。が偖《さて》出來上つて、壁の中へ嵌め込んでみると、想像したよりは不味《まづ》かつた。梅子と共に部屋を出た時は、此ヴルキイルは殆んど見えなかつた。紺青の波は固より見えなかつた。たゞ白い泡の大きな塊が薄白く見えた。（文庫九八～九九頁）

とある。これなども、漱石の趣味の遊びを顕した条りだと思う。エピキュリアンの代助なればこそ、かく感じ取ったる所でもあった。漱石はかくの如く、代助の存在をしっかりと肉付しようとしているのである。しかし、一方においては、このような代助を漱石は必ずしも放任し、容認している訳ではなかった。漱石は当然世間一般側の味方でもあったから、それは一見相矛盾するものであった。代助の父は、こうした代助の生き方をきびしく見据え、得体の知れぬ弟息子として、却って世間での出世、利得の道に馴染ませようという心構えであった。しかし、代助の方では、父親らの会社が不正な利得で運営されている点に批判的で、一切の労役に従事することを拒否し続ける。

　父親は代助を詮議する立場にあったから、作者の漱石は「父と子が腹の底で睨みあつて」いる状態であったと描く。代助の父は、封建主義的な要素が強い代わりに、近代化した社会に生き残って、漱石がよくしたように、漢文を嗜み、唐本を手にして、漢詩の世界に、その理想美を見出していたようである。これも漱石の日常を反影しているのである。

代助の曖昧な生活者としての、基盤をもたない、エピキュリアンを勝手に決め込んでいるのは、元はといえば、絶たれてしまった学生時代からの三千代に対する愛があったことに起因すると私は見ているのだが、遅ればせの青春が、いつまでも温存し続け、ローマン的な気分が長く許されたのは、また彼の知的、ブルジョア的な生活環境にもよるものであったろう。そして、それが彼のエピキュリアンと自称する一切の美意識の温床をなしているものと思う。

昼寝から覚めた代助は、やがて書斎に這入ったものの、三千代が再度訪ねてくるという門野の返事に、おちつかず、画帖の中のブランギンの所でめくるのをやめて、「代助は平生から此装飾畫家に多大の趣味を有つてゐた。彼の眼は常の如く輝《かゞやき》を帯びて、一度は其上に落ちた。それは何處かの港の圖であつた。背景に船と檣と帆を大きく描いて、其餘つた所に、際立つて花やかな空の雲と、蒼黒い水の色をあらはした前に、裸體の勞動者が四五人ゐた」（文庫版一三七頁）とあり、このイメージと三千代のイメージとの交錯に、何かを暗示するこころが代助にはあったものと思う。漱石は古美術品や画家をこんなところにも利用していて、その着想はよい。代助の見た男たちの姿は、極めて彼とは相反する存在でありながら、潜在する男のエネルギーを自分に感じとっていたに相違ない。「代助は是等の男性の、山の如くに怒らした筋肉の張り具合や、彼等の肩から脊へかけて、肉塊と肉塊が落ち合つて、其間に渦の様な谷を作つてゐる模様を見て、其所にしばらく肉の力の快感を認めたが、やがて、畫帖を開けた儘、眼を放して耳を立てた」（文庫版同頁）とある。代助が三千代の来訪を再び迎え入れる様子は、この小説の中でも最も美しい場面の印象を筆者はもっている。装飾画家ブランギン Frank Brangwyn（一八八七〜一九五六）の名は、壁画家、銅版画家または装飾、挿絵画家として有名である。殊に印象派的傾向と彩色の豊富さを誇っている。

代助が三千代との恋の再燃に苦しみ始めている丁度、その頃、友人の寺尾の部屋を訪ねることがあった。小説では、「玄關から座敷へ通つて見ると、寺尾は眞中へ一閑張の机を据ゑて、頭痛がすると云つて鉢巻をして、腕まくりで、帝國文學の原稿を書いてゐた」（文庫版本一〇九頁）。さて、その「一閑張」たるや、今日の人々には遠い存在になってしまった。そもそも、その「一閑張」の「一閑」とは、江戸初期の漆芸師で、明国の人である。寛永時代に来日し、一閑張の技術を世にひろめた。その子孫が代々の技術を伝え、「一閑張」とは漆器の一種で、木製の型に紙を貼り合せ重ねて型を抜き、その上に漆塗りを施すものを言い、茶道具類をつくるのである。そこで、飛来一閑と称して、創始者のことをいう。讃岐では、「一貫塗り」と称し、木、竹籠の生地に和紙を貼り重ねて柿渋を塗る。また漱石は実際に「一閑張」の机を自ら愛用してもいたのである。

さて、代助の実家たるや、父親も健在であって、何代か続いた家柄であるとすれば、そこにどんな古美術品があり、それがどう小説を潤し、人物やストーリーに生彩を与えているかが気になる。文庫版の一六〇頁には、次の条りがある。

代助が青山の実家へさし回しの人力車にのって、何の用とも知らずに上ってみると、座敷に、「そこには誰も居なかつた。替へ立ての疊の上に、丸い紫檀の刳抜盆が一つ出てゐて、中に置いた湯呑には、京都の浅井黙語の模様畫が染め付けてあつた。からんとした廣い座敷へ朝の緑が庭から射し込んで、凡てが靜かに見えた。戸外の風は急に落ちた様に思はれた」（文庫一六〇頁）とある。この美しい光と影と風を感じる描写は、漱石の余程気に入った湯呑の齎した影響であろう。さて、そこで、紫檀の刳抜盆については想像できるものながら、その取り合わせの妙と美を、ことに感激を以って漱石は語りたかったのであろう。

さて、そこの主役の、京焼の染付に焼かれた絵の作者の、浅井黙語の名前は一向に出て来ないままである。なるほど、「浅井黙語」の名ではどうも無理である。それにしても、漱石は時流についても博学であった。浅井黙語とは、実は洋画壇の浅井忠（一八五六～一九〇七）のことである。漱石は忠の雅号を知っていて、忠では面白くなくて、黙語を用いたのである。浅井忠の経歴を云えば、彼は佐倉藩士浅井伊織の長男であって、江戸木挽町に生まれ、父に死別して、佐倉に帰り、明治五年上京し、十七歳にして英学塾に学ぶ。のち国沢新九郎の洋画塾に入門し、明治三十一年、東京美術学校教授となり、フランスに留学。京都に移り棲み、関西美術院長となる。門弟に石井柏亭、安井曽太郎、梅原龍三郎、津田青楓などを輩出した。漱石は浅井忠のことを少年の頃から知っていたのではないかと思うし、またこの「京焼の湯呑」が、忠が関西に居を移して後の製作であることにも符合していて、納得できるのである。問題は、その湯呑の絵付の図柄が如何なるものであったかである。

漱石は江戸生まれの人だから、彼には、幕府が活気付いた元禄時代への回顧趣味もあった。代助の兄誠吾に「さう撰《え》り好みをする程女房に重きを置くと、何だか元禄時代の色男の様で可笑しいな。凡てあの時代の人間は男女に限らず非常に窮屈な戀をした様だが、左様《さう》でもなかつたのかい。――」（文庫一八〇頁）と言わせているのは、漱石の古美術鑑賞のベースとしての意味があるようである。

代助はやがて、三千代のことはさておき、否応なく、父や兄一家の勧めにより、佐川の令嬢と実家で午餐会を催して、見合いをする羽目になった。この見合いについては、結果は破談に持ち込み、三千代への愛を貫くことで、この小説の結末となるのだが、代助は、やや政略ともとれそうな、両家にとっては相応しい縁談としての、見合の日を迎えることとなった。代助の父は古風な人だけに、古美術骨董を愛好する生涯であったらしく、見合いの席の世間話にも興味が湧かなくなると、「父は斯う云ふ場合には、よく自分の好きな書畫骨董の話を持ち出すのを常としてゐた」（一八三頁）、「さうして気が向けば、いくらでも、蔵から出して來て、客の前へ陳《なら》べたものである。」（同頁）、「父の御蔭で、代助は多少斯道に好悪を有てる様になつてゐた。兄も同様の原因から、畫家の名前位は心得てゐた。たゞし、此方は掛物の前に立つて、はあ仇英《きうえい》だね、はあ應擧《おうきよ》だねと云ふ丈であつた。面白い顔もしないから、面白い様にも見えなかつた。それから眞僞の鑑定の爲に、虫眼鏡などを振り舞はさない所は、誠吾も代助も同じ事であつた。父の様に、こんな波は昔の人は描かないものだから、法にかなつてゐない抔といふ批評は、雙方共に、未だ嘗て如何なる畫に對しても加へた事はなかつた」（一八三〜一八四頁）とある。これは名主の家に生まれた漱石の伝記と符合するし、この様子は、今日の鑑定を得意とする人のよくすることで、百年前の漱石にもあった趣味で、古美術界のファンには、今日でも共通するものであり、気が向けばいくらでも蔵から出して見せるというのは、一通りでない趣味家のすることで、類は友を呼ぶの言葉通りであり、真の愛好家のすることである。この実際を漱石は生まれ育った環境から覚えたのであろう。しかし、残念なことには、この見合の席では、その方面の話には発展を見ずに終わってしまうのである。そこで作者たる漱石先生の斯道の蘊蓄をさらに聞くことができないこととなった。小説では「所が一二言で、高木（佐川の令嬢の叔父）はさう云ふ事に丸で無頓着な男であるといふ事が分つた。父は老巧の人だから、すぐ退却した」（一八四頁）とある。好事家という者は、相手が乗って来ない趣味の話題は、すぐに転換してしまうものであり、決して無駄な、無理強いはしないものである。

さて、この『それから』という小説では、漱石がこの一見不可解な生活者、代助なる若者の人物について、何とか帳尻を合わせて、意味ある立派な影像に仕立てあげ、併せて一篇の小説の目的を果たし、完成したく考えていた。その為には、作者の漱石は、本人に何を感じ取らさせ、何を言わせるかに専ら関わってくると考えたにちがいない。代助が他人の妻をわが物にすることの正当性が果して、何処にあるのかである。漱石は主人公の代助の立場の合理的な釈明に、すべてのエネルギーを費やしたのである。そして、エピキュリアンを自負した代助は、次第に周囲から追い詰められてゆくことを、代助自身に悟らせてゆくことになる。代助は父親の奨める縁談を断る決心をして、嫂梅子にその旨を打ち明け、後に父にその結果を折りを見て話そうとした。

しかし、その前に、代助は三千代に逢うことを必要とした。代助は「机に向つて、三千代へ手紙を書いた」（二二九頁）。ところが代助は、その前に、奇妙な行動を起こしていたのである。それは彼がある種の行動を決意する前触れとも考えられる。そして、彼は平岡（三千代の夫）に逢って最終的な決着を付けようとも考えていた。

代助は雨を衝いて又坂を上つた。花屋へ這入つて、大きな白百合の花を澤山買つて、夫を提げて、宅へ歸つた。花は濡れた儘、二つの花瓶に分けて挿した。まだ餘つてゐるのを、此間の鉢に水を張つて置いて、莖を短く切つて、すぱ〱放り込んだ」（二二九頁）

代助はこの段になって始めて「今日始めて自然の昔に歸るんだ」（二三〇頁）と、胸の中で言いつつ、「斯う云ひ得た時、彼は年頃にない安慰を總身に覺えた」（同頁）とあり、ここで初めて代助は三千代への愛が本然のもので、その絆の深いことの認識を自ら悟ったことになる。

なお文中の、仇英については、中国明代の画家で、婦人像などの作品で有名である。

また、円山応挙（一七三三〜一七九五）については、既に述べたが、別号は夏雲、仙嶺、星聚館、鴨水漁夫。本名は岩次郎、のち主水、丹波桑田郡六太村の百姓丸山藤左衛門の次男として生まれた。石田幽汀の門を叩き、雪汀、洛陽山人ともいった。京都に上り、三十四歳にして漸く応挙と号した。源応挙とも号したが、写生に撤した澄明な境地は、探幽以来の名手とうたわれ、円山派の一派をなした。

『門』に於ける日本美術

小説『門』については、これを読んだのは、私の少年の頃に当たる。私の手にしたのは、岩波の文庫本であって、今は随分と古く見えるが、購入した当初は新しくて、ピカピカしていて文学的香気を味わうのには、とても新鮮であった。昭和二十六年二月十九日刊行の岩波書店からのものであった。

その頃は、田舎の少年には、冬が長くて、亦寒く感じられて、よく両肱を突いて腹這いになって古畳の上で読み、寒さに縮こまっていたものだった。

庭の白梅が淡く散りかかって、地を染めるころ、漸く少し暖かくなったぞと、一人感想をもらしつつ、『門』を読み終えたように思う。

小宮豊隆の解題文によると、「『門』は、明治四十三年（西暦一九一〇）三月一日から、六月十二日まで、百四回に亘り、東西の朝日新聞に連載された新聞小説である。時に漱石四十四の年の作品である」とある。

私がこの小説を読んでいたのは満十五歳に達しない頃のことで、すでに当時は、漱石をかなり読み済していて、この小説『門』や『それから』に及んでいたのである。それでもそんなに年端もゆかぬ子供に、どうして、すでに老巧の位置に達していた漱石の小説が判ったかといえば、確かに判ったのであった。それはといえば、すでに、いちいちの面でも当時は明治以来の世帯人情をどの家でも幾分かは伝え持っていたからである。それに、今日のような核家族オンリーとは大きな違いがあったからである。各家が何台もの自動車を持ち、ツウバイ方式の家に住む訳でもなく、四季のめぐりに敏感なくらしをしていたから、戦後暫くまでは、食物や衣服の状態も、都会や田舎の隔たりはあっても、くらしの考え方は基本的には、明治時代とそう変わってはいなかったのである。

その頃の人々の生活は規則も単純で、何処にも明治生まれの人々が第一線で働いていたのであった。平たく言えば、人間同志の志向性がほぼ一致していて、情報も均一化していて、乏しかった所為もあったろうか、人々の思考も統一性に恵まれていたからでもあった。私たちはそれに加えて父親の言動からも、母親のくらし振りからも、明治大正の匂いを何処となく感取して成長していた。私たちの生活は、この漱石の小説と通う接点というか、地盤にあったのである。四十四歳の漱石が書いた、この小説の主人公の宗助と御米夫妻の地味な、ささやかな生活振りにも、十分に馴染める素地が自ずと出来上がっていたのである。そして、私にとっては二人のくらし振りが何か却って貴いもののようにも思われていたのである。

さて、それらのことはともあれ、主人公宗助は当時の漱石より若く、それにしても、今日の世帯持ちの若いカップルに比べて、年齢の差よりもずっと落ち着いていて、重味があるようだ。そして、何処となく単調な生き方をしていながら、人間の本然と生活環境がマッチしているようだ。

『門』という小説は、漱石の意図とすれば、世間体から離れて、なるべく隠遁しつつ生きようとする宗助、それは当時に始まったサラリーマンの隠遁振りであるが、そう生きなければならなかった、過去に犯した罪を抱えた宗助と御米の二人のくらしを描きつつ、この二人の小宇宙の別天地に、漱石は讃辞を送ろうとしたものである。それはとりもなおさず、近代日本が生んだ、経過しなければならない庶民生活の孤独への戦いでもあり、また一つの安住の方策でもあったのである。

この小説『門』では、弟小六と、旧縁につながる佐伯家とのかかわりが、ささやかな宗助と小六兄弟の縁類であって、そこに起きる利害や思惑の織りなす人間模様が描き出されているにしか過ぎない。そして過去から虫ばむ宗助夫妻にのしかかる真綿のような重圧が、時に二人を身動きすら出来なくさせているのが、この小説の基調である。そして、ふとした人との交際から、全く予期せぬ偶然の話から、古い傷痕を舐めるような過去の縁《えにし》にすれ違う運命にあった宗助の、逃れるすべなき堪えてゆく生き方である。

作者の漱石は、一見平穏のような宗助の世帯にもちあがる事件を追いながら、役所勤めの月給取りの悲哀に満ちたなりわいを綴っているのである。それは、近代日本の大多数の人々が歩んできたサラリーマンの制約の中のくらしの原型を示しているかに思われる。

漱石は宗助という一人の憂鬱な存在を通して、この時代を生きた日本人の、優柔で、不断な、知性がかった、内向的な性格を描き出したといえよう。しかし、これも一方では、作者漱石のこころの反映と見てもよいであろうと思う。

宗助はふとある山の手の坂の奥まった一軒の借家住いをしている。目下は妻の御米と女中のお清と三人ぐらしである。しかし、考えようによっては、これはまた別天地で、小市民の典型でもあり、そのシェルターでもありうるが、そこへ叔母の家を追われるようにして、学業半ばの弟小六を引きとる羽目になる。

叔父叔母には、それ相応の父の遺産があてがわれていた筈のところ、時世の変わりか、経済的な観点からも、宗助は叔母とは、しっくりゆかなくなる。

漱石は、この小説を書くに当って、胃病を冒してまで、百四回も続け、書き終わっている。その原動力となったものとは、他の作品にはみられぬものごとへの微細な鋭い感覚が、これを支えていたからだと、私は思うのである。例えば、小説の中の初めの一ページには、

秋日和と名のつく程の上天氣なので、往來を行く人の下駄の響が、靜かな町丈に、朗らかに聞えて來る。肱枕をして軒から上を見上ると、奇麗な空が一面に蒼く澄んでゐる。其空が自分の寐てゐる縁側の、窮屈な寸法に較べて見ると、非常に廣大である。たまの日曜に斯うして緩《ゆっ》くり空を見る丈でも、大分違ふなと思ひながら、眉を寄せて、ぎら〳〵する日を少時《しばらく》見詰めてゐたが、……（文庫版三頁）

とある。初めの二行目の終わりから、自然描写と、その自然の中に居住する一時の自分を説明するつもりで、漱石は描くが、こうした感覚が後押ししてか、この小説の執筆を鈍らせることなく成就したものと考える。そうした漱石の感能が、小説の中に古美術品の登場を招き、いくつかのエピソードを齎し、作品と登場人物との生活意識を豊かにしている。そして、成程、これらのエピソードに現れる古美術品と、それへの関心は、小説の主役をなしてはいないとは言え、確かに小説の重要なるポイントを占めているのであると思う。

小説『門』と古美術品との関連性を述べるに当たって、先ず初めに、その主人公たる宗助の居間の描写に注目してみるに如くはない。趣味の高い漱石は、「宗助は障子を閉《た》て丶座敷へ帰つて、机の前へ坐つた。

座敷とは云ひながら客を通すから左様《さう》名づける迄で、實は書齋とか居間とか云ふ方が穩當である。北側に床があるので、申譯の爲に變な軸を掛けて、其前に朱泥の色をした拙《せつ》な花活が飾つてある。欄間には額も何もない。唯眞鍮の折釘丈が二本光つてゐる。其他には硝子戸の張つた書棚が一つある。けれども中には別に是と云つて、目立つ程の立派なものも這入つてゐない」（文庫版七頁）と述べる。これは古美術に通暁していた筈の漱石にしては、あくまでも、職業に徹した立場から趣味に淫することを控えた描写である。つまりは、これは、主人公の宗助の為の描写であって、宗助の生活態度と状態を述べるためだからである。それで、「申し譯の爲に変な軸を」、朱泥の色をした「拙《せつ》な花活」が飾ってあることのみであっても、漱石の関心の程が偲ばれるが、この小説と古美術品とのかかわりは、これでは済されぬのである。漱石は棲む人の人物器量を室の飾りの雅致の如何で計ることを重んじているのである。されば、寂しいくらしの宗助にも、「朱泥の色をした拙な花活」とは、かつての父祖が伝えたものとしても、容易なものでない筈である。朱泥とは、中国江蘇省宜興窯で焼かれた赤褐色の無釉締焼の陶器をいう。土質は緻密で炻器《せっき》質になるまで焼いている。多く急須にみられるのがそれである。わが国では、愛知県の常滑、岡山の伊部《いんべ》、三重県の四日市にも産する。今漱石の言わんとするものは、これらの何れに属するものか。ここでは「拙《せつ》な」とは稚拙を意味するものか、実はその逆説と考えるべきかである。朱泥のものでは無釉のきびしょ（急須）が出廻っていて、酸化鉄を含む可塑性にも富んだ粘土を用いて製造し、火度は低いのが特色のようである。朱泥は窯内の火焔の性質によって往々、その色に変化がある。一般には施釉をせずに、焔になじみ易く、表面の肌が熔けて光を発して、外観が美しい。普通には赤肌であるが、黒色を帯びた赭か紫色を帯びたものもある。これを紫泥という。

中国の朱泥は、宜興窯の朱泥、紫が有名で、主に煎茶器が多く造られている。轆轤仕上げをせず、陶土の薄板で、いわば手びねりで自在に造るといわれている。漱石が「拙な」というのはこの「てびねり」のことを意味してはいまいか。さて、恐るべきは漱石である。このことを知っていて、言わずしてさらりと語り去っているのである。朱泥の陶土は粘着性が強く、おまけにきめがこまかい。わが国では、常滑、伊部焼、伊勢の万古焼、美濃の温故焼、佐渡の無名異焼などがある。

さて、漱石は、「朱泥の拙な花活」といっていながら、万事心得てのことで、当時このこと、即ち焼物への関心の度合は、化政度の文人墨客が煎茶趣味に興じたのと同じ流れでもあろうか。明治育ちの漱石は、何時の間にか、生涯その風習を体に覚え、併せて知識を体得していたのである。従って人々は、漱石を理解せんとすれば、かかる点にも注目すべきではなかろうか。漱石は奥が深い。これだけの文人趣味なくしては、漱石に追随することは不可能であろう。

漱石は、主人公の宗助が、ある日曜の午後、ぷいと神田の通りの店先に歩をすすめる場面を描いている。漱石はよく小説の主人公に、女の半襟を見たてさせていて、そういった京呉服の柄とか彩物《いろ》とか生地に関心があったのは、母親ゆずりであったものか、その気質に美へのあこがれがあったものと見える。このことが糸を引いて、古美術品への関心にと直結していることに違いない。漱石は宗助の姿を、「呉服店でも大分立見をした。鶉御召だの、高貴織だの、清凌織《せいりょうおり》だの、自分の今日迄知らずに過ぎた名を澤山覺えた。京都の襟新といふ家の出店の前で、窓硝子へ帽子の鍔を突き付ける様に近く寄せて、精巧に刺繍《ぬひ》をした女の半襟を、いつ迄も眺めてゐた」（文庫版一三〜一四頁）と描いている。
鶉お召とは、鶉縮緬ではなかろうか。綾糸織の一種。経《たて》糸に諸撚《もろより》、緯《よこ》糸に片撚の練染め糸を用い、変化斜文組織としたもの。八王子、米沢などに産する、清凌織とは、女用の夏の絹織帯地の一種。絹組織と他の組織とを二重にした組物のことである。

この様に女物の布地に漱石が関心を持つのも、常識からして、少々異常ではある。が、恐らく、これも作者の漱石自身の体験通りのものであったろう。そうでなければ、こうも書けはしないと思う。主人公の宗助にはありそうにも見えぬ体験である。これらの京呉服の生地や織物は現存しないとすると、貴重な明治期の服飾の文献的な資料でもある。

宗助がいま棲む借家からは、頭初に引用した通り、竹が茂って見える、崖の上の家の屋主の坂井家とのささやかな付き合いが始まって、この坂井家の主人が古美術好きの人物とて、この小説の古美術についてのエピソードが始まるのである。漱石は、主人公の宗助が、崖上の大屋の坂井がいかなる人物かについても、浮き世離れをした身分ながら、多少なりとも関心を抱きつついたことを、小説の中の文章によってもわずかながらも暗示している。「崖は秋に入つても別に色づく様子もない。たゞ青い草の匂が褪めて、不揃《ふぞろひ》にもぢゃ〳〵する許りである。薄だの蔦だのと云ふ洒落《しゃれ》たものに至つては更に見當らない。其代り昔の名残りの孟宗が中途に二本、上の方に三本程すつくりと立つてゐる。夫が多少黄に染まつて、幹に日の射すときなぞは、軒から首を出すと、土手の上に秋の暖味を眺められる様な心持がする。宗助は朝出て四時過に歸る男だから……」（文庫版六頁）などとあり、宗助は勤の往復以外には、殆んど世間からは杜絶したくらしをしている。ましてや宗助と御米の夫婦は、謂ばこの崖下のくらしをしていると言っていいのであるから、その上に屋敷を構える坂井家に関心を持つことは当然であった。

「つい此間迄は疎らな杉垣の奥に、御家人《ごけにん》でも住み古したと思はれる、物寂た家も一つ地所のうちに混つてゐたが、崖の上の坂井といふ人が此處を買つてから、忽ち萱葺を壊して、杉垣を引き抜いて、今の様な新らしい普請に建て易へて仕舞つた」（文庫版一五～一六頁）とあるが、これなどは、とても迚も空想のみでは描けぬので、漱石の記憶に残るどこか心あたりのある風景だったと思う。

宗助と古美術との環境を言えば、宗助の家はもと相当の資産を有する家柄であった。しかし、父の代に家産が傾き、当時、まだ学生であった宗助は叔父に一切の処理を任せる羽目になったことを物語りつつ、その遺産の中に「金目にならないものは、悉く賣り拂つたが、五六幅の掛物と十二三點の骨董品丈は、矢張り氣長に欲しがる人を探さないと損だと云ふ叔父の意見に同意して、叔父に保管を頼む事にした」（文庫版三一～三二頁）とある。この内容もある部分は、あるいは漱石自身の伝記と重なる部分であるかもしれない。即ち漱石の、かつての何処かでの経験があってのことが、素材となっているのである。今日でも、巷間では、掛軸は需要があって値がつくものとされていて、それは古美術商の言う通りである。それがすでに百年も前に、漱石が同じことを述べているのであるから、いくら時代が変わったとしても、経済の動きは変わらぬのである。

宗助の家は、父が母亡きのちに妾を囲うほどの中産意識の支配する家柄であり、明治四十年代に伜に高等教育を受けさせるだけの資産は確かにあったのである。それが目下は、次男の小六の学資にも困る羽目になっているのである。痩せても枯れても宗助には、父祖代々の豊かな家産に囲れて、宗助はその人柄に人品を湛えてはいるものの、生活が苦しければ、家産としての古美術骨董品が物を言わないわけはないと思い込んでいる。

宗助は、父の死後、叔父に託した地所や家作などの売却について、彼が成人した後までも不正があることを臆測していても、その残額についての交渉を、何となく言い出し渋りしている。その経緯を、漱石らしい口吻でこまごまと、心理的にも欲にからむ心中の葛藤をさらに長々と語り説き明かしていくが、それは、その割には、世間の常識に則った内容でしかなく、あまり面白くはない。

それは、人間の欲と猜疑心とがからみ合った醜悪な骨肉の争いを予想させるものであるからである。これらの事件の顚末を漱石は読者に気を持たせつつ徐々に明らかにしてゆくが、それは一つの小説の手法でもある。そして、急劇にその叔父が死に、今度は叔母の息子の安之助の住む番町の家にゆき、懸案の不動産の売り上げと、小六の学費として積んであった千円のゆくえを質すついでに、宗助は例の骨董品と掛軸の件に触れることとなった。

叔母の話では、亡くなつた叔父が処分を頼まれたが、早速「眞田《さなだ》とかいふ懇意の男に依頼した」（文庫版四七頁）という条りがあり、「此男は書畫骨董の道に明るいとかいふので」（文庫版同頁）とある。

この様な内容の話は、とかく今日に於てもよくある話である。古書画、骨董品が遺産として残る場合の値踏みのことである。こうした世間での骨董の扱いのあり様には、実に漱石も通暁していたのであろう。そして、ここで言う眞田とかの人物の如きは、今日でも往々にしているものである。それは古美術愛好家

其一画額「花卉草花図」

と称する一族でもあろうけれども、一つの社会現象、風俗として勿論漱石は把えているのである。それ故に、大局から見れば、眞田某を非難する訳でも、誉める訳でもないのである。さらに文章では、「平生そんなものの賣買の周旋をして諸方へ出入するさうであったが」（文庫版四七頁）といい、「誰某《だれそれがし》が何を欲しいと云ふから、一寸拝見とか、何何氏が斯う云ふ物を希望だから、見せませうとか號して、品物を持つて行つたぎり、返して来ない。催促すると、まだ先方から戻つて參りませんからとか何とか言譯をする丈で、嘗て埒の明いた試《ためし》がなかつたが、とう〳〵持ち切れなくなつたと見えて、何處かへ姿を隠して仕舞つた」（文庫版同）とある。この骨董の道には今日でもこの様なことは往々にしてありがちなことである。漱石は骨董品には、このようなやりとりのあることを十分に心得ていたものと見える。

　宗助は叔母の残していた、父の形見の屏風を押入れから出してもらい、持ってゆくようにと云われて、それを持ち帰るところがある。その物はと言えば、菁々《せいせい》其一と抱一の合作の二枚折の秋草秋月図屏風である。漱石はここでも、江戸派の琳派の抱一の作品を何処かで見知っていたのであり、その装飾性の美を心ひそかに味わっていたのである。宗助は叔母の家から使いにたのんで届いた二枚折の屏風をひろげて、かつて父親とのありし日の想い出に耽けるのであったが、小六が訪ねてきた折にも、かつて兄弟同志の見覚えのある品として語りかけるのだが、作品その物については、極めて淡淡と語っていなければならなかった。漱石は、もしそうしなければ、小市民たる宗助の立場がなくなり、小説の筋から逸脱してしまうことを恐れたのである。宗助は殊に優れた美術評論家ではないし、蒐集家でもないからである。叔母が、「宗さん、何うせ家ぢや使つてゐないんだから、なんなら持つて御出なすつちや何うです。此頃は彼《あ》いふものが、大變價《ね》が出たと云ふ話ぢやありませんか」（文庫版四八頁）と言ったとき、実際それを持って帰る気になった。

納戸から取り出して貰つて、明るい所で眺めると、慥かに見覺のある二枚折であつた。下に萩、桔梗、芒、葛《くず》、女郎花《をみなへし》を隙間なく描いた上に、眞丸な月を銀で出して、其横の空いた所へ、野路《のぢ》や空月《そらつき》の中《なか》なる女郎花、其一《きいち》と題してある。宗助は膝を突いて銀の色の黒く焦げた邊《あたり》から、葛の葉の風に裏を返してゐる色の乾いた様から、大福程な大きな丸い朱の輪廓の中に、抱一《はういつ》と行書で書いた落款をつく〴〵と見て、父の生きてゐる當時を憶ひ起さずにはゐられなかつた。（文庫版四八頁）

これは、どうも、この漱石の叙述から判断する限り、この二折りの一方は、現在東京国立博物館保管の二曲一双の「夏秋草図屏風」（重要文化財）を素材にしたのではないかと思われる。抱一は、光琳の描く「風神雷神図屏風」の裏側に描いたのである。小説の文からは、例えば、風になびく薄と葛の葉、女郎花が描かれている様子が察せられる。この二枚の内の今一方は、弟子の其一の作とされているが、それは名ばかりを添えたまでのことか、それとも当時該当のものが実在し、漱石の目に触れたものかであり、抱一の方では野路や空に月が描かれていて、銀が焦げていたと報じている。

父は正月になると、屹度此屏風を薄暗い蔵の中から出して、玄關の仕切りに立てて、其前へ紫檀の角な名刺入を置いて、年賀を受けたものである。其時は目出度からと云ふので、客間の床には必ず虎の雙幅を懸けた。是は岸駒《がんく》ぢやない岸岱《がんたい》だと父が宗助に云つて聞かせた事があるのを、宗助はいまだに記憶してゐた。此虎の畫には墨が着いてゐた。虎が舌を出して谷の水を呑んでゐる鼻柱が少し汚されたのを、父は苛《ひど》く氣にして、宗助を見る度に、御前此所へ墨を塗つた事を覺えてゐるか、是は御前の小さい時分の悪戯《いたづら》だぞと云つて、可笑しい様な恨めしい様な一種の表情をした。（同四八頁）

これらの文からは、かつて漱石自身の育い立ちと相似しているように思えるし、その伝記と重なるのではなかろうかと思う。

宗助の父の所蔵品の中で、この一点が残っているとなると、他の行方しれずの美術品の程度が判るし、その故にか、好事家らの眼にとまり、行方知れずになった可能性が高いと見るべきで、これは漱石自身の伝記でもあったろう。抱一と其一については他項にくわしく述べたので、ここでは省略する。

文中の岸駒については、岸派の祖で、別号に華陽、同巧館、簞斎、虎頭館、天開窟などがある。本姓は佐伯昌明、岸駒は改名による。加賀金沢に生まれ、京都に出て有栖川宮に仕えた。狩野派と南蘋派を学び、写実を目指し、虎の絵を描くことで有名である。従って岸駒といえば虎、虎といえば岸駒という通り相場であるので、漱石も岸駒の息子の虎の絵の想い出を綴ったのであろう。天保九年（一八三八）、九十歳で死去した。続いて岸岱は、別号に虎岳、紫水、卓堂などを用い、父岸駒の長子である。父と同じく従五位越前守となった。元治二年（一八六五）に没した。やはり虎の画を得意としている。享年八十四歳の長寿を全うした。長男に岸慶、次男に岸礼、三男に岸誠、いずれも岸派の後継者であった。

　この辺りで、この『門』という小説は、主人公宗助の伴侶である妻の御米を描くにしても、また御米の会話を語らせるにしても、宗助が御米を想いやる姿は、生《なま》の漱石そのもののように感ずるのである。女である筈の御米は、漱石自身が女として描こうとしていながら、実は御米は、男性の漱石そのものが出ているようで、私は御米は女としての漱石の理想像であるように見えるのである。そして、必ずしも御米は女としては描けてはいないが、むしろ漱石のなり代わりのようで、漱石自身の息づかいすら覚えるのである。明治維新以来の自由民権運動の中心であった東京に、全く自由に世間の一切の束縛から離れて、二人の男女がくらして行こうとしている。今漱石は、過去の因縁を背負って生きる二人のゆくえの可能性を試みる実験的な小説を書こうとしていたのであった。一切の周囲の制約から如何にして逃れ、恥ずべき過去を背負って生きる、いたましい夫婦が存在し、専ら市井に隠れつつも、世間から没交渉に生きのびることの困難さをも、二人の人生が背負わなければならない運命として描こうとしている。そこに漱石は西欧から学んだ自由と個人主義への自覚を読者にも促していたのである。それは『猫』における苦沙彌先生の、周囲から如何にしても理解の及ばない個人主義、これは、利己主義とは違い、謂わば権利と義務を象徴する自主と独立そのものの覚醒を促すものでもあった。また、それを具体的に言えば、永年の懸案であった弟小六の学費の援助についても、決して豊かでない家計から、責任回避の汚名を心に感じつつも、宗助のなかなか実行に移しえないもどかしさに現れている。確かに漱石自身の道義観もあったが、基本的には、個人主義を貫くことにあったからである。

弟小六を宗助の家に引き取り、その小六の為に、宗助は六畳の間を空ける。その部屋の天井は雨漏りがしており、宗助の靴は泥濘《ぬかるみ》を歩くと、水漏れがするほどのくらし振りである。家計に苦しむ御米は、とうとう例の抱一の屛風を売る決心をして、近所の道具屋に掛け合いにゆく。そこで見立てに来た道具屋の主人の説明によって、件《くだん》の抱一の絵が如何なる物であるかや、その状態が如何なる程度かが判る。漱石は何処かで、見覚えのある該当の物件を素材に用いたのであるが、その二枚折の屛風が果して今の世に現存しているのか、どこかの好事家の土蔵にでも収蔵されていまいかは、これも一つの興味ではあるし、また、これも新しい漱石研究のテーマともなりえよう。小生は、恐らく現今国立博物館蔵の抱一画であろうと思うが。

さて、件の家伝の品物の持主である当の宗助は、一旦は不要品と思いつつも、なかなか手放しきれない業のようなものを持しているのである。即ち、それは、作者の漱石の思惑そのものでもあったのである。

宗助は抱一の値段に心をくだくことも無さそうな様子であったが、愈々、若し売ることを想像してみると、次の如く思いを致すのであった。「彼は新聞で、近來古書畫の入札が非常に高値になつた事を見た様な心持がした。責めてそんなものが一幅でもあつたらと思つた。けれども夫は自分の呼吸する空氣の届くうちには、落ちてゐないものと諦めてゐた」（文庫版七三〜七四頁）と、世俗的な欲望をついにもらしているのである。このような古美術品に絡む思いは、今日のわれらにとっても同様であろうと思う。

さて、この宗助と御米の小説は、中間まで進んで、二人の生活はこれと言って従来と変わらないままであったが、事件としては、裏崖上の家主の坂井の家に盗賊が這入って、手文庫一つが、蓋を取ったまま、宗助の棲む屋敷の庭に、中味を散乱させたさまで逃げていったのであった。夜中、ずしんと言う音がしたが、御米が、そのことを宗助に告げても、女中の清も寝入っていて、それに気づかなかった。文庫については、二度程、小説では描写があり、読者への興味を唆る配慮からか、漱石は、これを坂井家に風呂敷に包んで持参していく宗助を描き出している。そして、その盗まれて放置されていたという文庫についての描写がある。「蒔繪ではあるが、たゞ黒地に亀甲形を金で置いた丈の事で、別に大して金目の物とも思へなかつた」（文庫版八四頁）とあるが、その昔、漱石が学生時代に世話になった外人の恩師にお礼として、土蔵より祖母に見つけ出して貰って差しあげた蒔絵の文箱が、残像として今ここに生きているのであるらしい。ここで漱石は、この時、金持ちの坂井の家の持物をやや見下《みくだ》すだけの見識を有する宗助を仕立て上げているのである。坂井では、「……祖母《ばゞ》が昔御殿へ勤めてゐた時分、戴いたんだとか云って、まあ記念《かたみ》の様なものですから」（文庫版九六頁）と、漱石は登場人物に云わせている。宗助がふと夕方の帰り道で、例の抱一を買い取った道具屋の前を通ると、昨晩会った許りの坂井の主人が、そこにいて、二人は同道して帰りながら語ることがあった。そこで坂井の骨董談義が始まったのである。

この『門』という小説では、或いは、悶々としていた漱石自身が、気晴らしをしてみたかったのではなかろうか。漱石は一方では小説を任務として書き、決して疎かにするつもりもなかったが、趣味を交えつつ、彼の古美術への蘊蓄を披露する好都合の場面を作りたかったのである。次に引用する内容は、骨董道の世俗的な面を知っている人のみの言《げん》であって、漱石もこの方面にはかなり立ち入って見たことがあったのであろうと思う。

次の日宗助が役所の歸りがけに、電車を降りて横町の道具屋の前迄來ると、例の獺の襟を着けた坂井の外套が一寸眼に着いた。横顔を往來の方へ向けて、主人を相手に何か云つてゐる。主人は大きな眼鏡を掛けた儘、下から坂井の顔を見上げてゐる。宗助は挨拶をすべき折でもないと思つたから、其儘行き過ぎようとして、店の正面迄來ると、坂井の眼が往來へ向いた。

「やあ昨夜は。今御歸りですか」と気輕に聲を掛けられたので、宗助も愛想なく通り過ぎる譯にも行かなくなつて、一寸歩調を緩めながら、帽子を取つた。すると坂井は、用はもう濟んだと云ふ風をして、店から出て來た。

「何か御求めですか」と宗助が聞くと、

「いえ、何」と答へた儘、宗助と並んで家の方へ歩き出した。六七間來たとき、

「あの爺い、中々猾い奴ですよ。崋山の僞物を持つて來て、押付《おつつけ》ようとしやがるから、今叱り付けて遣つたんです」と云ひ出した。宗助は始めて、此坂井も餘裕ある人に共通な好事《かうず》を、道楽にしてゐるのだと心付いた。さうして此間賣り拂つた抱一の屏風も、最初から斯う云ふ人に見せたら、好かつたらうにと、腹の中で考へた。

「あれは書畫には明るい男なんですか」

「なに書畫どころか、丸で何も分らない奴です。あの店の様子を見ても分るぢやありませんか。骨董らしいものは一つも並んでゐやしない。もとが紙屑屋から出世してあれ丈になつたんですからね」

坂井は道具屋の素性を能く知つてゐた。出入の八百屋の阿爺《おやぢ》の話によると、坂井の家は舊幕の頃何とかの守《かみ》と名乘つたもので、此界隈では一番古い門閥家なのださうである。瓦解の際、駿府へ引き上げなかつたんだとか、或は引き上げて又出て來たんだとか云ふ事も耳にした様であるが、それは判然《はつきり》宗助の頭に残つてゐなかつた。

「小さい内から悪戯《いたづら》ものでね。あいつが餓鬼大將になつて能く喧嘩をしに行つた事がありますよ」

と坂井は御互の子供の時の事迄一口洩らした。それが又何うして崋山の贋物を賣り込まうと巧《たく》んだのかと聞くと、坂井は笑つて、斯う説明した。――

「なに親父の代から贔屓にして遣つてるものですから、時々何だ蚊だつて持つて來るんです。所が眼も利かない癖に、只慾ばりたがつてね、まことに取扱ひ悪《にく》い代物です。それについ此間抱一の屏風を買つて貰つて、味を占めたんでね」

宗助は驚ろいた。けれども話の途中を遮ぎる譯に行かなかつたので、黙つてゐた。坂井は道具屋がそれ以來乘氣になつて、自身に分りもしない書畫類をしきりに持ち込んで來る事やら、大坂出來の高麗焼を本物だと思つて、大事に飾つて置いた事やら話した末、

「まあ臺所で使ふ食卓《ちやぶだい》か、たか〴〵新《あら》の鐵瓶位しか、彼《あ》んな所ぢや買へたもんぢやありません」と

云つた。（文庫版九六〜九八頁）。

このついでに、坂井は抱一の屏風を先日この道具屋から買ったことを宗助に告げたのであった。宗助は家に帰ると御米にこのことを話し、御米ははたして、宗助の家から出たものか、興味深げであった。宗助は内心確かめに坂井の家に赴く約束をしていたのであった。道具屋は、御米から引取った抱一の屏風を、坂井に思いも及ばぬとびぬけた値段で売っているのであった。そして到頭その日がやって来た。

好い加減な頃を見計つて宗助は、先達て話のあつた屏風を一寸見せて貰へまいかと、主人に申し出た。主人は早速引き受けて、ぱち〳〵と手を鳴らして、召使を呼んだが、藏の中に仕舞つてあるのを取り出して來る樣に命じた。さうして宗助の方を向いて、

「つい二三日《にさんち》前《まへ》迄其所へ立てて置いたのですが、例の子供が面白半分にわざと屏風の影へ集まつて、色々な悪戯《いたづら》をするものですから、傷でも付けられちや大變だと思つて仕舞ひ込んでしまひました」と云つた。

宗助は主人の此言葉を聞いた時、今更手數をかけて、屏風を見せて貰ふのが、気の毒にもなり、又面倒にもなつた。實を云ふと彼の好奇心は、夫程強くなかつたのである。成程一旦他《ひと》の所有に歸したものは、たとひ元が自分のであつたにしろ、無かつたにしろ、其所を突き留めた所で、實際上には何の効果もない話に違なかつた。

けれども、屏風は宗助の申し出た通り、間もなく奥から縁傳ひに運び出されて、彼の眼の前に現れた。さうして夫が豫想通り、つい此間迄自分の座敷に立て、あつた物であつた。（文庫版一〇四頁）

とある。そして、愈々宗助が、例の屏風を見に、坂井の家を訪れた時の主人は、逸品を手に入れた者の余裕綽々とした態度でいた。そして宗助は、今奥から運ばれてきた先日まで自分の所有であった屏風を目《ま》の当たりに見詰めた。自分の先祖からの伝世の名品の流転の運命に、関わった当事者として、宗助は言うに言われぬ心理を味わった。しかしながら、正直に打ち明けるのも一興と思い、坂井に総てを自白したのである。すると主人の坂井は、驚いた風でもあったが、宗助が格別に古美術の鑑賞眼を有したり、書画に興味がある人ではないと思ったのであった。そして宗助は一体幾らで道具屋から買ったかを尋ねた。

「まあ掘り出し物ですね。八十圓で買ひました」と主人はすぐ答へた。
宗助は主人の前に坐つて、此屏風に關する一切の事を自白しようか、しまいかと思案したが、ふと打ち明けるのも一興だらうと心付いて、とう〳〵實は是々だと、今迄の顛末を詳しく話し出した。主人は時々へえ、へえと驚いた様な言葉を挾んで聞いてゐたが、仕舞に、
ぢや貴君は別に書畫が好きで、見に入らしつた譯でもないんですね」と自分の誤解を、さも面白い經驗でもした様に笑ひ出した。同時に、さう云ふ譯なら、自分が直《ぢか》に宗助から相當の値で讓つて貰へば可かつたに、惜しい事をしたと云つた。最後に横町の道具屋をひどく罵しつて、怪《け》しからん奴だと

云つた。（文庫版一〇六頁）

小説では、宗助が屛風を諦めて、却って心境が落着いたらしかった。自分が所有するより、殿様の末裔の坂井家に大切にされる方がよいと喜ぶ風でもあった。それにしても、道具屋の商売上手には、油断のならぬものと、読者に思い知らせたことであろう。そうした、世間の通り相場を美事に漱石は描いたのであった。そして崋山の偽物を坂井に持ちかけたり、高麗焼の大阪出来を竝べて売っていると坂井からは悪評判であった。今一つ言えば、漱石は抱一の大変な名品を題材にしていて、又殿様の末裔の坂井氏と酒井氏（姫路藩主の弟）をかけているのでもある。

崋山（渡辺）（一七九三〜一八四一）は幕末の文人画家、洋学者、田原藩の家老。佐藤一斎に漢学を学び、谷文晁の門下で、西洋画の遠近法をとり入れた独自な画法を創始し、肖像画としては「鷹見泉石肖像」と、山水画の「千山萬水圖」が有名。幕府を批判し、『慎幾論』を著わし、蛮社の獄につながれ、許されて帰国し、蟄居中に自刃した。門流に岡本秋暉、岡田半江、椿椿山がいる。又忰少萃《か》は椿山の弟子である。

さて、宗助は大学中退の身分であったが、坂井の主は大学卒であった。宗助は勤め先での確執もさしてなく、平々凡々に、過去の重圧を精神的には気遣いつつも、大過なく日々を過ごしていたが、そこへ、御米の病気が起り、これも暫くして、恢復を見たので安堵し、床屋へゆき、さっぱりとした気分で、水道税のことで家主の坂井へ出向くこととなった。茶の間に通されると、そこの袋戸棚に扇面の類の貼り雑ぜを見る。ここも古美術の趣味を持った漱石の設定と考えてよく、こうしたものに注目するのも、やはり宗助は漱石の分身であり、また家主の坂井の主人も謂わば分身であるのだ。

宗助は、今度は自身の過去、即ち学生時代を回顧して、安井という横浜住まいの人物と、京都時代の二人の交流と、京都でのこと、殊に京都の散策の経験を語る。「ある時は大悲閣へ登つて、即非の額の下に仰向きながら、谷底の流れを下る櫓の音を聞いた」（文庫版一四五頁）。宗助の京都での印象と懐想は一言で尽きるものではない。作者の漱石は、「寐《ね》耄《ぼ》けた昔に低徊する程、彼の氣分は枯れてゐなかったのである」（文庫版一四七）と言い、この一行は、学生時代の宗助を叙するには、あまりにも高度な志向性が感じられる。大悲閣の「即非の額」は、筆者は見ておらないが、即非（一六一六〜一六七一）については、他項で詳しく述べておいた。黄檗宗を代表する書き手であって、始祖隠元の弟子となり、嗣法に柏巌、千呆《せんがい》を残し、千呆の後嗣に霊源、道本と続く。即非は俗名を林応鼠といい、福州福清の人。崇禎五年（一六三二）に福州の龍山寺の西来灝について出家し、各地を転々として黄檗山の隠元の弟子となり、一六五七年に隠師の招きにより、同年二月に、長崎に来る。のち隠元の死にあい、帰国の途次、豊前小倉城主小笠原忠政により、福聚寺の開山となる。

さて、宗助は学生の頃、暑中休暇中には、父の手伝をして、土用の虫干しに書籍を曝す仕事があった。ここで見るものは、『江戸名所圖會』と『江戸砂子』である。宗助はこの手伝を大変によろこんでいるので、やはり、何処か漱石に直結するのではなかろうか。「宗助は子供の時から、此樟脳の高い香と、汗の出る土

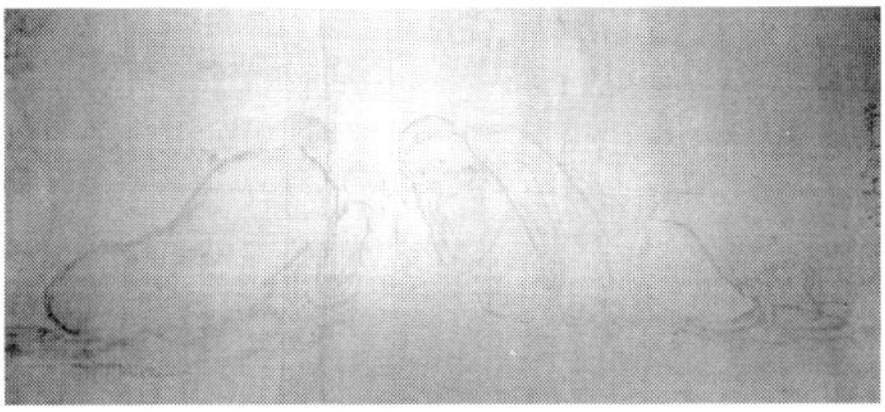

渡辺崋山漫画「達磨腕相撲図」

用と、炮烙灸《ほうろくぎう》と、蒼空を緩く舞ふ鳶とを連想してゐた」（文庫版一四八頁）とある。漱石が育った環境と、古美術品への愛好の感覚がかくして養われていたことを物語る。

漱石は、小説の半ばを過ぎて、初めて御米との出会いを語るのである。宗助が大学に通う頃、知り合った、故郷を越前福井に持つ、横浜住まいの子弟である安井某と、その当時、安井と同棲していた御米のことを語り始めるのである。

京の町家の一戸を構えていた安井の家を訪ねた宗助は、そこに一人の女を見届けた。漱石の書く、宗助の言葉を引用すれば、「粗《あら》い縞の浴衣《ゆかた》を着た女の影をちらりと認めた」（文庫版一五三頁）とあり、また「座敷へ通つてしばらく話してゐたが、さつきの女は全く顔を出さなかつた。聲も立てず、音もさせなかつた」（同頁）と、すでに宗助の心をひくごとく述べ、「この影の様に静かな女が御米であつた」（同頁）と吐らしている。これらの描写は、安井の蔭に隠れた、御米の存在が、次第に宗助の淡い恋心へと変わっていく過程として貴ばれなければならない。そして、御米がどうして安井をあきらめ、宗助の妻になったかについての一部の回想でもある。

宗助の家では、世間なみの正月を迎える準備をしたが、二尺ばかりの門松を釘で打ち付け、橙をお供えに載せて家の床間に飾ったが、床の掛軸については、「床には如何はしい墨畫の梅が、蛤の恰好をした月を吐いて懸つてゐた」（文庫版一六二頁）とあり、相変わらず漱石は、幕末明治にかけての南画趣味をそれとなく述べている。さして褒めるべき程のものでない墨絵を飾って、そっけない風にしているところが、この小説の主人公の雰囲気でもあった。漱石はそこに狙いを付けたのである。

正月の行事が一段落したのち、七草の夜に家主の坂井から女中をよこして、丁寧な口上をもって来訪を誘ってきたので、宗助が、出掛けて行ってみると、書斎には「棕梠の筆で書いた様な、大きな硬い字が五字ばかり床間に懸つてゐた」（文庫版一六九頁）と描写している。これなども、この方面の関心の強さを物語っていると思う。「棕梠の筆で書いた」とある書は、あるいは江戸時代の真言宗の僧で、戒学を復興した慈雲尊者（一七一八〜一八〇四）の書ではないかとも思えるのだが、漱石はその作者の名をつたえていない。尊者は、よく動物の毛を嫌い、藁稭《しべ》を束ねて筆として揮毫していた例がある。

さて、この小説でも、何時の間にか、漱石はまた一人、坂井という人物を自己の分身に据えてしまっている。社交家肌の坂井も正月が済んで、寝転んで何時の間にか退屈しのぎに、宗助のような超然派の仁に話をしたかったのであろう。しかし、この坂井も時折、宗助の過去、すなわち小説では、「彼は平凡な宗助の言葉のなかから、一種異彩のある過去を覗く様な素振を見せた。然しそちらへは宗助が進みたがらない痕迹が少しでも出ると、すぐ話を転じた」（文庫版一七二頁）とあるから、坂井は、宗助にとっては油断のならぬ人物であった。平穏を装って、漸く隠れた生活の緒についた宗助にとって、とんだ思い掛けぬ伏兵に出遭ったということになる。それは確かに、宗助の思惑でもあったが、渡る世間は狭く、息苦しいものといえよう。しかし、宗助は、坂井の主人の礼譲ともいえる志向が不愉快ではなかった。坂井は弟小六を書生としてこないかなどとももちかけてきた。

もともと、坂井には実弟がおり、山師気が強くて、満洲で運送業に手を出し、失敗して挙げ句の果てに、蒙古へ渡り、浪人をしつつ、昨年暮にひょっこり本土に舞い戻ってきて、蒙古刀を土産にしてきたといって、それを宗助に見せる。その弟たる人物が資金集めに、東京で奔走していて、明後日の晩来るというので、珍らしい風体をしている安井という男も来るので、是非立会わせようと持ち掛ける。この小説は、ここに到って、大きな波瀾含みとなる。いや、少なくとも宗助の胸の中では鼓動が高鳴り、心の平安が、波涛に掻き崩されようとしているのであった。これまで宗助、御米は、安井などの目からはなるべく遠ざかり、それこそ、浮き世の片隅に漸く棲息するだけの住居をこの奥まった崖下に求めてくらして来た筈の所に、思いも掛けぬかつての御米の夫安井がかかわってくるとは、一寸先は闇となった。その時、何故か宗助は息の根が止りそうにも思えたのである。

『門』という小説は、その「十八」になって、漸く宗助が座禅の為に寺の門をくぐることとなる。この座禅については、かつて漱石が学生の頃、友人菅虎雄の紹介で鎌倉の円覚寺へゆき、今北洪川や釈宗演などと知り合ったその時の実体験が、ここに採用され、役立ち生かされているのである。

小説では、宗助の目的をおよそ次の如く述べている。

「宗助は其間に、何とかして、もつと鷹揚に生きて行く分別をしなければならないと云ふ決心丈をした」(文庫版一八八頁)

即ち、安井によって、宗助、御米の過去があばかれようが、なおも生きづらくなろうとも、生きて行こうというのである。宗助は同僚の紹介状をもって、座禅に訪れたのである。

ここでもって、初めて小説では、宗助にも、東洋人の伝統ある精神界に開かれた窓を教えるのである。宗助の世話をしてくれる釈宜道とは、宗演がモデルになっているのであろうか。かつて若き漱石が、鎌倉の円覚寺にしばらく滞在して、座禅をしたことは、後々までも、漱石が禅の公案に関心を抱き『禅林句集』、『菜根譚』などを披覧するもととなり、これが俳句や、俳画、南画にも影響をひろげてゆき、しばしば小説の中に禅学がひらめくのも、抑々ここから端を発しているのである。例えば『虞美人草』の登場人物、甲野さんが、夢遊病者の如きを装い、わけの分らぬ禅問答めいた詩句を弄んでいるのは、漱石の禅臭めいた趣向であって、他項でも述べた通り、私はこれを漱石の「文学禅」と称している。世の中では、俳禅、画禅、書禅、剣禅、茶禅などと言われる通り、漱石は「文学禅」を創始したものと私は考える。これは後の西田幾多郎、鈴木大拙氏、その他、諸の京都学派の人々にも受け継がれていったと思うのである。

さて、古美術界の品としては、特に書跡を洪川も宗演も多大に書幅作品として残しており、斯界を潤したのである。宗助が老師への相見を終ったその庵室を、まるで「文人畫にでもありさうな風致を添へた」(文庫版一九五頁)と述べているが、実際に寺の生活を体験したことによって、さらに漱石にとって古美術への精神の涵養に役立ったことは申すまでもない処であろう。

安井と坂井の弟は、再び満洲へ引き揚げていった。御米の「本當に難有いわね。漸くの事春になつて」(文庫版二二五頁)の言葉に、縁側で爪を切りながら、「うん、然し又ぢき冬になるよ」(文庫版同頁)と宗助は言って、この小説は終る。不安はまたこの二人にいつやって来るかわからないことを暗示している。

漱石は無窓庵の宜道をよくよく微に入り細に入り描破している。また宜道の禅への闘志をよく理解していた。しかし、宗助の心境とでは、土台隔りが多すぎた。そこで、小説では、宗助は〈自分は門を開けて貰ひに來た。けれども門番は扉の向側にゐて、敲いても遂に顔さへ出して呉れなかった。たゞ、「敲いても駄目だ。獨りで開けて入れ」と云ふ聲が聞えた丈であった〉（文庫版二一五頁）とあるが、終局のところ、参禅は漱石の心境に何らかの影響を与えなかったわけではないが、作者の漱石は、「要するに、彼は門の下に立ち竦んで、日の暮れるのを待つべき不幸な人であった」（同頁）と述べている。この漱石の「不幸な人であった」というところに、一切を放下できない現代人の苦悩が隠され、ここが現代人の現世を捨て切れぬ苦悩を象徴しているように思われる。

第二章　俳　句

漱石の俳句と日本美術

漱石の俳句は、その厖大な数からしても、無視することは出来ない。また学者、小説家として立つ前は、俳句作者として子規と竝んで、その双璧ともいうべき存在であった。

その頃は、旧来の発句《ほっく》の世界から、子規の提唱する近代的な俳句に、とって代わろうとしていた胎動期でもあったので、合理的な実地踏査を目的とする「実地吟詠」の必要性が叫ばれてもいたのである。

漱石は、子規の直接的な指導を仰いでおり、高浜虚子や河東碧梧桐より早く、子規の意図を見習って写生俳句の精神を実践していたことは、明らかなことである。漱石は、英文学者になる以前に、もう歴とした近代俳句作者としての自覚を持ってスタートしており、小説家になる前にも、漱石の俳句はあくまでも余技、末技としてではなく、漱石はすでに彼の本来的な持前の感性の鋭さに磨きをかけて、句作に臨んでいたのである。

彼は俳句の実作者になることに、何の躊躇もなく、抵抗も感ずることもなかった。

しかし、世の中には、彼の盛名をねたみ、英文学者が旧態に見える俳句に馴染んでいる、と中傷する者もなかったわけではないが、これにも彼には、さしたる難関ではなかった。

漱石が俳句作者として出発し、俳句を自らの創作意欲の拠点にしていた事実は、今日でも多くの人々が認めざるを得ない処でもあるが、漱石が俳人であることは、子規を根拠にしていることでもあり、子規と漱石は近代俳句の言わば同盟者であったことは誰も否定することは出来ない。だが、漱石の大学教師、また小説家としての、後の名声があまりにも高くなった為に、彼の習作期の過程から始めた俳句は、勢い重要視されなくなってしまったのである。漱石の俳句は寧ろ彼の余技であって、彼の主張する余裕派、低徊趣味の産物としてしか、取り扱われなくなってしまったのである。

漱石の俳句への真摯な取り組みは、当時、すでに子規をして驚異を感ぜしめていたのである。子規は『明治二十九年の俳句界』の中に、漱石の俳句に触れて、「始めて作る時より既に意匠に於て句法に於て特色を見はせり。其意匠極めて斬新なる者、奇想天外より来りし者多し」云々と述べており、すでに漱石をかなりの注目すべき人物として、太鼓判を押しているのでもわかる。

俳句と漱石との関係については、いやしくも子規を近代の俳句の鼻祖と仰ぐ輩にとっては、もはや子規のこの評言を重要視せねばならぬのが当然である。

子規の認める漱石の俳句における滑稽は、のちに、『吾輩は猫である』等に生まれ変わって展開しており、また俳句に窺える実に多くの古文化財、古美術品については、これを特別に考えるべきこととして、私はここに漱石の鋭い美意識と感性と共に併せて提唱するのである。

漱石が俳句に詠む夥しい数の古美術品との関わりは、一方では小説『それから』の主人公、エピキュリアンを自ら誇るヒーロー代助を創造する原動力にもなっている。しかしこの小説では、例えば漱石が池大雅と玉瀾との暮らしを描くのであれば成功もしたであろうが、あまりにも雑多な理想《イデア》―観念を植えつけようとして、人物がついにモザイク化して、生気を失い、人物創造を破綻に導いてしまったのである。これはイギリスの文化の爛熟期が生んだウォルターペイダーの如きが描くマリウスをモデルにしているのではないかとも思うが、漱石は当時の対社会性をも考慮に入れてか、一人の完璧なるエピキュリアンを創造することに徹し切れずに、その創造的人物はモザイク的となり、ひ弱いものになった。それはそれとして、ともかくも、代助というヒーローを創造していく上で、古美術への陶酔は大きな要素になっているのは確かである。

所謂骨董品と漱石の関係は、あまりにも等閑視され過ぎてきていて、これでは漱石を真に解明し、理解する上で不足が生じる。古美術の数々は殆んど傍系所属の如くに扱われ、漱石とは本来的なつながりすらないものの如くに、無視されて来たのは不当のようである。漱石は身をもって、古美術品のある環境に育っている。その一つの例をあげれば、土蔵の奥から取り出した漆器の文箱を恩師の外国人教師に土産物として差し出している実体験があるし、このことが示すように、伝家の宝というものに格別の意味を持ち合せているのである。漱石と伝統的な日本文化としての古美術品とは、単なる表面的な通りすがりのものではなく、単なる愛玩物でも、趣味道楽の対象でもなかった。それは、漱石の最も心の奥に結びついた大切な要素の品であって、憧憬のものであり、重要なる文化財であったのである。

漱石はまた、俳句において、意外にも古代遺跡への関心を示し、考古学的な題材の俳句の先駆をなしている。そのことは後の曾津八一の和歌にもつながっており、大宰府の遺跡、国分寺や観世音寺の古瓦や伽藍石を句に残している。また、王朝風な優美に関心を示し、武者の合戦、華麗なる巻子《かんす》の絵巻物の古典的な情趣のようなものや、蕪村の抒情性に共鳴しつつも、漱石は独特なる個性を示し乍ら、禅、古佛画、水墨画、琳派、楽器、錦絵、唐様、和様書道、古銅器、古陶磁、金石文、立花、古典的宗教などといった、広汎に亘る文化と美術部門が句に詠まれているので、漱石の俳句は、日本人の文化意識の固まりとさえみることが可能である。それ故に一部門にのみに限ることは出来ず、漱石においては、禅があるかと思えば、古い真言密教があり、修験者があり、臨済があるかと思えば、曹洞宗、黄檗帰化僧の物があり、仙道がある。漱石の俳句を知るのは日本文化史を繙くに等しく、これらは漱石の広い視野を吸収する能力から生まれたものであったに違いない。漱石の俳句は知れば知る程に、尋常一様のもののなしうる世界ではなく、一つの美術のマンダラ館に入るが如くである。

そこで、このような世界に疎くては、漱石の文学、ことに俳句のみに限ってみても、広く東洋美術の理解やその素養、知識がなくては、漱石の本髄に触れることは不可能といえよう。

漱石は確かに英文学を知識として取り入れて、長編連載小説のプロットに多く利用した面がある。しかし、それ以前には、言うなれば、彼は極東が生んだ和魂洋才の最も正統的な巨大なる一人の文人であった。その事実を知りたくば、早速にも「漱石全集」を繙いてみればわかることである。

世に漱石を論じる研究家や評論家は雲の如く多く、後を絶たないであろうが、漱石と古美術との関係を本格的に論ずる人はいない。そこで筆者は非常に確実な、しかも事実性に富んだ漱石論を展開してみよう。漱石と古美術との関連性は、実は漱石の余技と思われている俳句の中に多くあり、漱石の秘密を解く鍵がそこにあるようである。そして漱石文学の中にみる古美術こそが、嘘偽りのない素顔の人間漱石を語りうる重大な要素であり、何よりも漱石のこころの所在を、根拠立てられうるものでもあろうと思う。

それでは、実際に漱石によって、どんな形態のものが、具体的に句に詠まれているのかということであるが、本論に入る前に、ここで少し紹介しておこう。

漱石の俳句に詠まれた古美術は、およそ次の如く多岐に亘っているので、多少なりとも、驚異に思われる人々が多かろうと思う。金銀地の屛風、絵巻物、佛画、達磨図、蒔絵、巻子本、色紙、短冊、扇、団扇、扁額、掛軸、古画、水墨画、茶道具、煎茶、抹茶、木板画、金石文、刀剣、佛具、禅語録、佛典、浄瑠璃、歌舞伎、謡曲、軍記物、大道芸人、その他民俗的な江戸風俗資料などである。

漱石の俳句作りは、子規没後は高浜虚子との交友関係によって存続した。高浜虚子のすすめによって「ホトトギス」に『吾輩は猫である』が書かれ、小説家夏目漱石が誕生するのであるから、それだけでも、如何に漱石と俳句との関連性が重大であるかが問われるわけである。

また漱石の門流（所謂石門派）の人々に、漱石の俳句を継承する人々が、小説の方面のようにはいなかったといえば、それは嘘になる。石門の俳人は多く、後にこの方面で重きをなす人が多かったのであるから、その点でも漱石の俳句は重要視されねばならない。その中でも松根東洋城（幸田露伴などはあまり重んじていないが)、小宮豊隆、久米正雄、芥川龍之介、吉村冬彦(寺田寅彦)、鈴木三重吉などが主立った人々であり、まだこの他にもかなりの人がいる。

漱石の俳句を後に正統的に論評した人に、荻原井泉水がいる。当時の人々にとっては、漱石は一高俳句会の有力メンバーであったし、隠然たる勢力を示していた。井泉水は、『古人を説く』という書冊で、漱石の滑稽俳句をかなり強く批判している。漱石の句「叩かれて昼の蚊を吐く木魚かな」などは、滑稽の部類とされ易いが、もともと、これは江戸期の大田南畝（蜀山人）の句「叩かれて蚊を吐く昼の木魚かな」より出ている。

井泉水（随翁）は力のある人だが、その他に、漱石の文学の功罪を述べた人がいる。それは谷崎潤一郎で、彼の『芸術家一家言』に於てである。そして詩人の日夏耿之介もそうであった。漱石は中学校においても、教育の現場への不平不満を並べ立て、自らの立場を嘆きつつ、学校教師をひどく嫌っていた。これに対して、日夏耿之介は漱石文学は『硝子戸の中』あたりが本物として、己の職業をさまで非道くけなすことは控えるべき旨を述べている。いずれも、漱石文学を読む者として、承知しておくべきことであろうと思う。

漱石の俳句——明治二十二年より大正五年まで

（一）

漱石の俳句で最も初期のものとしては、〈全集〉第十二巻によれば、明治二十二年が考えられている。漱石は俳句の他に、連句（虚子らとのものと、自分のみの俳体詩）なるものを残している。しかし、これらは大量の俳句作品からみれば、まことに微々たるものである。

ところが、この時期にあっても、漱石は期せずして、

うそ寒き鼠の尻尾ほの見えて

朱き漆の剥げし磬臺　〈全集〉十二巻四八八頁）

と、自作一人の連句を詠んでいる。テーマは、古寺の参詣の折などにみる内陣の一風景で、僧の坐る礼盤の右脇に置く磬台《けいだい》の古い朱漆の剥げ落ちた具合に目をつけている。鼠が戸の隙に逃げ隠れて、一時止まって、四隣の様子を伺い見つつ、尻尾を残しいるさまと同時に、漱石の印象強く思ったのは、金磬《きんけい》を吊す磬台のことであった。その様は、物寂びた情景といえよう。中世人の兼好も言う通り、経巻の巻軸の先

磬　台

も、螺鈿の剥げ落ちた軸先がよいとした美意識に通じ、漱石が三十七歳で既に斯様な世界に注目しているのには驚く。磬については、正倉院にもあり、平安時代のものとしては長楽寺、中尊寺のものが有名である。また台は中尊寺に平安時代のものがある。

かくして、漱石の美意識と美術品への思い入れと、その魅力に曳かれている点に気付かざるを得ないが、また並の俳人の句ではないことを教えられるのである。このように漱石の詩想には英文学者、または詩人としての素質に加えて、もの侘びた渋い古典の世界に人々を誘わんとした意図がみられるのである。

夜といへる黒きものこそ命なれ

ふとしたこの句にも、玄妙な意識と写生が働いていて、T・S・エリオットの「眞昼の暗黒」への認識と通い、また弘法大師の「生まれ生まれ生まれ生まれて、生の始に暗く、死に死に死に死んで死の終りに冥《くら》し」（『秘藏寶鑰』巻上）などにも通うこころを読み取っている。それはともかくとして、これは容易ならざる漱石の将来を占う言葉ともとれるし、見逃すべからざる近代感覚を盛った詩想を述べていて、この点にも、もっと現代の人々が注目すべき新鮮さと深奥なる知慧を感ずるのである。

漱石はまた、明治三十七年十月十日、「ホトトギス」に寄せた四句では、ことに寺に精しい人でなければ到底詠めない句をいともことなげに詠んでいる。それは『富寺』と題した連作句で、これからは、高浜虚子が提示した『貧寺』『尼寺』とともに『寺三題』の中の『富寺』であったことが判る。

この四句はいずれも連句（実は「俳体詩」という）の体であるが、これも漱石らによって新しいジャンルの創造が試みられたということになる。

秋風の頻りに吹くや古榎

御朱印附きの寺の境内

老僧が卽非の額を仰ぎ見て

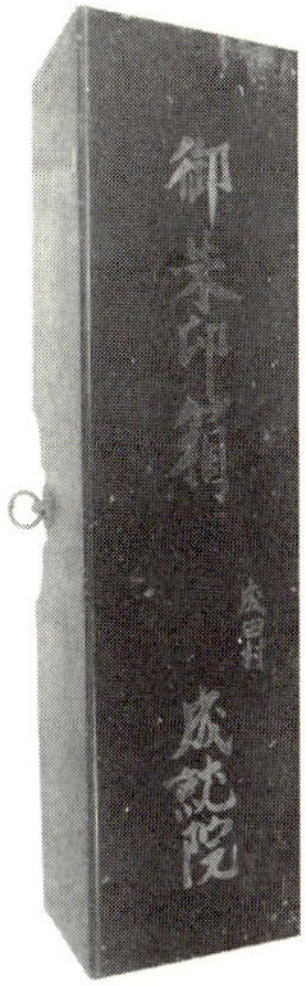

御朱印箱
（成田村成就院とあり）

餌を食ふ鹿の影の長さよ

（明治三十七年十月十日「ホトトギス」）

この四句は、それぞれの句の結びで情景が展開を見せて進む。始めに秋風が古榎を吹く叙景から、ある田舎の古刹を想わせて、富寺である格式としての「御朱印地」を保有する大寺を示し、老僧が訪ねて来て、今度は黄檗の寺らしく、先徳老師の即非和尚の筆が山門に掲げられているので、しげしげとその額を見上げて追懐に耽っているると、そこが奈良の名刹の場面に展開して、鹿のいる風景へと移るのである。その回転の面白さを狙ったところが見どころとなっているのであるが、それには作者の気転と背景となる多種多様な故事来歴に対しての教養知識が必要となってくる。

漱石は三十七歳にして、既にこのような心境に到達していたのである。しかも、故事、歴史といっても、単に書物で覚えたというだけでは作品にはなり得ない。身を以てその場面の現物に触れることで、妙味が加わり、作品となるのである。この四句は、すでに尋常のものではないと思う。「古榎」「御朱印」「即非」などのことを能くわきまえ、よく体得していなければなるまいと思う。一体、漱石は御府内に生まれたとはいえ、何故にこのように、幕府時代のことにくわしいのであろうか。何故にこのように物ごとに幅広い関心を持つに到ったかが不思議である。そこで、一つには、彼の生来の感性が自ずと彼に体得せしめたのであるのかも知れない。

「古榎」は、よく街道をゆく道中の目じるしとして、一里塚に植えられ、緑蔭の効果もあったし、又その根本には、石造の祠なども祠られる。「御朱印」とは、徳川幕府が寺社への所領安堵の為に朱肉の印を以て、その石高を保証し、寺領安堵の証明としたもので、大抵は、三河より入国前の寺の所領を追認した例が多く、その寺領を「朱印地」といい、この朱印状を入れた箱を「御朱印箱」という。大抵は黒漆に金地の文字を蓋に書き、朱か紫の紐で結んでいる。今日までの残存の例は少ない。

「即非」の書については『草枕』にも出てくるが、また別の俳句にも登場する。今日では古美術通か、江戸の唐様書道史にくわしい人でなければ知る由もないが、近世禅林墨跡の白眉の一人である。即非は一六一六年、徳川家康が死に、イギリスではシェイクスピアが死んだ年でもあるが、その年に生まれ、一六七一年に豊前（今日の福岡県）の福聚寺の住持を拝命し、明暦三年に帰化して、寛文十一年五月三十日に示寂。世寿五十六。法臘三十九。黄檗隠元に入門し、木庵と共にその神足と称された。書画を巧みにした為に欲する者が多かった。書風が当時の臨済の書風に比べて派手で活殺自在であったので、江戸の人々の目をも奪ったのではなかろうか。隠元の没後、即非は帰国を志したが果たせず、小笠原忠政の乞いにより寺の開山となる。黄檗山万福寺の三筆と仰がれ、「隠木即」といわれた。中国福建省の生まれである。臨済禅に参じたことのある漱石が、黄檗ものに関心を抱き心を寄せていたのは、やはり江戸文化の粋を知っているからであって、黄檗宗は江戸時代に急激にひろまっていったのである。

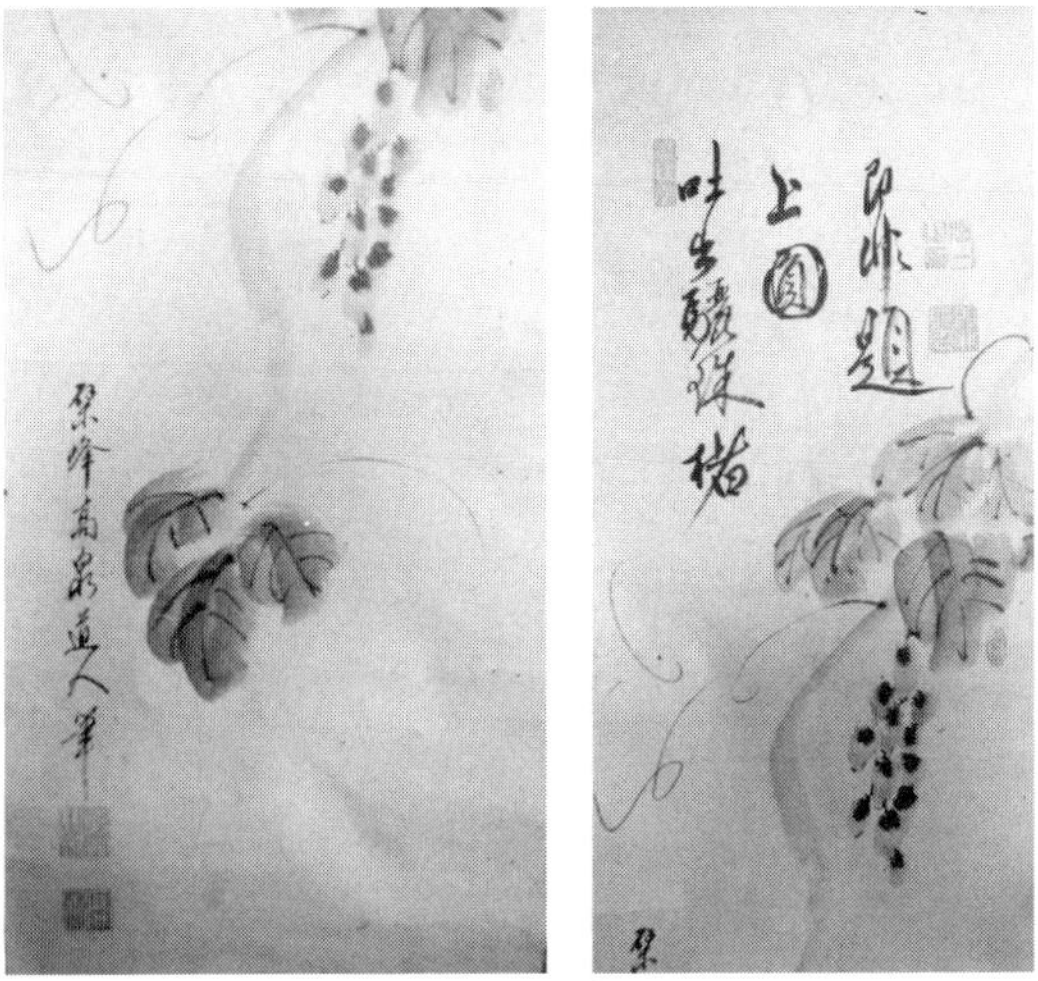
即非題　高泉画

漱石は江戸文化全体を吸収していた。書道史的な面をもよく心得ており、別に組織立った勉強をしたわけではなくとも、のちに煎茶趣味の南画を描く程であることからも、黄檗僧の文化を知っていたのであろう。

（二）

漱石の俳句は、子規宛の手紙（明治二十二年五月十三日）の二句より初見参して、次第に創作意欲も増していったが、ロンドン留学期間中や小説に情熱が奪われる頃になると、作量も減少し、晩年の修善寺での吐血療養の折には、また小閑を得て、やや復活した。漱石は子規生前にはかなり多量に俳句を詠んでいるが、子規没後は次第に衰えたというべきであろう。

漱石の俳句は明治二十三年を経て、二十四年にやや多作となり、二十五年には二句のみを残し、二十六年は、句作無く、二十七年もさしたるものも無く、ただ十五句を残し、二十八年に到って、爆発的に多くなる。今、ざっと数えるだけでも四百五十九句という数は、それだけでも容易ならざるものと考えられる。これらは主に子規に送って、添削を経たものと言われるが、作品はわずかながら雑誌や「日本新聞」や「海南新聞」にもあらわれ、ことに後者では子規が俳句の選をしていたのである。この新聞は松山市の公共社発行のもので、明治十年五月に『愛媛新聞』と改めて、日刊新聞となった。この投句の帳面が『承露盤』と名づけられていて、これは漢の武帝が建章宮に設けた青銅の盤のことで、漢書よりとった名であった。俳人子規の手控帳の名としては、意込もあって、まことにふさわしい名称である。子規の主宰する新聞の俳句欄の作品は、この『承露盤』から採られていた。
小宮豊隆は、「子規は、漱石のみならず、諸方から送って来る句稿だの、運座の時の句だの、十句集などの句の中から自分が優秀であると認めたものを、一つ一つ手許の帳面に書きとめ、必要に応じてその中から、或いは海南新聞、或いは日本新聞といふ風に、自分の主宰する俳壇の原稿を作ってゐたらしい。その帳面が即ち『承露盤』である」と述べている（〈全集〉八五〇頁）。
この『承露盤』に残されたり、あるいは子規宛の手紙の中にある、明治二十八年の漱石の句の中には、まだかなり幼稚なものもあるが、軽快な句もあって、習作ともいうべき時代のものという感じがするが、渋味が彼の俳句となっている面が明らかである。

寒菊やここをあるけと三俵

閼伽桶《あかをけ》や水仙折れて薄氷

などは、軽味で、その分嫌味もなく、実景からくるところがよいが、初めの句の「三俵」を都会人である漱石が知っていたこと、そして「閼伽桶」はよく彼の句のテーマになっており、「水仙」が「折れて」いるのも、後に見る画人としての漱石の眼が光っている。

菊の香や晋の高士は酒が好き（落第？）

などは、駄句、拙句であって、子規からは落第点しかもらえなかったのであろうか。この句のテーマは漢文好きの漱石が陶淵明の故事の漢詩に因んだものである。淵明と菊はまたよく日本画の画題になっており、その点で登場してもよい句である。

ところで「漱石」という雅号は、人も知る通り、明治二十二年五月二十五日付の子規宛の書簡で、子規の文集『七艸集』に加えた漱石の評語に初めて出てくるのである。子規も「漱石」という号は「枕流漱石」の語からとったものと判じつつ、実は自分にどうかと先に思っていたという。子規にとって見ると、あにはからんや夏目金之助君が用いてしまったのであったと洩らしていたらしい（漱石は明治二十一年、塩原氏より復籍）。

漱石は五月二十三日には『七艸集評』を書き、翌日、子規のいる本郷真砂町の常盤会寄宿舎に、子規を訪ね、原稿を手渡した。その翌日、漱石は子規宛に手紙を書いている。漱石が、この子規の文集を読んで大いに刺激をうけたことを、後に小宮豊隆も認めているが、小宮はこの『七艸集評』の末尾に「辱知　漱石妄批」と記してあることから、文献上に現れた「漱石」の号の嚆矢であると推定している。「漱石」とは意地っ張りを意味した号であって、後に漱石は自分の雅号をそんな意味合いから、あまり好まぬようになっていたらしい。

正岡子規が血を吐いて、子規と号したのは、時鳥は血を吐くまで鳴くといわれるところから、由来したのであろうと思われるが、やはり、この明治二十二年の五月十日の夜のことであったのである。この年は明治文学の歴史の上で、二者が奇しくも揃って名をつらねて誕生した年でもあった。

子規・漱石の二人は明治二十二年正月以来交友を結び、漱石は同年の八月七日より八月三十日まで、房総の地を踏んでおり、同地で草した『木屑録』という漢文を、子規に今度は見せることとなった。これを一読した子規は、漱石の漢文の才を大いに認める結果となった。恐らくは子規の異才を感じ取った漱石の大奮発の文章であったのであろう。『七艸集』と『木屑録』は、以降二人の間の漢詩、俳句のやりとりが盛んとなるきっかけをなしたのである。

しからば、漱石の俳句作者としては、如何なる情況にあったかといえば、やはり小宮豊隆にいわせると、「漱石はその助言を聴きつつ、当時の俳句の作者として、鬱然たる大家になってしまふのである」と言う。懐に明治二十八年以降の漱石は、俳句作者としての本格的な気の入れようであった。そのことは、俳句の作量及び質の向上の迹を見れば一目瞭然である。

（三）

しかし、子規とて、いかな天才、慧眼たりとも、いきなり俳句作者として新しい傾向の句を作り得なかったのは事実であった。

子規が本格的に己の句風に目覚めたのは、蕪村をとりあげ、深く傾倒し、且つ『芭蕉雑談』を明治二十六年十一月から書き始め、二十七年一月にかけて完結する頃になってからであった。それまでも、子規は実地吟詠を主唱し、漱石もこれに習って空想所産の句風をなるべく排斥して、古典からの素材や、焼き直し、または本歌取りのみに甘んじてはいなかった。子規が成長するにつれて、宛《あたか》もこれに追順するかのように、漱石の句作りは、しっかりとした足どりを見せたのである。その事実は、明治二十八年の多量な作品群の出現が大いに意味を持つと言ってよい。

子規は蕪村の画人としての才による実写の精神に着目したのであったから、月並《つきなみ》旧派俳句脱却が、この写生道により成し遂げられたのであり、その主唱は当然漱石にも移り、受け容れられたものと思う。後に、この子規の写生説がひろまり、欧米の詩歌、殊に英米の現代詩潮流において、新しいイマジズムの詩の勃興を促すこととなり、大きな世界の詩壇の潮流となったことは既に周知のことと思う。

漱石は例え一時期にもせよ、自ら俳人たらんとした決意もあって、この道への深入りをすることになった。そして、今日に到って漱石の明治二十八年の作量、作風を見ると、生半可の覚悟ではなかったことを何よりも物語ってくれているのである。

折りしも、漱石は子規の古里の松山中学校に、二十八年四月に赴任し、子規が従軍記者を引き揚げて、須磨の結核療養所におり、八月頃松山の漱石の下宿(愚陀佛庵)に転がり込んでから、益々作句に火が付いたのである。そのうち、松山中学校の教え子が俳句を子規に習おうと一杯押しかけて、下宿の一階を占領するようになっていった。二階の漱石は、やかましく、気が散るせいか、自分も仲間入りをして俳句にその気をまぎらわし、英文学の研究はおろそかとなっていった。漱石の俳句熱に火をつけた子規は、その年の十月十九日に東京へ発ったが、その後も熱心に漱石は俳句を作り続けた。

子規は漱石の句風を評して「始めて作る時より、既に意匠に於て、句法に於て特色を見はせり。その意匠極めて斬新なる者、奇想天外より来し者多し」云々と述べている。漱石の才能を子規は高く買っており、また漱石の本質をも見抜いていた。

漱石は句作をまとめては、子規の所に送って批評を乞うているが、このことは明治三十二年まで続いた。子規は主宰する俳壇の紙面などに送るため、例の「承露盤」に記録して、またこれにもれている漱石の作品が新聞などに載ることもあった。

漱石は明治二十九年熊本第五高等学校に移り、明治三十三年秋、官命により海外留学となったために、横浜港より出発した。九月八日のことであった。したがって、この年の句はきわめて減っている。明治三十四年には、ビクトリア女王の葬送を見て、俳句を作り、十一月には、ロンドン滞溜の日本人グループが句会を催し、それに出席している。明治三十五年九月に、子規は死に、虚子（高浜）よりの知らせを受けて漱石は、漸く追悼の句、五句を十二月一日付で虚子に送っている。それから、明治三十六年一月二十三日に漱石は無事日本に帰ってきたのである。

（四）

子規没後、「ホトトギス」の主だった連中は、漱石に以前のように、俳句を作らせようとしたが、漱石は心境の変化と、英文学への克服に心をやつし、他の表現ではまとまらぬ表現方法を英文学に摸索して苦しんでいる最中であった。「発句ナンカ下火極マルマルデ作ル気ニナラン然シ退屈凌ギニ時々ヤル是ハ得意ノ餘ニ出ルノデハナイ一時ノ鬱散ト云資格サ」と手紙に述べているのは事実であって、ここで、俳人漱石からまた別の漱石が自身の中から転身すべく、単に俳句へのスランプとは違う状態であったことが察せられる。漱石の、その手紙の内容の如き姿勢は、あるいは桑原武夫が戦後にのべた俳句「第二芸術論」へと、つらなる意味あいを含んでいたのであろうか。しかし、これは漱石自身の頭脳を充満せしめる英文学の澎湃たる知識が未整理のままに混入していたためと思うべきであろう。後に漱石は俳句を立派に復活せしめていることからでも判るのである。

それから暫くして、『猫』が「ホトトギス」に載るようになり、小説家としてのアウトレットを見出す迄は、漱石には悶々と教師生活の苦悩の日々が続いたのである。それから、明治三十九年、四十年、四十一年、四十二年と句作があって、作品が見られるのは、松根東洋城のすすめによるものと、小宮豊隆は述べている。

小説家となった漱石の俳句は、軽くて、物足りなく、上っ調子のものと見られてきたが、それでも、見逃し難い味わいのものもあった。しかし、明治四十三年の八月に、修善寺での吐血以来、その療養の日々を得て、既に解放されたかに思われた俳句熱が、また復活したのである。そして、小宮豊隆の言うように、句には、「誠」の精神が顕われだしたのである。

小宮豊隆は、「元来漱石には、『執濃《しつこ》い油絵』のやうな「誠」と『一筆がきの朝顔』のやうな「誠」と、二つの『誠』を自分自身の中に持ってゐた……」と言い、一つの漱石論を述べているが、筆者の考えでは、そのいずれもが漱石本来のものであって、一方があることで、一方が必要になってきたのではなかろうかと思うのである。油っこい物を欲しているかと思うと、またさっぱりとしたものが食べたくなるような、食欲でいえば、その様なことなのかもしれない。従って、漱石がこの二つ相反する要素を備えていたからといって、決して不思議なことではないと思う。

漱石作るところの南画を見る限り、やはり、ゴッホ的な色彩の要素さえかなり感ずるし、それが子規のいう「意匠極めて斬新」「奇想天外」に値するもので、俳句自体がかなり「執濃《しつこ》い油絵」の「誠」ではなかったろうか。そうでなければ、一時期とは言え、あれ程の俳句への熱意は得られなかった筈であり、それが、英文学の研究や小説書きに変貌して現れたものと考えられるのである。もっとも小宮は、続けて、〈修善寺の大患を機として、漱石は、寧ろ「執濃い油絵」のような「誠」を吐露しつつ書いてゐた自分の小説を、「一筆がきの朝顔」のやうな「誠」を吐露しつつ作って行く俳句によって調節し、その自分の中で、劇しい對照をなすものを、徐徐に一つのものに綜合して行かうと始める〉と解説している。それは、俳味としての軽みは、伝統への復帰と共に、その伝統的な世界での漱石の修得であって、「朝顔の一筆描き」の如きあっさりとしたものは、それだけの範囲のことで、漱石は沢山朝顔を句に詠んではいるが、それとこれは別問題である。『門』や、『それから』に於てすら、そのしつこさは、その登場人物の人間像の追求の仕方からして、やはり並みのものではなく、俳句もその例にもれるものではない。

漱石が、小説を書く度に、俗化した自分の頭の汚れを洗い流す為に漢詩や南画を描き、俳句を作るのだと言っているのは、別の面での欲求が彼を左右し、ゆさぶっていたからで、それ程までに、表現への欲望は執拗であったのである。即ちそれだけ彼は感覚が旺盛に働いた人物であったのである。それ故に、漱石を「執濃く」してしまったのであろうと思われる。かくして、小宮が『明暗』という小説が出現する根幹に触れているのは、正しいと思う。

小宮は晩年の漱石の漢詩を馬鹿褒めをしているが、筆者は、漢詩には類型が多く字句も踏襲し易いので、何処までが、漱石のオリジナルであるかが判断しづらいし、本歌取りのごとく、伝統の俎板の上にのっかったものが多いと思うのである。大部分の江戸期の漢詩作者は、市井に隠れて、ペダントリーに構えて、特権意識が高く、真の詩人的な要素を見つけるには苦しむだけであって、偶々上手に出遭っても、その人の人生と一体化をなすほど迄には、なかなか認め難いのである。表現が漢詩人の生涯と表裏一体をなさしめない限り面白くはない。例えばその点で言えば、良寛には頷けるものがある。

明治二十八年

さて、先程以来述べてきた通り、明治二十八年は、漱石の俳句は過激的にさえ思われる程量産された年であったが、従って、句風にもしっかりとした点が現れ、漱石が次第に作句に自信を深めていたことを物語る。目下の目的は、俳句と古美術品を通しての美意識が、どう漱石俳句に働いているかを知ることなので、その実態をつきとめ、古美術品がどう漱石の俳句に生かされているかに注目してみたい。

簫吹くは大納言なり月の宴（承露盤）

などは、「源氏物語絵巻」などにも見えそうな、これだけでは実際にどの場面であるのかを特定出来ないが、漱石はわが国の古典にも通じていて、また故事を多く知っていて、所謂物識でもあった。そこが漱石の面白さであり、漱石たる所以であった。恐らくは月見の宴などで篳を吹いているのは、あの得意満面な腕自慢の大納言殿であったかと、その正体を尋ねられる様子に応える奥床しい一場面でもある。なお、笙を吹く大納言は文献史実にあるが、該当の人物かは判らない。ここにも、漱石の古美術に通う古典的な美意識がそうさせた、俳句の世界がありありと浮かんできて、漱石の憧憬が息づいている。次の句に、

紅葉をば禁裏へ参る琵琶法師

平家物語などに出てきそうな一場面のようでもあるが、故事を踏まえたものとも思われる。漱石のその場面を想定しての創作と考えてみるのだが、如何であろう。いずれにしても、故事に精しい漱石は、やはり絵巻物の中から、句をひねり出しているのである。ここにも、漱石の美意識は古美術の古典的世界から生まれている。

ちとやすめ張子の虎も春の雨

このような自在の句風が、満二十八歳の漱石に生まれていたとは、一種の驚異であって、些か軽味を示しながらも、達観、教訓の世界にいることが判る。「張子の虎」とは、殊に紙張子のことで、木型に紙を貼って人形や動物の姿をつくるもので、首を叩くと、いつまでも動かすところが愛玩されている。よく郷土玩具に見かけるが、具体的にどの地方のものか、郷土の民俗資料とも考えられるが、これを漱石は禅門の表現として取り扱っている気味がある。漱石は、初句から、「ちとやすめ」と呼び掛けていて、落着き

のない働きずくめの、人の首を振るさまのせわしなさを、それとなく自身に譬えて呼びかけているのであろう。あるいはまた虚勢を張る人物のこと、すなわち虎の威を借りる言動の人物を、牽制している点も考慮に入れるべきかとも思う。漱石の張子の虎の扱いは、若くしてそれなりに人生を詠んでいる人の作風を既に示している。

不立文字白梅一本咲きにけり

闊達な句が生まれて、『吾輩は猫である』に出て来る、迷亭か独仙かのように、指一本を立てて御用聞きの米屋の手代にも一切返事をしない風景を思い起こさせる。不立文字とは、一切の文字経典を用いず、釈尊の教外別伝と称する禅宗のことをいう。ここにも漱石の洒落がよみとれるのである。しかし、斯くいいつつも、禅宗は多くの祖師の語録を遺している。

春風や女の馬子の何歌ふ

まるで、時代劇映画や芝居にでも出て来そうな一場面である。馬とその馬子が女であることの取り合わせの妙味を心得ている、二十八歳の漱石である。漱石はまた蕪村の『春風馬堤曲』などにも親しんでいたから、この句にも蕪村の影響もあったのであろう。以上の二句は、いずれも絵画的なもので、画題にしてもよい位の筈のものである。

行く春を鐵牛ひとり堅いぞや（句ニナルカ）

この句、「鐵牛」の名が出てくるのでおやっと思った。鉄牛は黄檗の僧で、下総あたりで教化の筵を敷き、水戸までその名がとどろいていた。元禄の頃の僧で、この人の書画、墨跡は実に見事である。それもその筈で、隠元、木庵の時代に次ぐその道統の人であるからである。一時、この人の書跡は古美術界を騒がせた。

鉄牛は、「法諱を道機といい、鐵牛と号し、別に自牧子とも号す。俗姓は藤原氏。石見国の人なり。十一歳にして郡の龍峰寺提宗に依り、次で薙染する。遊方して大坂の湛月に学び、明暦元年（一六五五）、長崎に往きて隠元に参じ、後に木庵の法を得て、相州小田原在の（枝垂れざくらで有名な）、紹大寺、江戸の弘福寺を開き、また瑞聖寺および仙台の大年寺、駿州の瑞林寺等に住す。元禄十三年（一七〇〇）八月二日示寂す。世寿七十又二」と、『近世禅林叢談』にある。

また、鉄牛は延宝二年（一六七四）、下総に行き、椿沼開墾事業を手がけ、新田八百石を開き、駿州の富士郡松岡一帯の地を開墾して、新田数千石を得たという。この内入生田の紹大寺が今日、相模のしだれ桜の名所として有名である。鉄牛にはかなり高貴な武門の名家の帰依者があったものと見える。漱石は臨済宗にかかわりがあり乍ら、黄檗僧にも関心があり、黄檗宗は圧倒的に江都への進出が目ざましく、それは島国の日本人の癖で、新しく輸入された外来文化への憧憬がつよく、黄檗の文化もあっというまに、流行を生み出す原動力となってしまったのである。

この様に物識りの漱石に、この時代の俳人で、一体誰が漱石に追随出来たであろうか。漱石は、他にも黄檗僧に関心があり、ここは、その鉄牛をすら、「行く春」にかこつけて、「鐵牛ひとり堅いぞや」とからかっている所は、やはり只者ではなさそうである。「鐵牛が堅い」とは当時より江戸に伝わり、漱石の頃までその評判は、まかり通っていたものと思える。漱石は自分の句があまりにも突飛で、大胆なのに「(句ニナルカ)」と遠慮して、子規に判断をすら乞う程であった。この句での「行く春を」は、人間らしい情趣的な好みを望んでいたのである。それにしても、漱石は年若くして禅的なものに憧憬をもっていた。「達磨忌や達磨に似たる顔は誰」の句からもそれは察せられるが、この句は凡作であって、余興的な世界を出るものではない。が、それでも、達磨忌に参会した者たちの面構えをあれこれと品定めして面白がっている。但し、悟りの方面は別で、これも禅画などに大勢の雲水の面々を描くことがあり、それらから由来したものである。

漱石のこの句の趣向としては、僧鉄牛のことはともあれ、床の置物としての鉄牛であったかも知れない。「鐵牛ひとり堅いぞや」とは、少し野暮ったいぞよ、「春雨」のように「行く春を惜しめ」とやわらかな心情でものごとに接するもよしと、鉄の牛に語りかけ、鉄の牛でも、「行く春」の雨を心に感じないではいられぬことを告白しているのである。

時鳥たつた一聲須磨明石

「時鳥平安城を筋かひに」「郭公聲横たふや水の上」「一聲の江に横たふや時鳥」などからのヒントによる

ものであろう。題材は源氏物語の須磨流謫の心境に因んだものかとも思うが、季節は違う。漱石は古典の世界を絵巻物を見るように覚えていて、また平家物語の舞台となった須磨明石を、一声鳴いて渡る時鳥で描いているところは、流石に巧い漱石である。これなども表面には現れてはいないが、古典や日本の古美術の世界と深い関係にあるテーマである。これらの点も大いに考慮に入れておくべきである。

辨慶に五条の月の寒き哉

これも蕪村からの影響下に立つ作風で、やや夢幻の世界に這入り込んでもいる。のちの小説『琴のそら音』に通ずる漱石の本質を顕わしてもいる。この句の如く、弁慶と五条の橋の上の義経、その弁慶の戦いの場面は古来、多くの画家たちの描くテーマであったことを思うと、やはり日本の古美術と無縁ではない。五条の大橋のことは、加茂川の現在の五条橋よりは、更に上流へ少し遡り、今も小さい橋が掛かっている。この橋の辺りが、二人の立合いの場所といわれているそうな。

漱石は、弁慶にとって、五条の橋の月が寒いとのべているところが、新鮮でもある。

白瀧や黒き岩間の蔦紅葉

漱石は一幅の絵を描ける俳人であった。このように、絵の描ける人は少ない。それ故に『英国詩人の天地山川に對する観念』のような文章も可能になった訳であり、今日これを読んでみて、如何に漱石が緻密に英国の文学を学んで、その社会情勢や文人たちと自然とのかかわり、時代背景、彼ら英国人の嗜好の変遷を追求していたかが判る。このような漱石の才気が、彼をして『方丈記』を英訳することをも可能にしたのである。

「白瀧」と、「蔦紅葉」は古来、日本画壇の描くテーマでもあった。その実景である色彩感覚の対照とばかりではなく、日本の渓谷美の織りなす風土的な固有の秋を漱石は、却って新鮮と見たのである。

三十六峰我も我もと時雨けり

「三十六峰」とは、中国嵩山のこと。また京都の東山三十六峰を意味するとも考えられる。漱石は、ここで、その景に拘わらずに、圧せられずに、逆に景を胸中に、自在に操っている。これは漱石の俳句の禅観でもある。この句も画題として王維あたりには、立派に通用する物であろう。句の中の、「我も我もと」は、やや俗調ではあるが、生きている。この模糊たる巒岳の崢嶸たる突出の連なりを、牧谿ならずとも画人たちであれば、彼等のロマンになりえぬ筈はなかった。

其夜又朧なりけり須磨の巻

源氏が須磨に謫居したのが初秋であったか春であったかは、どうでもいいのである。俳句は季題に拘わるので、「朧」をもってきたのである。「須磨の巻」は源氏物語の十二帖の巻名である。しかし、この句のテーマは、春の朧夜となっている。

時鳥弓杖ついて源三位

これは、源頼政の戦場での姿で、平家物語に精しい漱石の一面が露われていて、これも歴史画、古実画の題となりうる。今の日本画家は武者を描こうとしないので困る。漱石は錦絵などで、こうしたものを見覚えていたのかもしれない。当時の少年たちは、この様な武者、合戦物語が好きで、功名手柄噺や、武勇譚を心躍るテーマとしていたのである。少年時代の漱石も、武者魂や勇猛果敢な武者の戦陣の振舞を幼なごころに味わっていたものと思う。これらの場面は一方では、芝居や歌舞伎にも上演されていたのである。

銀燭にから紅の牡丹哉

銀の燭台または銀の手燭は、まことに炎に映りがよく、深夜に気になる庭の牡丹を雨戸を繰りながら眺める貴人《あてびと》のさまが偲ばれて、面白い場面をつくっている。これも当然ながら、画題としても成り立ち、風雅道が描かれていてよいものだ。「銀燭」に燭光の焔と「から紅の牡丹」。そして漆黒の五月闇などとのとり合せを考えると、漱石も案外技巧派であったと言うべきである。

廓然無聖達磨の像や水仙花

この句も、取り合せの妙といっていいのだろう。そして下の句の「水仙花」が利いている。「廓然無聖《かくねんむしょう》」などという禅語の解説は却って俗気を呼ぶのでここでは省くが、カツンと悟った風貌がしのばれて、よく禅画の題に用いられている文句である。これも漱石の身についた教養であって、私はこうした傾向を漱石の「文学禅」と唱えている。

魚河岸や乾鮭洗ふ水の音

これは美事な写生の句で、実際に魚河岸で出合った光景なのであろうか。乾鮭の腹に詰められた荒塩を洗い落して切身にでもしようとしているのであろうか。漱石は、芭蕉の句「乾鮭も空也の痩も寒の内」(『猿蓑』)の句を始めて知った折り、恐らくはかなりの衝撃を覚えたことであろうと思う。痩せた念佛行者の枯れ切ったあばら骨の出た胴の姿と、乾鮭の塩の光など、漱石の写生心、リアリズム志向を刺激したものと思う。「僅に乾鮭を齧み得たり」などの言葉を残している芭蕉に、漱石が無関心であるわけがなく、「乾鮭」は江戸時代以来、われらの庶民感覚に生きているのである。また「乾鮭」というと、明治時代初めの頃に油絵を描いた髙橋由一の作品、「新巻」の鰓《えら》に荒縄を通して吊された乾鮭、一部はすでに身がそがれた、サーモンピンクの色と、銀鱗の光る絵を想起するが、これは日本人ならば誰しもが、感ずる冬の食材の有難きものである。

西行の白状したる寒さ哉

西行は古代から中世初頭にかけてのわが提唱の「貧寒の美」の成就者でもあり、実践家でもある。寒さと西行とを一致させて見ているのも凄味であり、直接『山家集』のどの歌からこのような句のヒントを得たかは判らないが、漱石には夙に、西行をテーマにした句が幾つか目につく。例えば、通俗的ながら、「西行も笠ぬいで見る富士の山」（明治二十三年）などがある。そして、漱石は、西行、芭蕉の系譜についても、気付いていたのであろう。古美術品の「西行上人行状絵巻」（例えば宗達筆の）も見ていたのではなかろうか。その他絵草子本などでも見知っていたのであろうと思われる。

行年や利那を急ぐ水の音

屑買に此髭賣らん大晦日

この二句もいかにも漱石らしく、面白いが、「刹那を急ぐ」は、新しい発見でもあり、漱石らしいリアリズムであって、知性のひらめきがあるのに比べて、後者は明らかに滑稽物語であり、ペイソスでもあり、江戸育ちの漱石の茶目っ気でもあった。当時は実際に大年を送り、新年を迎える為には、かくなる庶民生活の一面は往々に目にすることであったのである。それらの様子は、西鶴の小説『武道伝来記』などを一読すれば判るのである。

埋火や南京茶碗塩煎餅

この句については、格別にいうべきところもなく、庶民感覚から生れた生活の一端を把えたにすぎないが、気になるのは、ここに出て来る「南京茶碗」である。「南京《なんきん》」については、ややこしいので、省略しておきたいが、明代になって、南京は、北京に対して江蘇省の首都となる。そして、中華民国政府時代の首都となって、揚子江の南にあるから、南京というのである。島国の日本では、船載されてきた物を大変に貴重に思う習慣からか、何でも「上等舶来品」と言って、それが宣伝につとめる文句となっていた。また「南京」と言うと、珍しい、奇なるもの、可愛いい物の代名詞でもあったし、それらへのエピセットでもあった。南京玉、南京米、南京虫（腕時計のことも）、南京豆など枚挙に遑がない。

この句でいう「南京茶碗」が、江戸時代か明治になって輸入された、明代の南京焼を意味するとすれば、大量に市民にも出回っていた日常品の雑器であったろうか。今日の古美術界では、南京焼の陶磁器というものはあまり見かけない。その点からも、この漱石の句は注目すべきである。ただし、南京赤絵は貴重な美術品として今日では大切にされており、この系統を好んだ、奥田穎川《えいせん》（一七五三〜一八一一）などは、色絵陶磁器の名手で、高橋道八や青木木米などと並んで三大名家となり、南京赤絵を模した作品を作り、当時とすれば、知識人の高尚な趣味としてもてはやされたが、量産的には犬山焼が明治・大正・昭和期まで続いている。

銅瓶に菊枯る丶夜の寒さ哉

銅の花瓶は、佛家の方面から伝流して、一般庶民の立花の具としても普及したのである。それ故にか、古銅の花瓶には殊にもの寂びた落着きを覚え、奥行のある味わいがある。古銅は古美術の一つのテーマであり、古銅と一口にいっても、金銅、ブロンズ、唐金、宣徳などであれば、なおさらである。「銅瓶」に菊を活けるのは、やはり見識高き人物の仕業か、僧家の手でもあろうか。しかし、銅瓶は水が凍ると、膨張してよく底が爆ぜて抜けることがあり、水漏れがするのである。寒中、高い山の寺院や北国では水を入れぬ方がよい。若い漱石はそのことを知っており、暗に人々に知らせているのであろうか。それにしても、古銅の肌には幽情が湧くものである。

五つ紋それはいかめし桐火桶

これは、着物、羽織につく五つの紋所のことで、一つは背筋の上、二つには左右の表袖、三つには胸の左右につくことを五つ紋と言う。所謂家紋付きの紋服のことで、句では、上品な家柄、格式を誇る老人などが、桐の火桶を前にして、端座している姿を言う。漱石はこれを逆に「いかめしい」と詠むのである。頑固一徹な古武士のような老人を想わせるが、実際、明治時代の人々の中には、例え町家の仁であっても、武家の時代のおもかげを背負った人が多くいたことを想い出しているのであろう。これも明治時代の風俗の実景として、日本画の題材にもなっているのである。

冷たくてやがて恐ろし瀬戸火鉢

この句の意味は判りにくい。芭蕉の句に「おもしろうてやがて悲しき鵜舟かな」がある。この本歌のような作品を漱石も一度でいいから作ってみたいと思ったに違いないが、しかし句の意味は、実際の「瀬戸火鉢」を知らなければ、判ろう筈もない。その「瀬戸火鉢」が何故に「恐ろしく」なるのであろうか。さ

瀬戸火鉢（御深井《おふけ》焼）

て今日では、古美術品の「瀬戸火鉢」は勿論のこと、「火鉢」すらが遠い過去の物か生活の遺物になってしまったが、当時、江戸、東京にも、瀬戸物といわれる陶磁器の火鉢が出廻っていたろうことは確かであろう。

瀬戸焼は尾張、瀬戸地方に産するのは勿論であるが、その濫觴は灰釉の、俗にいう山茶碗の如く、奈良平安時代から始まり、鎌倉時代に加藤氏が、中国陶磁の影響の強い肥前から、その作法を取り入れて再生し、古瀬戸の時代をなし、室町時代の天目、戦国時代の茶陶へ導いた。また江戸時代初期には、瀬戸地方は志野、織部焼の本拠地となり、陶器を多く産出した。

今日の古美術界は、これらの出土品をも含めて、実に多くの名品の流通に与《あず》かり、人々の物心両面を潤した。しかし、今ここで言う、漱石の句の「冷たくてやがて恐ろし瀬戸火鉢」とは、一体何を言わんとしたのであろうか。瀬戸の火鉢は、始め冷たくて仕方がないが、炭がおこるに順って熱くなり、恐ろしくなるという通り相場を単に言ったものか、それとも、これがまた人間性に譬えられているのかである。当時はまた、こういう、人間を瀬戸火鉢に譬えて、人生の教訓とした時代でもあったかは、筆者も寡聞にしてまだ明確に知るところではない。世間では、よく「焼火箸」の称で呼ばれる人もいるのである。ところで、漱石の言う火鉢は、一体志野か織部か、とまで想像を逞しくしてみるのである。

火鉢は、実際に伊万里焼をも含めて、瀬戸物が一般家庭に出廻るのは、幕末明治になってからであろうか。それ迄は、長火鉢か金火鉢、木製の火桶であった筈であり、焼物の模様のある火鉢はハイカラであったので、その経験を漱石は句にしたものかとも思われる。

爐開きに道也の釜を贈りけり

漱石はさりげなく詠んでいるが、さて、この「道也の釜」が問題である。「道也」とは、小説『野分』にも出てくる釜の銘であるが、釜師千家出入りの西村道弥家三代目のことである。初め活治といい、のちに孝知。そののちに富常といった。『釜師之由緒』（元禄十三年奥書）、『名物釜所持名寄』の著もあるという。（全集第二巻九四三頁註参照）そのような釜を爐開きに贈るとはよほどの身分の人の付合である。

榾の火や昨日碓氷を越え申した

これは江戸時代の旅人で、芭蕉か一茶かを想い描いてみるのだが、木賃宿の囲炉裏の榾火に温りつつ、旅人の雪の難所の碓氷を越えてきたことを咄々と語り明かすさまであろう。旅人も宿のふるまい酒に、つい主人《あるじ》や合い宿の仁に身の上噺やゆく末のことまでしゃべってしまって、榾の火も消えかかったのであろう。碓氷峠は、人も知る通り、群馬県碓氷郡と長野県北佐久郡との境にあって、中仙道の険路の一つに数えられており、標高一二〇〇メートル。なお新道沿いは九五八メートル。古くから関所がおかれていた。「峠を昨日越え申した」とわざわざ断っている所は、やや物語めかしているのである。そして「越え申した」とは、話し相手の身分などを考慮に入れるべきでもある。漱石の句は、後に彼が小説家として大をなすだけあって、なかなかフィクショナルに巧みである。

叩かれて晝の蚊を吐く木魚哉

有名な漱石の代表作とも言われているが、これについて荻原井泉水は、『古人を説く』の中で、漱石の俳句について品評しつつ、滑稽味の俳諧としての方向を非難して、漱石俳句の限界を述べているが、はたして、二十八歳の漱石の力量はこれで終わらなかったのである。もっとも、この「叩かれて」の句には先蹤があって、大田南畝の句に「叩かれて蚊を吐く昼の木魚かな」があるので、井泉水は元凶が蜀山人にあることを知らなかったのである。大田南畝は人も知る通り、幕臣でありながら世を諷刺し、和漢雅俗に到達し、頻りに狂歌を詠っていて、太平の江戸の庶民に親しまれた人である。今でも蜀山人の画讃などの画幅が多く見られ、碑文も多い。漱石と蜀山人との関連性がこれである程度把める。南畝は蜀山人の号の外にも寝惚、四方赤良などと名告のり、戯作にも凝った。名を覃といい、寛延二年に生まれ、文政六年（一八二三）に歿している。漱石、子規、露伴、紅葉の生まれる慶応三年（一八六七）より四十四年前のことである。

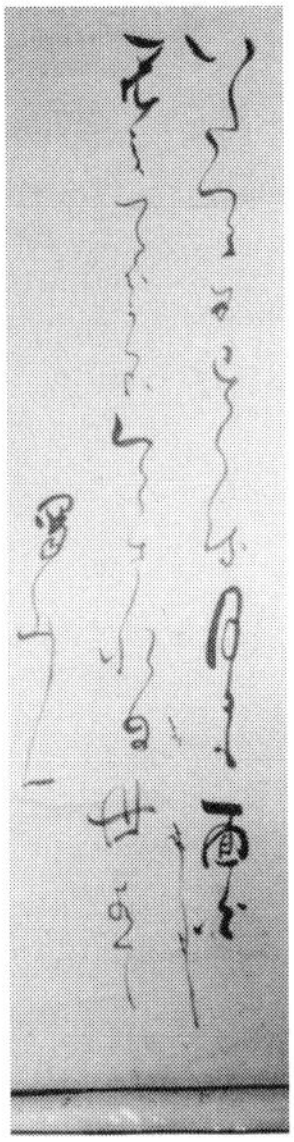

蜀山人（大田南畝）狂歌

あら瀧や満山の若葉皆震ふ

尼寺の芥子ほろほろと普門品

などは、巧みなもので、蕪村の影響がある。

また芭蕉の「ほろほろと山吹散るか瀧の音」が背後には当然想定される句で、この様に平気で故人を模して類句を作り、本歌取りをしたり、あるいは換骨奪胎を行なうのが漱石である。そして、さらにはフィクションも上手に仕上げている。「尼寺の芥子」と「普門品」との取り合せは、かなり華麗なものである。

影參差松三本の月夜哉

親一人子一人貧のあはれなり

いずれも佳句である。ここには歴とした文学がある。

「參差」は「しんし」と読む。温庭筠の詩に、「銀河耿耿星參差」とある。以上で、明治二十八年の作品を主として古美術品と関連づけて味わってみた。この明治二十八年という年は、四百九十句から五百句に及ぶ作句をみた豊饒の年であった。

次いで、明治二十九年の作品群に移ろう。

明治二十九年

太箸を抛げて笠着る別れ哉

これも漱石の脚色の句で、後の小説家夏目漱石が顔を出す。漱石にしてみれば、俳句でのこの程度の脚色は、着想と共に容易であって、しかも内容も濃いものである。芭蕉の「麦の穂を便りにつかむ別かな」とは一寸趣向が変わっていて、何故に「太箸」なのか、如何にも旅人の無造作な思い切りのよい動作に、未練なく別れの情を断ち切ってゆく様を描いている。「太箸」とは田舎家の自家製の祝い箸を指すのであろうか。新年の雑煮用の箸とも言える。この辺も漱石の着眼点でもある。あるいは、赤穂義士の一人の立居振舞を描いたものであろうか。

紅梅に青葉の笛を畫かばや

平家物語に精しい漱石にして初めて詠める句であって、青葉の笛とは、子規の療養していた須磨の地にかかわるのである。須磨を引き揚げた子規は、松山の漱石の下宿（愚陀佛庵）の一階を占領して、句会を開いていた。

かつて筆者も須磨寺に参詣の折り、宝物館の中で、ひっそりと立て掛けてある鳴管を見て感歎したことがある。そのことが二度程重なって、平敦盛の遺愛の笛を歌に詠んだことがある。もとは「龍笛」の名で名器として知られたが、高倉天皇秘蔵の笛、葉二つの笛から由来するという。のちに敦盛の遺品となった。管には漆が施してあり、彩色も微かに残っていたように思う。「青葉」と「紅梅」では、季重なりでもある。

源蔵の徳利をかくす吹雪哉

酒徳利も「吹雪」で見えぬと言うのであるらしい。あるいは「徳利」の酒を「吹雪」から後生大事に袂に隠したともとれる。この句も巧みな場面構成を持つ。漱石は芝居をよく見に出掛けたのであろうか。このように明治二十九年になって、漱石の俳句はさらに円熟味を増して、自在となっていることが判る。

源蔵は赤穂浪士の一人、酒好きの呑んだくれの赤埴（垣）源蔵のこと。討ち入りの前夕、兄との永久の別れの挨拶に、徳利をぶらさげて雪の中を訪ねた源蔵を描く。これも歌舞伎の一幕にもあるのであろうか。古美術品では、この元禄の頃の貧乏徳利が、若しかして、存在するのであれば、値打ちものである。

國分寺の瓦掘出す櫻かな

明治二十九年、既に古瓦が漱石に注目されていたのであるから、些かならずも驚く。漱石は考古学の発掘調査の現場にいたようでもあるが、それとも、自然に埋れた物が人によって掘り出されたものか。このような世界を詩歌に詠むのは後に有名になった会津八一がいるが、漱石が考古品を俳句の世界に取り込む先鞭をつけたものか。飛鳥、白鳳、天平の古瓦は、今日でも古美術界を賑わしていることは、誰もが知るところである。同じく、古刹の礎石にも漱石は注目していて、俳句に詠んでいる。詰襟姿の秋艸道人こと、会津八一が、若くして正岡子規の病床を訪うたのは、明治三十五年であるとすれば、漱石の句はそれより早く、明治二十九年であるから、このことからも推して考えてみる必要がある。

斷礎一片有明櫻ちりかゝる

今日、好事家には、大寺の礎石を庭石として運び入れ、往時を偲びつつ、その雅致に酔う人も多い。しかし、今日では廃寺の礎石を伽藍石という名で呼んでいる。よい物であれば、高値で取引されているという。伽藍石は勿論史跡、文化財の一部でもある。

よく聞けば田螺《たにし》鳴くなり鍋の中

以前に、よく田螺は鳴くかどうかと人に尋ねられたことがあった。子供の頃にはよく「田螺が鳴いている」と田螺を拾いにバケツを持って田に出掛けたことがあった。小学唱歌にも、「田螺、たんき、ぽんころりん、烏が田螺をつついてる」と唱われている。漱石のこの句で筆者は救われた思いがした。田螺はやはり鳴くのである。もっとも、突然に、現世の安眠から、熱湯の鍋の中に入れられる田螺にしてみれば、今生の別れの際に、一声悲鳴を上げたのであったろうか。

しかし、何故に、漱石が、田螺が鳴くことをテーマにしたか、そのこと自体興味の湧くところである。句では、「よく聞けば」とある。これも漱石流の滑稽であろうか。それとももののあわれであろうか。そう云われれば、絶命の時には、声を出すものとして、鳴き声に似た声を出したのだと解釈すべきかである。よく蜆や浅蜊を鍋に入れる時は、念佛を唱えよとか、年寄のいうのにも至極尤ものことと思う。田螺が鳴くと唱われ、事実田圃の蛙と共に鳴いていたと筆者は記憶する。

春の雪朱盆に載せて惜まる丶

この句は、芭蕉の「君火《きみ》をたけよきもの見せむ雪丸げ《ゆきまろ》」があってのことと思う。芭蕉は雪の夜に友人の曽良が訪れてきて、何のもてなしもできない佗び住まい故に、囲炉裏にでも十分あたっておくれ、ついでに「よきもの」を見せて進ぜよう。といって、盆に盛った「雪丸げ」を見せた。貧しさ故の頓智でもあり、またこれぞこれこそ、風雅道でもある。この句は貞享四年の『続虚栗《ぞくみなしぐり》』にあり、曽良の『雪丸げ』の文にもある。さて、問題の漱石の句の、「春の雪朱盆」云々は、芭蕉の心境とは異なり、むしろ情趣的であり、その点蕪村に近い。溶け易い春の雪を朱盆に載せるとは、色彩感覚の披露でもある。

禅語に「銀椀に雪を盛る」というのがある。が、ここでは異色同志の雪と朱塗の盆との対比である。朱塗の漆盆は、江戸塗りか、春慶塗か、京根来か、会津塗か、輪島塗かわからないが、当時は各地方に民芸品の如く産したものがあった。しかし、漱石の狙いは、溶け易い春の雪を惜しむ風雅道であったろうか。フランソワ・ビヨンではないが、「去年《こぞ》の雪いまいづこ」の例えのごとく、暫しの間の雪の命を惜しんだのである。

龍寒し繪筆抛つ古法眼

「古法眼」とは、一般に日本美術史では、正信の子狩野元信のことを言うのである。父正信は永享六年（一四三四）に生まれて、享禄三年（一五三〇）に没している。元信は文明八年（一四七六）に生まれて、永禄二年（一五五九）に没している。元信が狩野派の基礎を築き、明治の世まで連綿とつながっていたことを見ると、幕府将軍家の絵師の地位が、いかに重大なポストであったかが窺える。それ故にか、古くから元信のことを古法眼と称する所以である。しかし、元信と言えども、実際に「法眼」の位に叙せられたのは、最晩年の七十一歳の天文末年の頃と言われている。そして、この子孫は松栄を経て永徳、山楽の派が群立し、遂に探幽の頃、江戸狩野、京狩野と東西に別れて、活躍するに至ったことは、日本美術史にあきらかである。

漱石は、元信に関心があり、『猫』にも出てくるし、「御降《おさがり》に閑かなる床や古法眼」の句が別にある。また、芭蕉の句に、「古法眼出どころあはれ年の暮」とあり、これは、元信の作品を家伝の秘宝と所持していた家柄が、零落して、年の瀬に質入れされ、売り出されるさまを述べたものである。芭蕉はその哀れさに感動したのである。しかし、句の世界では、それが本物であるかどうかは問題にしていない。江戸時代でも、古画の代表の如く、「古法眼」の作として売り出されて、世間でも通り相場を持っていたらしい。漱石の場合もそのようにも受け取れる。「龍寒し」の意味もよく判らないが、名人とうたわれた古法眼が、雪のあまりに寒くて、到頭、筆を抛げてしまった、とか、自らの作があまりに出来映えがよく、まるで身の毛が弥立つ程に寒気を覚えて筆を抛げた、というフィクションを漱石は考案したのである。しかし、現在元信の図録などには、元信が描いた龍は見あたらない。元信が本当に筆を投げ出してしまったからであろうか。

さて「法眼」とは、元来は僧綱の官位で、朝廷への奏上によるものであった。のちに、絵画や音曲に秀でる芸術家に僧籍の出身者が多かった為に、その名誉の称号が与えられるようになったのである。法眼とか、法橋の称号を得ると落飾して、法体をよそおうことで、次第に特権を象徴するように変わっていった。

「法橋宗達」、「法橋光悦」などの称もその例であるに過ぎない。

つい立の龍蟠まる寒さかな

これも、古法眼の作品を詠んだものか。元信の龍が本当に衝立に描かれていたものか。なにしろ、龍が寒さにちぢこまっている衝立を見たのである。「蟠《わだかま》る」とは、蛇がとぐろを巻くところから来た言葉である。龍は勇ましいものであるが、雪の寒さに蟠って、昇天するどころか、という趣向である。古美術界で、この様な衝立を見た人もあろうかもしれない。

廻廊に吹き込む海の吹雪かな

北国の海辺の名刹などに、廻廊をつたわって、法堂にまで巡ることがあるとすれば、冬の海風によって吹き込む雪を想像してみると、観光時代の今日では、そう珍しい光景ではあるまい。

梁に畵龍のにらむ日永かな

寺の本堂か、法堂か分らないが、天井の梁《うつばり》に龍が描かれていたのか、あるいは額の龍か。とにかく爛々たる八方睨みの眼球が睨んでいるという、春の長閑な日長の日で、眠気が催されるという。この龍の画は無類なものであるから、これも漱石は古法眼元信作と思ったのであろうか。

奈良の春十二神將剥げ盡せり

これは、奈良の東大寺の末寺の新薬師寺のことを思いださせるが、あの十二神将は塑像である。漱石のいう「剥げ盡せり」は、この塑像の施色の剥げ落ちたさまなのであろうか。いずれにしても、古像の彩色の剥げ落ちたさま、物寂びた世界であり、春のゆったりとした雰囲気をつたえる、漱石の古美術鑑賞のひとときでもある。漱石の、このような歴史的な佛像への瞑想は、後に『南京新唱』での会津八一の先駆者ともなりえた。

都府樓の瓦硯洗ふや春の水

都府樓は九州の大宰府の国の重要なる史跡であるが、そこから出土した瓦の硯を「春の水」で洗う、と考えられ、漱石は古物、考古品に触れて、その趣味の饒かさを披露している。実際に漱石は当時の官吏の用いた瓦の硯を見学の折に手に触れたのであろうか。書や漢文学に造詣のある彼をして、ある空想に赴かしめた、かつての遺物は、一体何を彼に語りかけたことであったろうか。「都府樓の瓦硯」に見入った漱石は、古《いにしえ》の役人たちの文字を書くさまを空想しながら、一切を忘れ、今は「春の水」の感触に浸る暫しであった。

護摩壇に金鈴響く春の雨

漱石には、禅あり、密教の修法ありで、その多様さは瞠目するばかりである。句は下の「春の雨」で、振鈴の響き渡るさまが聞えてくるような心地がする。振鈴は佛菩薩を壇上に迎える作法の一つで、また自らの佛性を目覚めさせ、眠りより驚覚させる作法でもある。振鈴は当然護摩の修法にも必要である。このことを漱石は心得ているのである。その少し前の句にも「壇築《つき》て北斗祭るや劔の霜」がある。これは、真言密教の御祈祷のさまである。北斗七星を祈るとは、北斗曼荼羅を本尊と仰ぎ、攘災、戦勝、招福等を祈願する祈祷を意味している。また卑近では、信徒の本命の星を供養し、招福延命をねがうことがある。例えば、南朝の後醍醐帝が、自ら壇を築いて、朝敵北条を討伐降伏する祈祷を行った例があり、漱石は、それを含めて知っているのである。帝は、天の叢雲の劔を出雲大社より承け出して、壇上で劔を振い朝敵降伏の修法に用いたとも伝えられている。おそらくは壇上に本尊の降臨の為の結界として用いたものと思われるのだが、漱石が句において、「劔の霜」と言うのは、利劔の烈しい気魄が罩められていて、国事の怨敵退散を祈るすさまじい剣の霊光を帯びた電戟を意味している。この句は単なる庶民の為の護摩祈祷ではないのである。

金銅五鈷鈴（鍍金）
鎌倉時代

白銅五鈷鈴
鎌倉時代

　　恐ろしや経を血でかく朧月

歴史で知る通り、保元の乱に藤原頼長らと相計り挙兵したが、惜しくも戦いに利なく、敗れた新院（崇徳院）が仁和寺で落飾し、法皇となり、流配されて、讃岐の松山に崩御し、やがて四国白峯山に葬られたが、崇徳院は血を刺して五部の大乗経を書写し、京の安楽寿院に収めんとしたが、後白河院に返却され、これに恚《いか》り、舌を噛み血を出して、軸ごとに「願わくば大魔王となりて、天下を悩乱せん。謹んで五部大乗経を以って悪道に廻向す」と書した。高野山には平清盛の血曼荼羅があるが、これは精魂こめた佛への帰依誓願のものであろう。関東での永享の乱の主謀者、足利持氏の鎌倉八幡宮寺へ納めた五部の大乗経には、併せて納めた持氏の血書願文が今日迄残っている。それは一見してみても鬼気迫るすさまじきものである。これは『神奈川県史』の中にも収められているので、興味のある方は披覧することが出来る。関東管領足利持氏は京都の足利将軍に謀叛を起こして、足利幕府は関東にあるべきと主張して、源氏の本拠鎌倉を再び、政治の中心地にと考えたのであろう。彼は本家の足利氏を滅ぼす野望と共に、武家の棟梁として、乱れた国を再建せんと理想の炎を燃やしたのであった。針で突き絞った血潮の一滴を、一涙ずつ、一行を書し、五部の大乗経すべてを書写するのは、容易なことではない。それほどの願行であったのである。

漱石の句は、特に保元の乱の史実をとりたてて詠っているのであろうか。或は崇徳院ならずとも、誰か誓願を立てて血書の写経を実行している人がいて、その場面を「朧月」で包んでいるのである。それをことに一種の場面の展開に見せているのである。

涅槃像鰒に死なざる本意なさよ

一寸意味がとりにくいが、鰒の文字は、あわび（鮑）またはふぐ（河豚）のこと。この場合はふぐに当たるようであるらしい。涅槃像は、勿論古美術界で取り扱う佛教美術で、佛画の世界である。この方面には優品が多い。ともあれ、句では下五は「本意なさよ」となっていて、一寸洒落たつもりなのであろう。ある男がふぐを食いたくて、命を捨てても一生に一度は味わってみたいと望んでいつつも、ふぐの毒に当たることもなく、生き伸びたことについて、もし毒死したならば、あの二月十五日の涅槃図の中に入れてもらえたものをと、即ち彼土で佛に会えたものをということで、そのなぐさめを言う漱石である。軽い洒落であろう。

春に入つて近頃青し鐵行燈

「鐵行燈」とは、又渋いものを持ち出している。恐らくは錆びた鉄骨に紙を張ったものであったろうか。当時は地金で、鍛冶屋が伸べ板に打ったものであったろう。赤錆びた古い鉄にも風情があり、今日では、古美術品としても価値があると見直されている。しかし、句では、「行燈も近頃青し」といい、春になって、俄に季節が変わり、物情旺んとなり、四隣の青葉を吹く風に映って、鉄行燈までも青く見えるという。そこに漱石特有の情緒がある。「鐵行燈」の素朴さがまた見処であって、古美術品の世界へ誘うものである。

兵児殿の梅見に御ぢやる朱鞘哉

薩摩の侍の子を兵児《へこ》といい、身に締めている帯を「へこおび」というから、恐らくは、この俳句では、兵児帯の若衆を指しているのであろう。如何にもぎこちなき恰好ながら、若者らしい立居振舞を描いている。これも漱石のフィクションでもある。しかし、梅見客の仲間入りの若衆の二本差の朱塗りの鞘が、白梅に目立つという処を狙って句に詠んだものであろう。その伊達姿というより、きざっぽさが、梅見風俗の中に交って、目立つという趣向なのであろう。古美術の側とすれば、云わずと知れた朱塗りの刀の鞘である。

生海苔のこゝは品川東海寺

漱石のこの頃は、未だ埋立ても進んでおらず、寺は海辺に近かったものと思う。この寺は臨済宗大徳寺派の寺で、始めの頃より輪番の住職ということで、紫衣事件の沢庵、玉室、江月の名がしのばれる。殊に沢庵禅師の自然石の墓があり、ここから清巌を始め近世禅林の墨跡が多く生まれている。塔頭春雨庵は山形の上山に流謫の身となった沢庵禅師の遺構を移している。寺は徳川将軍三代家光の開基である。そして、初住持は清巌宗謂といわれている。

里の子の猫加へけり涅槃像

涅槃像については、先にも触れた。釈迦如来入滅の時、五十二類の生類が寄り集い、釈迦を取り囲んで、沙婆世界の大恩教主と仰ぎ、国王、大臣、長者に雑じって皆悲泣したというが、何故か猫だけは涅槃図に描かれてはいない。山寺に掛けた画像の涅槃会の日のお参りに、里の子が猫を抱いてやってきたので、漸く五十二類にまた猫が加わったというのである。そこで、漱石は涅槃図に猫不在のことを知っていたのである。これは実に、漱石俳句の妙境妙諦ともいうべき発想のように思うのである。

普化寺に犬逃げ込むや梅の花

普化宗は気位が高く、俗人には天蓋をとって礼をすることも滅多にはない。この句は漱石の属目の句であったろうか。また、フィクションであろうか。俄にいずれとも判断がつきかねるが、漱石は普化宗、即ち禅の一派、尺八を奏でる遊行の一派にも関心があったものと見える。尺八も勿論古美術品の範疇に入るのは当然である。その句の光景として目に浮かぶ所とは、さしもの固く門を鎖ざす普化寺も、梅見の客が寺内の梅を遠く見ていると、その隙に連れの犬が逃げ込んでしまったのであろう、やむを得ず断りを入れ、犬を連れ戻す風景であったろうか。いずれにしても長閑な春の一日の散策の賜物といえよう。

古ぼけた江戸錦繪や春の雨

江戸錦絵とは、吾妻錦絵（東錦絵）ともいう。そもそもの発祥とは明和二年（一七六五）、鈴木春信による多色刷の華麗な浮世絵板画から始まって、後世、浮世絵作者が輩出した。これらの絵を総称して、錦絵といわれている。また明治の風俗画もこれに入れられている。漱石の育った頃は、まだ絵双（草）子屋があり、絵入り本が頻りに売られていた時代でもある。店先に並べて売られたり、だんづかに積んであったのかもしれない。これらは忘れられたように曝されていたので、「古ぼけた江戸錦絵」と詠まれたのであろう。

いつしか、成年になった漱石には、そういえば、錦絵もいつしかあまり目にしなくなったと気付くときがあった。そこで「古ぼけた江戸錦絵」と句に詠むこととなったのであろう。ここで漱石は「浮世絵」とは言っていないことに注意しなければならない。当時の江戸から明治にかけての実際の庶民は、その華麗な彩色を「錦絵」といっていたのであろう。そして漱石は「古ぼけた」と、口語表現を用いており、それだけ日常的にも親しかった光景なのであったのだろう。「錦絵」は当然古美術品の仲間の扱いを受けるべき筈のものである。

ある繪師の扇子捨てたる流れかな

日本画の屏風や襖絵の画題に、「扇面流し」といったものがある。まさかその画を絵師が実践して見るということもあるまいとは思うが、昔から、名人上手の人を伝説化して、その奇行とすべき、その人の行為を伝えようとしたのであろうか。

巨勢《こせ》金岡《かなおか》という佛画の大家が、出雲の国（島根県）の「日の御碕」の絶景をみて、描くことかなわじとして、筆を投げたともいわれている。漱石のこの句の「絵師」とは、若くして大家となっていたのであろう。その名人の絵師が扇子に波を描いて投げると、たちまちそれが大河を現じて、流れて沈むことがなかったとしたらば、如何であろうか。句は名人芸を讃えるものと考える。漱石はまたいかなる故事に基いて、この句を詠んだものであろうか。「扇面散」では、宗達のものが有名である。

すゞしさや裏は鉦うつ光琳寺

これは実際を詠んだ句であろうか。「光琳寺」とは何処にあるのであろうか。涼しい秋の風の夜、ああ涼しいな、と思っていると、家の裏手にある「光琳寺」では、鉦を叩いて念佛をしているという状況で、巧い句である。このように漱石の俳句は巧妙なもので、すでに句境が完成の域に達しているようでもある。

（右）尾形光琳三幅対の桐箱（旧柳沢吉保家蔵）
（左）光琳筆寿老人（別項「丹頂鶴と鹿の図」参照）

光琳については、琳派の代表者でもあることは言うまでもない。光琳は、別名を方祝、道崇、伊亮などといって、その尾形光琳が江戸に出てきたかどうかであるが、それとも別に、明治二十九年に、漱石が京都に出向いていたかどうかである。光琳は京都の雁金屋という呉服商の家に生まれ、衣服の紋様、装飾の世界に育った。五つ年下に弟の尾形乾山がいる。家が傾き、兄藤三郎は江戸に発っているというから、「光琳寺」は江戸にあったかとも思うが証拠はない。一体漱石は何処で、この句を詠んだものかである。おそらくはすでに熊本在住の頃のものと心得る。

雁金屋の倅の光琳は、本阿弥光悦と姻戚関係にあったことで、光琳は能をよくし、出入先は、公家、大名家から町人筋では、三井家、住友家などで、画は初め狩野派を学び、のち土佐、住吉を併せて学んでいる。が、独自の画風を樹立することとなった。写実の法を用いながら、典雅な装飾性のある絢爛さが特色でもある。公家、宮中にも好まれて、多くの製作に従事した。

また親戚筋の光悦にもあこがれ、光悦の住む京都の北、鷹が峯の地には光琳の叔父宗柏もおり、光悦流の書をのこした。また、ずっと先輩の宗達への参入は、勢い模写を通して始まり、彼の大和絵風の雰囲気の基をなした。晩年には、光琳は江戸に来て、大名家などの絵の注文を受けつつ、夜の司候に疲れはて、「御大名ノ御身ノ上見申候ても少も不浦山候　貧に候共心楽になし度候」などと書き送っている。光琳は正徳六年（一七一六）六月二日、行年五十九歳で死去している。しかし、光琳は江戸で死んでいる可能性はなく、京都に戻って没した。

漱石は二十九歳にして、英文学研究の傍ら、光琳に関心を持ち、斯くの如く句を詠み、墓を訪ねている。今日に至っても、句を詠む仲間にも七十、八十歳になっても、未だ光琳の名すら口にしたことの無い人も多かろうに、感心の至りである。

小生は平成二十一年十一月の末に、京都の妙顕寺を尋ね当て、門前塔頭の跡に光琳の墓と称する墓石を、鉄柵の間から漸く覗き見することを得たのである。その時の一首に

光琳の墓をたづねて堀川東入しぐれをつかみ柵をのぞけり

生憎と塔頭は留守らしく、住宅街と化した、殺風景の中にあって、これが名だたる名匠光琳の奥津城どころかとも思われず、若し漱石の句が、かつてのここの地を詠むものであったなら、大変に文献的な記録にも勝るものとして考にいれるべきである。

琵琶の名は青山とこそ時鳥

これは、『虞美人草』の註にもある。「御室御所の春寒に、銘を給はる琵琶の風流」とあることについての註である。「青山《せいざん》」とは平家物語巻七に出てくる名器。琵琶が古美術とかかわることは、言うまでもない。「青山」と、そこに鳴りわたる夜明けまでの琵琶の音と、時鳥の声。何という取り合せの季節感であろうか。

床に達磨芭蕉涼しく吹かせけり

これは、達磨の絵が床に懸けてあって、庭の芭蕉というより、その掛軸の中に、芭蕉が涼しそうに風に吹かれている様子を描いたものととるべきか。達磨が主役で、あたかも芭蕉樹を涼しそうに風に吹かせているという、行為の主客関係をきわだたせたところが、句の趣きとなっている。漱石の句には達磨を詠んだものが多い。

絹団扇墨畫の竹をかゝんかな

「墨畫の竹」とは、やや拙いと思う。これも気にしなければであるが、気付く人には、そうひびく。「墨畫の竹をかゝん」は「墨（を）以《も》て畫《か》かん」とすべき所かと思う。「団扇」だから季語からすれば夏の季語。珍らしく絹張りの団扇があって、墨竹を描くと言う意欲が俄に湧いて、主人公の風流な文人墨客振りを想わせる。団扇絵は、光琳などにも遺っているが、絹張りであったろうか。贅沢なものである。

古りけりな道風の額秋の風

この句には、『観世音寺』という題がついている。九州の太宰府や観世音寺を訪れて、漱石は実際に道風筆の扁額を見ているのであろう。以前筆者も筑紫の観世音寺を訪れているが、その折は、素朴に荒れ放だいの様子であった。しかし、その折は道風の額があったか、どうかは定かには想い出せない。

道風は、小野道風（八九四〜九六六）のこと。大宰大弐小野葛弦卿の子であったから、観世音寺に直筆があったとしても不思議はない。しかし、平安期の額が果して実存するものかは疑問であり、よく勅額などにあるような模写の上の板彫であろうか。道風は人も知る通り、平安朝三蹟の一人といわれ、道風と柳と蛙の伝説は有名である。紀貫之の仮名文字に対して、道風は漢字の和風化につとめた。康保三年（九六六）十二月十七日没。七十一歳。道風は、小野篁の孫といわれ、醍醐、朱雀、村上の三朝に仕えた。藤原佐理、藤原行成と並んで、三蹟といわれた。「屛風土代」「玉泉帖」が真跡として残っている。

鳴立つや礎残る事五十

この句には、『都府楼』という題がついている。季語は「鳴立つ」でもって、秋であろう。観世音寺と都府楼は菅原道真の詩にもある通り、きわめて近くに位置する。漱石はこの史跡を巡り、往古を偲び、壮大なるかつての景観に想いを馳せたものと見える。今は礎石のみを残す光景に堪えられなかったけれども、致し方なく礎石のみを数えて、句に詠んだのである。この句の明治二十九年は、当時の日本の古文化財に対し、近代的な歴史観も未だ確立しておらず、その国民の認識も薄く、歴史科学の分野も漸く近代的な方法論に基く実証的な学問が興ろうとしていた時期であったので、漱石の句は、歴史考古学を題材としたものとしても珍しく、意味深いのである。

蘭の香や聖教帖を習はんか

これは、「承露盤」にあり、当然子規の目に触れたものであった。「聖教帖」とは、「聖教序」又は「集王聖教序」と呼ばれるもので、碑拓で伝来していた、王羲之の文字の中から、僧懐仁が、唐の太宗の玄奘三藏の訳経事業を讃えて「聖教序」に見られる文字を集めたもので、今日でも西安碑林にあ

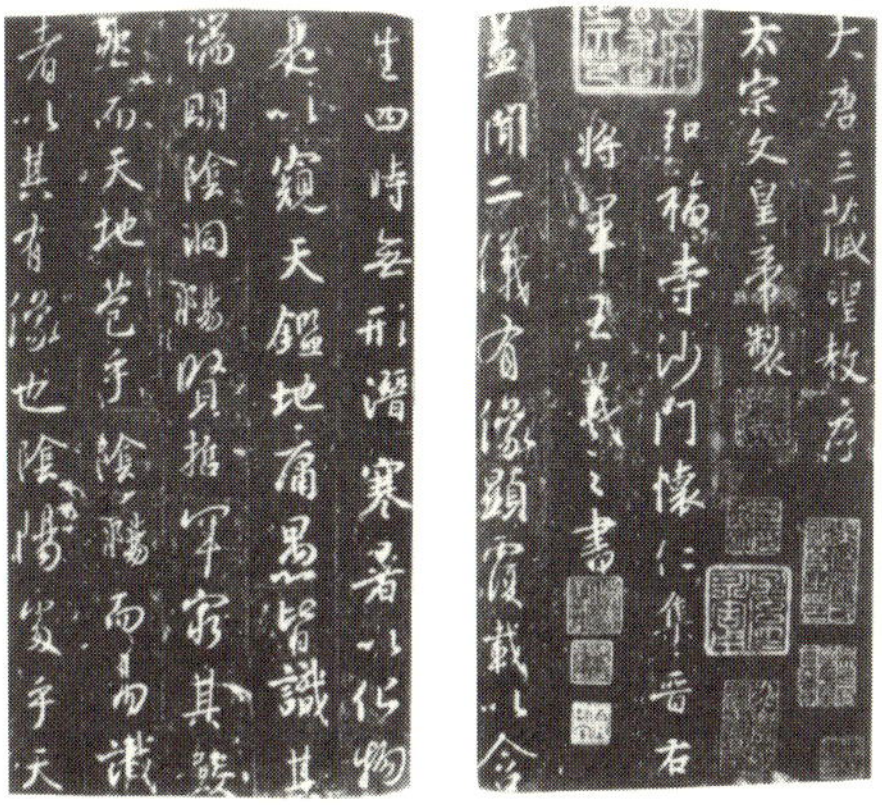

聖教序

り、書道家のよく知るところのものである。漱石の書学への関心の程を示す句である。殊に初句の「蘭」をもってきたのは、「蘭亭集序」のことをも暗示して、王羲之を意識しているのである。なお緒遂良の「雁塔聖教序」などがあり、漱石はいずれを胸中に言わんとしたかである。

冬来たり袖手して書を傍観す

これも漱石の一面を物語るもので、同じく書道への関心の程を示している。しかも「袖手して」が一つの特色をなしている。

雪ながら書院あけたる牡丹哉

薦《こも》被りの冬牡丹を見んと、書院を開けるといった高貴な方の風流をまねる人も、今日では少なくなった。今時の若い人々には、書院の印象もわかるまいし、又その意味も分らない。書院造りは中世以来の日本人の憧憬でもあり、歴史で習うだけのこととなってしまった。または、観光寺院に見るだけとなってしまった。つい先頃迄は、一般の住宅建築にもとり入れられていたのである。

雑炊や古き茶椀に冬籠

今日でも雑炊即ち小千谷は、食卓で馴れ親しんでいるメニューだが、茶椀は磁器のものではなくて、朱塗りの剥げた古椀であれば、民俗資料か、又は古美術品として貴重で、見る者に古きもののもつ慰めと安らぎを与えてくれる。漱石は、その民俗資料の雅味を尊んでいるのである。

物語る手創や古りし桐火桶

「創」は、「疵」「傷」などと同じく「きず」でよいのであろう。今日では「火鉢」hibach は英語にもなったけれども、火鉢は庶民の生活からは姿を消してしまった。火鉢は単なる冬期の暖房の為のものと許りではなく、それを前にして坐る人の経歴によっても、その存在価値が変わってくる。「桐火桶」はかなり上品な物で、その使用者の身分や、階層を表している。この場合、桐の胴の銅《あかがね》おとしの入った、磨かれて艶のある上等なものであったとしたら、また朱漆か何かで塗絵が施されていたならば、あるいは蒔絵でもついているものであったならば、漱石は、それを前にしている、一人の人物の物語るさまを想定している。そこで、ある古老か、古武士の風格の人が、戦場でか、果し合いかで受けた「創《きず》」を負った話を自慢気に語って聞かせながら、手を炭火にかざしている様を描きだしている。無論、その手柄噺を聞く方もいる訳である。この句では、古い家財道具の桐火桶が利いているのである。これも漱石が小説家として立つためのプロットの萌芽として見ることも可能である。

以上で大体漱石俳句の明治二十九年は終わるのであるが、今回は殊に古美術品を掲げたものに限ってであることは申す迄もない。また見方を換えれば、俳句そのものとしての良さを顕わすものは、勿論この外にもあると思うが、とりあえずこれのみにしておく。

漱石は、子規が東京に移り去ってからも、松山から、また熊本からも、句稿を送り続けていたのである。

そして明治三十年もかなりの作量を残しているのである。

明治三十年

明治三十年も、一月から子規の「承露盤」へ送られたものは、二百六十二句にも及んでいて、漱石は俳句作家を志したものとも思われても、少しもおかしくはない程の盛況振りであった。働き者の漱石を思えば、一方で、能書きばかりの懐手の人物がいて、たとえば一年間に数句さえも拈り出すことすらしない者に比べてみて、何と漱石は豊饒であることか。勤勉が上にも、参究心を燃やしていたことかと思われる。

春寒し印陀羅といふ畫工あり

「印陀羅」は「因陀羅」が正しいようである。この句は、ともあれ、「春寒し」が利いているのかどうかである。因陀羅の作として有名なものは、「智常禅師図」（静嘉堂文庫美術館）、「寒山拾得図」（東京国立博物館）が有名で、いずれも国宝に指定されている。この外にも、「丹霞焼佛図」（ブリヂストン美術館）、「智常・李渤図」（畠山記念館）、「布袋図」（根津美術館）など、五点程が確認されていて、相阿弥の『君台観左右帳記』には、天竺寺梵僧とある。画の図柄からしてやはり異様さ、ユニークさが感じられ、中国風の禅画に対して、描く人物の風貌も西域・インド風が感じられる。

因陀羅は元代の人であって、彼の作品には、大慧派の僧、楚石梵琦（一二九六〜一三七〇）の画賛を有しているので、ほぼ同年代の人と見える。

漱石が明治時代に因陀羅の水墨画に通じていたことには驚かざるを得ないが、我が国の中世の水墨画を知る人にとって、因陀羅は有名であり、画品の高さは群を抜く。若き漱石は、一体、何処でこの方面のことを知ったのであろうか。三十歳そこそこの頃のことである。当時は未だコロタイプ印刷もそう出回ってはいない。因陀羅の水墨画は主に禅画であって、決して華美な世界ではなく、求道者たちの物語を描いているので、「貧寒の美」を主体としているとしたならば、漱石の詠む「春寒し」が判るのではなかろうか。

佛焚て僧冬籠して居るよ

この句は、前の「因陀羅」の句とは五句目に離れてあり、これによって漱石はおそらく、因陀羅の画「丹霞焼佛図」を見て詠んだのであろう。そして前句の「春寒し」も、丹霞という修行僧が、寒さに堪えかねて、堂の木像を焼いている所を、訪ねてきた僧に焚火をもてなしたのであるからで、漱石はその図を見てのことであったことがほぼ判る。その図というのは、ブリヂストン美術館蔵の「禅機図巻断簡」というもので、もとは一巻全部あったものを切断した一部らしく、三二センチ×三六、七センチほどの規模のものである。図は一人庭にしゃがみ込んで、火と焔に両手をかざして暖を取っている所へ、藤づるの筇《つえ》を突いて来た僧と対話しているさまが描かれている。おそらく主の僧は客僧に何のもてなしもできないので、佛を火にくべて火の馳走をしたとの故事である。しかし、流石に図には木佛の姿はなく、火と煙のみである。賛には「古寺天寒度一宵不焚風冷雪飄々晩無差別何奇持旦取中木佛焼」とある。禅の境地からすれば、佛は衆生の為にあり、その衆生の困窮を身を焼いて救うことこそ悟りであるというのであろう。

燭つきつ墨繪の達磨寒気なる

「燭つきつ」とは、「次ぎつ」か、「燭点きつ」か、「燭尽きつ」か、いずれともとれるが、果してどれであろうか。いずれにしても、漱石と達磨は縁が深い。「燭が燃え尽きると、ひときわ達磨の絵が寒気を呼ぶ」とのことであろうか。

寒山か拾得か蜂に螫れしは

この句は、特に因陀羅の絵とは無関係のようである、寒山拾得、いずれも、水墨画に多く描かれるテーマの人物像で、殊にこの句のように「蜂に螫れる」とは、やや滑稽ながら、ほほえましい題材でもある。中国の画人顔輝以来の名品が日本でも描かれ、略筆画ながらも近代の禅僧も余技としてよく描く人がいる。また室町水墨にも名品が多い。「蜂に螫《ささ》れしは」は、何かこの二人の隠遁僧のどちらかに故事があるものかどうか。それとも、偶々漱石が見た作品にあって、それを思い出そうとしているところが俳諧となっているのである。それともまた、全くの漱石のプロットなのかである。さてはまた、あの艶っぽい『寒山詩集』を、読み直す必要があるかである。

柳あり江あり南画に似たる吾

句の本意は判りづらいが、江山海表を描く南画があって、かつてそれを見たことがあり、今作者漱石は、その画中の人物の如くにいるという、そんな風景に出合っていると言うのであろう。南画とは北画に対しての謂い方であって、山水画の源流をつきとめれば、そう区別のある筈のものではなく、ただ手法と作者が異なるだけであるが、作者と作品で伝来を区別してみると、絵画史の上では明らかに異なる。宋元明の水墨画・山水図に対して江戸時代に、長崎を経由して輸入されたもの、殊に、江稼圃や伊孚九、また黄檗系統の人々の齎した文化圏内にいる大雅堂や蕪村、呉春などの文人画家の気風は異なる。一般に南画といわれるものは、江戸末期から明治、大正にかけて圧倒的に山水画として描かれ、国民的な絵画様式となった。漱石はこれを「つく根芋山水」としていたく貶している。それにしても、漱石は自分は南画中の人物に似ているという。

醋熟して三聖顰す桃の花

寒山拾得図（室町時代）

桃の花の頃、桃花酸《す》が熟するものか、この場合季語と呼応しているのであろうかどうかは知らぬが、一つの取り合わせとしての漱石の発想なのであろう。それ程にまで、漱石俳句は自在となってきているのである。日本画では、古来「三酸図」または「三聖吸醋図」ともいわれて、「虎渓三笑図」などと共に、多く描かれてきている。

三聖とは、釈迦、孔子、老子の三人が一つの甕の酸を指で舐めてみて、その味を各々述べるさまを画題とするものであって、これも古美術界の範囲のものである。わが国の作例としては、霊彩の三酸図《さんさんず》が古く有名である。また儒家の蘇軾、道教の黄庭堅、僧の佛印の三人が桃花酸を舐めて眉を顰める画題もあって、漱石は寧ろこれを見て俳句に詠んだものと思われる。古来から三教の言わんとする所が一致しているということでもある。

　　姉様に参らす桃の押繪かな

「押し絵」というものは、今日でも無いわけでもない。きっと桃の花の絵が描いてある、その中の花に布や綿をつめて凸凹をつけて、翳影ぶかくする技法で押貼羽子板などというものがある。先輩の姉さんの美しさを讃えて、年下の者がつくって贈り、機嫌をとってよろこばせたものか。当時巷では、女子たちの、こんなささやかな風習があり、それにも漱石は目を配っていたものと思う。これらの物が今でも古美術店などにあれば、興味深い。

　　住吉の繪巻を写し了る春

漱石の句は、もうこのように天衣無縫の境に入っているのである。おそるべき集中力であると思う。きっと若い画家志望者であろうか、土佐、住吉の派をもっと学ぼうとして、狩野派に満足せず、有職故実の多い大和絵の手法を併せ持つことは、画家の誇りでもあった。

住吉派は、もと土佐派から岐れていて、その源流を辿れば、平安時代の春日基光より発し、中世に至って鎌倉時代の慶恩より起り、光広、広周、光信（十三代）に栄え、十四代光茂にて戦国期を迎え、十六代光吉は桃山期を代表する画家であった。この二男広通（如慶）が新たに住吉派を起こし、具慶以下、二十六代光章、大正期には二十七代光一となる。この系統を汲む現代画人としては、川崎千虎、小虎親子、川辺御楯、小堀鞆音、中村岳陵などがいる。また広道・如慶（住吉初代）以下では、二代を具慶といい、幕末天保の頃の弘貫がよく、九代広一（大正年間）と続く。狩野派に比べて、江戸期の住吉派の作品は高価である。

住吉派は大和絵が主体であるので、古典画風として絵巻物を多く製した。従って漱石の句の「絵巻を写し了る春」というのも外れてはいない。若い修練の画家が絵巻一巻を模写し畢った心境は、さぞや満足気のもので、その絵師になり代わって、漱石が句を詠むとは、これまた尋常一様のものではない。

春は物の句になり易し古短冊

「春は物の句になり易し」とは、春は万物の命を育み、格別なる情緒をかきたてる季節でもある。この蕪村のような抒情性は、子規からの教示もあったように思う。特に、「古短冊」にその兆候を見出している点、物寂びたる中に、春の纏綿たる情趣を見出しているのである。殊に「古短冊」、それも漱石の頃はよいものが多くあったのであろう。この句は『虞美人草』に「春はものの句になり易き京の町」があり、「ものの句になり易い」の「ものの」とは、漠然とした感じで却ってよいのであろう。これと「春の夜を兼好緇衣に恨みあり」の句と併せて味わうべき句である。

なある程是は大きな涅槃像

この句も漱石の自在を示す句で、「なある程」とは俗語ながら、聞きしに勝る大きな涅槃像だということで、面白い。京都の泉涌寺に大きな涅槃像があるという。その他各寺々には、佛画師が描いたものもある。高野山の涅槃図以来、狩野元信以降、等伯など、代々描かれた涅槃図は全国に多いと思われる。その大きさは様々であるが、大きければ、その大きさが寺々の自慢となって、民心を把えていったものと思う。

抜くは長井兵助の太刀春の風

珍しい句である。漱石はあまり刀剣類は好まぬようであった。彼の出自がかつての裕福な町家名主格の家であったからであろうか。苗字帯刀は許されてはいたのである。「長井兵助」とは、江戸時代の大道芸人で、江戸蔵前の人。居合抜きで、通行人を集め、刀を抜いて見せ、家伝の歯磨、陣中膏薬の蟇の油を商売にしていた人物。明治後期に十一代で絶えたという。であるから、漱石の在世の頃までは、江戸、東京の人々には印象深い人物であったのである。「抜くは長井兵助の太刀春の風」これも、「春の風」の一面として把えた句であって面白いではないか。

夏書する黄檗の僧名は即非

即非については、すでに前に述べた。ここにも即非の句があるのは、漱石の関心の度合が感じられる。

「夏書する」が季語であるが、「夏書《なつしょ》する」でもって、読みはよいのであろうか。しからば、何故に即非が「夏」に書を書いたのかは、その出来上がった作品に因む話が伝わっているかである。それとも、即非の書で、夏に関わったものがあるのかである。「即非」とは、佛教でいう空の実態を述べた用語であって、それを法諱や号に用いる僧とは、その名前負けのせぬところに興味がある。黄檗即非の書は、今日でも評価が高い。

客に賦あり墨磨り流す月の前

今日の人々とは、まるで教養が異なる時代の客。その人は、主人に所望して、筆硯を用意させ、月夜のこととて、漢詩をつくり、書したものと見える。主人も心得ていて、筆墨、紙も特別に選んで用意させ、名月の夜のこと、月に嘯いて客は感興の涌くままに筆を辷らせたが、その墨の余りを、月夜の庭に流したというのであろう。「墨磨り流す月の前」とは、よく写生した句であるが、実際に、余った墨を月を見ながら捨てて、硯を水で洗ったものか、である。

金泥もて法華経写す日永哉

これは漱石自身のことではなく、誰か別人か、歴史上の人物を想定してのことである。紺紙金泥の経巻は古きを申せば、奈良時代からあり、平安の頃の神護寺経、中尊寺経などが有名である。漱石は、年若くしてこのことを伝え聞いていたものと思う。きっとそうした堂上貴顕の信仰生活を思い浮かべては、春の日永を写経に専念しつつ清い、貴い修養を営む人物を想定していたのであろう。

菜の花の中へ大きな入日かな

この句は傍に、「真赤な」の文字も見えるので、いずれにすべきか、漱石自身も迷い、決定しかねていたのであろう。この句は古美術には特に関係はないものの、蕪村の句の「菜の花や月は東に日は西に」を意識して作ったと思われる。これと同じく、漱石らしさを想わせる句に、「菫程な小さき人に生まれたし」（「承露盤」）があって、ヒューマンな漱石の溜息が聞かれるようである。いずれも漱石の句として面白いものであるので、ここに掲げておく。

金襴の軸懸け替て春の風

この句では「金襴の軸」と「春の風」とがどう関わるか、心の必然性はどうなっているのかが問題となろう。漱石は実際に、何処かで「金襴の軸」とやらを見て識っていた筈であるから、この句が産まれたとも言える。今日では余程の高級趣味の人か、よい家柄にあるか、または寺か博物館にでも行かぬ限り、斯様なものにはお目にかかれない時代になってしまった。この句の内容は、恐らく春風が吹く頃になって、急に思いつき、きらびやかで、ずっしりと重い古金襴の表装の掛軸、――古画の大名表具か、佛画の作品を、もっと軽快な内容のものに掛け代えたというのである。あるいは考え方によって、その逆ともとれる。

漱石は一方では、古金襴の渋く華麗な美しさに酔い、表装ともども古画の荘厳な伝統美に魅力を感じ、己れはあたかも一種のエピキュリアン気取りを決め込んでいたのであろう。そうした一面が漱石に育っていたことは事実である。それはというのも、美への陶酔なくしては「行く春を剃り落したる眉青し」は生まれてこない。かつて昔、婦人が結婚すると、眉を剃り落し、お歯黒で歯を染めたが、この句の場合、文字通り、新婚の女性のいろつや、なまめきを詠んだもので、漱石の青春の一面をのぞかせる官能的一場面である。「眉青し」と同時に「ゆく春」で、春に何となく愁いを感ずるのも趣きのあるものである。そして、次の二句も漱石のそういった性情を理解するのに面白いので掲げておく。

妾宅や牡丹に會す琴の弟子

立て懸て螢這ひけり草箒

誰それのお妾さんの家があって、こざっぱりとした家構えの庭に、牡丹が丁度咲いていた。女主人は琴の師匠を片手間にしつつ、弟子が花に寄り集まっていたという、描写である。漱石はなかなか、隅にはおけない所がある。次の句は、穂先に癖が来ぬように草箒を立てかけておいたが、そこへ、蛍が這い登って、野の草の如くであるとして、虫の習性を風雅道にとり入れたものである。箒にもいろいろあって、もろこしの類を用いるもの、草を束ねて用いるもの、竹や鉄ひごのものもある。就中、この場面の如く、「草箒」はもっとも蛍にはふさわしい。「箒木」は季は夏で箒草ともいい、箒の素材にもなる。

さらに漱石らしい句の一つに、

文與可や筝を食ひ竹を畫く

「文與可」とは、のちの小説『草枕』に出てくる中国の文人画家。漱石はこうした人物や画家に興味をもっていることでも、その人為《ひととなり》がわかるが、漱石の趣向は、かかる人々の人物像等に共鳴するところから、培われたものと考えるのである。

樽柿の渋き昔しを忘るるな

これは少し、訓誡めいていて面白くなく思う人もあろうかと思うが、実際に昔を回顧する人にとって味わうべき句でもある。今日では、「樽柿」はあまり家庭では産しないが、以前は、何処の家にも渋柿があり、焼酎を吹きかけて樽に密閉して渋抜きをして、そのタンニンが糖化する熟柿の美味を味わったものである。この句には「或人につかはす」と詞書がついている。「渋き昔し」とは、人生を言うのであろう。また柿の方も渋かった昔の自分と現在の甘くなった自分とを心得るべきと言うのであろう。この時、漱石はまだ弱冠三十歳かそこいらであったとすれば、随分と老成早熟の人であったと言うべきか。

次の句の、

明月や拙者も無事で此通り

これは、漱石の代表的な句とも言うべきものである。これも若くして既に老成の感を想わせる。

北側を稲妻焼くや黒き雲

これは写生の句で、「黒き雲」の「北側」に稲妻が走ったという発見に、新鮮味が窺われる。稲妻が黒き雲の北側を焼くと見たのである。

夕立や犇く市の十萬家

これなどは、偽わらざる風景であるに相違ないが、久しぶりに漱石にしては大振りの句で、パースペクティブな把え方は、やはり漱石独特のものであるが、蕪村の句「五月雨や大河を前に家二軒」の向うを張ったつもりであろう。この句の前に、見落としてはならない句に、次の愚庵和尚のことを詠んだものがある。

一東の韻に時雨るゝ愚庵かな

天田愚庵

愚庵とは、明治の人情物語として評判の人物である。出生ののち父母とゆき別れて、生涯諸国を巡り、父母を探し求めて生きた人で、子規ともかかわりがあり、万葉調の和歌を詠んでいる。愚庵の筆跡は見事で後世、その人を慕う人も多い。

「一東の韻」というのは、おそらくは、愚庵が連句などを作る運座仲間に入り、歌仙を巻くことであろうと思う。それを漱石は漢文畑の人だけに、「一東の韻」と述べたのであろう。漱石は清《しん》の毛奇齢が分類したという漢字の上平声十五韻の内の最初に挙げたものをもちだしたのである。「一東の韻に時雨るゝ」とは、そこで、韻を選ぶにはある程度長時間を考えねばなるまいと思う。連句には時間のかかることは勿論であり、また熟考の末に吐き出す付句は、命を絞る程の生みの苦しみでもある。漱石は俳句作者として一時立たんとした人でもあるので、愚庵をかなり意識していたものと思われる。

愚庵こと天田愚庵とは、嘉永七年(一八五四)七月二十日に生まれ、明治三十七年一月十七日に歿している。生国は磐城国で、幼名は久五郎といい、明治元年奥羽越五藩の連合軍と薩摩軍との戦いに、父母と生き別れとなったので、諸国に父母を探し求め、山岡鉄舟に入門し、他に落合直文に国学を学び、明治十四年鉄舟の肝煎りで清水次郎長の養子となる。のち養子を辞して天田姓に戻り、大阪内外新聞に入社、林丘寺の滴水の室に入り、鉄眉といった。京都の産寧坂に庵して、明治二十七年に『巡礼日記』を上梓し、三十三年桃山に庵をつくった。また短歌、童謡にも筆を染めた。筆者は愚庵和尚の冊子などをもっているが、目下探しても見当たらないのが残念である。

寂として椽に鋏と牡丹哉

たまたま寺などを訪れた時の属目の句でもあろうか。まだ人影のない外の縁側に「鋏」と「牡丹」が置かれている処を把えて、上の句に「寂」の字を当てたところに句の姿がある。

白蓮にいやしからざる朱欄哉

この句の「いやしからざる」は余計に思える。漱石もここは不用意であった。「朱欄」とあれば、蓮池に添う如く、勾欄のある堂縁なぞを想定すべきだが、それが朱に塗られたものであろう。弁天堂などが池にはふさわしいであろう。漱石がわざわざ「いやしからざる」と述べるのは、在家の成金趣味などを反映したものかとも思う。

竿になれ鉤になれ此處へおろせ雁

この句は佳句であって、よく漱石の才気が出ているものだが、「雁」が列をつくり、翼を連ねて飛ぶ空のさまを述べているのである。水墨画などにも、平沙落雁図と題したものがあって、この句のような様子を想わせるものがある。漱石は「竿」と「鉤」という天秤棒で荷を担ぐ様の如く、即物的な把え方をしているために、飛翔するのに、重き物体（鳥自身）を「此處へ」おろせと言ってのけていて、遠く旅立つ飛鳥への労らいを罩めてこの句を表している。

明治三十一年

さて次の年、明治三十一年は、相変らず正月より東京にいる子規に句稿を送り続けていて、百二句もあり、その句数も多い。子規は東京にあって、漱石自身は熊本第五高等学校の教授となっている。その環境の著しい変化にも拘らず、百句を越えるとは、相変わらず精力的と言うべきである。しかしどうした訳か、この年の句作りは、十月か、十一月初めで終わっているようである。十一月の「反省雑誌」に五句が載り、子規の「承露盤」に六句を残して終結している。また句風にも環境の変化のせいか、さしたる進展もなく、内容的にも希薄となっている。

「反省雑誌」は、明治二十年、京都本願寺附属修養団体が発行し、明治二十四、五年までには「反省会雑誌」となり、明治三十二年、東京より、「中央公論」となって今日に到っている。漱石がどのような手づるで、この雑誌と関わったかは、恐らく子規の斡旋によるものであろう。

春の夜のしば笛を吹く書生哉

熊本に来てから生活の環境が異なり、この「しば笛」は後の小説『心』にも出てくる。無論熊本での書生、即ち生徒との関わりから出てきている。「しば笛」とは、「芝笛」、「柴笛」のことで、椎や樫、南天、まさき、椿の若葉を唇にあてて吹き鳴らす。今日から見ても非常に野趣に富み、また牧歌的でもある。如何にも当時の地方の書生の孤独なイメージが浮んでくる。

海を見て十歩に足らぬ畑を打つ

熊本に住んで、やはり漱石の俳句の素材も変わってきているのである。貧しい農漁村の人々の生活振りを、すかさず見つけ出す漱石の俳味をよく伝えている。

佛かく宅磨が家や梅の花

こんな句が突然に現れて、一体どうしたことかと思って、眉を顰めたが、「宅磨」とはおそらく詫磨派の佛画師の系統で、これは巨勢派や古土佐派や隆信派、住吉派の系統に対しても言う。「宅磨」は「詫摩」とも書かれるが、平安から鎌倉にかけての佛画や絵巻物の作品を残し、佛像の彩色などでも活躍した。その始祖為氏を始めとして、代々宮中絵所に出仕した。この派は、狩野元信の頃の朝勝まで系譜が遺る。また鎌倉末の嘉暦の頃の栄賀から別れた浄賀―了雲などの系統も存する。鎌倉にも、「詫間ヶ谷《やつ》」の地名がある。詫摩派の絵佛師たちが棲んでいたものと思われる。蕪村の句にも詫摩が出てくるので、一つ向こうを張って、漱石も色彩豊かな絵具皿のちらばる画家の製作場面を想像してみたのであろう。それにしても、何故に漱石は詫摩派の名に引かれたのであろうか。涅槃図なども詫摩派が多く手がけていて、そうでなくても、詫摩派が作として言い伝えられているものが多い。漱石はあの婉麗な、極彩色の絢爛たるさまに心引かれたのであろう。句では「梅の花」が生きている。

張りまぜの屏風になくや蟋蟀

明治、大正、昭和初期までは、日本の知識人たちや、上流の人々は、文人墨客の短冊などを表具師に貼らせて、張りまぜて、各々の句風や歌風、絵ごころを較べて愉しんだものである。しかし、今日では、住宅事情も異なり、趣味趣向も、機能本位、スピード本位の合理化が進み、家庭に賓客を招くこともなくなり、マンション住まいが増え、自らが下宿屋の住人の如くになってしまった。屏風を鑑賞するような空間と機会を失い、却ってこれらを邪魔もの扱いにするようになり、終いには、剥がして、屏風を毀してしまう時代となった。況んや、屏風を修理する表具師すらもいなくなってしまった。それにひきかえ、漱石の「蟋蟀」の句は、秋宵のしみじみとしたよい句である。

朝顔や手拭懸に這ひ上る

これは、「釣瓶盗られて」が背後にあるけれども、漱石の代表句の一つである。

明治三十二年

翌年明治三十二年も、相変らず正月より子規へ句作を送り続けていて、相当の数にのぼっている。熊本に落着いた漱石は、三度目の正月を迎えて、

金泥の鶴や朱塗の屠蘇の盃

と詠んでいる。今日では、余程の数奇者でない限り、斯様な立派なもので屠蘇を汲みかわし、愉しむ人はいなくなった。それは家庭での民主化のせいでもあろう。古き好きものへの愛着は、次第に一般の世間からは消えてゆく宿命にあるものであろうか。

「金泥の鶴」と漱石は言う。さぞかし「朱塗」の地に映えて、「金泥の鶴」が盃の底に浮んで酒がうま

かったであろう。鶴を金泥で描かぬこともないが、あるいは沈金か蒔絵の手法のものであったかもしれない。次の句には、「宇佐に行くや佳き日を選む初暦」と詠んで、「（太）宰府より博多へ帰る人にて汽車には坐すべき場所もなし」と漱石は述べている。

　神かけて祈る恋なし宇佐の春

　今日でいう初詣での参詣に漱石は宇佐まで出掛けたらしいのである。明治三十二年は、熊本での落着き具合がよく、ここでおよそ三百二十五句を作っている。このことは、勿論驚異に値するのである。しかし古美術についての関連性のある句は、やや稀薄となっているが、それでも拾い出せばかなりの数になる。

　漱石は旅行好きと見えて、冬に耶馬渓に遊んでいる。羅漢寺を経て、「口の林」に泊り、耶馬渓に到り、ここでも何句かを得ている。「渓中柿坂を過ぐ」とあり、「守實」に泊って、句作を多くしている。やがて、「峠を踰えて豊後日田に下る」と述べ、漱石の経路は日田から「筑後川の上流を下る」とある。これらの旅の印象は何らかの形で、のちの小説『草枕』にも反映しているものと思うが、「峠を下る時、馬に蹴られて雪の中に倒れければ」という前書があって、容易ならぬ経験をしたにも拘らず、

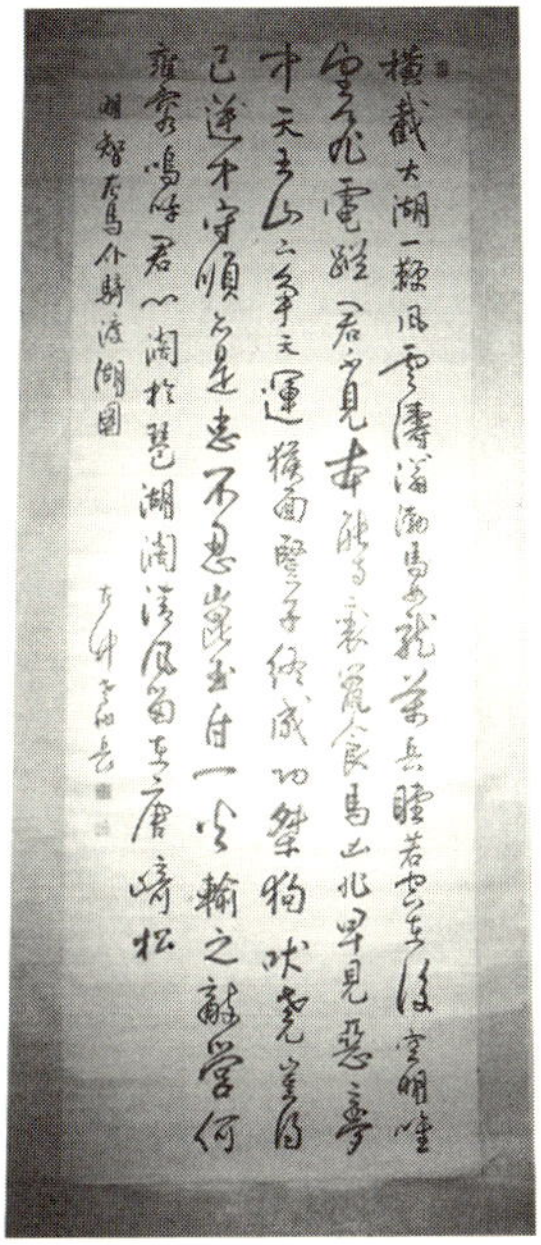

平野五岳（古竹）の掛軸

「漸くに又起きあがる吹雪かな」を得ている。蓋し、よい句である。

次に見逃してはならぬ句に、「日田にて五岳を憶ひ」とあって、

詩僧死して只凩の里なりき

の一句が目を射る。五岳は美術史の上でも何人かおり、就中、福原五岳は別号を玉峰といい、また楽聖堂の号をもち、字を子絢。備後尾道の人で、大坂に出て、池大雅に学んで南画の大家となった。寛政十一年（一七九九）没。行年七十歳であった。しかし、この漱石が句に詠む五岳は、平野五岳である。漱石が旅する日田の人で、別号を古竹といい、同地の真宗願正寺の住職で、漢学を日田出身の咸宜園主広瀬淡窓に学び、南画を日高鉄翁に習った。しかし、郷土の先輩、田能村竹田に私淑して、幕末明治の九州の文化圏の一人とも数えられる人である。現存唯一の西郷隆盛の肖像を描いたのは、この五岳のみである。五岳の作品は比較的廉価であるが、書画共に流布している。明治二十六年に八十三歳で没していて、漱石がこの地を旅したころと、そう年月の隔たりはない。「詩僧死して」とあるから、五岳の漢詩人としての名声の方が高かったのであろう。下二句「只凩の里なりき」とあるので、漱石は、その足跡を訪ねたのでもあろう。

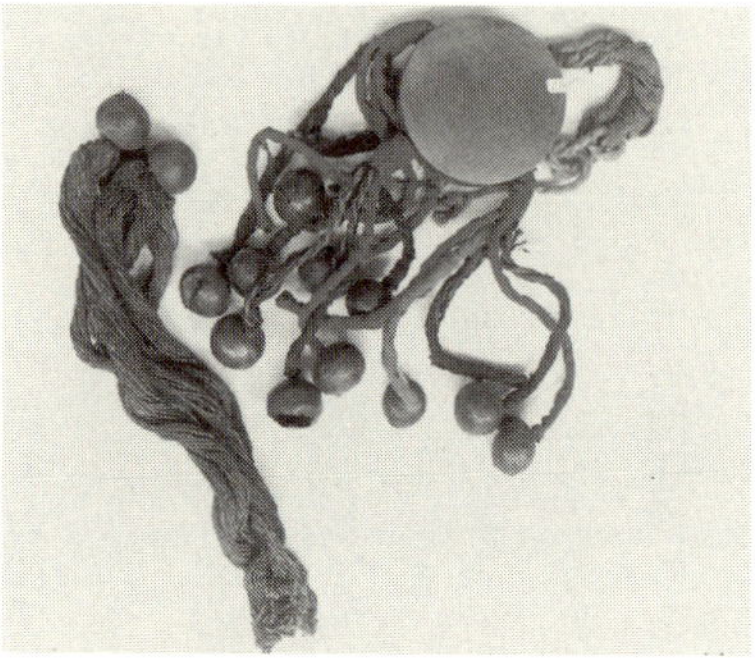

吊り懸蓮胎付き馬鈴（江戸時代）

なつかしむ衾に聞くや馬の鈴

これには、「吉井に泊りて」とあり、『草枕』の舞台ともなったところかと思うが、漱石が「馬の鈴」の音になつかしさを覚えるとあり、その理由とは一体何によるのであろうか。

東京には、徳川家康が定めた東海道の宿駅の制度による名残りがあった。御江戸日本橋、品川、川崎、神奈川、保土ヶ谷、戸塚などと五十三次の各宿駅には、伝馬の為の馬百頭が常時用意されていたのである。その頃以来の伝馬の鈴の音と馬蹄の響く音は、漱石にも馴染みとなり、早朝から賑う街の様子を覚え知ったのであろう。この馬鈴とは、旧い古墳時代の埴輪にもみられ、奈良時代の駅鈴から始まって、中世の鉄製のもの、江戸時代の唐金真鍮のものなど様々である。

光琳作「鹿」と「丹頂鶴の図」（三幅対のうち）（他項参照）

光琳の屏風に咲くや福寿草

光琳の紅白梅図屏風や燕子花図屏風は国宝にもなっていて有名だが、もっと可愛らしい「福寿草」の屏風とはまた洒落ている。漱石は実物を見ているのであろうか。光琳は燕子花図や、葵、芥子の図屏風など割合豪奢なものをのこしている。もし本物が当時実在していたとすれば、この漱石の句は、それを証明することにもなる。しかも、九州で見たのであろうか。それにしても、光琳の「福寿草」の図は何処かにありそうな気がするのである。この光琳の図の句に先立って、漱石には、

元日の富士に逢ひけり馬の上

蓬莱に初日さし込む書院哉

の二句がある。これらの二句はいずれも新年を寿ぐためのものだが、いずれも一幅の画を目指した句だと見る。漱石の絵ごころが俳句を作り上げているのである。ことに、「蓬莱に初日」とはめでたき長寿を祝う日本画の画題であるし、また巷間に広く流布するものである。句としては「初日さし込む書院哉」のところが新鮮であり、書院の雰囲気が面白い。

佛画畫く殿司の窓や梅の花

兆殿司と一般にいわれてきた中世の水墨画の大家がいる。殿司は破草鞋《はそうかい》と名のり、赤脚子ともいった。南北朝から室町にかけての佛画師で、法諱は吉山。文和元年（一三五二）、淡路津名郡物部村塩屋（今の洲本市）の大神氏の出身。五歳にして安国寺の大道に入道。のちに大道に従って京都東福寺に入る。画道に精進し、顔輝の筆法を心得たといわれる。足利義持の支持を得て、永享三年（一四三一）に示寂する。世

寿八十歳であった。殿司とは禅寺の役柄をいう。

兆殿司が頻りに佛画を描いている窓に、梅の花が咲き匂っているという想定で、やや、見て来たような嘘でもあるような、しかし、殿司の製作中の佛画を、窓あかりに見つつ、丁度梅花がのぞいているという風情は、まことに殿司の仕事場に相応しく思われる。漱石は一体年若くして、何処で、このような知識を得たものかである。

雪を煮て煮立つ音の涼しさよ

この句、禅の公案でもあるのであろう。登山者がよく山頂の雪を煮るのは、今日でも行われていることであって、この句の前に「清厳曰鑊湯有冷處」とある。鑊は釜のことである。「鑊湯《かくとう》」とは、釜茹の刑をいう。従って、清厳和尚の言うには釜茹にあっても、場所によっては、冷たい処もあるとのこと。

清厳は中国の禅の人。禅林句集に、「鑊湯無冷所」がある。釜の湯に冷たい所はないとのことに対して、漱石が「有」と答えたのである。日本僧である清厳の方は大徳寺の僧で、東海寺の初住となり、掘指の茶の湯の席の墨跡の書き手で有名でもある。近江佐々木氏出身。大徳寺第百七十世を薫《くん》し、徳川家光の帰依を受け、細川忠興、千宗旦、野々村仁清とも交流が篤く、寛文二年（一六六二）、大徳寺塔頭高桐院で示寂。

句の面白さは、雪を煮るのだから、熱い処ばかりではなかったろう、という人情味を披瀝したところにある。同じく考えてみれば、猛夏の一日も、暑い処ばかりでもなかろう。「煮立つ音の涼し」とは、また

鈴木其一写　酒井抱一肖像

随分と念の入ったものである。

たのもしき梅の足利文庫かな

これは、武蔵国金沢の称名寺の金沢文庫に対して、栃木県足利市にある鑁阿寺の足利学校に遺る文庫のことである。文庫では小野篁以来の釈奠《せきてん》がおこなわれていたと言われている。足利学校にも、金沢文庫からの書物が混入していると言う。これは、両山における学問の交流を物語る証である。現在は足利学校遺跡図書館となっている。更には、先年遺構を新たに当時の萱葺に復元している。

漱石の句は、「たのもしき」と初句より述べて、梅と足利文庫とを調和させている。「たのもしき」は、中世の戦乱の期に関東平野の学問の伝統を褒めたものであろう。

抱一は発句も読んで梅の花

抱一については先にも触れたが、江戸の琳派の祖である。後の漱石の小説『虞美人草』に出てくるし、『門』にも出てくる。宝暦十一年（一七六一）に生まれ、文政十一年（一八二八）に没している。姫路城主酒井雅楽頭忠以の弟でもある。鶯村、雨華庵などと号した。茶道を松平不昧公に、俳諧を馬場存義に学んで、狂歌をものした。寛政九年（一七九七）、西本願寺の文如のもとで剃髪、出家する。江戸下谷の巿井に隠れ、風雅道をつらぬいた。抱一は、尾形光琳に私淑し、一つの画風を樹立した。漱石にとっては、いわば江戸派の文人たちの大先達に当たるので、関心がことに強かったものと思う。琳派は宗達から始まって、光悦、光琳─乾山─抱一─鶯浦─鶯一と続くが、抱一の弟子には他に鈴木蠣潭、鈴木其一がいる。鈴木其一（菁々其一又は静々其一）は、江戸の琳派をつくり上げていったのである。その他の門流としては、大坂の其翠という画人もよい絵をのこしている。古来、酒井抱一を語らずしては、日本の美術、ことに江戸の美術を知らざる者としてかたづけられてきているのである。

法橋を給はる梅の主人かな

法橋とは、一体誰のことか。漱石がいう法橋とは、光琳のことであろう。「梅の主人」と言ったところから、紅白梅図屛風の作者である光琳であろうと思われる。現に紅白梅図屛風には「法橋光琳」の落款がある。その他葵図屛風にも「法橋光琳」の落款がある。法橋とはもとより宗教界の言葉であって、法師、法眼などと共に、法験すぐれた学徳の僧に朝廷より贈られる称号であったが、僧たちの中には、和歌、連歌、絵画芸術にも秀でる者が現れ、またその方面の権威筋でもあったから、自ずと遁世の画家にも贈られるようになり、次第に優れた芸術家のランクづけに用いられ、江戸時代は幕府の奏上により授けられることとなった。このことも幕府自体の権威付けとなっていたのである。

玉蘭と大雅と語る梅の花

玉蘭は大雅堂の内儀であって、両者ともども絵描きである。このことは、古美術の方面の人のよく知る所である。玉瀾とも書くが、この方が正しい。松風蔦覃居と号し、名は町子。祇園茶屋百合子の娘。大雅堂の妻となる。共に柳里恭に入門。里恭は即ち長崎絵の巨匠柳沢淇園のことである。玉瀾は和歌を冷泉家に学んで、天明四年（一七八四）、五十九歳で世を去っている。池大雅（一七二三〜一七七六）は新来の黄檗の文化圏からの影響がつよく、若くして天才の誉を恣にした。日本の南画の大成者であり、高芙蓉と韓天寿の三人を三岳道人と称し、共に富士山に登ったことを伝えている。大雅は又奇行に富んだ人である。国宝に指定されている「十便十宜図」は蕪村との合作で有名である。大雅は又、『近世畸人伝』（伴蒿蹊）にも記されている。

碧玉の茶碗に梅の落花かな

この句は一寸理解しづらいし、「碧玉の茶碗」とあって、そのような茶碗を漱石がどこで見たものかも判らない。しかし、これは漱石の空想の所産であったろうか。緑色の玉は日本でも産し、佐渡の赤玉、出雲の玉造にも見られ、ウラル、エジプト、ドイツにも産するという。古くより勾玉（曲玉）、管玉の材料ともなっていて、緑色のものは、酸化鉄を含むとされている。文献的には『菅家文章』に、「碧玉の装ひせる筝の」とあるという。しかし、ここは中国産の碧玉《ラピスラズライ》の碗であろう。漱石は奇想をおもいつき、梅の花びらが、かかる碧玉の茶碗に降りかかる、野立の席などでの貴人《あてびと》の振舞を想像してみせたのであろう。

祐筆の大師流なり梅の花

大師流は弘法大師空海を祖とする書の流派で、大師に次ぐ嵯峨天皇（三筆の一人）、小野篁と続くが、ここで二つに別れて、菅原清公─菅原是善─菅原道真となり、また一方は、紀夏井─藤原敏行─小野道風─藤原佐理─藤原公任となり、謂ば我が国の王朝の唐様書道の正統主流をなした。またこの派を入木道ともいう。大師の書が板に染み込んで、削っても消えぬことから、この名を得たともいわれている。大師流は御家流などに雑じって堂上貴族に承け継がれて、松花堂昭乗、岡本半助、近衛三藐院、幕末の加茂季鷹などに伝わっている。この漱石の句は雅びな平安貴族の生活に憧憬するさまを語っている。さて、その祐筆の主人とは、またその祐筆とは一体誰なのか、かつて、その時代には、そのような人がありえたことを、漱石は今に伝えたかったのではなかろうか。漱石のロマンティシズムは、蕪村の句への回帰からも始まっているのである。

日をうけぬ梅の景色や楞伽窟

よく山間や寺院の境内などに、日のささぬ山かげにも、季が来て白梅などが人知れず咲いていることがある。漱石はそれを「日をうけぬ梅の景色」と述べている。「楞伽窟」とは円覚寺への参禅で知り合った釈宗演のこと。またその庵住所を言う。宗演師の書はこのごろあまり見かけないが、時たま古書画のカタ

（右）佐藤一齋筆　条幅
（左）「驢馬に乗る図」伝海北友松筆

ログで見ることがある。信徒へ書き与えたものが多い。従って旧家から出るものが多い。「楞伽」とは禅宗の人がよく読む楞伽経からきている。「入楞伽」とは、釈尊がスリランカで説いたとされ、諸種の訳があり、大乗思想の重要な点が含まれている。

一齋の小鼻動くよ梅花飦

一齋とは佐藤一齋（一七七二～一八五九）のこと。一齋は漱石の時代にあっては、時代もさして隔った人ではなかった。ましてや狭い御府内の噂の人であってみればである。一齋は江戸後期の代表的な儒者で、名は坦。号は愛日樓。美濃岩村藩の家老の家に生まれ、中井竹山に入門。朱子学者、陽明学に傾く。幕府昌平黌の教授となり、『言志四録』、『愛日樓文詩』などの述作が多数ある。

一齋の書は多く出廻っていて、珍重する人も多いが、書は江戸の細井広沢知愼（玉川に隠居を決めた人）の流れを汲むのであろうと思う。しかし、近頃では一齋の書もあまり見ることもなくなった。「小鼻動くよ」とは、実際現場に居合わせたるがごとく、実景としている点、漱石の脚色である。また、「梅花飦」とあるのも、茶店などに居合わせたるごとく感じられる。謹厳な儒学者の一齋先生が、「梅花飦」に小鼻をぴつかせるとは、そこが俳諧なのである。「飰」の字は「餅」でよいのであろうか。異体字であろう。

驢に乗るは東坡にやあらん雪の梅

これはよく水墨画の画題となって、名品がある。観る方には、蘇東坡でも、李白でもよく、その区別すらつきがたい場合がある。漱石のこの句も、古美術の水墨画を見ることでヒントを得たものであろう。

黄昏の梅に立ちけり繪師の妻

さしたる句ではないが、しかしテーマは絵師ではなく、その妻である。一体それは誰であろうか。「黄昏の梅に立ちけり」とは、やはり芸道に携わる人の、作品への着想を練り、執念を燃やしている姿だとすれば、尋常の人妻ではなく、やはり主人と同じく芸道を志す女人の姿とすべきで、先程の池玉瀾辺りが最適だと思われる。

梅散るや源太の箙はなやかに

「箙《えびら》」は古美術の方でも見かけぬ物ではなかろう。ただしこの時代のものがあったとしたら、大変なことになる。漱石は源平の合戦については、割合くわしいので驚くが、この場合「源太」とは、悪源太と呼ばれた源義平（一一四一〜一一六〇）のことか。義朝の長男で、頼朝の兄。武勇に優れ、叔父義賢と戦い、これを破り、悪源太の異名を得たが、平治の乱には敗れて美濃に落ち延びた。義朝亡きあと平氏を窺って京に入り、一人切り込み、捕縛されて斬死する。また句の内容からして、もう一人の源平時代の武将が考えられまいか。それは坂東、相模の武者梶原景季のことである。景季は景時の子、源太と称す。彼は宇治川の先陣争いで佐々木高綱に負けたが、一ノ谷や生田の森の合戦には、箙に梅花の枝を挿して戦った。漱石の「源太」とは、どうやら梶原景季のことであるらしい。梅を愛して多くの俳句を作った漱石に、源平の世が蘇ったのである。芭蕉の句に、「うとまるる身は梶原か厄払」と詠まれたのは、讒言を弄した意地悪の代表として聞こえた父景時のことである。

景季が戦陣に於いても「箙」に梅花の枝を挿したことは、『源平盛衰記』や謡曲『箙』に出てくる。句では「梅散るや」となっている。また「源太の箙はなやかに」とあり、さらに梅花が点々と地を染め、なお「はなやかに」となったとしている。

漱石は、梅花の句を羅列して作っており、謂わば、それは梅づくしである。あらゆる場面における梅の句の可能性を試みているので、その執し方は並大抵ではない。それは、次の句を見ても十二分に判ることである。彼は天文、暦象、故事来歴、武家、公卿、町人、職人、畫工、芸人、草木虫魚、農工商に到るまで、はては神祇釈教の織りなす森羅の世界に至たるまで扱っているのである。

佩環の鏘然として梅白し

「佩環」とは太刀を佩く時、胴腰の帯に丸い金環を吊し、そこに紐で鞘をくくりつけるものである。従って具足を着けた武将が、梅の林に花見の客としてきていて、その華やかな緋縅に映える白梅の色を捉えている。古美術の方面では、太刀も佩環もその対象となるのは当然である。これらは半分は実用というより武者の装飾、装身具でもある。「鏘然《しょうぜん》」とは、金石の触れ合う音であり、玉や鈴がしゃんしゃんと鳴る音をいう。いかにも王朝平安の源平の武者の優美な姿をあらわしている。

宣徳の香爐にちるや瓶の梅

「宣徳」とは、明の宣宗の時代の年号で、西暦一四二六年から一四三五年の間であって、この時代の銅器が「宣徳銅器」として珍重されている。宣宗の勅命による宣徳三年製の鼎《かなえ》などをいう。それらは「大明宣徳年製」という銘を有すると考えられている。「宣徳火鉢」などといわれ、我が国でも愛用されているが、これらは模造品であって、殊に、銅の質などを言う場合が多い。

漱石の詠む「宣徳の香爐」というのは、おそらくは、江戸時代に日本でつくられた製品であろうと思う。今日日本にこの本物があれば、文化財の指定を受けている筈である。漱石の俳句は、瓶に差した梅の花が銅器の上に美しく花びらをちらしていたという、風情を述べている。

古銅瓶に疎らな梅を活けてけり

これはやや軽みの句だが、ただ句の押えに、「銅瓶」をもってきているのである。「古銅瓶」となると、何か知識人の幽情を掻き立て湧き立たせるものである。活けたのが白梅であったら、さぞ映えることであろう。

鐵筆や水晶刻む窓の梅

これも、実景から得た句であるかどうかは別にしても、石に鉄筆とは、篆刻をする時に用いる物で、漱石も、この方面に精しい筈であった。ただし「水晶」に篆刻するとはこれまた珍しく、感覚的にも、白梅を配したのであれば、その映えるさまを考慮に入れてのことのようでもある。この場合「窓の梅」とは巧い。篆刻をする人の明り取りの窓と、その白梅の描写を含んでいる。

墨の香や奈良の都の古梅園

奈良墨は、今日でも愛用者が多い。奈良の墨の伝統は、古く鎌倉時代にまで遡るのではないかと思う。老舗の名では、松井氏は江戸にも支店を出していた。この句はあきらかに漱石の脚色でよく、蕪村には「梅香しや鴻臚館」の句がある。蕪村のかなり放胆な空想で句を作るのと似ている。蕪村を学んだ漱石の産物として、この句も面白い。「墨の香」とは、古来より墨に香料を入れるから匂うのである。膠の腐りを止める役をもしているのかもしれない。墨が骨董品であることも忘れてはならない。

賣茶翁肖像

梅林や角巾黄なる賣茶翁

「賣茶翁」とは、高遊外のこと。号は月海。延宝三年（一六七五）五月十九日に、肥前の国、神崎郡蓮池村に生を享け、父は鍋島家の藩士であった。十一歳の春に龍津寺の化霖和尚につき、元昭と称した。京都、江戸へ遊歴し、宝永四年、三十三歳のとき、肥前龍津寺に帰り、化霖死して後は大潮に任せ、享保八年、四十八歳にして僧籍を離れ、京都岡崎に住み、花の下、景勝の地に茶湯を売り、生涯を閉じた。世寿八十九歳。世に売茶翁というのは、この人のことであって、彼の茶は黄檗流の煎茶であったが、日本中の茶の普及に役立った。しかも、彼はただの人ではなかった。詩文、書道にもたけていて、一家の風格を伝えている。売茶翁には初代、二代とある。書跡は世間珍重のものである。漱石が売茶翁を詠んだ句は他に二句がある。「水仙や髯たくはへて売茶翁」、「売茶翁花に隠るる身なりけり」などは、翁の生涯をよく知った上での作であって、漱石の奉讃の心がしのばれる。「角巾黄なる」は肖像画に依るものか、漱石の創作によるものかであるが、よくその人を髣髴せしめるのに役立っている。翁は天秤に茶道具と湯沸かし道具をかついで旅をしたのである。

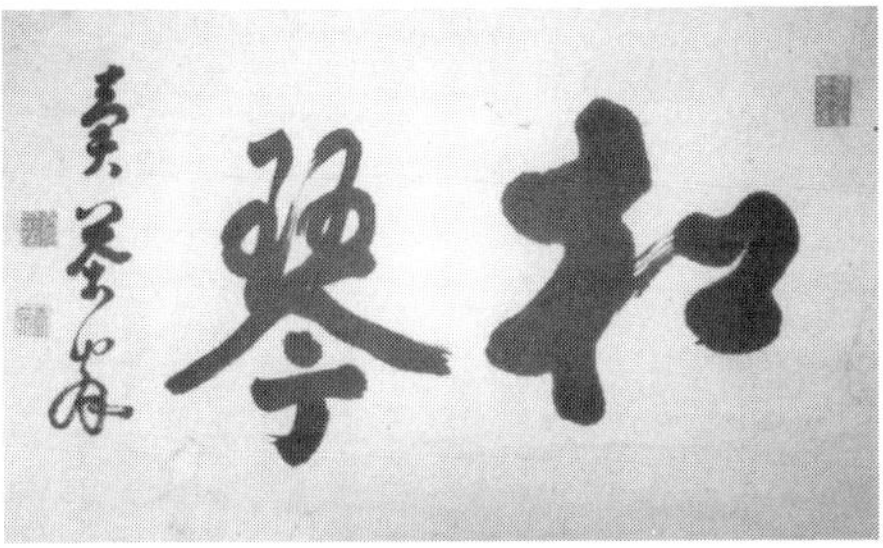

賣茶翁書「松琴」

信偊な梅を畫くや謝春星

漱石が愛してやまない蕪村を詠んだ句である。梅を少しでも描いた、心得のある人には、すぐに判る句である。梅の枝は意外と強く、逞しく、厳しいもので、桜の枝はそれに比べて、柔らかで、優しい。「佶倔」とは、それで梅の枝となるのである。鋭角に折れ曲がる枝などを想像してみるとよく判る。梅は、幹、枝が描ければ花付けは簡単である。「謝春星」とは紛れもなく、与謝蕪村のことである。漱石は春気を天象に感じつつ、蕪村の異名を句に用いたのである。これも漱石の南画の大家蕪村への見識の高さを物語るものである。蕪村とは言わずに、「謝春星」とは殊に句の抒情性を重んじたからであろう。

蕪村は、大坂天王寺に生まれた。別号は頗る多い。四明、夜半亭、春星、謝寅。本名は谷口信章。両親に死に別れ、江戸に出て、内田沾山、早野巴人に俳諧を学び、巴人死して襲名して、夜半亭といった。この時蕪村二十七歳である。画は彭城百川に学び、その他に狩野派、及び中国の画法を知り、池大雅と共に活躍した。天明三年（一七八三）に六十八歳で没した。別号に趙謝庚などもある。

漱石は若くして蕪村の信奉者であったし、彼の句の源泉は蕪村に見出すことが出来る。それが漱石の勘どころとなって、こんなに多く梅の句を作るようになったのである。蕪村の辞世に「白梅に明くる夜ばかりとなりにけり」がある。

徂徠其角並んで住めり梅の花

雲を呼ぶ座右の梅や列仙傳

紅梅や文箱差出す高蒔繪

三句とも古人や古書、古美術品にかかわるもので、漱石の特色となる範囲のものである。

「徂徠」（一六六六〜一七二八）は荻生徂徠、江戸中期の儒者。本名を惣右衛門。本姓は物部氏である。名は双松《なべまつ》。朱子学から、古文辞学を唱え、私塾蘐園《けんえん》を開く。門下生に太宰春台、服部南郭がいる。徂徠については、『草枕』にも漱石は取り上げている。「其角」（一六六一〜一七〇七）は、蕉門十哲の一人である、宝井其角で、元禄の頃の江戸の俳人として有名。彼は江戸に来て芭蕉の門に入り、派手な句風で、芭蕉亡きあと、洒落風を興した。この元禄の二人の著名人が、軒をつらねて住んでいたという取り合わせに、漱石は愉快を覚えたのであろう。其角は俳人だから、多く短冊や句碑を残している。

次の句には、『列仙傳』が出てくる。儒者は四書五経を中心に学び、仙書を好まない風習があった。これらを外経と称して、一般には避けている風があったが、これらに親しんだのが幸田露伴であった。露伴はこれに止まらず、葛洪の著作『抱朴子』『神仙伝』などを主に、広く、深く仙書を読んでいる。『列仙傳』は『猫』にも出てくる。前漢末の劉向の撰といわれている。仙人七十一人をあげ列伝を試みている。漱石も仙家については関心があった方である。仙術を使って雲外に遊ぶ仙人を夢みることもあった。

磬　（鎌倉時代）鍍金がのこる

次の「紅梅や」の句については、「文箱を差出す」とあり、それに「高蒔繪」が施された高級品であったこと。「高蒔繪」とは、蒔絵の一種で、鋳漆などで、模様や絵をもり上げて、その上に蒔絵を施すもののことを言う。大変技法上からも手間のかかる豪華な仕上げとなる。やはり古くて、上等なものは、古美術品であり、漱石は、こういう物をも、若くして知っていたのである。

寒梅に磬を打つなり月桂寺

月桂寺については、目下は判らない。「磬」は以前にも出たが、法要儀式の進行工合を導師が合図として鳴らして知らせるもので、さらには堂内を静める役もある。音は余韻を持たずに響くもので、音の止るを旨《むね》としていて、古くは中国で行われていた楽器の一種で、佛教音楽に取り入れられたもの。磬は石製であったものから、次第に銅製のものが各種造られるようになった。平安、鎌倉、室町、江戸と各時代の優品が伝えられており、古美術品として貴ばれている。「磬を打つ」と、「寒梅」との調和が見られて興味を引く。これも漱石の意外なる知識の賜物であったと言えよう。

糸印の讀み難きを愛す梅の翁

「梅の翁」とは特別な人を指す訳ではなく、梅見の客の中にいた人のことであろう。それにしても、漱石は珍しい物を詠んだものである。「糸印」とは、広辞苑に、室町時代から江戸初期にかけて、明から輸入した生糸の糸荷に添付された荷札に捺すための方形・円形・五角・八角などの銅印のことで、受領の証書にこの印を押して返した。刻んだ文字は、読み辛く、寸足らずのつまみは、人物、動物などを形どったものである。大きさは、多く、寸足らずで、その形状は雅趣を帯びている、とあるから、相当に愛着の人もいたのであろう。骨董品としてもである。しかし、もう実物を見かけることも滅多になくなり、知っている人も恐らくは多くはないのであろう。漱石はこの糸印の「讀み難き」を愛玩している翁を、梅見の客の中に見つけたという趣向の俳句を詠んだのである。まことに珍しいことである。きっと、福々しい相好の翁であったのだろう。

梅に對す和靖の髭の白きかな

（右）五輪塔梵字
（左）昭和初期　鎌倉時代復古様式五輪塔
（新羽西方寺・金沢称名寺北条顕時廟を摸す）

「和靖」とは、林和靖のことである。中国の宋時代の詩人。盧《ろ》を西湖の孤山に結んで、鶴を愛し、詩を吟じ、梅花を愛した。林和靖は、中国、日本の水墨画の画題の人物でもあり、盛んに描かれて来た。梅を詠んだ詩も愛好されている。

林和靖の「髭」が「白かった」かどうかは、漱石の俳句のパフォーマンスであろうか。

梅の花青磁の瓶を乞ひ得たり

梅の花を活けるべく、「青磁」の壺がなく、何ぞ相応しいものを欲しいと言ったら、遂に叶って、なんと「青磁の瓶」が手に入った、というのである。漱石の風流心は勿論だが、

「乞ひ得たり」は誰かにねだったものかもしれない。それだけ、梅の花を「青磁」に活けたく執心した痕跡がみられ、風流人士を理想に描いているのである。

ところで、「青磁の瓶」とは、中国産の龍泉窯のものか、宋時代、元時代、明時代のものか、あるいは、韓国の高麗青磁か、日本の江戸時代の伊万里青磁かは判らない。漱石が目にした「青磁」とやらは、どんな物であったろうか。どの青磁の可能性かを想像してみるのも興味津々ではないか。漱石の「青磁」好きは、『草枕』にも出てくる。漱石の若くして、その古美術・骨董趣味の深さを知るのみである。

秋風や梵字を刻す五輪塔

「五輪塔」を詠んだ句で、時代的に漱石のこの俳句にほど遡れる年代のものはないかもしれない。子規にあるかどうかである。宇宙の森羅万象を詠む俳句と子規は唱えているが、「五輪塔」は正しく、宇宙象形の五大（地水火風空）を刻み、東方より、発心、修行、解脱、涅槃と、四方に刻まれた梵字を持つものが多い。教理はもとは『大日経』より出ている。墓地の塔婆や板碑塔婆は正一面のみの省略体であるが、石造の五輪塔の発祥は道長の法成寺の磴瓦の文様に始まるという。鎌倉時代の奈良西大寺の僧尊叡、忍性らが始めて、関東へ本格的に普及させている。平泉中尊寺近くには平安時代のその祖型はあるが、「五輪塔」の作例は大小さまざまである。関東では、箱根の精進池のほとりの曽我兄弟の墓と伝えられているものが嚆矢で、筑波山の極楽寺跡、鎌倉の忍性塔や金沢称名寺境内のものなどが鎌倉期の関東の代表作である。かつては、塔身（水輪）に納骨された例がある。湯河原の土肥氏一族の墓所（城願寺）にはその一例をみる。漱石は一般の俳人らが目をつけぬものに眼をつけたのである。「秋風」と「五輪塔」の風輪とを一致させたのも漱石の手腕であって、よく秋風の吹くさまを象徴し、髣髴させている。漱石は『猫』にも、のちの『草枕』にもこの五輪塔をテーマにしている箇所がある。

柄杓もて水瓶洗ふ音や秋

今度は「五輪」の中の「水輪」の水と秋を詠んでいる。漱石は秋冷と水の冷えを扱っている。句としては面白いところであって、漱石の俳句がここまでに進んできていたか、と思われる。「水瓶洗ふ音や秋」が非常に面白く、具体性が出ていて、「風颯々」、「水冷々」とした感覚が伝えられてくる。「柄杓《えびしやく》」の水と「水瓶《みずがめ》」であるが、「柄杓」の水が「瓶の底」に当たって響くさまが漱石の脳《なずき》に快く、句になったものと考える。古美術品としての、銅の「水瓶《すいびよう》」の場合は比丘の持つ金銅の布薩水瓶のことか。

荒壁に軸落ちつかず秋の風

「荒壁」を実際に知る人も今日では少なかろう。上塗りを果さぬままの家壁で、莇《すさ》が出ているままの土壁の風情は、まことに縄文人の原始の暮らしを思わせるものである。また文明時代の今日には、貧しさを言う場合もある。干割れた捏土《こねつち》の中に、藁とこまいかきの細い竹が覗いて見えている。そこへ作者は、掛軸を懸ける。戸締りのない部屋に秋風がしのび入って、軸を揺らしているという。かくしても、晏然としている風雅人。野趣を好んだ人か。「荒壁」も落ちてもの寂びた風情もまた好しとすべきである。漱石には特にかかる意識があったのである。

　菊に猫沈南蘋を招きけり

　漱石には「猫に藜《あかざ》」という画題の作品がある。漱石は猫に関心があったことは勿論だが、ここには「菊に猫」との取り合わせである。あるいは南蘋《なんぴん》のこの作品がヒントとなって、「猫に藜」が生まれたものか。下の句の「招きけり」が少し判りづらいところでもある。一方で画人でもある漱石が、沈南蘋を知っているのも不思議はないが、この俳句をどう解釈するかである。一般平俗にこの句を読めば、「菊に猫」のいる庭に近く通りかかった沈南蘋が、気付いて画題にせんと庭に這入りこんだということであろう。即ち南蘋が作品を作ったことの因《もと》をいうことになるが、考え方を変えれば、主人が「菊に猫」の図を掛けて南蘋先生を喜ばせようと招いたとすることも面白いと思う。

熊斐筆「桃花美人図」（1693、あるいは1713～1772）

　南蘋は、江戸時代、長崎に渡来した中国の画家であって、この人の画法を学んだ日本の画家の流派を南蘋派といい、一世を風靡したのである。黄檗の僧逸然、江稼圃、伊孚九などと共に、江戸時代の日本の絵画を学ぶ上で欠かせぬ影響力を持った人物である。南蘋の画風は変ったもので、当時沈滞していた日本画壇に旋風を巻き起こしたのは事実で、南蘋派を名のる者は、熊代熊斐以下、宋紫石、僧鶴亭、森蘭齋、諸葛藍、月湖、建部綾足、長町竹石、宋紫岡などに至るまで、実に大勢で、多士済々を見ることができる。

南蘋は、名は銓、中国の清朝呉興の人で、伊孚九と同郷。享保十六年（一七三一）十二月に長崎に渡来して、十九年九月に本国に帰る。中国風の花鳥図の彩管の技を伝えた。のちにわが国の画法に多大なる影響をもたらし、南蘋派を生むこととなった。漱石の句には、「菊に猫」がいることですでに、まるで、南蘋が描きそうな画題で、そこへ南蘋を招くという趣向は、漱石の頭の中に二重構造があることを証するようなものである。しかし、句の意味は、もっと素直に「菊と猫の図」を掛けると、全く南蘋がそこにいるようだ、ということなのであろう。

時雨ては化る文福茶釜かな

「文福茶釜」は群馬県館林の古寺、茂林寺の伝説の什宝である。応永年間、老僧守鶴が愛用したものと言い伝えられている。汲んでも汲んでも湯の尽きないことを不思議に思った守鶴は、釜がたぬきの化身であることを知り、寺を去ったという。「茶釜」の綱渡りは、巌谷小波の童話であって、『日本昔話』は明治二十七年～九年、博文館刊。童話二十四編が収められている。漱石はこれに依ったものか。漱石の句では、「時雨ては」の出だしも面白く、狸の化身が出る、古寺のさまを思わせる。筆者もいつか茂林寺を訪れたときは、丁度時雨の日で、ぽつぽつと雨が降り出して菊花展が参道にひらかれていた、そして、葭簀から漏れる灯りを濡らしていた、わびしい日であった。本堂脇の部屋に、問題の茶釜らしきが飾られていて、紫金銅で出来ているという由であった。

ここで、明治三十二年のおよそ三百二十五句の中より選び出した古美術に関係する句作品、その他をほぼ抄出して評釈してみた。

明治三十三〜三十九年

次に、明治三十三年である。この年は丁度、西紀一九〇〇年に当たり、世紀末は終ったのである。この秋に漱石は、遂に英国へ留学を命ぜられて、日本を出発することとなる。従って、句作の数も急激に減少することとなる。数えても総て十六句に止まるに過ぎない迄に減ってしまった。同年九月より十一月の句、その他一句を含めて、十六句とはまた淋しい。しかも、どうしたことか、古美術に関わる創作句は一つも見当たらないのである。

越えて、明治三十四年は、イギリスにあって、漱石はピクチャー・ギャラリーを探す人となっていた。彼は「英国も風流閑雅の趣なきにあらず」と、日本を発ったままの気分で、一句、「繪所を栗焼く人に尋ねけり」と、ものしている。「繪所」とは、旧幕府時代の言葉で、徳川幕府の将軍家お抱え絵師のことである。これをイギリスに来ても通用させている所が漱石らしい。即ちギャラリーを「繪所」と言い放ったところが、日本流が句にのこっているのであるが、少し意味合いが異なるようである。そして、この年は僅か十八句が記録されているが、日記帳や高浜虚子に送ったハガキには、女皇の葬儀を見物していることが判る。

白金に黄金に柩寒からず

とある。相変らず巧い句で、底意の深い句である。綺麗びやかな裏にも、沈潜がある。またハガキには「当地英国も厭になり候」とも記している。そして「吾妹子を夢みる春の夜となりぬ」とあり、漱石の孤独なるイメージと偽らざる春愁を湛える心を呈している。ただ、句としては、あまり重きを置くべきものでないとして、見過され勝ちのものとなった。ただ、漱石は春の情緒に弱いのであった。

また次の句に

満堂の閻浮檀金や宵の春

とある。漱石は何を見たものか、きっと勉学の為にシェイクスピア劇でも見たのであろうか。佛教の説く四州の一つに、閻浮樹の茂る島があり、もろもろの佛に会い奉り、その説法を聴聞できるのは、この州のみとされてきている。閻浮檀金とは、その閻浮林の茂る大森林を流れる河にとれる砂金で、最上級の金をいう。

閻浮檀金は、『猫』と同じ年に出た上田敏の訳詩集『海潮音』にもあったろうか。或は、「紫磨金」であったか、いずれも同一のものである。さすれば、漱石のこの句は、上田敏より早く用いていることとなる。『海潮音』には、ルコント・ドウ・リイルの『大饑餓』に「紫摩黄金の良夜は……」とあり、ホセ・マリヤ・デ・エレディアの『床』に、「紫摩金の榮を盡し」云々とあり、また『出征』には、「紫摩黄金やわが物と遠く、求むる」などがざっと目に入る。また、閻浮提金については、エミイル・ヴェルハレンの

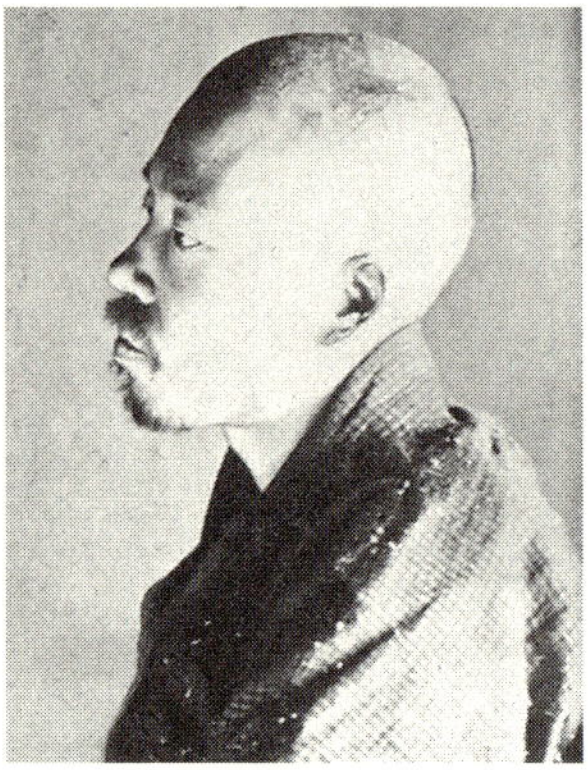
正岡子規

『法《のり》の夕』には、「火こそみえけれ、其棹の閻浮提金ぞ隠れたる」などとある。
ちなみに佛教で言う四州とは、南贍部州、贍部州、閻浮州、南閻浮提で、須弥山を中心にした世界のことである。閻浮州は元来インドのことであった。
ロンドンでは、十一月、漱石は太郎坊の運座に加わっている。ここで、五句をひねり出している。これで、この年の収穫は終わりとなったのである。明けて、明治三十五年はどうかというと、これもただ十句を数えるのみであった。一月一日には、また太郎坊の運座に一句。以下は書信に添えて書かれたもので、十二月一日付で、高浜虚子宛の手紙には、「倫敦にて子規の訃を聞きて五句」とある。子規は明治三十五年九月十九日に没した。

筒袖や秋の柩にしたがはず

手向くべき線香もなくて暮の秋

霧黄なる市に動くや影法師

きりぎりすの昔を忍び帰るべし

招かざる薄に帰り来る人ぞ

さすがに五句とも、鎮魂の意味もあって、しかも過去と現在が重層していて、鎮痛な思いが伝わってくる。子規には一生涯頭の上がらない漱石であったし、訃報に襟を正して句作りをしている様子が窺えるのである。子規の残像が、たとえ遠く離れた異国にいながらも、蘇ってきたのであろう。「筒袖」の語も、具体的でよいし、この「筒袖」を着たままで、ロンドンの下宿に蹲踞している自分と、あの絣を着た青年時代よりの子規の元気な姿が浮かび、どうしてもこの「秋の柩」に収まるとは信じ難いと思いつつ、惜別した日の子規の姿が目に浮かんできては、掻き消し払うことが出来なかったのであろう。「筒袖」とはここでは洋服のこと。

漱石は今ロンドンにいる。産業革命の終わったロンドンは、石炭を燃やす黄色い煙が蔓延していて、霧さえ黄色いといい、その光ほのかな濃霧の裾に、まぼろしとして子規の面影が顕われたというのである。漱石は頻りと子規との回想に耽ったに違いない。

「きりぎりすの昔」とは、『イソップ物語』の説話に基くかどうかは知らないが、昔の交誼《よしみ》をしのんで、故郷日本へ、子規のいる日本へ帰りたいというのであろう。次の句も、「招かざる薄」は子規のことで、もはや現世の人でない子規は、人を招くことも無く、九月の薄穂が風に揺れなくとも、いつでもまた庵に帰ってくる人だ、と言うのであろう。漱石は子規の魂の不滅を信じたのである。

明治三十六年は、二十二句で、やや増えたとしても知れている。そして、句そのものに、さしたる見るべき内容のものも無いことである。漱石は既に帰朝しており、五月には、「於一高俳句会」とあって、

落ちし雷を盥に伏せて鮓の石

という奇妙な技巧の句を捻り出している。こうした漱石の句は、荻原井泉水に酷評されているが、漱石の余裕派的なものの見方が、左右したのであろう。

能もなき教師とならんあら涼し

と詠み、教師の職を自ら卑しめ、軽侮して言う癖が漱石にはあった。それだけ教師生活には漱石のような感性覚認の鋭い人物には、意に満たぬものがあったことは事実だが、これに批判的であったのが、後に学匠詩人としてうたわれた日夏耿之介であった。日夏耿之介は、漱石のこうした態度をいぶかり、怒ってもいる。

衣更て見たが家から出て見たが

この句には、まるで力が抜けていて、だらしのないものになっている。この頃の漱石のシニシズムではあるが、それにしても、である。

明治三十七年は、二十句を数えるが、英語が並べられていて、これまでとは異なって、実験的な傾向を帯びている。句に添えられた英文は、皆シェイクスピア劇からの引用で、漱石の俳句との関連性を求めて味わってみることが出来る。まあ、それは、それとして、有関者にはそれなりに面白いものかもしれない。後にH・ブライス氏は、わが国の俳句、川柳を研究し、『禅と英文学』の著をあらわし、頻りと俳句と英米の詩人、作家の作品を引用比較しているので、歴史的には漱石はその一大先駆者たりえようか。

漱石は、それでも古美術関係の俳句作品としては、橋口貢（画人五葉）に宛てた手紙の中に、

十錢で名畫を得たり時鳥

とある。これは五葉への皮肉ともとれるが、漱石には、俳句作家への意識が次第に薄れて、小説家としての道が眼前にひらけてきていたのである。

漱石は貧しかったが、画が好きであったのだ。そして明治三十八年は七句のみ。明治三十九年は、三十一句のみである。

春風や惟然が耳に馬の鈴

これは小説『草枕』から引いたものとして、載せている。「惟然」については、中国の水墨画の人名なれども、故事を踏えたものであ

馬鈴　扇型板吊り（江戸時代）

ろう（『草枕』の項を参照。惟然はまた、芭蕉の門人とも考えられる）。

明治三十九年八月十一日付の高浜虚子宛の書翰にもある句である。

明治四十年代

明治四十年は、多作の年で、百三十句程ある。

御降に閑なる床や古法眼

この句の意味は判りづらい。「古法眼」については既に宣べた通りである。狩野派の祖として仰がれる格別なところから、「古法眼」の名で尊ばれている狩野元信のことである。

「御降」は「おさがり」と読んでよいのであろう。正月元旦などの特別な日に関わって降る雨か、雪に特に言うのであれば、判る。「閑なる床や」でもって、生憎の降りで、予定していた訪問客もなく、客を喜ばそうと適々掛けた古法眼元信の軸も、「閑なる床や」となった。それとも、床の間の掛軸がそうした画題通りのものを描いた山水画であって、それが元信の作であったのであろうとも取れるが、いやしかし、その様な元信の作が伝世している訳でもなかろう。古法眼の独りぽつねんとしているたたずまいを述べた漱石の作意であろうとするのも行き過ぎである。あくまでも漱石の俳句的な脚色のもたらす創意であろうと思う。

この「御降」については、元々は佛飯佛供などのお下がりを、勿体ないとして頂くことから始まって、天より降りくるものを貴んだ詞から出たものであろう。それ故に「おさがり」は「御下」とも書く。「お」は接頭語で、女房詞とされている。そこでおのずと、雨や雪が降ることを意味して、殊には正月元旦または、三ヶ日にふる雨や雪のことを言うようになった。季語としては新年を指し、古くから俳書などにも見えているから、漱石がこれを用いたとて不思議には当たらない。「おさがり」は「天《あま》さがる」の転語とも考えられるが、「雨ふり」「そそぐ」などの語は、「涙」によせる詞なので、これを忌むことから「おさがり」を用いるようになったのであろう。この句は一月一日、「国民新聞」に出たものである。

漱石の日記によると、四月一日、二日と京都を旅していて、「永き日や動き已みたる整時板」と、「加茂にわたす橋の多さよ春の風」などの句を得ている。「整時板」とは、時計のことである。しかし、このころになると、小説の方に熱中していて、これといって佳句を吐いてはいなかった。如何な漱石といえども、天は二物を同時に与えはしなかったのである。しかしながら、江戸の人間が京都に来て、触れるもの、目に止るものがあったのである。

蓮に添へてぬめの白さよ漾虚集

『漾虚集』とは、漱石のこの頃に出た作品集の名である。俳句の内容からして、その本の装幀に自ら惚れ込んでいる様子である。「ぬめ」とは「絖」のことで、繻子織の一種である。光沢があり、主として幕末・明治・大正にかけて、多くの文人や画家の好みに従って、供された絹地である。しかし、礬水《どうさ》が利いてか、もろく、年月が経つと裂けて手の施し様もないものである。従って今日では用いられなくなった。

「漾虚集」『一夜』口絵
（日本近代文学館蔵）

さて、実際に東京都目黒区駒場の日本近代文学館所蔵の『漾虚集』の初版本を拝見すると、表紙装幀は濃紺色であって、表紙には、作品七種の題名が上部に隷書体で細くかかれ、四角に囲まれているもので、全く蓮に関しても、絖《ぬめ》についてもそのイメージがない。強いて蓮に関するものとしては一五四頁の『一夜』の口絵挿絵が、中村不折の筆になっていて、やピンク色の蓮胎を形どった円環の中に図案が描かれているにすぎない。俳句からは、例えば、紅蓮の花片に絖の白地を想像してみるのだが、『漾虚集』そのものはそれに似てもにつかぬものであれば、漱石は、別の世界を俳句に詠い、「絖の白さ」で構築したものと考える。絖は、元は中国明時代の織を真似て始まったが、西陣や関東の桐生にも産している。絖は絵絹として流行しつつも、保存がむずかしく、今日では全く廃《すた》れている。天和の頃より生産は始まるという。

以上の点では、古美術との関りを述べた。この俳句では、「蓮に添へてぬめの白さよ」とある。「蓮」と「ぬめの白さ」がかなり豪華に見えるものか、奥床しいものなのか検討してみる必要がある。そして、これによって、漱石の意図したものとは何であったかを知るべきであろう。

寶丹のふたのみ光る清水かな

この俳句は、漱石の凝った、非常に珍しいものを詠んだ一例でもある。「寶丹」と言うのは、池の端の「寶丹」のことで、薬である。注釈では、守田宝丹本舗から売り出された口中薬ということであるが、筆者は、守田宝丹の書幅を私蔵している。なかなかの信仰家で、宗教的な理念を自ら表している点も注目に値する。宝丹はまた雲照律師の信奉者でもあった。独流の書画にも秀でていた。

宝丹は、明治の初め守田治兵衛の店から売り出された、薄荷の臭いの強い赤黒色の放香解毒剤であって、今日の薬学の方面からも、香料が殺菌力を発揮している例を示しているのに併せて見ると、実効のある売薬であった。漱石の俳句は斯る点からも、江戸から東京に移る文化史を読むがごときであって、面白い。「宝丹のふたのみ光る清水かな」とは、薬の入った壜の蓋が、清水の流れる溝などに落ちていた、誰が捨てたものか、光って見えるという、些細なことながら、漱石の目に止まったのであろう。宝丹がどの様な容器で売られていたか、これも又考証すべきかもしれず、実物があれば更に面白いのである。

なお宝丹が河野廣中に当てた手紙がのこっている。

端溪に菊一輪の机かな

これは比較的平凡な句であるが、「端溪」の硯と言えば、今日でも硯の代表である。「端溪」は『坊ちゃん』『草枕』にも出てくる。今日では、中国でもすでに硯石として掘り尽してしまい、良質の石は減っているらしい。端渓とは、中国広東省の西郊、徳慶県の古名であって、黒・青・緑・紫の輝緑凝灰岩を産して、斑紋のものが珍重された。とりわけ正紫色、黒紫色のものが愛硯家に喜ばれている。

俳句では「端渓に菊一輪」と述べているので、菊の秋が季題である。燈火親しむの候に、筆硯への心が涌いたものと思う。

この年の漱石の句としては、「白桔梗古き位牌にすが〲し」や、「法螺の音の何処より來る枯野哉」などの奥行きのある句を残している。また、

姫百合に筒の古びやずんど切

は、注目に値する。このような老成しつつ、侘びた句境は、遂に四十歳を待つことで成し遂げられたのである。そして何よりも、この句に現れた漱石の視点に注目すべきである。実際には漱石は、もう晩節になんなんとしていたのである。

「ずんど切」とは、「寸筒切」と書く。また、「寸切」とも書く。木や、竹を輪切にしたものを言う。ここでは、竹筒の花生けのことであろう。その花入れが、寸詰りながら古びて、雅致を帯びていることと、そこに、新しい「姫百合」の花の命が息づいていることの発見である。

明治四十一年

明治四十一年には、四十八句を〈全集〉は掲載している。数から言っても勿論、減量となっている。それはやはり、新聞連載の小説の為にエネルギーが吸い取られていたからである。

漱石には身体の不調のこともあったろう。そして、もはやさしたる句境の進展を見ることもなくなって

いたのである。

　鶯の日毎巧みに日は延びぬ

　　吾に媚ぶる鶯の今日も高音かな

この句で思うことは、今筆者の住む丘には、春先より夏の終わりまで、絶えず鳴く鶯がおり、聞き馴れてみると、漱石のこの句の趣きと全く同じであるのに驚くのである。してみると、漱石は決していつわりで句を詠んではいないのである。さて、次に、

　　勅額の霞みて松の間かな

の句に出遭う。「勅額」は天皇の勅願寺たる証でもあり、楼門高く掲げられ、霞のかかる程であり、有難く、松が茂り合い、わずかに金漆の宸筆の文字が覗き見えるというのである。これはやはり観光俳句のはしりのようでもあり、古刹の史料、縁起などにも、漱石は関心があったのである。

　　飯蛸の一かたまりや皿の藍

「飯蛸」とは、マダコ科の蛸であって、身長は約二十五センチもあるそうな。胴は楕円形。第三脚の基部に輪状の金色の紋がある。腹に飯粒状の印を持つ。春に産卵し、美味という。俳句の「一かたまりや」

とは、蛸を売る店先の様子から、「一つかたまり」、つまりは一匹の蛸を、一つ固まりと見立てたのであろう。しかし、それだけ大きな皿が必要だったのである。

幕末明治にかけて、伊万里などでも大皿が焼かれ、絵付も藍色のもの、殊にコバルト顔料や絵具が輸入され、従来の呉須の藍よりも濃く、派手に大袈裟になっている。古美術品にも此の頃のものが多く残っていて、今日でも骨董店には出廻っている。物識りの漱石は、そのことを知っていたものと思う。そこで、「飯蛸」も一層客の目に引き映えて見えたのであろう。魚は当時もメインディッシュであったから、店頭にも今となっては、高級な皿が鯛などを乗せて、明治は色彩感覚豊かな庶民生活の時代だったのである。

明治四十二年

明治四十二年は、俳句の作品は僅か十九句となっている。

空に消ゆる鐸の響や春の塔

この句は、「空間を研究せる天然居士の肖像に題す（四月七日）」と、前書きがついていて、面白い。天然居士とは『吾輩は猫である』に出てくるので、その注を参照すべきである。句については註では〝禅の公案に「普化振鈴」がある。唐代の禅僧普化が、常に鈴鐸を持ち、人を見れば、これを振ったことに基く〟とあるが、ここではそれにはあまり関係がないようだ。「鐸の音が風の吹く度に鳴って、空に透りきゆる」と言う、後の詩人三好達治（一九〇〇〜一九六四）の詩の意味のように、その先駆の如く、漱石は詠んでいる。「鐸」は「塔」の廂の四隅の突き出た木鼻に吊されて、一種の荘厳具の役を果し、鐸とは、殊に舌が中にあるものを言う。般若理趣経にも「吉祥稱歎大摩尼殿種種間錯鈴鐸」云々とある。振鈴は自身の佛性を呼び覚まし、佛をよろこばしめる為の音楽である。さらには佛菩薩を歓迎する意味のもので、普化の振鈴は、その点で意味のあるところである。漱石はそのことを知っていたのであろう。鐸鈴の美術的価値もさることながらである。

負ふ草に夕立早く逼るなり

これは、句の前に、「畫讃一句」とあり、画題として、このようなものであったのである。筆者の私蔵の品に、柴田是真の「草刈童子」(仮題)の画幅があるが、遠い明治時代の画趣と句である。

明治四十三年

明治四十三年は、一四八句と、量において以前の盛期のように盛り返している。所謂修善寺における大患により、小説が執筆できず、解放されたが故であった。

俳句の傾向としては、素直な実写、軽みなどの特色が目立っている。「不圖揺れる蚊帳の釣手や今朝の秋」などが代表作であろう。「温泉の村に弘法様の花火かな」なども味わい深い。土地の風俗習慣への愛着を感ずる。そして、

秋の江に打ち込む杭の響きかな

は冴えた句で、見過すことは出来ない。この句は秋のもつ冷気とともに、森羅万象への染《し》み透る心境を反映している。これなどは、蕪村の句の、「朝霧や杭打音の丁々たり」より出て、さらに空間をひろげ、秋の「水冷々、風颯々」の風趣を示し、汀の霧閉ざす音響をしのばせている。

立秋の紺落ち付くや伊豫絣

「伊豫絣」とは懐しい、馴染みの言葉である。「伊豫絣」が古美術の範疇のものかどうかは別としても、漱石はものをよく意識していることである。漱石はものごとには無関心ではなかった。「伊豫絣」は四国松山の近くに産するが、享和年間（一八〇一～一八〇四）の創始と伝えられている。句の方では、田植などに今年新調した絣の衣服が、立秋の頃には何度も水をくぐり、洗い曝らして、すっかり布が身に馴染んでいるというのである。「立秋の紺落ち付くや」と述べる漱石は、確かに感覚に於て一頭地抜けたところがあり、尋常ではない。「立秋」の色としての「紺」、それが「落ち付くや」としているところ、平凡を把えて、凡庸ならずである。また当時の働き者の女たちをどこか匂わせている。漱石は俳人として、人々のくらしの事実を心得て、注目しているのである。

見もて行く蘇氏の印譜や竹の露

「蘇氏の印譜」とは、漱石の蔵書中に確かにあり、『蘇氏印略』（明治四十二年光風楼書房刊）のことであろうとされている。「蘇氏」とは、蘇東坡のことであろうと思う。東坡は宋時代の大儒ともいわれ、詩書ともに優れ、わが国の幕末の頃は、唐様書道のお手本になった。頼山陽などもこれに習って、自流をうち立てていた。東坡流は、菊池五山、市川米庵にも窺われる。

印譜なども、木版のもの、石版刷のものなどが既に渡来していて、印章の研究がなされ、書画に押された印章の真贋の見分け方に方便を得ていたのである。しかし、実際を言ったらば、作品の真偽の程は、印譜はある程度の基準にはなっても、判らないのが相場である。

漱石のこの一句は、なかなかむずかしいものである。「竹の露」と「蘇氏の印譜」とは、どう関わり、どういう情況にあったかである。漱石は、まだ朝の涼しさを呼ぶ「竹の露」を見ながら、秋の到来を感じ、たまたま目にした印譜に別れを惜しみつつ、それを持って、出掛けたのであろうか。それとも、漱石と同好の士が訪れて、朝の別れに、ゆるりと「蘇氏の印譜」でも見て、しばらくは、まだ帰らぬでもいいではないかと、何なら持っていってよいと来客をひき留める手段にしたものかである。この句趣にみる漱石の心象は、季語となった「竹の露」にあろうと思う。「竹の露」と東坡とは、どうつながるかが面白いと思う。また、漱石の書道に対する強い執心の程が知られるのである。また漱石が篆刻にも関心がつよかったのは、以前の句からも判る。第一、

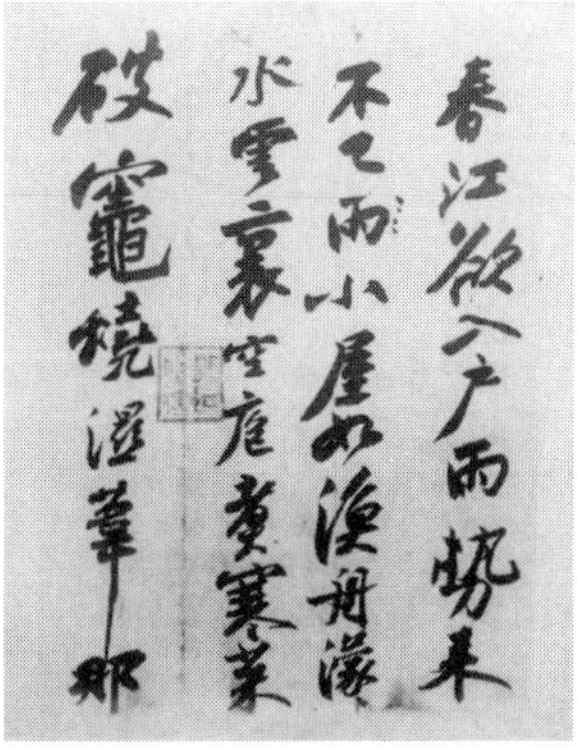
蘇軾　黄州寒食詩巻

朱色に薄い白縁《しろぶち》ぬきの漱石〈全集〉の篆拓の表紙を想えば、ここにつながることが了解されよう。

この頃の漱石の愛憐の句には、「裏座敷林に近き百舌の聲」や「朝寒も夜寒も人の情かな」「暁や夢のこなたに淡き月」「肩に来て人懐しや赤蜻蛉」などが見られる。

蔵澤の竹を得てより露の庵

漱石は伊予松山にいる頃より、地方作家「蔵澤」の墨絵が好きであった。小生も今から四十年程前の頃、愛媛県立の美術館であったか、今は定かではないが、蔵沢の展覧会があるというので、見に出掛けたことを覚えている。蔵沢は地方の下級武士であったが、墨竹図の多くが展示されており、その折りに漱石のこの句が披露されていた。今日では漱石が蔵沢の絵を愛好していたということで、蔵沢の作品が却って評価を得るような結果になっていると言えば過言であろうか。それはそうと、漱石のこの句の落ち着き振りは、これまた格別のようにも思われる。

その折の見学の際の図録が、手元にあればよいのだが、蔵沢は竹の絵を好んで墨で描いて地方でも有名になった。孟宗竹の、節のある幹を描いたものなどが印象に残っている。それ以来、小生も墨竹の絵に関心をもつようになった。

漱石の病床中に、楠緒子の死去が報ぜられ、これに、手向の二句が殊に有名である。「棺には菊抛げ入れよ有らん程」「有る程の菊抛げ入れよ棺の中」であった。

漱石は『思ひ出す事など』の小文の中にも、俳句を雑えて、すっかりこの頃は、もとの俳句作家に戻っていたが、恢復と同時に、中断していた小説の筆を把らなければならなかったのである。

勾欄の擬寶珠に一つ蜻蛉哉

これは平明な写生の句で、「勾欄《こうらん》の擬寶珠《ぎぼし》」が、古美術の範囲のものであることは明らかである。そして、

漱石は次の四句で、秋に「冷《ひやや》か」さをテーマにして、人生の感触を宣べようとし、それぞれの句がまた象徴の域にも達している。漱石は人生を「冷《ひ》え」と見たのである。

冷かな文箱差出す蒔繪かな

これは何故に「文箱が冷か」なのかと、理屈を考えてはならぬ域のもので、句が成立っているのである。そうして、「何故に蒔絵の文箱が、つめたいのか」は、秋風の季節が感触として、塗り物の冷たさを感じさせ、同時に人の世に生きる命の持主の、生きる終焉の冷たさを知った漱石のこころの感触であったのであろう。ひんやりとした蒔絵の文箱の冷たさも勿論であった。しかし、実は今漱石は、そんなことを言う必要があったのである。次の句には、「冷かな足を思ひぬ病んでより」という生理現象に遭遇していたのである。確かに、漱石の身体は「冷え」ていたのである。「冷え」ながら、それ以上のものを感じ、来るべきものの予感が伴っていたことは事実であったろう。

冷やかに觸れても見たる擬寶珠哉

「擬寶珠」は真鍮か、銅、唐金で出来ていて、大東亜戦争の頃、金属が不足となり、国家の指導で、町の鉱脈を掘れと言いつつ、貴金属、金火鉢、寺の梵鐘まで、指定文化財以外は国家へ献納したのであったから、一時寺に擬宝珠の類は姿を見ず、とり外された後の木製の勾欄のみであるのが普通であった。病み上りの漱石には、金物のもつ「冷たさ」が、異様であったのだし、その感触が命と深くつながっていたのである。

冷やかに抱いて琴の古きかな

これも、言葉以上の何かを試したかったのであろう。勿論作者としての漱石自身が、琴を抱いた訳ではあるまい。漱石と琴とは、馴染みのことは周知の通りであり、琴とはこの場合、何か人生の象徴としての琴であって、小説『琴のそら音』などは、泉鏡花を凌ぐ幻想的な作品でもある。また、蕪村の句の、「行く春やおもたき琵琶の抱きごころ」を漱石は夙に感じ取っていたからである。そして、漱石は琵琶や琴に関する名句を生涯心掛けていたとも受け取れるのである。

しかし、事態はあまりにも急に、漱石の生理現象を狂わせてしまった。句の季題は「冷え」と変化してしまったのである。蕪村の句では、その春愁のやる瀬ない心境を吐露したものと感ずるが、漱石の「琴」は「古き琴」が冷たいと述べ、何のこころの反応も感じない琴と化してしまっていたのである。

漱石には、「君が琴塵を拂へば鳴る秋か」の句が明治四十三年にあって、もっとも、この句は「(寅彦のヴィオリンの事を考へ出して)」と後書きがついている。このことについては『猫』の登場人物の一人、水島寒月君の挿話に出てくる。また、漱石の心境はすでに進んでいて、「残骸猶春を盛るに堪えたりと前書して　二句」とあり、二句を春と秋の句に二分して詠んでいる。

甦へる我は夜長に少しづつ

骨の上に春滴るや粥の味

これらは、正岡子規の病床での壮絶の句と後にうたわれた、「絲瓜《へちま》咲て痰《たん》のつまりし佛《ほとけ》かな」、「痰一斗絲瓜の水も間に合はず」などに匹敵する。

また漱石は大患の後、命を取り止めえたことを自ら、喜び、語って、「柿一つ枝に残りて烏哉」の句を吐いている。これには「一等患者三名のうち二名死して余獨り生存す。運命の不思議な事を思ひ。上の句あり」と断っている。明治四十三年の秋のことである。

提灯を冷やかに提げ芒かな

巧い俳句だが、漱石の句は子規の句に比べて、抒情的で、決して劣るものではないが、何しろあれだけの小説の方に皆の人の眼が向いてしまっているので、俳句は、あたかも余技の如くに見られてしまっているのは残念である。それにしても、この俳句は、何故に「提灯を冷やかに提げ」なければならなかったかは、やはり、漱石の頭脳には「冷やか」が、のっぴきならぬままに支配していたからであろう。これは不思議な現象ともいうべきである。「提灯」の灯が、「冷やかに」映つる「芒」を把えていて、「提げ」て行く人を、まるで走馬燈の如く感じているのである。漱石には、秋の夜の「提灯」の灯《ひ》が「冷やかに」見え、「提げ」ゆく人も幻と眼に映ったのであった。それにしても実際に闇に提灯をとぼして歩いた経験のない人々には、いくら語ってもどうにもなるまい。

明治四十四年

明治四十四年は、二十二句のみ登載されている（全集）。この年の成果としては、格別に新しい局面が現れるという訳でもない。九月八日の寺田寅彦への葉書には、大阪湯川病院より出されたものだが、

蝙蝠の宵々毎や薄き粥

とあり、後に頭句を「稲妻の」と改めている。その時の漱石の心境が窺われるのであるが、また九月十四日には、「病院にて」とあり、松根東洋城宛の葉書に、「灯を消せば涼しき星や窓に入る」とあって、闘病の末、やがて清涼なる秋を迎える心境に到っていることが判る。漱石は生きのこり、恢復していったのである。また、東洋城に宛てた十月二十一日の葉書には、

たのまれて戒名選む鶏頭哉

とあって、漱石としては、既に世の長老格たる位置を自ずと示しているのである。俗世人が「戒名を選む」とは異様でもあるが、しかし、俳句は平明というより、澄明の度を加えてきているようである。

抱一の芒に月の圓かなる

これも、平明の度が重なって、澄明の域に到っていることが判る。そして、簡素が加わって来ているようである。その点、これまでの猛烈突進型から著しくはずれて、句境は素湯を呑むごときに変わっているのである。

抱一の描く「芒」と「円月」に心ひかれて、日本人の美意識のエッセンスに向かう心境に到っているようだ。抱一画の内容としても、漱石の句の平明に落着いているさまは、却って滋味を増してきていると思えるのである。「行く人に留まる人に帰る雁」の一句を見ても、漱石の心境は、人間のもつ、最も素朴で原理的なものへの復帰を願っているように思えるのである(抱一の画については、『虞美人草』の項を参照)。

抱一書「吸霞」

大正元年～三年

明治四十五年、大正元年では、やはり、二十二句をせいぜい拾うことが出来るのみであった。そして、『壁』という十句が筆者の目を引くのである。そして相変らず趣味を生かした俳句も多少見られるが、もはや創造してものを表現してゆこうとする意欲からのものではなくなっているのである。漱石の俳句は枯淡になったというより、心が小説に奪われていて、勢い意欲が削がれたというか、減退していったのである。

壁隣り秋稍更けしよしみの灯

漱石には、「壁」や「荒壁」については、格別なる思いがあることは既に述べた。「壁」というものに何か象徴性を感じていたのであろうか。「壁」は風や寒さを防ぐと同時に、他界との境界となり、人間の意欲を防げるものでもある。漱石は、どうしても踰えることのできぬ「壁」を意識しつつ、また、「壁」に頼っていたのかもしれない。この『壁』と題した十句シリーズは、この「壁隣り秋稍更けしよしみの灯」で始まっていて、平明というか、軽みというか、こだわりのない、あっさりとした口調に変わっていて、しかしながら、内容は存外に濃いのである。先ずは「壁隣り」と言い、「秋稍更けし」と詠み、「よしみの灯」とは、燈火親しむ候とはなりながら、その燈火は隣人との「よしみの灯」で、灯りを互いに分け合って生活している様が伺われ、何となく温藉《おんしゃ》なこころが湧き出てきているのであろう。そしていつの間にか、「よしみ」を頼る漱石となっていることが判る。

懸物の軸だけ落ちて壁の秋

漱石は何処かで、このような、荒壁に掛けっ放しの古い掛軸があって、軸先の膠が弱くて落ちて無くなっている光景を見ていたのであろう。

軸先の失われた掛軸は、古美術店も商売になりにくいし、軸自体淋しいものに見えるのである。しかし、そこに「壁の秋」の奥床しさが感じられるというのである。そして十句のうちの第三番目の展開が待っていた。

行く春や壁にかたみの水彩畫

漱石は、「壁の秋」から一躍して、「行く春の壁」を持ち出して、今度は「かたみの水彩畫」となっていて、土壁の画は、いささかならずも彩色の華やいだ水彩画と代っているのである。しかも、人なつこい漱石は、「かたみの」としているところ、「行く春」の慕情を募らせている処である。

水彩画が一般化したのは、何時の頃からであろうか。無論、油彩画に対しての謂であるが、西洋から画法が輸入され、漱石の留学中は、イギリスでは、ワッツ（George Fredric Watts 1817–1904）やターナー（『坊っちゃん』に出てくる）などが人気画家であった。「壁にかたみの」とあるから、漱石自身に何か縁のあった人のものかと思う。「行く春」でもって、深い情緒的なものを醸成しようとしているが、絵に具体性が乏しく、力の無い句となった。

壁に達磨それも墨畫の芒かな

これも敢えて言うなれば、説明調のものと化し、何処かで壁に掛かっている墨絵の「達磨」を見たことを覚えていて、作句したものと思うが、総じて、この『壁』十句とは、現実の漱石の実体験と言うより、想像を雑えた過去の経験の蓄積から流出したものであろうと思う。この十句においては、漱石は何処かでこころを遊ばせているのである。やはり漱石は決して無駄をしてはいない。

如意拂子懸けてぞ冬を庵の壁

「如意」「拂子」とあらば、庵の主人は決まって僧のようである。ここの展開も面白い。「如意拂子」が、古美術品にならぬとも限らないが、「如意」にもまたいろいろあって、毛彫の金銅鍍金のものもあれば、南方の香木のもの、漆仕立ての大きい朱色のものから、様々である。「拂子」にしたところで、馬の毛を用いるのが普通であるが、その把手に至っては、またこれ様々である。「冬を庵の壁」とあるのは、一見安閑の僧の日常でもあるが、精神は、確乎として、志存佛道である。漱石は、十句でそれぞれの状況からの壁の模様を見せ、半ば楽しんでおり、さらにファンタジーを回転せしめている。

錦畫や壁に寂びたる江戸の春

一種の郷愁の句とも取れるが、通り一辺の句とも取れるようだ。「江戸の春」と大きく持って来た処に、妙味があるのであろう。句は何処となく迫力が希薄となっていて、まるで遠眼鏡で物を見るように生彩がない。疾うに消え去っている筈の江戸が、漱石には、唐突として蘇ることがあったのであろう。「錦畫」とは、浮世絵といっていいであろう。当時まだ、漱石を取りまく環境には、実物の錦絵が貼られてあったものかである。ただ「寂びたる江戸」とあれば、旧幕府時代の物がそのまま見られたのであろう。そして絵があり、描かれた江戸自体も古く、遠くなったことを述べている。

鼠もや出ると夜寒に壁の穴

鼠が一匹、「壁の穴」に姿を現した。さもありなんと荒れたる庵の様子を描き、しかも「夜寒」の頃のことである。季語は「夜寒」となっており、鼠の動きを把えていて、マッチしているように思う。「夜寒」の頃の生き物へそそぐ眼差しは、愛情に満ちている。

壁に脊を涼しからんの裸哉

今度は真夏の漱石の赤裸々なくらし振りを述べ、「べんべらを一枚着たる寒さかな」という如く、真率な漱石の表出に通うものであって、「壁」が今度はどんな役割を果たしているかを描いている。

もっとも、この句は芭蕉の「ひやひやと壁をふまへて晝寝哉」が背後にあることは間違いない。漱石の場合は、「壁に脊を」といい、「裸哉」と最も直截に詠んでいる。

壁に映る芭蕉夢かや戦ぐ音

荒壁にも青い芭蕉の葉の「戦ぐ」影がゆれるのである。そして、漱石は視覚から聴覚への移行によって、情景を把えているのである。「芭蕉夢かや」でもってファンタジーを造りつつ、己の見果てぬ夢に譬えたのであろう。庵室の側《そば》の芭蕉葉へと句景の場面は移っている。そして、最後の句に、

壁一重隣に聴いて砧かな

とあるが、これはやはり拵えに過ぎたようで、伝統の型にはまってしまった。季語は「砧」で秋である。次の大正二年は、もはや漱石の最晩年でもある。この年は作句の意欲も著しく減退して、遂に五句のみとなった。

菊一本畫いて君の佳節哉

とある句には、『佳節』という題がついている。慥かに漱石は、菊を描いているのである。

大正三年は、これはどうしたことか、俳句の数は驚く程に多い。総数百二十二句を数えることが出来る。そして、衰えたりと思っていた漱石の創作意欲は、最後の開花を見ることとなった。

子規の俳句に較べて、漱石の俳句は、決して見劣りするものではないと思うが、世間一般の評価は、漱石は小説に名声を譲り、子規は、短歌、俳句に命脈を残して、子規の小説を評価する者はあまり無いのと

同様に考えているらしい。漱石の俳句は、数に於ても見劣りするものでもないし、内容とその濃度に於ても水準は高いものと考える。先にも述べたが、この石門からは、寺田寅彦、芥川龍之介、久米正雄、森田草平、松根東洋城、小宮豊隆、鈴木三重吉、野上豊一郎などが出たことを考えてみると、小説家夏目漱石があまりにも、のしかかり過ぎて、俳句創作は慧眼子規に譲ってしまった感があるが、今漱石の俳句を覗いてみると、そこには、それだけの世界があった。一体に、漱石も子規も、明治維新の余波をうけ、近代日本が抱え込んだ精神面、物質面での齟齬や谷間を埋めるべく、あらたな命を燃焼し尽したという感は否めない。維新を迎えて以来の日本人は、近代国家への移行と共に、澎湃たる西洋文明とその利器への応対に苦しんだ筈であり、余裕派といわれる漱石の低徊趣味は、彼の根底にある一種の知性から湧いたものではある。これにやがて目覚めなければならぬ西洋文化による個人主義、即ち漱石は頻りと、利己主義とは異なるものというものへの実践と、社会からのその実践への抵抗を意識し、また、自然主義の席巻、社会派の抬頭を意識し、さらに自己の確立への意欲的な証明としての小説を書かざるを得なかった漱石に、荷せられたこれらの重圧は、初め英文学の吸収から出発していたのである。

漱石没後以降の明治生まれの、大正昭和期に活躍した群小の小説家は、漱石が果たしえなかった、その残された谷間を埋めるべく生まれたといってもいいのである。明治の開化期から始まった漱石の肺腑は、遂に成す可きこと多きの余り、成し遂げ得ずして去った一人の夢遊病者を支えきれずに萎んだのである。私には、漱石自身の肺活量が今少しあったらば、どんなことになっていたかが、いつも空想の種子となっているのである。しかし、漱石自身にすれば、一人の仕事としては、十二分の功を成し遂げていると世間からは言われているかもしれない。しかしながら、当の漱石は必ずしも満足していた訳ではなかった。「今死んでは困る」といった家族への生活保障とは別に、漱石は常に夢を追い、幻影を抱いていたのであった。

「一月　岩崎太朗のために」とあって、

藩州へ短冊やるや今朝の春

と一句を添えている。これなどは、私性の些細な、所謂トリビアリティーに過ぎないし、俳句であるから、どうやら型を保てるといった酷評をせねばならぬものだが、これはまだしも、次の「春の発句よき短冊に書いてやりぬ」の句はどうであろうか。大分腰が折れてしまっていて、老境の人の如く、万事宜しくの心境であったろうか。

漱石もかなり多く短冊等を揮毫しているが、本物か偽物かが、いつも不安心を募らせるのである。しかし、一つ言えることは、上等、上質の短冊、料紙のよいものが真贋を定める決め手となっているようで、漱石はこの句のように、「よき短冊」に揮毫した辺も、やはり漱石の貧しきうちにも贅沢な点であった。

橋杭に小さき渦や春の川

軽みの句とは言え、よく観察していて、「小さき渦」と「春の川」がよく均衡して快い。この句などは従来の漱石の顔を覗かせているようだ。爽やかな春の叙景でありつつ、一つの郷愁であろう。漱石はかつてを回顧し、夢を見続けているのである。

　　玉碗に茗甘なうや梅の宿

「玉碗」とは、美しい立派なお茶碗のこと。「茗」は番茶をいう。「梅花の下の宿で出されたお茶が、ことの外甘かった。美味しかった」というのである。茗は番茶のことで、品質は落ちているが、殊の外によい味がした。これもわざわざ招待の上、接待の主人のこころと、その茶器の美しいためであると、「梅の宿」の春にこと寄せて作った句である。趣味人としての漱石の面目躍如たるところでもある。それにしても、番茶に「玉碗」とはよく言ったもので、取り合わせも面白い。そこが俳諧となっている。「玉碗」なれば、ことさらに銘茶が相応しいが、番茶でも結構といって、甘なう客人も通人である。万事「玉碗」に免じてのことである。

　　錦繪に此春雨や八代目

漱石は、何と言っても江戸の人であったから、江戸の噂の花と言えば、やはり、芝居、歌舞伎であった。その俳優についてもかなりの関心があって、そうした遊山、見物の風俗についても、小説にはよく現われていて、極めて日常的でもあった。

八代目とは、歌舞伎俳優の菊五郎か誰かであったろう。その錦絵は今日で言うところのブロマイドの刷り物で、この時代には、まだ実物が何処かに貼られていたことであろう。歌舞伎や芝居見物の好きな江戸の趣味人であった漱石が彷彿する。

京楽の水注買ふや春の町

ここでは、「春の町」が単なる付足しでもあろうが、「京楽」を「買ふ」という事実と「春の町」は、きわめてそぐうように、漱石は感じていたのであろう。例によって、蕪村の春のバリエーションが、ここにも韻いて来ている。「春の町」は、下五として、どんな上の句にも付くとなれば、俳句のみに許される共通基盤のようなものに堕してしまうので、一つの典型が出来あがれば、罷り通ってしまうと批判されることがある。しかし、この句の内容は、「江戸の錦繪」の世界から、急転して趣向を変え、京都の楽焼の「水注買ふや」というのである。

楽焼とは、安土桃山時代に帰化した中国人、阿米屋（飴也・屋）が創始したと言われ、初代長次郎が、聚楽第に窯をもち、焼いたので、楽焼と言われるようになったのである。楽焼は聚楽の土により出発し、黒楽は加茂川の上流から採れる真黒石の釉薬による発色と言う。また香炉釉の白釉もある。手びねりが主で、茶道具の隆盛により、需要が多くなり、作陶がなされ、我が国独特の焼物として茶器が多く焼かれた。

今、漱石の句の「京楽の水注買ふや」とは、一体どう言った「水注」であったのであろうか。想像してみるのも楽しい。「水注」とは、恐らくは、硯などに水を注ぐ蓋付きの水滴ではないとすると、楽焼で、小生は、その様な風雅な品を未だ眼にしたことがないので、気を付けて探してみたいものである。水注は水滴とは形体も異なるものである。このようなものを詠めるのは、やはり漱石しかいないのであろう。

落椿重なり合ひて涅槃哉

落花浪藉のさま、春の椿が庭土一面に落ち敷いて、色彩が古佛画の朱斑《まだら》に似ていることから、「涅槃図」といったのであろう。そして、椿は首から落ちるので、「涅槃」ともかかわるのであろうか。とかく武士の家では、首が落ちることは御家断絶の兆として嫌ったのである。しかし、古事記の歌謡を読むと、必ずしも忌み嫌われるものではなくて、却って「目出度き花」として尚ばれているのである。

つぎねふや　山代河を（繼苗生《つぎねふ》や）
川上《のぼ》り　吾が上れば
河の邊に　生ひ立てる
烏草樹《さしぶ》を　烏草樹《さしぶ》の樹
其《し》が下に　生ひ立てる
葉廣　齋《ゆ》つ眞椿《まつばき》（五百箇眞椿《ゆつまつばき》）
其が花の　照り坐《いま》し
其が葉の　廣り坐すは
大君ろかも（記五八、紀五三）

これは、仁徳帝の大后の石之日賣の歌謡である。椿が首から落ちるから嫌われるのは、武家時代からで、古事記のころは、この歌謡の如くである。今日でも、椿は造園家に貴ばれて人気の品である。

木爪の實や寺は黄檗僧は唐

明の滅亡によって、二君に見えずの旧臣たちの文化人や、僧侶たちが多く亡命してきた。なかでも隠元を開祖とする日本黄檗宗は、破竹の勢いで、全国各地に信徒を獲得していった。その中国人僧の活躍もめざましい。食物、佛具、木魚など、建築、書道、煎茶、絵画、医薬、習慣など多方面に亘って、日本文化に影響を与えることとなった。「木爪の實」は、とくに黄檗宗に関わっているわけではなかろうが、遇々に出遭った漱石の属目の景であったのであろう。よく相応を得ているようでもある。また木瓜の実は樝《しどみ》といい、薬用でもある。

賣茶翁花に隠るゝ身なりけり

この句は、既に先の売茶翁の句のところで紹介済みではある。売茶翁も煎茶を拡めた功績の人物で、やはり、黄檗宗出身の僧が市井人と化した人物である。この句の場合、「花に隠るゝ身なりけり」は故あって、売茶翁その人ではなく、翁の真似をして、世を渡らざるを得ぬ隠者をいうのであろう。梅の花の頃、花見頃を見計らっては茶をすすめ売り歩く、所謂一般の売茶翁であったのかもしれない。漱石はそのことを言いたげであったのであろう。そう言えば味わいのある句ともなりえよう。

四つ目垣茶室も見えて辛夷哉

「四つ目垣」とは、丸太を杭にして、竹を組んで四角い目を残す竹垣のことである。近頃は見かけぬようになってしまった。「辛夷」は、桜の開花時分とそう変わりはないが、いずれにしても花どきは追つつであって、気候の良い時期のこと。「四つ目垣」の奥には、茶室を営む人がいて、そこを句にした漱石は、やはり風流人士であったのである。

祥瑞を持てこさせ縁に辛夷哉

もう一つ、「辛夷」の花の句である。その茶室の主か何ぞが、今度は「辛夷」の枝を折ってきて、気に入りの「祥瑞《しょんずい》」の花活けを弟子に持ってこさせている風景の寸描である。「祥瑞」については既に他所で述べた。生け花の師匠か、茶室の主人が、「辛夷」を活けようとして、「祥瑞」の花瓶のあるのに気付き、弟子に運ばせるさまなぞは、漱石の小説家としてのプロットにも通うものである。この句も古美術の世界を知らない者には、縁遠く、また句の妙境を知ることにはなるまい。

如意の銘彫る僧に木瓜の盛哉

「如意」を持つくらいの僧であるから、説戒や提唱を務める師家か、禅師程の僧であろうか。それともまた、「銘彫る」を頼まれた小僧であったかである。句は大変に珍しい場面ではあるが、今少し具体的に、「銘」の由来なども知りたい。「如意」にもいろいろあり、鉄製のもの、香木のもの、堆朱のものなどさまざまであって、「木瓜の盛哉」の、あの極彩色のあでやかさに控えて、「如意の銘彫る僧」は、仕事に熱中して、黙々と、粗衣でいたというのである。

如意は、中国では、多く民間にも用いられていて、殊に日本においては、禅宗などに伝わり、僧の権威を示す為の法具である。作柄としては各種あり、醍醐寺には平安期の金銅製の毛彫りの物もあり、朱塗りや、素肌の木製のものもある。すべては僧の位や、檀越の力や支援の大小にもよる。これも古美術の品となりうる。元来は、孫の手のように痒い処に手が届く如くを、「如意」と言うのである。

「如意」に「銘彫る」とは、自家製のものか、寄進者の名を彫っているのか。施主や自らの法諱を彫るか、製作の年月日を記するための仕事か、器用な僧とも言えるが、僧家は万事自給自足の生活を基本としているからであろう。「木瓜の花」とのとり合せも面白い。

行く春や僧都のかきし繪巻物

平安、鎌倉の僧都たちは、一方では立派な芸術家でもあって、諸芸に秀でた人も多かった。就中、鳥羽僧正や、恵心僧都、心覚阿闍梨、良秀などは、佛教絵画の達人でもあった。僧位僧官にあって、生活保障もあり、大体が貴顕の出身者であったから、朝野への宣伝力にも与って、自由な活動が出来た。この句には何ら具体性のあるものが示されていないのであるが、たとえそれが空想的であるにしても、たとえそれ

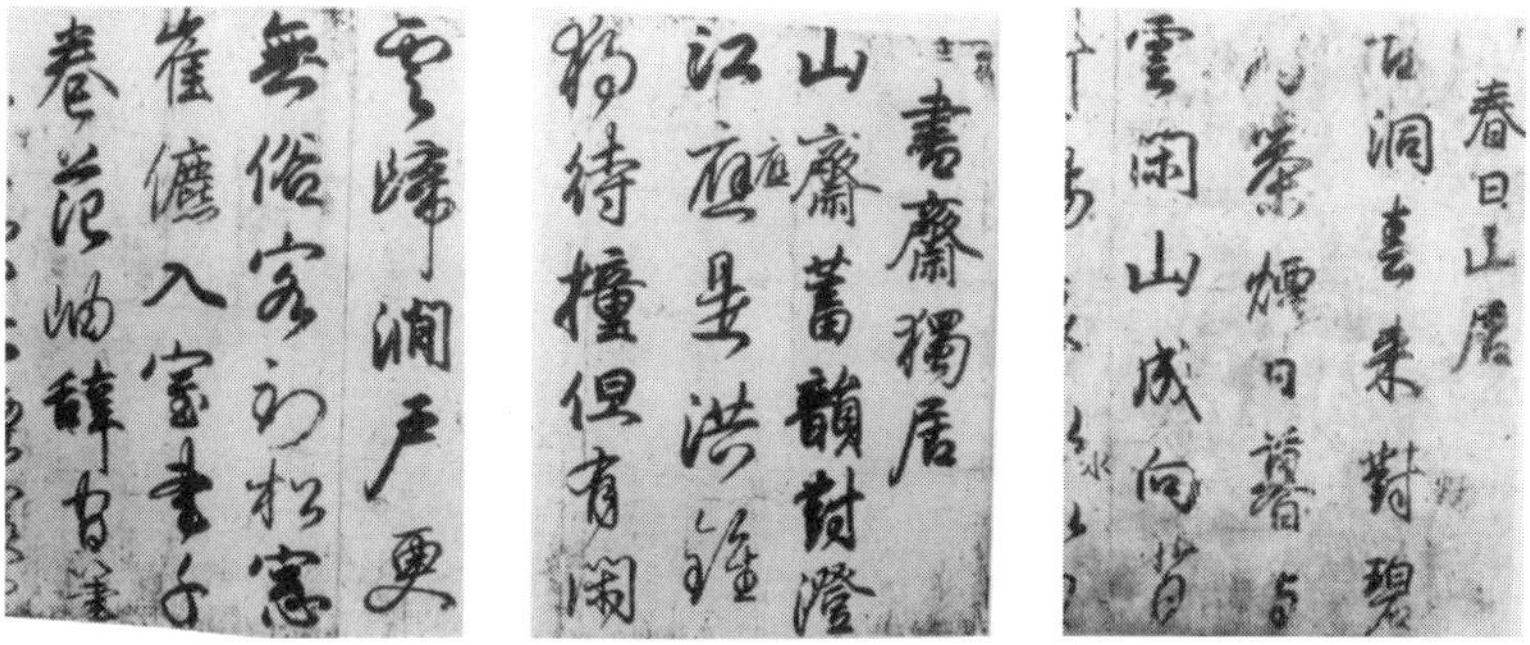

「屏風土代」小野道風筆

が空想所産のものであったとしても、更にまた、類型的で一般的なものではあるにも拘らず、「僧都のかきし繪巻物」でもって、そんな故事を知る者は、俳人仲間では、頓といない訳だから、漱石は一頭地抜けていたのである。これも、古美術に関心があったことと、王朝絵巻の絢爛豪華さに憧憬する処から来る、漱石の趣向によるものである。そしてつき詰めれば、やはり漱石は画人の蕪村の方向と冥合しているのである。

行春や書は道風の綾地切

「綾地」は、綾織といって、経糸と緯糸を斜めにかけて織りなす美しい模様の織物である。「道風の綾地切」とは、やはりその絹地の布をいうのであろうか。漱石は博物館や美術品の陳列にもある程度通ったことがあり、また周辺に、美術愛好家もいたのであろう、橋口五葉や弟子の津田青楓の如き顧問格的な役目を帯びる人々がいた筈である。この句に於ては、「道風の」文字については勿論だが、「切」即ち布地の「綾地裂」に注目している所に、誰かの教示や、説明があった筈のものと考える。しかし、考えてみれば、それに感歎する漱石も、漱石であったのである。小野道風が立派な布地に書をかいたとしても、一体何処で、漱石は見て知ったかである。道風の実物が伝存したのであろうか。現在、道風の真筆と伝えるものは二点、「屏風土代」と「玉泉帖」のみで、漱石の見たものは、その内のどれかに該当するのか。いずれも巻子本仕立になっており、紙本である。恐らくはその、表装裂《ぎれ》を漱石は述べたものか。道風については、先に既に筑紫の観世音寺の句でも述べたが、大抵は「伝道風書」といわれる物の例が多く、そう処理されている。

原田家蔵良寛所持の手毬

良寛にまりをつかせん日永哉

良寛と漱石とは、そう生存年代も隔ってはいない。しかし、漱石が良寛に接近したのは、むしろ彼の晩年のことであって、ここで漸く良寛についての句を詠んでいるのである。

漱石は、良寛の人物は勿論のこと、書、和歌、俳句、殊には、漢詩人であることに、心つよくひかれていたようであって、良寛詩と漱石の漢詩とを較べる人もいるくらいである。しかし、また芸術家でもある漱石が、視覚の方面から良寛の本髄を知ろうとして、烈しく引き寄せられたのは、何といっても良寛の書の魅力であった。生前漱石は良寛の書を欲しいと願い、諸方に手紙を送り、値段などの交渉も成立したことは、書簡類にみられるが、筆者が、直接津田青楓氏からきいたところでは、伊予の明月一点のみで、良寛の書はついに入手することが出来なかったと言う。
この句は、良寛の和歌についてふまえたものであって、「霞立つ長き春日を子供らと手毬つきつつこの日暮しつ」などと、手毬をつく良寛の歌は多く、有名であり、漱石はこのことを知っていたのである。なお、良寛の手毬に関する歌については、小著『良寛・手まりのえにし』を是非読まれたい。

銀屏に墨もて梅の春寒し

巧い句であるといえよう。大抵の人々は、この句を読むと、説明書きの句ととってしまいそうであるが、漱石は違う。「……春寒し」と止めたところ、無駄ではない。「銀」は酸化してくると、黒色に焼けてくるのが難点である。しかし、それにしても、「銀」と「墨」とのコントラストと、その映りを十分に認識していなければ詠めぬ句である。恐らくは、銀屏風に墨梅の図を見てのことである。そして、その上、漱石のような官能が十分に働く人にして、はじめて把えられた句である。

白き皿に繪具を溶けば春淺し

一口に言ってよい句である。やはり絵を描く人の実体験から、自ずと湧き出た句で、その「白き皿」と「溶く繪具」の色との対照が「春淺し」に通じているのである。

行く春のはたごに畫師の夫婦哉

「畫師」については漱石は、美術愛好家なるが故に、特別なる関心があった。「行く春」が情緒をかもし出す語として、季語となっている。そこへ、「畫師夫婦」をもって来て、その「夫婦」は双方が「畫師」なのか、それとも亭主の方のみが「畫師」なのか、いずれとも取れるのである。ただ、今少し、句に具体性が出てきてもよかろうと思う。これでは、子供の片言《かたこと》にも等しい句となってしまっている。しかし漱石は何かを土台にしている筈の人であるから、実例があったものと思う。が、しかし読んでの通り、「畫師夫婦」が一向に目に浮かんでは来ない。漱石はかつての南画家の池大雅とその妻の玉瀾を思い描いてのことか。二人にまつわる逸話などを想い出していて、「行く春」のもののあわれの再現を計ったつもりであったのであろう。しかし、「はたご」の様子も利き目がない。

活けて見る光琳の畫の椿哉

この句の方は、大分具体性が出て来ている。同じ春の素材ではあるが、絵の中の椿を切り取って、瓶に活けて見ようと言うのであろうか。それとも、光琳が描いた屏風の、絵と同じ椿を求めて活けて見ようと、光琳にあやかってのことであろうか。いずれにしても句の趣向が面白い。これも漱石の審美眼による美意識から出た句で、古美術を尚び、芸術愛好の性の顕われでもある。漱石は、光琳の描く椿が余程に意に叶ったものと感じたのであろう。しかし、それでは光琳の描く椿とは、果たして何《ど》の作品なのであろうか。金碧画の屏風なんぞの白玉椿か、謎の豪華絢爛の画に描かれた椿か。一般には光琳描く花卉の中で、梅、葵、芥子、燕子花《かきつばた》(「草花図巻」)、萩、つつじなどを見るが、椿だけは見ないので、いろいろと調べる必要がある。椿には光琳はやわらかさがないと見たのかもしれない。一体漱石は何《ど》の作品を見たのであろうか。

門鎖ざす王維の庵や盡くる春

これも、一つの取り合わせの想定から生まれた句だが、尤もこの句とても、漱石の王維への憧憬が根底にあってのことである。果たして、これが王維の生活の事実であったかどうかは別である。「盡くる春」とは面白いが、王維がどんな庵にいたかは全く判らない。王維は網川に謫居したといわれ、「澗戸寂無人」の句を含む自詠の詩がある。絵描きで詩人の王維のことだから、洒落た様子を漱石は心に描いてのことであろうし、また読者へもそれを伝えようとしたものか。王維は、盛唐の詩人、字を摩詰、熱心な佛教信者で、中国の山水画の祖といわれ、ことにそれを南宗画という。主として、自然、山川草木に心を寄せた詩が多い。西暦七〇一年に生まれ、七六一年に没している。詩では杜甫、李白についで有名である。漱石は俳味として、王維の対自然の中の自由な独居の生活を、読者にも訴えたかったのであろう。

草庵や蘆屋の釜に暮るゝ春

この「草庵」はむしろ、一つの理想の「草庵」であって、現実、実在のものとは限らない。ここでは茶室をかねた処と考えてよかろうか。「蘆屋釜」は、福岡県芦屋にて作られた釜のこと。室町時代に最盛期を迎える。地肌が滑らかで、地文がはっきりしていて綺麗に出ているので、数奇者に貴ばれ、その後鋳物師が諸国に現れ、作られるようになった。その需要に応じて、越前芦屋、藩州芦屋、伊勢芦屋ともいわれるものが現れ、それぞれの地域でも栄えた。漱石は「道也の釜」といい、この芦屋の釜といい、茶道具、茶人にも興味があったらしい。

酒少し徳利の底に夜寒哉

夏も疾うに終って、少しぞくっと寒さが肌に感じられる夜なべには、燗酒が欲しくなる人もいる。この句は特に古美術愛好家のものではなくて、それでいいのだが、「徳利の底」に酒が残り少なくなったことと、少し飲み助の物足りなさが面白いのであろう。漱石は酒にはあまり関心がなかったようだが、「徳利の底に夜寒哉」は面白く、やはり巧妙な手腕であろう。

大正四年

大正四年は、十六句で、やはりひどく減少している。

白牡丹李白が顔に崩れけり

面白い句だが、これには『畫贊』(五月十二日)と題がついている。あくまでも「畫贊」の為の句で、本人も勿論そのつもりでいるのである。「李白が顔に崩れ」は、やはり画があって、生まれ出たものと思う。如何なる画か、また如何なる人の筆になったものかは判らない。それが現存しているとなれば興味深いが、今後の漱石研究はこんなところから始まるのであろう。

李白は、盛唐の詩人。四川の人。酒をたしなみ、玄宗のときの宮廷詩人として有名。晩年は流罪謫居して、酔って水中の月を掬おうとして溺死したといわれている。李太白集三巻がある。太白の名は、母が太白星を夢見て生んだからという。

次に、『自畫贊』（十一月）とあって、

竹一本葉四五枚に冬近し

とある。句そのものは、軽快な、総てを削ぎ落とした洒脱さがある。この漱石の自作の画があれば、また面白さが増すものと思う。岩波書店から昭和五十一年に出た『漱石書畫集』だけではどうにもならない。おそらくこの畫は墨絵であったろうことは想像される。この句の様子に近い作品が『漱石書畫集』にも一点ある。

大正五年

この年には、漱石は四十八句を得ている。この年の十二月九日、漱石は帰らぬ人となったのである。漱石は慶応三年一月五日の生まれである。従って満五十歳には少々足りない。漱石は、享年満四十九歳と十一ヶ月と九日であったのである。今日からみれば、まことに若死にであった。そして、俳句の最後は、十一月十五日、富沢敬道宛の手紙の中より、五句を拾うことが出来ることで最終となっている。

鶯を聴いてゐるなり縫箔屋

「鶯」と「縫箔屋《ぬいはくや》」との、取り合わせは、典雅にさえ思える。漱石俳句の趣味の世界には、今日の一般の人々からは遠いものになってしまっているものがあるかもしれないが、就中《とりわけ》この「縫箔屋」の名は廃れてなくなってしまっているのであろう。「縫」は刺繍のこと。「箔」は摺箔のこと。衣裳を華美にする為に、縫取と箔で模様を描く。また、「縫箔屋」とは、その店または職人をいう。縫箔は能や女形の装束にもちいる。句に詠んだのはそうした「縫箔屋」の職人のいる店であろうか。そうした古典的な職人の世界に遊ぶ漱石は、やはり、蕪村の殻を身に付けていたのであろう。「箔を継ぎ合わせる職人が、鶯を聴いている」という。典雅さが、春を伴って来ているかのようである。

桃の花家には唐畫を藏しけり

桃の節句の頃、家には桃の花を描いた中国の名画を蔵している、という句だが、中国の古画には特に桃花を描いたものが多く、常に日本人の感歎するところであった。たとえば徽宗皇帝の桃花と鳩の図のごとき、北宋画随一のものである。それでなくても、元、明、清の作品が日本にも舶載されてきているのである。桃花は、中国人の好む画題であり、西王母の如きは、仙女の女王で、不老不死を表す桃の化身でもある。

俳句としては、この作は、少し漱石の力量を発揮しそこなっているかに見える。「唐畫を藏しけり」は珍しく響き、家宝を誇りにしている家柄の威信を示したかったかにも見えるが、肝腎の作品がはっきりと出てこないところに弱さがある。この漠としたところが物足りなく思う。

輿に乗るは歸化の僧らし桃の花

桃の花の咲くころ、いかにも春光地に溢るる街衢に、「輿に乗る」人とは、一体誰やらんと見ていると、何と帰化の黄檗僧であった、と見ると、大名御家人にもまさるとも劣らぬ処遇に驚く、というのである。一時黄檗僧は、幕閣、諸大名家にも優遇され、帰依をうけていたことは有名である。それだけ、黄檗僧は、品格も高く、道統を尊んでいたのであり、また、舶来文化への憧憬のつよい日本人に好まれたのである。漱石は、そのことを知っていたのである。そして、漱石は、黄檗僧につよい関心を抱いていたのである。単なる街の絵風俗ではなさそうである。

一燈の青幾更ぞ瓶の梅

この句は巧い。ただし、この「幾更ぞ」が少々厄介であろう。「幾更ぞ」の語はあまり使われてはいない。或いは「青磁の瓶に」活けたいと希う句が以前にあったように、「一燈の青い灯に対して、瓶の青い色」が、一層増して梅花ともども魅惑的な美を深めているというのであろう。またはこの「幾更ぞ」も、活けてある梅花の数も増えて見えるといった趣向なのであろう。読者は、画人漱石のことをもっと想起し、重要視しなければなるまい。「一燈の」光でありながら、活け花の梅は多く輝いていると述べたかったのであろう。「一燈の」光が殊に青いわけではなく、花瓶の青磁が、花の光を一層青くしていると見るべきで、漱石は青磁の瓶とわざわざ断ってはいないところに、現出された梅花の幽玄を趣きとして述べようとしたのであろう。句の勢いといい、引き締まった句となり、「一燈の青」が利いている。

桃に琴弾くは心越禪師哉

漱石は一体何処で、この元禄期の帰化僧（黄檗僧）を覚え知ったのであろうか。しかし、心越が琴の名人であったこともである。

心越は法諱を興儔といい、東皐と号す。明の杭州金華府蒋氏の出である。翠微の潤堂の法を嗣ぐといわれている。日本に帰化して、水戸の祇園寺の開山となり、元禄九年（一六九六）九月三十日に示寂する。世寿五十七歳。法臘四十七という。心越が長崎に来るや、異派の僧にねたまれ幽閉の難に会い、水戸光圀の命により、難を逃れ、水戸に迎えられる。

祇園寺に住持する心越は禅余に、翰墨を遊戯として、画に手を染めると、世人これを珍重し、また篆刻と琴を能くし、印譜と琴譜を伝えている。このように、おおざっぱにも伝記を脳裏に置いてみると、ここに琴と心越との関係があることが判る。そしてそのことが、明治、大正期の夏目漱石にまで伝わっていたことこそが、驚きの種子でもある。漱石はそのことを何処で知ったのか、当時、江戸で心越を知らぬ者とて無かったのであろうか。

心越の書は禅寺の山門額などによく見かけるし、今日のわれらからみると、心越の揮毫品は一つの頂点でもある。筆者も実は三十年程前に心越筆の佛号と、観音像の画讃を目の前にしながら、江戸時代の物と見くだして、そのまま入手しなかったが、今日にして思えば、見逃したことが残念でたまらなく思う。それは心越を知る為でもあるが、それよりも漱石理解の為に入手しておくべきであった。

水戸藩は、佛教に軽く、儒に重きを置いた頃もあって、心越の儒学を重んじたようでもある。朱子学振興の為に朱舜水や、心越を招じたのも水戸藩であった。心越には「東皐全集」二巻があり、愛用の琴は七絃琴といわれている。黄檗の人といいつつも、同系の曹洞宗の人であった。

さて、漱石俳句は、彼の寿命と共に、いよいよ終焉を迎えることとなった。

大正五年の句には、あと『畫賛』が幾つかがあり、自画賛もある。

棕梠竹や月に背いて影二本

なかなか洒脱な点、漱石俳句の匂い濃厚である。そして、漱石は死に近く、二人の禅僧を我が家を宿にあてがい泊めていた。

風呂吹きや頭の丸き影二つ

死に近づき、漱石には妙な友達が二人もできていたのである。この頃はまだ『明暗』の執筆が進行中であったが、小説の内容とはまるで裏腹な行動でもあった。「風呂吹きや」とあって、煮大根の美味な寒い季節となり、二人の雲水に「風呂吹き大根」を御馳走し款待《もてな》したのである。

これらの雲水は、若い鬼村元成と、富沢敬道であった。漱石は、二人を貴い道を歩む人として、尊重もし、敬愛していた。

『自畫贊』として、十一月に、

いたづらに書きたるものを梅とこそ

などは、もはや句の勢いの上からも、息も絶え絶えの、ほとんど絶筆に近い風を遺している。「いたづらに書きたるもの」と述べ、洒々たる心境のようでもあるが、そうではなかったのであろう。

十一月七日、若い雲水の一人、富沢敬道宛てには、五句を手紙に書いている。漱石の死ぬほぼ一ヶ月前のことである。その五句の最後に、

瓢簞は鳴るか鳴らぬか秋の風

「瓢簞はどうしました」と前書きを添えて送っている。この句は、則天去私の漱石の句ともとれるが、何かものわびしいものを伝えている。「瓢簞」が鳴るものかどうかは別にして、「秋の風」で結んでいる。もはや漱石は現世を越えてゆこうとしている如きで、句境には、ほの白い「秋の風」が吹き渡っているようでもある。この句より前句の二句では、「吾心黠じ了りぬ正に秋」があり、この次に、「僧のくれし此饅頭の丸きかな」がある。漱石はここに、現世の煩悩多きこの生を「黠じ了ったのだ」と自覚するように

なっており、さらに「僧のくれし此饅頭の丸き」とのべて、やがて円寂を迎えることとなったのである。

漱石には、作句の年月不明のものが十二句まで〈全集〉の俳句篇の巻末に記載されている。その中のまた『畫贊』と題したものの内に、

吾猫も虎にやならん秋の凮

の一句がある。これは良寛の晩年の詩に、

四十年前行脚日　辛苦畫虎猫不成

如今嶮崖撒手看　只是舊時栄藏子

四十年前行脚の日　辛苦して虎を畫けれども　猫にもならず

如今嶮崖に手を散じて看れば、只これ旧時の栄蔵子

の逆を述べたものであって、こんな処にも思いがけなく、良寛の詩が生きているのだと思うと、良寛の感化も漱石に及んでいる事実を示したことになる。

漱石俳句と古美術の意味

以上で大体漱石俳句と古美術の関係については一応終るとしても、漱石の俳句には、俳句そのものとしての優れた文学性、芸術性を誇りうるものが多く含まれていることは勿論と思われる。しかし、俳句全般に亘って、さらに精しく見てゆくことも必要ではあるが、私自身、この今回の試みによって、漱石俳句を改めて見直してゆくべききっかけとなったこととも思う。しかし、それは、目下の標題の目的の範囲を越えることにもなり、また、読者の側からみれば、あまりの長篇になっては、却って、読書の意欲を削ぐ結果にもなりかねないので、この辺で措くこととする。

しかし、顧て漱石の俳句は、一般の常識よりはるかに、多くの古美術品に関わりを持っていることが判り、そのことを、そのまま放置しておく手はないし、それらとの関連性を突きとめるのも、漱石研究の新たなる方法であろうと思う。そして、古美術方面の体験や知識無しでは、十分なる俳句の鑑賞も不可能であって、その点からも、新しい漱石研究がなされるべきであり、漱石と古美術は単なる彼の趣味趣向の範囲を超え、もっと根源的に、漱石の美意識の心奥と関わり、江戸の末年に生を享けた漱石の置かれた、伝統の世界に直結していることは、間違いないと思う。俳句にばかりではなく、古来の日本の美術への関心は、小説その他の散文にも、彼の精神的なバックボーンとなるものであった。それ故に、漱石の精神活動の世界を理解する為には、他の如何なる作家よりも、この美の世界への参究がなければ、その理解は浅いものに終わってしまうのである。漱石と、日本の古美術との関係を、一般はどう見ているかであるが、従来も、多少気付いていていた人が無かったとは言い難いが、徹底してみている人はいなかった。

漱石には、一種の美への陶酔があったのは事実であって、その範囲と深さは、彼の俳句を見ても判然としている。一つには、古典物語絵巻に見る王朝美への憧憬と回顧趣味。二つには、新しい古史への発掘、例えば、古瓦、古石塔などの考古学品への注目。三つには絵師佛師（法印、古法眼、法橋たち）の活動への憧憬。四つには、舶来の古美術品や、水墨画、京・江戸の琳派。五つには、翰墨のこと、殊に中古以来のもの。または黄檗僧の揮毫品。帰化僧の古書画。六つには、茶花道の古陶磁、書幅と茶釜、琴、琵琶の絃楽器、笛、笙、漆芸、蒔絵。さらには書道史、屏風、佛具、工芸品など枚挙に遑なきほどである。これらは総て、漱石の美意識を養い続け、心秘かに後世に伝えてゆきたきものとしての憧れであったものばかりであり、美の結晶としての日本の美術品が、漱石の心奥を掻きたてたものと考える。そして、また、こうした美術品へのあこがれと陶酔については、人々は、漱石の生まれた時代と環境について忘れがちであることである。当時、維新前後の武家社会の崩落と共に、上級志向の生活者は、旧来の武家の所持した品格をさらに温存せしめていくべしとしていたし、その唯一の担い手としての格式の裏に漱石がいたのであった。

私は、今後の日本文化のゆくえを考えてゆく上で、文化の創造と共に、文化の保持及び伝持者、担い手が最も重要となろうと思う。その点明治大正期に、漱石がいたことは、特異のようであって、大変に意義のあることと思うのである。そして漱石のとった立場は、一歩も伝統からは外れてはいないのである。そこに日本文化の厳然とした基調があり、またそれを貫く思うのである。
ひところ、昭和期に入って、「漱石俳句研究」なるグループがあったようであるが、その成果及び、消息を、くわしく目下は知る所ではない。その他今日でも、多少の漱石俳句に関心を持つ人の著作もあるようであるが、あまりにも読書界への迎合が目立ちすぎているようでもある。今回の私のこの小著が何らかの意味をもつとしたら、わが希いもかなえられることと思う。

平成二十年七月十二日　同年九月二十二日夕、再治清書畢

新羽西陵鳥語草木庵にて　著者　伊藤宏見しるす

古美術主要項目

（1）『吾輩は猫である』

水彩画　結城紬　桃川如燕　今昔猫伝　安井息軒　坂本龍馬　二絃琴　守田寳丹　雲照律師　天璋院　蕪村　春慶塗　白磁　大燈國師　左甚五郎　瀧澤馬琴　泉岳寺義士遺物保存會　蒔繪の印籠　大島紬　仕覆　古渡更紗　鐵拐仙人　今戸焼　磬　千字文　木庵（黄檗）　卵塔婆　龍文堂の松風　ラファエル　弘法大師　唐棧　薩摩上布　高浜虚子　上田敏　西行の銀製の猫　鉢の木　大町桂月　傷寒論　一寸八分の尊像　高山彦九郎　老子道徳経　易経　臨済録　蓮生坊　鉄扇　甲割　澤庵和尚　中峯和尚　長火鉢　南蛮鉄の鍔　蒟蒻閻魔　油壺（鬢付油の壺）　薩摩絣　久留米絣　伊豫絣　アンチモニー　葛籠　朱泥　狩野元信（古法眼）

（2）『坊つちやん』

印材　渡辺崋山　横山華山　端渓硯　海屋（貫名菘翁）　瀬戸焼　伊万里焼

（3）『草枕』

陶淵明　芭蕉　刳り抜き盆　山姥　長沢蘆雪　惟然　金屏　五輪塔　大徹（黄檗）　高泉（黄檗）　若冲　大慧　円山応挙　ターナー　北斎　遠良（羅）天釜　亜字欄　青磁　文与可　雪舟　雲谷門

下　大雅堂　蕪村　十字街頭　朱泥　急須　南宗派　生壁色　李兵衛（青木木米）　頼山陽　頼春
水　頼杏坪　古銅瓶　徂徠（荻生）　端渓硯　古錦襴　牙軸　廣澤（細井）　岩佐又兵衛　大津絵
鬼の念佛　晁補之　狩野派

（4）『虞美人草』

尾形光琳　酒井抱一　米澤絣　菊地容齋　古薩摩の香炉　八端（反）織　扁額　勅額　四条派　雲
谷流（等顔）　袖香爐　劈痕焼《ひびやき》　蒔繪　手文庫　秦漢瓦鐺　高蒔繪　芭蕉布　埋木の茶托　京焼の
染付茶碗　磬　舞楽の面　大雅堂流　釘隠　常信の雲龍の圖　紋緞子　青磁　柴田義董（画家）
鬼更紗　黒八丈　忌部焼　呉祥瑞　蜆子和尚　青銅の古瓶　出雲焼　高岡塗　綴織

（5）『それから』

ダンヌチオ　青木繁　高麗焼　タナグラ人形　ブルキイル　ヴランギン　一閑張　浅井忠（黙語）
仇英　円山応挙　元禄時代（西鶴）

（6）『門』

朱泥　鶉お召　高貴織　清涼織　菁々其一（鈴木其一）　酒井抱一　岸駒　岸岱　蒔絵文庫　黄檗
即非　江戸名所圖會　江戸砂子　崋山　高麗焼　扇面　貼り交ぜ　慈雲　文人画　碧巖録　銅羅

菜根譚　夢想國師　大燈國師

（7）俳句

朱漆　磬臺　御朱印　即非　承露盤　三俵　閼伽桶　ホトトギス　簫　琵琶法師　張子の虎　鉄牛
辨慶　須磨の巻　源三位　銀燭　達磨の像　西行　南京茶碗　銅瓶　桐火桶　瀬戸火鉢　道也の釜
木魚　普門品　太箸　青葉の笛　徳利　國分寺の瓦　断礎　朱盆　古法眼　畫龍　十二神将　都府
樓　瓦硯　護摩壇　金鈴　血経　涅槃像　鉄行燈　朱鞘　東海寺　普化寺　江戸錦繪　扇子　光琳
寺　青山（琵琶の名）　墨畫　道風　聖教帖　書院　茶碗　印陀羅（因陀羅）　寒山　拾得　南画
三聖犛　押繪　住吉の繪巻　古短冊　長井兵助　金泥　法華経　金襴　愚庵　文與可　宅磨（詫摩）
張りまぜ屏風　五岳（平野）　馬の鈴　蓬莱　殿司（明兆）　足利文庫　抱一　法橋　玉蘭（瀾）　大
雅　碧玉の茶碗　祐筆　大師流　楞伽窟　一齋（佐藤）　東坡　源太の箙　佩環　宣徳の香炉　古
銅瓶　鐵筆　古梅園　賣茶翁　謝春星（蕪村）　徂徠（荻生）　其角　列仙傅　高蒔繪　磬　糸印
和靖（林）　青磁　梵字　五輪塔　水瓶　荒壁　軸　沈南蘋　文福茶釜　閻浮金　惟然　馬鈴　寶
丹（守田）　端渓　ずんど切　勅額　皿の藍　鐸　伊豫絣　蘇氏印譜　蔵澤　勾欄　擬寶珠　文箱
蒔繪琴　懸物　水彩画　如意　拂子　錦絵　砧　短冊　玉碗　水注　四つ目垣　祥瑞　繪巻物　僧
都　綾地切　良寛　銀屏　光琳の椿　王維　芦屋の釜　徳利　李白　縫箔屋　唐畫　帰化僧　心越
禅師　瓢箪

あとがき

夏目漱石に関する研究書や論文は驚くほど多くあって、改めて、国民的な作家であったことが偲ばれる。古書店などの棚揃えには必ず、漱石関係の研究及び評論が多く並んでいるのを見掛ける。その他、いろいろな近代文学専攻の国文学者、研究家の論文を掲げたら、更に多く厖大なものになることと思う。

しかし、私は図書館の書庫などに見る沢山の著書、論文には、すでに臆してしまっている。これらを一々読破するとなると、私は股覗きをしてしまうのではないかと、怖れるからである。他人の著作を読むことで応分の刺激や知識を得ることはあるとしても、それは全く股覗きにしかすぎないからである。

それよりも、少年の頃から、読みつづけてきた漱石の作品の印象から、今日に到るまでの漱石像を肉付けしてきたことを、拠り所として、本書は書き進めてきたのである。

そして、そこには、今迄に気付かなかった新たなる発見が多くあった。そこで心の中に何か黙し難いものを感じ取って、つい、このような書物を公刊せざるをえなくなったのである。

漱石は、一口にいって、いろんな要素をもっていた作家だと感ずるのは、単に私一人の考えではないとは思うが、それは、小説などの人物構成などについても、その多面性と多彩な人材を登用させている点からも判る。その一つの例として、『吾輩は猫である』の登場人物の中の迷亭がいるが、漱石没後に、ある人が、鏡子夫人に尋ねることがあって、寒月君は、そのモデルが判明するが、一体この迷亭とは誰がモデ

ルに相当するかと疑問を投げかけたらしいが、夫人は漱石自身ではないかと答えられている。一般には苦沙彌先生は漱石自身で、寒月は寺田寅彦、では、迷亭は誰それと、いわれてはいるものの、その実、相当する人物が見つからないとすると、やはり作者自身の漱石であるしかないのである。美学者迷亭を創造した漱石は、やはり、多面性の性《しょう》をもち、多彩な才能の持ち主であったのである。

今回のこの著作『夏目漱石と日本美術』については、いまだ類例のない取組をしたつもりであるが、実際に漱石が、どの様な古美術に接して、彼の作品に援用していたか、実例を探し当てることとなったが、ただ文章だけでは、一般の人々には、皆目見当がつかない場合もあろうかと、思われることからであった。又永年、自分も絵筆をとって作画をしたり、古美術品にも触れる機会があって、何か漱石のこころが、手にとるように馴染めるようでもあったからである。

小生のこの著作は、その起筆の日より、四、五年をすでに経過してしまったが、今日から約一ヶ年前の、昨年三月十一日の、未曾有の災害を蒙った東日本大震災の時を迎え、さらに遅延しつづけていたが、いささか決断することとなり、昨年の初夏に、茲に、国書刊行会の社長、佐藤今朝夫氏に依頼し、同社の竹中朗氏をわずらわして、上梓の運びとなりました。改めて同社長及び竹中氏に感謝の意を申し上げます。

また、去る三月八日の小雨雑じりの寒い日に、念願の東京都目黒区駒場の日本近代文学館を訪れることが出来た。帰りがけに二階の展示室に上がり、そこにあった大きなガラスケースに、大谷崎を始め、近代作家の色紙が陳列されていたが、その中で何と言っても、私の心を惹きつけたのは、やはり漱石の「雲去来」の色紙であった。この一枚の色紙に較べて、他の作家たちのものは、まるで雑多にして、不細工なものに見えた。漱石の文字は群を抜いて、筋が通っている。更には気持ちが澄んでいて、猥雑さが微塵も感じられない。まるで白刃《しらは》のように綺麗である。漱石に、このような心境が、縦令《たとえ》ほんの一時でもありえたことの証しとして、私には近代日本の精神の誇りのようなものに思えたのであった。

今回は、突然に思い立って、幾つか私蔵その他の写真を採用してみた。中には石造品の如き考古品もあり、それらは一般の読者への参考の役に立てばとの思いからであった。漱石の文字、文章からだけでは、実際にどの様なものかも、具体的に判らずじまいでは、残念だと思ったからである。

それらの中でも、実際に漱石の世界と時代を検証する意味も考えなくはなかったが、漱石には一つ重要な特色があって、例えば『虞美人草』に出てくる、菊池容齋筆の絵画の掛軸の描写では、何か画面が極彩色の如く、派手に受けとられるが、それは漱石の文章の力であって、容齋にしても、義董の筆も、漱石の派手さとは異なり、絵具を惜しむような淡彩画が多いことが判る。それによっても判るように、漱石は見るもの感ずるものすべて、自家薬籠中のものにしている。「蓮」に添へてぬめの白さよ漾虚集」という自作の『漾虚集』についての句にも、実際の濃紺地の表紙を、まるで変えてしまって、恰も紅蓮の蓮《はす》の花が白い絖《ぬめ》の地《じ》にかかれているがごとく、読者の想像をかき立てているのでも判る。

ただ今になって、著者としては、漱石のもっともっと大切なことを、見逃してしまっているものかと、不安に思うことである。目下は伊藤若冲について見逃したこともあって、残念に思う。なお今回は、小説においても代表作にのみ触れえたが、更に今後は、時間の許す限り、日記書翰等を含めて、多方面の作品にも、漱石の日本美術との関連性を追求してゆきたいと思いつついるのである。

平成二十四年二月閏年二十八日午前　新羽西陵鳥語草木庵にて　伊藤宏見記す

著者紹介
伊藤宏見（いとう　ひろみ）　英文学者、歌人。別号に普寂、または海寂。

1936年神奈川県生まれ。早稲田大学大学院英文学研究科修了。

東洋大学名誉教授。日本文芸家協会元会員。歌誌「沙羅」主宰。

著書に『貧寒の美—西行・心敬・良寛』（角川書店）、『イエイツ“クール湖上の白鳥”の研究』（北星堂）、『存在の統一——イェイツの思想と詩の研究』（文化書房博文社）、『西田幾多郎　心象の歌』（大東出版社）、『斎藤茂吉と良寛』（新人物往来社）などがある。

夏目漱石と日本美術

2012年4月25日　初版第1刷発行

著　者　伊藤　宏見

発行者　佐藤今朝夫

発行　株式会社国書刊行会
東京都板橋区志村1-13-15
電話03(5970)7421　FAX03(5970)7427
http://www.kokusho.co.jp

装丁　倉地亜希子

印刷・㈱エーヴィスシステムズ　　製本・㈱ブックアート

ISBN978-4-336-05458-6